LES **MOISSONS**

Créé et dirigé par Romain Naudin

www.moissons-noires.com

ALIÉNOR

SAISON I

LA REINE AMOUREUSE

Pour Thibault.

AMAURY
VENAULT

ALIÉNOR

SAISON I

LA REINE AMOUREUSE

LES MOISSONS

La Saga Aliénor

Aliénor d'Aquitaine n'est pas le fruit de l'amour de ses parents mais le fruit de la passion amoureuse qui unissait le duc d'Aquitaine, Guillaume le Troubadour, à sa maîtresse, la vicomtesse Dangereuse de Châtellerault. Guillaume le Troubadour fut le génial créateur de la poésie courtoise. C'était sa façon à lui d'adorer, d'aduler et de célébrer les qualités de sa maîtresse qu'il installa sur un piédestal inaccessible. Dangereuse l'enferma dans sa chevalerie d'amour. Elle était sa dame, sa suzeraine, sa domina et lui son chevalier servant, dévoué corps et âme. Pour l'emprisonner définitivement dans ses rets, elle lui imposa le mariage de sa fille Aénor avec l'héritier du duché, Guillaume le Toulousain. Quelques mois plus tard en 1122 naquit l'autre Aénor, Aliénor d'Aquitaine. La légende de la Saga raconte que, le même jour, la belle Almodis de Mirelune mit au monde un garçon prénommé Foulques. Une mauvaise fièvre l'emporta. Dangereuse de Châtellerault recueillit l'orphelin et l'éleva à la cour de Poitiers. Quatre ans plus tard, Guillaume le Troubadour décéda des suites d'une blessure reçue lors du siège de Blaye. La légende de la Saga évoqua alors une épée empoisonnée brandie par un chevalier renégat, à la solde du comte d'Angoulême, Hue Rainard. Le nouveau duc d'Aquitaine, Guillaume le Toulousain, se réconcilia avec le comte d'Angoulême et lui donna comme épouse sa belle-sœur Amable de Châtellerault. Aliénor d'Aquitaine et Foulques de Mirelune reçurent la même éducation et partagèrent les mêmes jeux entre les palais de Poitiers et de Bordeaux. Puis, à l'âge de sept ans, le jeune page fut envoyé à Lusignan parfaire son apprentissage de futur chevalier.

1130, l'année de tous les dangers. Deux papes sont élus à Rome. Innocent II pape français soutenu par Bernard de Clairvaux et le roi des Francs, Louis VI le Gros et Anaclet, pape romain soutenu par le duc d'Aquitaine. Guillaume le Toulousain agissait sur les conseils de l'évêque et du comte d'Angoulême.

Lors d'un séjour à Talmont où le duc entretenait ses volières de gerfauts, sa tendre épouse Aénor rendit l'âme. Puis ce fut au tour de son fils Guillaume Aigret. Aliénor n'a que huit ans. La voici orpheline de mère et l'héritière du plus beau duché de France.

La querelle entre les deux papes s'envenime. Le duché d'Aquitaine est déchiré. Guillaume le Toulousain est excommunié. Finalement, Bernard de Clairvaux obtient la soumission du duc d'Aquitaine. En guise de réparation, Guillaume devra s'amender par un pèlerinage. Le comte d'Angoulême ne pardonne pas au duc son revirement.

Foulques revoie Aliénor au palais de l'Ombrière. C'est l'âge des premiers émois. Dangereuse veille à la bonne éducation de sa petite-fille. Entre deux orgies, Guillaume le Toulousain décide de se remarier. Il jette son dévolu sur la cohéritière de la vicomté de Limoges, Emma de Cognac. Les amants se fiancent. Or Bernard de Clairvaux s'impatiente. Guillaume le Toulousain n'a toujours pas accompli sa pénitence expiatoire. Enfin, mercredi des Cendres 1147, le duc d'Aquitaine prend la route de Saint-Jacques de Compostelle. Il se mariera à son retour. Vêtu de bure, le bourdon à la main, il chemine à pied escorté d'une poignée de compagnons. Foulques est du voyage. Le duc a confié Aliénor et sa sœur Pétronille à l'archevêque de Bordeaux. Le comte d'Angoulême, allié du vicomte de Limoges, profite de l'absence du duc pour envoyer son fils à Cognac enlever Emma. Ce dernier l'épouse. La légende de la Saga raconte qu'un tueur, Hue Rainard, à la solde du comte d'Angoulême, tente à la tête d'une bande de ruffians d'occire les pèlerins. Grâce à Dieu des brigands basques les déciment. Hue réussit à s'échapper et jette une charogne dans une source placée sur la route du duc. Guillaume meurt empoisonné. Au cours de son agonie, il annonce sa décision testamentaire : il confie Aliénor et Pétronille à son suzerain, le roi de France, Louis VI le Gros. Les compagnons du défunt duc gardent le secret de la mort de Guillaume le Toulousain et rentrent à Bordeaux. L'archevêque rédige le testament de Guillaume et envoie les compagnons du duc au roi de France. Foulques est encore du voyage. Le roi obèse est alité. Son ministre Suger prend les choses en mains. C'est Louis VII, alors âge de dix-sept ans qui à la tête d'une armée de 500 chevaliers se rend à Bordeaux quérir sa promise. L'on craint que le comte d'Angoulême et ses alliés ne tentent un coup de main pour enlever Aliénor. Louis, en voyant la jeune duchesse, est foudroyé par sa beauté et la vivacité de son esprit. Il tombe éperdument amoureux. L'archevêque de Bordeaux célèbre le mariage le 25 juillet 1137. Aliénor a quinze ans.

Aliénor et Louis reprennent la route de Paris et font halte à Taillebourg. À Poitiers, ils apprennent que le roi de France est mort. Aliénor est désormais reine de France. Louis est sacré duc d'Aquitaine.

Arrivée au palais de l'île de la Cité, Aliénor fait la connaissance de sa belle-mère, Adélaïde de Maurienne.

Tout sépare les deux femmes. Adélaïde est d'une laideur repoussante, pieuse et rigoriste. Aliénor est ravissante, séduisante, capricieuse et va imposer les mœurs d'Aquitaine à Paris. Les deux femmes s'opposent. Adélaïde perd le contrôle de son fils. Aliénor règne sur le cœur de son époux et défait la nuit ce que le Conseil du roi a décidé le jour.

Dans la légende de la Saga Aliénor, l'on apprend que Foulques de Mirelune, devenu écuyer de la maison de Lusignan récupère son héritage. En l'honneur de sa mère, la belle Almodis, surnommée Almoy dame de la fontaine, Foulques rebaptise Mirelune en Fons-Almoy. Foulques amoureux d'Aliénor se résigne. Il découvre qu'il est le fils adultérin du duc troubadour, grand-père d'Aliénor. Alors, il épouse sans l'autorisation d'Aliénor, Hersende d'Anché, dame de compagnie de la cour d'Aquitaine.

La cour de Paris s'est métamorphosée. Aliénor impose son art de vivre : chasses, festivités, cours d'amour, commandes somptuaires. Au grand dam du conseil, elle vide les caisses du royaume pour réaménager ce palais austère et lugubre. Elle commande tapisseries, cheminées, vaisselles, tissus de prix et introduit à la cour le luxe, le raffinement et l'élégance. Les troubadours révolutionnent les mœurs. Au palais, désormais, l'on écoute les poètes célébrer les vertus des dames et l'on danse la carole tard dans la nuit tandis que la reine-mère s'insurge contre ces mœurs dépravées et que le roi Louis accomplit ses dévotions jusqu'à oublier son devoir conjugal.

Poitiers se révolte. Qu'à cela ne tienne, la bourgeoisie est mise au pas. Talmont tombe aux mains d'un chevalier félon. Louis aux ordres d'Aliénor réagit avec célérité.

Lors du concile de Sens qui voit la condamnation d'Abélard, Foulques est armé chevalier.

Aliénor a dix-neuf ans et réussit à convaincre le roi de conquérir Toulouse, l'héritage de sa grand-mère spoliée par son oncle. C'est un échec retentissant.

C'est à cette époque que la légende de la Saga nous apprend qu'Hersende, l'épouse de Foulques, est enlevée et disparaît. Foulques la croit morte. Il est le père d'une petite fille nommée Radegonde.

Pétronille, la sœur cadette d'Aliénor tombe sous le charme du vieux sénéchal de France Raoul de Vermandois, oncle du roi et devient sa maîtresse. Le sénéchal répudie sa femme, la sœur du comte de Champagne. Aliénor impose au roi, le mariage de sa sœur avec le sénéchal. Le comte de Champagne appuyé par ses frères, le roi d'Angleterre et l'évêque de Winchester, plaide sa cause à Rome. Le pape vitupère après Louis, le morigénant comme un enfant et brandit la menace d'excommunication. Louis prend la mouche. Aliénor ne veut rien céder. C'est la guerre. Lors du siège de Vitry, les habitants se réfugient dans l'église. Celle-ci prend feu. C'est un véritable holocauste. Louis rongé par le remord tombe malade. Il ne se reconnaît plus. Il fait amende honorable et promet d'expier son crime. Le couple royal connaît sers premières dissensions. L'abbé Suger conseille le roi. Bernard de Clairvaux sermonne la reine. Il évoque les conseils du diable. Aliénor souffre de l'excessive piété de son époux confit en dévotion. Elle dira : « J'ai épousé un moine. »

Foulques s'éprend de Marguerite de Saint-Brice qui devient sa concubine et lui donnera un fils.

Enfin Aliénor, après sept années de mariage, met au monde une petite fille, Marie. Hélas pour Louis VII et les barons, ce n'est pas un fils.

Au Moyen-Orient les nouvelles sont mauvaises. La ville arménienne d'Edesse tombe aux mains des Turcs. Les chrétiens sont massacrés. À Vézelay, sur ordre du pape, Bernard de Clairvaux prêche la croisade. Aliénor, vêtue comme un chevalier, l'épée au poing, harangue les barons d'Aquitaine. Créant le scandale, elle affirme qu'elle participera au Grand Pèlerinage à la tête de ses Dames.

La croisade. Foulques en sa qualité de chevalier de la maison d'Aquitaine est du voyage. Marguerite de Saint-Brice l'accompagne. En mai 1147, cent mille hommes et femmes quittent Metz pour Constantinople. Les Allemands de l'empereur Conrad, beau-frère du basileus, partent avec quelque jours d'avance. Aliénor a entraîné avec elle un grand nombre d'épouses de barons et de chevaliers, sans oublier ses troubadours. Le voyage dure cinq mois. Il est émaillé de festivités.

Aliénor d'Aquitaine découvre les fastes de Byzance. Son entrée dans la nouvelle Rome fait sensation et les Grecs la surnomme Penthésilée, une reine mythique des Amazones. Les Francs sont confrontés à la duplicité des Byzantins. Le basileus, Manuel Comnène, reçoit le roi et la reine de France avec tous les honneurs dus à leur rang. Il organise festins et chasses et tente de séduire Aliénor. Les Allemands partis en avance s'enfoncent en Anatolie conduits par des guides grecs qui les entraînent dans un traquenard. L'armée allemande est massacrée par les Turcs. L'empereur Conrad s'échappe de justesse. Louis VII choisit alors de rejoindre Antioche par la côte en restant prudemment en territoire byzantin. Le basileus joue les Francs contre les Turcs et les pousse à s'entredétruire. Les attaques turques avec la complicité des fonctionnaires byzantins se succèdent sans fin. Les Grecs refusent de livrer les vivres comme promis et informent les espions turcs des mouvements des croisés. L'armée subit une attaque d'une violence extrême en plein mois de janvier au Mont Cadmos. 7000 morts. Les barons d'Île-de-France accusent Aliénor et son fidèle Geoffroy de Rancon d'être responsables de ce désastre. La légende de la Saga nous apprend que Foulques perd sa concubine, Marguerite, criblée de flèches.

Les croisés finissent par atteindre Antioche malgré des pertes humaines très sévères. Antioche, c'est un morceau d'Aquitaine, le prince Raymond de Poitiers est l'oncle d'Aliénor. Ils ne s'étaient pas revus depuis treize ans. Très vite Louis VII et Raymond d'Antioche s'opposent sur la stratégie à adopter. Raymond veut attaquer Alep et délivrer Edesse du joug des Turcs. Louis VII veut gagner Jérusalem et s'emparer de Damas, l'allié de Jérusalem. Or, Aliénor, dans sa grande perspicacité, prend fait et cause pour son oncle avec qui elle entretient des relations de grande proximité. Elle décrète publiquement que son mariage n'est pas valide et décide de rester à Antioche près de son oncle avant de regagner l'Aquitaine. Louis, choqué et scandalisé, la fait enlever et quitte la principauté dans la nuit. Mai 1148, ils arrivent enfin à Jérusalem. Leur périple a duré un an.

Aliénor reste confinée en semi-captivité pendant que Louis, Conrad et le roi de Jérusalem assiègent Damas. C'est un échec retentissant. Louis VII rentre à Jérusalem pour y accomplir ses dévotions. La légende de la Saga nous apprend que Foulques retrouve sa femme, Hersende. Elle tombe enceinte et meurt en couches. Puis c'est le grand retour. Louis VII et Aliénor voyagent chacun sur leur propre galère. La flotte byzantine attaque la flotte française. Aliénor tombe aux mains des Grecs. La flotte sicilienne réagit avec promptitude et délivre Aliénor avant qu'elle ne soit livrée au basileus qui projetait d'en faire sa concubine. La tempête sépare les navires. Aliénor se retrouve perdue sur la côte libyenne. Elle met deux mois pour gagner la Sicile et retrouve enfin Louis. Le couple se rend à Rome. Le pape les réconcilie. Neuf mois plus tard naît encore une fille, Alix. Louis et la cour sont consternés. La rupture est consommée. L'abbé Suger artisan du mariage de l'Aquitaine avec la France meurt. Rien ne s'oppose à la séparation actée à Beaugency en mars 1152. Aliénor reprend sa liberté. Ses filles restent à la garde de leur père. Avec une petite escorte, elle regagne son duché. Entre temps, elle a perdu sa grand-mère, Dangereuse de Châtellerault, sa sœur Pétronille de Vermandois et a rencontré le jeune Henri II Plantagenêt.

Avertissement

Ce texte est un roman dans lequel la fiction prend le pas lorsque les trous documentaires permettent à l'auteur d'imaginer ce qui aurait pu être la réalité du moment.

C'est un roman historique car les faits avérés constituent la trame des événements qui se succèdent : les tentatives d'enlèvement d'Aliénor, son mariage avec Henri Plantagenêt, la réaction de Louis VII, l'accession au trône d'Angleterre…

L'auteur s'attache à mettre en relief la complexité des relations entre les hommes et les femmes au XIIe siècle en mettant en scène des historiettes relatives aux pratiques occultes : sorcellerie, magie, philtres d'amour dont les recettes et les pratiques ne relèvent pas de son imagination.

Chapitre 1

Aliénor trépignait dans la cour. Ses barons s'impatientaient. Les chevaux harnachés comme pour aller à la bataille renâclaient, battaient du sabot, hennissaient. Des lévriers et des dogues tiraient sur leurs laisses et les piqueurs avaient bien du mal à les retenir. Point de chariots bâchés ni de charrettes chargées de victuailles. La duchesse d'Aquitaine qui désormais avait perdu depuis ce matin même son titre de reine de France escomptait gagner Blois d'une traite. Puis de là, elle chevaucherait dans un galop endiablé jusqu'à Tours, avant d'atteindre sa bonne ville de Poitiers. Ses oncles, le vicomte Hugues de Châtellerault et Raoul de Faye, manifestaient leur inquiétude. Aliénor était de nouveau une héritière à marier et nombreux seraient les prétendants suffisamment hardis pour tenter de l'enlever. Quel grand seigneur ne rêva-t-il pas de posséder la belle Aliénor ? Mais rien ne semblait l'effrayer. Un sourire goguenard aux lèvres, elle se pencha vers Foulques de Fons-Almoy, son ami d'enfance, son compagnon de jeu et son fidèle chevalier servant :

— Tu es le seul à être dans la confidence. S'ils savaient. Ils sont à cent mille lieues de se douter de ma décision.

Ah, Foulques, tu ne peux pas me comprendre. Je le sais. Je le devine à ta mine rébarbative. Je lis dans ton regard la réprobation. Mais sache mon cher féal, je suis follement éprise.

Foulques se renfrogna. Elle lui tapota la joue au grand dam de l'archevêque de Reims, Samson, qui venait d'apparaître sur le perron. Le prélat était escorté de Geoffroy de Lauroux, archevêque de Bordeaux et de l'archevêque Hugues de Sens primat de France.

— Tu es jaloux? Mais tu es de mon sang. Alors nul regret. L'inceste n'est pas de mise. Elle ajouta avec tristesse: bien que de sombres rumeurs m'aient prêté une aventure avec mon oncle Raymond de Poitiers, le petit frère de mon père. Que Dieu ait son âme en sa sainte garde. Mais pire encore, un mauvais rimailleur chante que je suis désormais la maîtresse de mon oncle Raoul de Faye, le petit frère de ma mère.

— Je suis bien le demi-frère bâtard de votre père, grommela Foulques enveloppant la duchesse d'un regard enamouré. Il l'aimait et ne voulait que son bonheur. Or elle avait jeté son dévolu sur un prince, certes brillant, mais excessivement égocentrique. Ce dernier, il en était convaincu, allait profiter de la situation pour satisfaire ses ambitions. Il était insatiable et la rendrait malheureuse.

— C'est un homme, un homme viril et non pas un moine comme ce pauvre Louis. L'amour platonique d'un roi qui fuit les plaisirs de la chair, ce n'est pas pour moi. J'ai perdu quinze ans de ma vie aux côtés de ce roi terne et ennuyeux qui m'emprisonnait dans les rets de sa jalousie morbide, alors j'ai hâte de rattraper le temps perdu.

— Pour épouser l'élu de votre cœur, il vous faudra demander la permission au roi de France.

Aliénor gloussa et haussa les épaules. Foulques l'enveloppa d'un regard interrogateur. C'est alors que les archevêques de Sens, Bordeaux, Reims et Rouen se portèrent à la rencontre de la duchesse d'Aquitaine, escortée du secrétaire du roi, Odon de Deuil. Aliénor les gratifia d'un regard triomphant. Odon de Deuil déroula un parchemin sous l'œil austère des archevêques. Elle les défia du regard. L'archevêque de Bordeaux, un vieillard décati qui avait concocté avec son complice, l'évêque de Chartres, ses épousailles avec le jeune Louis VII en négociant avec l'abbé Suger l'abandon des prérogatives ducales sur la nomination des évêques. Une trahison. Elle avait été écartée de tout. Aujourd'hui, elle reprenait son destin en main. Odon d'une voix grave notifia à la reine la nullité de son mariage et tout ce qui s'ensuivait. Aliénor jubilait. Elle se remémora cet évènement de mars 1148 où elle avait décrété que son mariage n'était pas valide et qu'elle resterait à Antioche sous la protection de son oncle Raymond de Poitiers. Elle n'avait pas prévu la réaction brutale du roi son époux. Louis l'avait fait enlever dans la nuit et l'avait traînée de force à Jérusalem où elle fut définitivement écartée du conseil. Les mauvaises décisions dès lors s'accumulèrent. Seule ombre au tableau, Louis VII conservait la garde de leurs deux filles Marie et Alix. La liberté a son prix, soupira-t-elle. Une ombre de tristesse ternit son regard d'émeraude.

— Ma Dame, ainsi, vous redevenez pleinement duchesse d'Aquitaine, conclut le secrétaire du roi en s'inclinant avant de se retirer.

Aliénor suivit du regard cet homme qui avait consigné soigneusement tous les détails de leur interminable périple qui, de Metz, les avaient conduits sur le tombeau du Christ. Puis, elle se pencha vers ses deux oncles Hugues de Châtellerault et Raoul de Faye :

— Mes chers oncles, Louis garde mes filles car il est convaincu que jamais je ne pourrai enfanter un garçon, alors mes filles hériteront de mon duché. Il rêve, le moinillon. Allez, faites sonner le boute-selle. Cette nuit nous dormirons à Blois. N'attendons pas que la nouvelle se propage. Je ne tiens pas à tomber entre les mains de vils coureurs de dot qui ambitionneraient de m'enlever. Foulques de Fons-Almoy, Sébrand et Briand Chabot prendront la tête de l'escorte. Je chevaucherai aux côtés de mon oncle Raoul de Faye et de Maingot de Melle, Saldebreuil de Sanzay et Hugues de Rochefort fermeront l'escorte.

La troupe à cheval quitta Beaugency au petit trot. Une cinquantaine de cavaliers, barons, chevaliers, écuyers et sergents à cheval. Ils longèrent la Loire à vive allure. Sept lieues. Par mesure de précautions et pour être libre de ses mouvements, Aliénor avait fait embarquer ses bagages, coffres chargés de soieries, de parures, de bijoux et de vaisselle sur des scutes poussées par une demi-douzaine de nautoniers et escortées par une douzaine de sergents et chevaliers sous la conduite du chevalier Boson de Château-Larcher. Le soleil déclinait. Ils arriveraient à la tombée de la nuit. Mais pressenti pour être nommé sénéchal de France, le jeune comte de Blois à peine âgé de vingt-deux ans avait offert l'hospitalité à la duchesse d'Aquitaine. Deux mois plus tôt, son père Thibaut IV comte de Champagne et de Blois, l'ennemi juré d'Aliénor, avait rendu l'âme. La fin prochaine de Raoul de Vermandois veuf, de Pétronille d'Aquitaine, semblait imminente et il n'était plus capable d'assurer la charge de sénéchal de France. Alors Louis, qui avait besoin de l'appui du jeune comte de Blois dans sa lutte pour contenir les Plantagenêts laissait courir la rumeur que son jeune favori serait bientôt nommé sénéchal. Thibaut, intelligent comme son père, tenace comme son oncle Étienne de Blois roi d'Angleterre, était dévoré d'ambition. Et de savoir que la plus belle femme du royaume allait passer la nuit dans son château entourée d'une faible escorte, l'émoustillait et excitait son imagination. Alors, il avait concocté une invitation truffée de pièges. Or Aliénor, qui baignait dans une atmosphère courtoise où la conduite des chevaliers était dictée par le code d'honneur des chevaliers de la Table ronde, n'imaginait pas de la part d'un proche du roi pareille félonie.

Le château de Blois se dressait fièrement sur les coteaux de la rive droite de la Loire dominant le fleuve et la ville qui s'étendait à ses pieds. C'était une construction de pierres blanches qui avait subi bien des métamorphoses. Le prodigieux donjon construit par le redoutable Thibault le Tricheur au XIe siècle semblait défier à jamais les États voisins. À son sommet flottaient les couleurs des comtes de Blois, ennemis irréductibles des Plantagenêts qui étendaient leur pouvoir au sud à Tours, à l'ouest à Angers et au Mans et au Nord en Normandie. Blois, c'était la sentinelle avancée des rois de France dans l'empire naissant des comtes d'Anjou. Sur la plateforme du donjon, le jeune Thibaut V s'impatientait en fixant l'horizon espérant à tout instant voir surgir la belle Aliénor en tête de ses barons. Soudain son cœur battit la chamade. Une petite colonne progressait à vive allure le long des berges.

— Belle et naïve, tu vas tomber dans mes rets. Ils sont à peine une cinquantaine. Nous allons les piéger et demain à l'aube, mon chapelain célébrera le mariage d'Aliénor d'Aquitaine avec le comte de Blois en sa chapelle Saint-Calais, à l'abri des remparts, murmura-t-il. Il se lissa la barbe qu'il avait soigneusement fait tresser par sa servante, la douce Azalais.

Le comte de Blois descendit précipitamment l'escalier en colimaçon qui débouchait dans la salle d'armes. Il se rendit dans le palais. Il inspecta jusque dans le moindre détail l'aménagement de la chambre d'Aliénor. Il vérifia que les aiguières, les hanaps, les bassines étaient soigneusement disposés sur les coffres, qu'une table était dressée avec une nappe et des serviettes. Il vérifia l'état du lit et des courtines avant de s'allonger dessus.

— Alors Azalais, tu aimerais bien y passer la nuit en ma galante compagnie.

— Monseigneur, je suis votre dévouée servante, répondit la jolie brunette avec son accent occitan.

Après la mort du comte de Toulouse empoisonné en Terre Sainte, elle avait été recrutée par le comte de Champagne qui l'avait envoyée à Blois au service de son frère Thibault.

— Ce soir, tu es au service de la duchesse d'Aquitaine. Tu la serviras selon mes instructions. Le comte se mit à rire. Azalais le dévora d'un regard langoureux. Thibault de Blois était à ses yeux l'incarnation du parfait chevalier, preux, impavide et galant. C'était l'image même du héros tel que le versifiaient les trouvères.

La jeune femme s'approcha du comte. Il agrippa son bras d'une main impatiente.

— Je suis tout émoustillé à l'idée d'étreindre la belle Aliénor et de célébrer notre nuit de noces dans ce lit. Il attira violemment la jeune femme sur lui. Elle s'empourpra. Le comte l'intimidait. Il se redressa, caressa le visage de la belle puis se releva. Aide-moi à revêtir ma cape, frotte mes bottes pour les faire briller, parfume mes cheveux et brosse-les.

Une fois prêt, laissant la douce Azalais à ses travaux, Thibaut V de Blois se rendit dans la cour avant de gagner le châtelet pour accueillir la duchesse.

Elle était dans la cour, là, chevauchant hardiment à califourchon son palefroi, telle une Amazone. Vraiment, la légende ne démentait pas la réalité. Il en fut profondément troublé. Belle comme le jour, resplendissante de beauté, pourtant il l'avait déjà croisée à Paris et ailleurs mais ce jour n'était pas comme les autres. Aliénor, consciente de l'effet qu'elle produisit sur le bel Adonis, sourit de contentement. Un sourire espiègle. Thibaut se précipita pour tenir son cheval au mors et l'aider à descendre de cheval. Mais leste et vive, Aliénor le prit de court. D'un bond elle avait mis pied à terre, sous le regard amusé de ses oncles.

— Je suis votre dévoué serviteur, votre chevalier servant, déclama-t-il d'une voix chaleureuse.

Aliénor surprit un trémolo qui la fit encore sourire puis soudain, le jeune comte retrouva sa superbe et fixa la duchesse avec l'assurance d'un grand seigneur.

— Je suis bien aise d'être reçue par un aussi galant prud'homme, répondit Aliénor en considérant son interlocuteur avec intérêt. Elle le trouva beau. De belle tournure, svelte et carré d'épaules, les membres déliés, blond aux yeux bleus, les traits fins, le nez aquilin, le menton volontaire prolongé par une barbe effilée et méticuleusement tressée, il ressemblait à sa mère, la bavaroise Mathilde de Carinthie. Il était de huit ans son cadet et aurait pu faire un joli parti. Mais il lui manquait l'essentiel, le charisme et le charme outre le fait que sa culture lui semblait bien terne ce qui, aux yeux d'Aliénor, était rédhibitoire. Bien que lettré, Thibault de Blois était incapable de rivaliser avec la prodigieuse culture générale de son cousin issu de germain, Henri II Plantagenêt.

— J'ai fait aménager la plus belle chambre de mon palais. Vos chevaliers pourront séjourner dans la salle des gardes du donjon et vos barons seront hébergés dans le logis de l'évêque.

— Je vous remercie de votre amabilité, dit Aliénor en échangeant un regard perplexe avec son oncle Hugues de Châtellerault. Ils allaient être séparés en deux groupes et elle serait seule dans le palais. Or, une fulgurance dans le regard du comte éveilla en elle un soupçon. Thibaut de Blois aurait-il une idée derrière la tête ?

La table avait été dressée dans la grande salle du palais. Furent invités les oncles d'Aliénor, les frères Chabot, Saldebreuil et les sires de Melle et de Rochefort. Le comte se montra un hôte charmant. Quelques troubadours égayèrent les agapes de leurs poésies occitanes puis Aliénor donna le signal en se levant au moment où les cloches de la chapelle castrale sonnèrent complies appelant les moines hébergés au château à accomplir leurs dernières dévotions.

— Cher comte, je suis horriblement lasse et désire gagner ma chambre. Les évènements de la journée m'ont éprouvée. Vous comprenez. Ma vie vient de basculer. Je ne suis plus qu'une pauvre duchesse répudiée par un roi jaloux et timoré. De surcroît cette chevauchée a été exténuante. Je ne saurais abuser plus que séant de votre hospitalité. Demain, nous partirons à l'aube.

— Azalais que voici sera votre servante tout au long de votre séjour, s'inclina le comte de Blois avec un grand sourire.

— Le chevalier de Lhommaizé veillera la première moitié de la nuit devant la porte de ma chambre puis le chevalier Fons-Almoy le remplacera, décida Aliénor.

Le vicomte de Châtellerault eut un sourire narquois. Quelle comédienne, songea-t-il. Il considéra sa nièce d'un regard admiratif. Belle à se pâmer, svelte et sportive, la petite chevauchée menée à grand train entre Beaugency et Blois ne l'avait pas le moins du monde harassée. Et cette répudiation, elle avait tout concocté pour conduire le roi dans l'encoignure où elle l'attendait, le contraignant ainsi à faire convoquer ce concile. Fine mouche, la belle Aliénor. Et le vicomte avait bien vu qu'entre elle et le jeune duc de Normandie, quelque chose s'était passé. Le roi Louis VII n'avait rien vu et pourtant, plutôt que s'abîmer dans ces oraisons sans fin, il aurait dû surveiller en personne son épouse folâtrant gaîment dans le verger du palais de l'île de la Cité. Henri Plantagenêt s'était montré bien entreprenant. De l'audace et de la témérité.

Foulques et deux de ses compagnons, Hugues de Beaulieu et Robert de la Millière, s'enroulèrent dans une couverture et se couchèrent dans un recoin de la grande salle tandis que barons et vicomtes se retiraient dans la bonne ville de Blois.

Après le départ des convives, le silence retomba. Le comte de Blois et ses familiers s'étaient retirés discrètement.

Thibault de Blois agrippa Odon de la Rivière par le bras.

— Messire, prenez quatre hommes et attendez mes ordres. Lorsque les douze coups de minuit sonneront à la chapelle Saint-Calais, j'enverrai mon page vous quérir. Soyez armés jusqu'aux dents. Équipez-vous de cordes, chaînes et bâillons.

Un sourire entendu éclaira les traits bouffis du chevalier. Cet ancien compagnon de jeu du jeune comte était réputé pour sa cupidité et sa voracité. Il n'avait pas encore atteint son quart de siècle qu'un embonpoint précoce alourdissait sa silhouette mais sa haute taille lui donnait l'air d'un immense escogriffe dont la force herculéenne était à la hauteur de ses exploits de tournoyeur et de veneur.

Azalais gratifia la duchesse d'Aquitaine d'un large sourire en tirant le loquet pour barrer la porte de leur chambre.

— Ainsi ma Dame, nous ne serons point importunées.

— Tu lis dans mes pensées, demanda Aliénor. Elle dégrafa la fibule qui retenait son manteau bleu azur et le jeta sur un coffre avant de lui tourner le dos pour que cette dernière délace les lacets du corsage de son bliaud.

— Je suis à votre service, répondit la jeune servante en dénouant les lacets.

Aliénor se tut et se mit à réfléchir. La porte est bloquée de l'intérieur et un de mes chevaliers veille devant. Que peut-il m'arriver ? Depuis l'enlèvement d'Antioche diligenté par son ex-époux, elle se méfiait des tentatives de rapt. L'attitude du jeune comte de Blois ne lui disait rien qui vaille. Quant à cette Azalais qui parlait l'occitan aussi bien que l'oïl, elle ne lui inspirait pas confiance. Elle avait le regard fuyant. Elle la jugea fausse.

— Aide-moi à retirer mon bliaud, commanda Aliénor en levant les bras.

Azalais obtempéra. Puis elle retira elle-même sa tunique de lin. Elle avisa le lit. Il était joliment ouvragé et des lourdes courtines de velours le protégeaient des courants d'air. La literie était luxueuse, garnie de coussins et de fourrures. Alors, elle retira sa chemise et se retrouva nue devant Azalais. Elle entra dans la cuve de bois. Azalais versa sur ses épaules un broc d'eau fraîche et la frotta avec une éponge. Un souvenir des croisades, songea Aliénor. Puis la jeune servante la frictionna avec une serviette de lin.

— Tu dors avec moi ? demanda Aliénor.

Azalais hocha du menton. Alors, Aliénor s'agenouilla pour prier puis s'étendit sur le lit en s'enroulant dans un drap. Le sommeil ne tarda pas à la gagner. Les douze coups de minuit sonnèrent. À ses côtés, Azalais, fidèle aux consignes du maître, vérifia que la duchesse se soit bien endormie. Elle se leva sans bruit et gagna la porte à pas de loup. Elle retira le loquet qu'elle avait précautionneusement graissé le matin même pour éviter qu'il ne grince.

Devant la porte, Enguerrand de Lhommaizé luttait contre le sommeil. C'était un bon chevalier, aguerri mais dépourvu de cervelle. Lorsqu'il vit le comte de Blois s'avancer dans sa direction, il parut à peine surpris et le salua. Il reconnut un de ses familiers, Odon de la Rivière, qui lui décocha une bourrade sur l'épaule.

— Le service à cette heure n'est pas des plus agréables, dit alors Odon d'un ton qui se voulait aimable.

C'est alors que la porte de la chambre s'ouvrit. Lhommaizé se retourna découvrant sous son nez, d'un air hébété, le minois mutin de la belle Azalais nue comme un ver. Il se demanda s'il ne rêvait pas. Elle lui posa son doigt sur la bouche. Au même moment quatre hommes l'agrippèrent. L'un le prit à la gorge. Un autre le bâillonna avant de le saucissonner. Tout cela se déroula en moins de temps que pour le dire et le pauvre chevalier de la duchesse se retrouva embarqué par quatre hommes dans une geôle du château de Blois. Thibaut V entra dans la chambre d'Aliénor suivi de sa fidèle servante.

De son côté, Foulques les sens en éveil dormait d'un sommeil léger. Il conservait un amer souvenir de l'humiliation cuisante qu'il avait subie lors de l'enlèvement d'Aliénor par Thierry Galleran. Lorsque les douze coups de minuit sonnèrent, il souleva une paupière et jeta un œil autour de lui. Ses deux compagnons ronflaient comme des bienheureux, alors il se leva pour se dégourdir les jambes. Taraudé par un sombre pressentiment, il prit le parti d'aller voir si du côté de Lhommaizé tout se passait sans souci. Par précaution, il ceignit son baudrier à laquelle pendaient son épée et un coutelas.

D'un pas de félin, il gravit les marches de l'escalier en colimaçon qui mène aux chambres réservées au comte et aux hôtes de marque. La torche rivée aux murs perçait l'obscurité par une lumière ondoyante. Tout était silence. Soudain, il entendit un éclat de voix provenant d'une des chambres. Il s'approcha l'oreille aux aguets. Il reconnut à son timbre la voix d'Aliénor. Le ton était sec, voire cinglant mais les propos inaudibles. Son cœur se serra. Devant la porte, il n'y avait personne. Que faisait donc cet abruti de Lhommaizé ? se demanda-t-il perplexe. Soudain. Il entendit un pas et vit la porte s'entrouvrir. Il fit un bond en arrière et se tapit dans un recoin. Le comte de Blois sortit dans le corridor et héla un de ses chevaliers.

— La Rivière ! J'ai besoin de tes services.

Quelques instants plus tard surgit le gros homme escorté de deux chevaliers aux mines patibulaires. L'un d'eux avait sa cotte maculée de taches de sang. Son sang ne fit qu'un tour. Par tous les saints du Paradis ! qu'ont-ils fait de Lhommaizé ? Dans quel guêpier Aliénor s'était-elle fourrée ?

— Jamais ! Jamais ! Vous m'entendez, je ne vous épouserai.

Le comte se retournant pour contempler la belle captive qu'il comptait séduire par la force.

— Alors, jamais vous ne sortirez d'ici. Désormais, vous êtes mienne. N'oubliez pas que Vermandois, votre beau-frère, l'ex-mari de feu votre sœur Pétronille, est mourant et le roi me confiera bientôt la charge de sénéchal de France.

— Si vous ne me libérez pas sur-le-champ vous déclencherez une guerre sanglante. L'Aquitaine comme un seul homme va déferler sur vos fiefs, dévaster vos campagnes, ravager vos villes, réduire en cendres votre belle ville de Blois.

Thibaut de Blois se mit à ricaner et rétorqua d'un ton sarcastique :

— Croyez-vous que vos barons vont lever un petit doigt pour vous sauver ? Le roi de France me soutiendra et vous captive, personne ne bougera le petit doigt. Tous se satisferont de nouveaux arrangements et de nouvelles prébendes que je saurai leur distribuer… l'on me nommera alors régent d'Aquitaine.

— Vous rêvez ! tempêta Aliénor folle furieuse.

Foulques en avait trop entendu. Il rebroussa chemin et alla réveiller ipso facto ses deux compagnons :

— Hugues, Robert, notre duchesse est dans de sales draps. Le comte de Blois la tient captive. Ils ont probablement assassiné Lhommaizé. Cela va être notre tour.

— Que faire ? demandèrent La Millière et Beaulieu.

— J'ai repéré trois chambres. Celle du comte de Blois, au sud, celle d'Aliénor au milieu et enfin une chambre inoccupée au nord-ouest. Passons par l'escalier nord. Des chevaliers gardent la chambre de notre suzeraine.

Aussitôt dit, aussitôt fait. Les trois hommes se faufilèrent discrètement hors de la grande salle et grimpèrent l'escalier nord. La porte de la troisième chambre n'était pas verrouillée. Ils s'y engouffrèrent et tendirent l'oreille. Le comte de Blois donna des instructions :

— La Rivière reste en faction. Deux hommes avec moi pour aller régler le sort des trois bougres qui ronflent dans la grande salle. Foulques ouvrit avec moult précautions la porte. Le gros La Rivière leur tournait le dos et suivait du regard le comte et ses chevaliers s'enfoncer dans l'obscurité. À peine avaient-ils disparu qu'Aliénor se mit à hurler et le gros La Rivière la couvrit de sarcasmes grossiers et répugnants. Occupés à insulter la duchesse d'Aquitaine, il ne vit pas fondre les trois Poitevins. Saisi à la gorge par Beaulieu, il n'eut pas le temps de se débattre. Un violent coup sur la nuque l'étourdit. Foulques gratta à la porte.

— Aliénor, c'est moi Foulques, laisse-moi entrer.

Aliénor reconnut la voix de son chevalier servant. Son cœur se serra mais elle réagit avec promptitude. Avec la vélocité d'une tigresse bondit sur la porte et tira le loquet tandis qu'Azalais se jetait sur elle pour l'en empêcher. D'un coup d'épaule, Foulques débloqua la porte et s'engouffra suivi de ses deux compagnons qui entraînèrent le gros La Rivière avec eux. Azalais se mit à crier. Foulques lui asséna une gifle magistrale qui l'envoya bouler au sol. Puis il s'arrêta interdit. La reine n'avait pas eu le temps d'enfiler une chemise.

— Retournez-vous, commanda-t-elle.

— On ne regarde pas, répondirent les trois chevaliers en chœur rouges de confusion.

Ils bâillonnèrent et ligotèrent Azalais et La Rivière. Foulques ouvrit la fenêtre qui donnait dans le vide.

Il reprit son souffle. Le précipice était impressionnant. Il faisait nuit et les ténèbres accentuaient l'impression de vide. Il plissa les lèvres, se retourna et fixa la reine avant de jeter d'un ton déterminé :

— Pas un instant à perdre. Verrouillez la porte et confectionnons une corde avec les draps et les courtines. Je passerai le premier et j'irai au port prévenir Boson de Château-Larcher pour qu'il se prépare à filer avec les barges. Hugues de Beaulieu me suit avec notre duchesse et toi Robert de La Millière, tu files à l'évêché prévenir le vicomte de Châtellerault pour qu'il nous rejoigne avec les autres. Nous nous esquiverons par la Loire et prendrons soin de naviguer au milieu du fleuve.

Les trois hommes s'attelèrent à la tâche et nouèrent les extrémités des draps et courtines les unes aux autres par des cordes soigneusement nouées.

— Nous allons manquer de cordes, observa Robert de La Millière. C'était un homme fort, de taille moyenne marqué par un léger embonpoint et son visage couperosé trahissait un solide penchant pour la bonne chère. Foulques savait par expérience que l'homme avait le vertige et qu'il cherchait de vains prétextes pour ne pas se laisser glisser le long de la muraille.

Aliénor, en bonne observatrice, ajouta :

— N'ayez crainte messires, nous avons assez de longueur pour atteindre le bas de la muraille. Ensuite nous nous laisserons glisser sur la pente, certes pentue mais nous sommes dans le bon sens. Elle dénoua sa ceinture de cuir et la tendit au chevalier de La Millière : faites-en bon usage.

Elle n'a peur de rien, songea Foulques en l'enveloppant d'un regard chargé d'émotion. Elle le darda de ses prunelles bleu vert. On aurait dit des émeraudes qui flamboyaient dans le clair-obscur. Elle dit comme si elle lisait dans ses pensées :

— Tu ne crois tout de même pas que je vais épouser ce paltoquet dont le père n'a cessé de me défier.

Hugues de Beaulieu, en homme sérieux, déroula la corde ainsi confectionnée de draps et de rideaux noués les uns aux autres. Avec Robert de la Millière, ils la tractèrent de toutes leurs forces aux extrémités avant de la fixer à un des anneaux où avaient été rivées les courtines du lit à baldaquin.

— Il est l'heure, dit-il laconique.

Foulques entreprit de la dérouler le long du mur en espérant qu'une des sentinelles des tours flanquantes ne surprendrait pas leur manège, sinon, ils étaient bons pour recevoir un déluge de flèches. Sans haubert, sans équipement, arrimés dans le vide, c'était la mort assurée.

Le cœur noué, il ferma les yeux, invoqua brièvement tous les saints du Paradis et se glissa avec une forte appréhension à travers la fenêtre gémellée. Il se laissa glisser en ayant l'impression de filer droit dans la gueule d'un four. Le choc le fit réagir. Par chance, la couverture nuageuse de cette nuit sans lune rendait les ténèbres impénétrables et il y avait peu de probabilités d'être repéré du chemin de ronde et des tours. Le danger était que le comte de Blois impatient d'arriver à ses fins retourne dans la chambre d'Aliénor. Il secoua la corde faite de draps pour donner le signal. À son tour, Hugues de Beaulieu glissa comme un chat. L'homme était souple et rapide. Ce fut au tour d'Aliénor. Sous le regard blême de Robert de la Millière qui n'arrivait plus à déglutir, Aliénor se faufila à traverser la fenêtre. Souple et sportive, inconsciente du danger, elle se laissa glisser aérienne et légère telle une sylphide. Le souffle coupé, les deux chevaliers, la rattrapèrent ; abandonnant la Millière à son dilemme ; descendre dans le vide ou se faire capturer par les hommes de Blois et être jeté dans un cul de basse-fosse.

Ils dégringolèrent la pente escarpée. Foulques disparut dans les ruelles étroites en filant vers le port. Aliénor et Hugues de Beaulieu prirent la direction des quais en marchant bras dessus bras dessous comme deux amants pour donner le change au cas où le guet les surprendrait. Il ne fallait surtout pas attirer l'attention. Foulques évita de justesse une patrouille de sergents mais à l'approche de la Loire, un voile de brume ensevelissait un peu plus la nuit dans des ténèbres opaques. Il perçut la petite lumière falote qui éclairait le capitaine des sergents, se rencogna dans l'embrasure d'une porte et les laissa passer. En quelques enjambées, il gagna le port et bondit dans la première scute accostée. Il y en avait une douzaine, toutes arrimées les unes aux autres. Silencieux, comme un loup en chasse, l'épée au poing, il les traversa une à une jusqu'à ce qu'il trouve celle qui portait une flamme aux armes d'Aquitaine. Les cinq nautoniers dormaient, roulés en boule sous leurs couvertures. Boson de Château Larcher et trois chevaliers disputaient une partie de dés. Quand ils virent Foulques surgir du néant comme un beau diable, ils n'eurent même pas le temps de se signer mais la frayeur d'une apparition d'outre-tombe s'imprima sur leurs visages impavides devant le danger perceptible mais couards devant la menace invisible jaillie tout droit des enfers.

— N'ayez crainte messires, ce n'est que moi. Réveillons nos gens en silence. Nous devons fuir par le fleuve. La ville est fermée. Notre duchesse arrive d'un instant à l'autre suivie de ses oncles et compagnons. Le comte de Blois a tenté d'abuser de notre suzeraine. Nous avons dû fuir.

— Quatre scutes sont insuffisantes.

— Alors réquisitionnons-en quatre de plus, répondit Foulques. La promesse d'une bourse d'or ou d'avoir la gorge tranchée sera convaincante.

Aliénor arriva à son tour nullement essoufflée et pourtant ils avaient dû courir car le guet avait tenté de les interpeller.

— Nous leur avons faussé compagnie en faisant un détour vers la ville haute, expliqua Aliénor très satisfaite du bon tour qu'elle avait joué au guet de son ennemi. Sur ces entrefaites, le vicomte de Châtellerault arriva, suivi des Chabots, Rochefort, Melle et les autres. Foulques retrouva un Robert de la Millière à bout de souffle.

Huit scutes d'une vingtaine de mètres de long et trois mètres de large. Deux nautes, dans chacune d'entre elles, s'appuyèrent sur leurs perches en pin pour s'éloigner des quais tandis que les capitaines et leurs aides déroulaient la voile carrée qui devait les aider à prendre de la vitesse. En cette période de mars, après la fonte des neiges du Massif central, le courant était fort et ils naviguaient dans le bon sens. Les oncles d'Aliénor, Rochefort et les Chabot avaient récupéré leurs chevaux. Les scutes à fond plat ne posèrent pas de problème pour les faire tenir à l'intérieur. C'est le ramdam provoqué par le tintement des fers sur le sol pierreux des ruelles de Blois qui attira l'attention de plus d'un bourgeois réveillé en sursaut. Or le guet et de nombreux sergents patrouillaient dans la ville. Ce soir le comte de Blois était nerveux. À peine, les scutes s'éloignaient-elles de la ville pour gagner le centre du fleuve qu'une troupe armée surgit. Quelques flèches sifflèrent. Deux hommes furent blessés. Mais les hommes de Blois renoncèrent. La belle d'Aquitaine échappait à leur maître.

— Nous trouverons des chevaux à Tours.

— À Tours, en terre angevine, grommela Rochefort. Et si Henri Plantagenêt tentait à son tour sa chance.

Un sourire énigmatique fleurit à la commissure des lèvres de la duchesse. Elle échangea un regard de connivence avec Foulques qui baissa la tête. Il désapprouvait cette passion d'Aliénor pour Henri. Il était désespéré mais rien n'arrêtait Aliénor quand elle avait une idée en tête.

Ils entrèrent à Tours incognito. Un cadet d'Amboise les accueillit et fournit une dizaine de chevaux.

— Ma Dame, suggéra le chevalier d'Amboise, continuez votre route au milieu du fleuve. C'est la manière la plus sûre de ne pas tomber dans une embuscade.

— Merci de vos conseils, répondit Aliénor en prenant congé du vassal d'Henri. Elle se tourna vers ses oncles Châtellerault et Faye et leur dit : Foulques partira à cheval avec dix hommes en tête. Sa mission, veiller à ce qu'aucun piège ne nous soit tendu. Quant à nous, nous chevaucherons en conservant une distance suffisante pour avoir le temps de nous replier.

Le chevalier d'Amboise crut bon d'insister. Aliénor, agacée, rétorqua sèchement :

— Le chemin le plus court pour gagner Châtellerault, c'est à cheval. Nous traverserons la Creuse en face de Port-de-Piles et là nous serons chez nous. Ainsi, je vous saurais gré de fournir à chacun de mes compagnons un palefroi.

Un homme à la mine chafouine et au regard biaiseux s'inclina la main sur le cœur.

— Ma Dame, il en sera fait selon vos désirs.

L'homme, un obscur écuyer du nom de Gontran, s'éclipsa pour donner des instructions aux palefreniers des écuries du château de Tours puis il sella un cheval et partit au galop hors la ville. Il n'alla pas loin. À quelques lieues, dans une auberge isolée, sur la route de Chinon, Geoffroy d'Anjou, frère cadet d'Henri II Plantagenêt, tuait le temps en disputant une partie de dés avec quelques chevaliers.

— Tudieu Gontran, quelles sont les nouvelles? s'exclama Geoffroy d'Anjou d'un ton guilleret.

Gontran s'inclina devant le frère cadet d'Henri Plantagenêt et lui glissa à l'oreille.

— Elle a pris la route la plus directe. Elle traversera la Creuse à Port-de-Piles.

— Par la Malemort, si Henri croit que je vais me contenter de trois villes, il se trompe. Chinon, Loudun, Mirebeau, c'est une portion congrue. J'aurai la duchesse pour moi et crois-moi je n'attendrai pas demain pour la culbuter.

— Monseigneur, vous êtes irrésistible, glapit Gontran.

— Elle ne résistera pas à la fougue de la jeunesse, elle qui à trente ans n'aurait connu que le moinillon de Paris.

— On raconte qu'elle est délurée, observa Gontran du ton de l'homme qui sait. Elle se serait vautrée dans la couche de ses oncles Raoul de Faye et Raymond de Poitiers sans compter le vieux Geoffroy de Rancon.

— Raison de plus pour ne pas traîner, elle est à moi. Cette nuit, du haut de mes seize ans je la posséderai et mettrai la main sur son duché. Tu n'imagines pas que je vais l'abandonner à Henri. J'ai bien compris ce que ces deux-là mijotent. Henri est déjà duc de Normandie, qu'il me laisse le duché d'Aquitaine. Sonne le boute-selle. On y va, fit le cadet d'Anjou en se levant.

Geoffroy d'Anjou avait levé une petite armée de bacheliers qui tournoyaient de par le monde en quête d'aventures, de conquêtes féminines et d'espèces sonnantes et trébuchantes, outre ses vassaux du Mirebelais, du Loudunais et de Chinon, soit deux cents hommes.

À tout juste une lieue du Port-de-Piles, Foulques et ses hommes attendirent que la duchesse et le gros de l'escorte les rattrape. En les voyant à l'arrêt, Aliénor fit un signe de la main et immobilisa son palefroi à la hauteur de Foulques. Elle était vêtue comme un homme et portait un haubert de mailles fines, une saladine que Maître Ansciau, haubergier de son état, avait confectionnée à la demande de Foulques sur un modèle syrien. Elle avait accroché une épée à son baudrier et chaussait des houseaux de cuir rouge.

— Messire de Château-Larcher, prenez quatre hommes avec vous et partez en éclaireurs. J'ai comme une intuition.

— Une intuition, répéta son oncle, le vicomte de Châtellerault.

— Plus qu'une intuition. Cette nuit, j'ai fait un rêve étrange. Un ange s'est porté à ma rencontre alors que je gambadais dans un verger entre les buissons, épiant daims et chevreuils.

— Qu'a-t-il dit ? s'enquit Raoul de Faye, le cadet du vicomte.

— Je ne m'en souviens plus. Mais il me semble qu'un danger me guette en amont de la confluence de la Creuse et de la Vienne.

— Un danger, s'inquiéta Foulques. Mais nous sommes à la frontière des fiefs d'Henri II Plantagenêt et de la vicomté de Châtellerault. Le Port-de-Piles se situe à moins de cinq lieues de Châtellerault.

— Et à un peu plus de six lieues de Mirebeau, continua Aliénor, songeuse.

— Et alors, ce n'est pas le cadet d'Henri qui vous inquiète, insista Foulques qui était dans le secret de la confidence.

Elle secoua la tête sans répondre et fixa Boson de Château-Larcher d'un air impénétrable. Le chevalier comprit et se tournant vers Beaulieu et Fons-Almoy leur dit :

— Prenez deux sergents et allons voir par nous-mêmes.

— Tu n'as pas vu son regard, murmura-t-elle, lourd, libidineux, rien à voir avec celui d'Henri qui s'est montré séducteur et conquérant.

Les cinq cavaliers filèrent bon train jusqu'au port. Tout semblait calme. Deux nautoniers s'affairaient près de leurs barges. De l'autre côté du cours d'eau, le village de Piles semblait bien silencieux comme s'il avait été vidé de ses habitants.

— Holà, tonna Château-Larcher. Il n'y a que deux barges ?

— Messire, fit un vieil homme longiligne et sec, aux traits acérés et durs, des marchands les ont louées ce matin.

— Je vais réquisitionner ces deux-là, dit alors Boson de Château-Larcher, un pli soucieux barra son front. Et si la duchesse avait raison.

— Impossible messire. Elles sont déjà réservées.

— Ordre de la duchesse d'Aquitaine, je les réquisitionne.

Le nautonier se déplia. C'était un homme de haute taille. Foulques le considéra des pieds à la tête avec suspicion. Le ton de cet homme n'était pas celui d'un marin fluvial habitué à courber l'échine devant un seigneur et qui plus est un chevalier en armes. Quelque chose n'allait pas. Un sourire narquois plissa les lèvres du nautonier. Son compagnon se leva en s'appuyant sur un bâton ferré.

— Deux marins d'eau douce contre trois chevaliers et deux sergents. Le rapport de force est disproportionné, lança Boson de Château-Larcher.

— Croyez-vous messire, jeta le nautonier en souriant.

Et soudain, il se baissa, ramassa une pique et la plongea dans le poitrail du destrier de Boson. L'animal hennit de douleurs, s'ébroua et s'affaissa sur les antérieurs, entraîna son cavalier médusé dans sa chute. Foulques d'un geste fulgurant tira l'épée du fourreau et désarma le second qui lâcha son bâton ferré. Hugues de Beaulieu allait porter secours à Boson lorsque le nautonier posa la pointe de sa pique sur la gorge du chevalier, la jambe coincée sous le poids de son cheval.

— Je serais vous, je n'en ferais rien.

C'est alors qu'une troupe de cavaliers surgit de derrière la roselière qui bordait la Creuse. Foulques blêmit. Il se pencha vers Hugues de Beaulieu et glissa à ses oreilles :

— Ils sont trop nombreux. Notre devoir est de filer et de prévenir Aliénor. Séparons-nous. Je prends sur la dextre, je te laisse la senestre.

Beaulieu opina du menton sans un mot. Caracolant sur son destrier, Geoffroy VI Plantagenêt affichait un visage rigolard et toisait les quatre Poitevins avec assurance.

— On s'est déjà vus ! lança-t-il à l'attention de Foulques.

Foulques poussa son destrier en avant en direction du cadet d'Henri II. Il remit ostensiblement son épée au fourreau et répondit le plus aimablement du monde :

— Monseigneur, nous nous sommes croisés à plusieurs reprises, dans le verger de la Cité, au Mans et ailleurs encore me semble-t-il.

Alors qu'il arrivait à la hauteur de Geoffroy VI Plantagenêt, il éperonna soudainement sa monture qui bondit en avant, bousculant les chevaliers qui les encerclaient. D'une main leste, il s'empara de sa masse d'arme hérissée de pointes acérées qu'il brandit et abattit sur le premier venu. Il frappa à coups redoublés prenant les bacheliers du jeune Plantagenêt par surprise. En trois bonds après avoir démantibulé trois ou quatre chevaliers, il rompit l'encerclement et fila comme un dard. La meute voulut le prendre en chasse. Beaulieu en profita pour filer avec les sergents en prenant quelques bacheliers à revers.

Mal préparé à une réaction aussi fulgurante, Geoffroy VI perdit de précieux instants, hébété qu'il était. Ses pensées s'entrechoquèrent. Foulques était le messager d'Aliénor auprès d'Henri. Il venait de le reconnaître et son frère le tenait en grande estime pour sa vaillance et son audace. Or Geoffroy redoutait les terribles colères de son frère aîné. Déjà, enlever Aliénor était une gageure audacieuse dont il risquait de payer le prix fort, s'il ne la possédait pas sur-le-champ. Il se raidit puis se ressaisit.

— Tudieu! Messeigneurs, hurla le jeune cadet. Ne les laissez pas s'échapper. Sa voix chevrota. Il n'avait que seize ans et manquait d'assurance. Les chevaliers qu'il avait recrutés, étaient entrés à son service motivés par l'appât du gain. Certains se concertèrent du regard avant d'obtempérer.

— Cent livres à qui me rapporte morts ou vifs ces chevaliers, s'égosilla Geoffroy VI.

Parmi sa compagnie de bacheliers certains étaient si désargentés que la perspective d'une récompense, les poussa au crime. Une trentaine de cavaliers s'élança sur les traces de Foulques et une cinquantaine prit en chasse Hugues de Beaulieu et ses deux sergents.

Geoffroy VI, inquiet que le gibier ne lui échappe, se pencha vers Boson de Château-Larcher:

— Toi, tu iras moisir dans les geôles de Mirebeau.

Foulques montait un destrier puissant et véloce. Parti dans un galop endiablé, il parvint à maintenir les quelques toises qu'il avait gagnées.

Sébrand Chabot tendit l'oreille et se retourna vers le vicomte de Châtellerault.

— Nos éclaireurs ne sont pas seuls. Une troupe nombreuse galope vent du bas, droit sur nous. Je reste avec vingt hommes pour les retenir.

Aliénor d'Aquitaine qui avait tout entendu prit la situation en main :

— Mes oncles m'escortent. Nous franchirons la Vienne en aval de la confluence. Nous nous retrouverons à Châtellerault.

De son côté, Hugues de Beaulieu entraîna ses poursuivants dans une roselière bourbeuse. Il sauta à bas de sa monture, imité par les deux sergents. Les trois hommes se faufilèrent, silencieux comme des spectres, dans une nature luxuriante qui les engloutit.

Les frères Chabot, Saldebreuil de Sanzay, Maingot de Melle et Rochefort prirent position avec leurs commensaux derrière une chênaie bordée d'une épaisse palisse de coudriers. Le martèlement sourd des sabots se rapprochait inexorablement. Un écuyer, qui avait mis pied à terre, s'était tapi derrière un roncier et guettait l'approche de la cavalcade.

— Ils arrivent. Messire de Fons-Almoy est talonné par une meute vociférante de chevaliers fagotés comme des ribauds de viles extractions.

— Nous chargerons quand ils seront à cent toises. Faites attention à ne pas embrocher notre compère Foulques, dit Sébrand Chabot.

— Maintenant ! hurla l'écuyer en levant le bras puis en le rabattant.

Les Poitevins éperonnèrent de concert, en ligne, la lance à la verticale. Dans une demi-volte impeccable, l'escadron surgit de derrière le boqueteau, dans un petit galop régulier qui s'accéléra dans un rythme rapide tandis que les lances s'abaissèrent simultanément à l'horizontale.

— Fons-Almoy couche-toi sur l'encolure de ton destrier, tonna Saldebreuil.

Foulques réagit à temps. La pointe effilée d'une lance effleura son haubert et vint percuter de plein fouet un de ses poursuivants. Le choc fut rude. Pris par surprise, plus jeunes, peut être plus vigoureux mais bien moins expérimentés les bacheliers de Geoffroy VI Plantagenêt subirent une cuisante déconfiture. Vingt chevaliers désarçonnés, une dizaine démantibulés, six morts et quelques blessés. Ils abandonnèrent aussitôt la partie. Saldebreuil donna le signal de la retraite et s'approchant de Foulques lui dit :

— La duchesse d'Aquitaine remonte la Creuse. On traversera la Vienne après la confluence.

— Ne veut-elle pas se rendre en pèlerinage à L'Isle Bouchard ? plaisanta Foulques

— En pèlerinage ! J'ignorais qu'il y eut un miracle à moins qu'il ne s'agisse de reliques rapportées d'Orient, s'étonna Sébrand Chabot.

— Point de miracle messire, ni de reliques mais tout simplement un voyage souvenir dédié à sa grand-mère Dangereuse de Châtellerault, née L'Isle Bouchard, répondit Foulques qui omit de dire que sa propre mère la belle Almodis était le fruit adultérin du frère de Dangereuse.

Aliénor immobilisa son palefroi. L'animal à la robe alezane tendit les oreilles. Ils n'étaient plus qu'une vingtaine à assurer la protection de la duchesse et les frères Châtellerault et Faye semblaient préoccupés. Cette attaque inopinée leur semblait irréelle. Qui pouvait en vouloir ainsi à leur nièce? Aliénor leur avait confié sous le sceau du secret ses desseins et ses projets personnels qu'elle avait déjà concoctés avec Henri II Plantagenêt. Alors qui?

— Geoffroy VI d'Anjou, dit à haute voix Aliénor comme si elle lisait dans les pensées de ses oncles.

— C'est insensé, s'indigna le vicomte de Châtellerault. Je ne puis le croire.

— Ce sont des rebelles, des Angevins ou des Manceaux. La révolte gronde dans les États du jeune duc de Normandie, précisa Raoul de Faye. Berlay de Montreuil et ses amis ne pensent qu'à leur vengeance.

Aliénor secoua la tête négativement. Elle respira profondément et fixa ses oncles d'un air inquiet.

— Traversons la Vienne en aval mais soyons vigilants. Geoffroy d'Anjou a dû lever une belle bande de bacheliers désargentés.

— Avec ce détour, nous allons perdre du temps. La nuit va bientôt tomber. Il faut traverser la Vienne avant que les hommes de Geoffroy d'Anjou ne nous repèrent.

— Ils ont dû poster des hommes de chaque côté de la Vienne et de la Creuse, observa le vicomte de Châtellerault.

— Gagnons mon château de Faye, proposa Raoul.

— Nous serons trop près de Loudun, répondit Aliénor. Ne nous arrêtons pas et filons sur Châtellerault.

Peu après Maison Rouge, Aliénor et ses oncles tombèrent sur des nautoniers qui acceptèrent de les faire passer sur l'autre rive de la Vienne. Puis, ils filèrent bon train droit sur Vellèches pour gagner un prieuré, filiale de l'abbaye Sainte-Croix de Poitiers.

Ils chevauchèrent à vive allure coupant à travers champs, longeant les haies, évitant les chemins et les bois. Alors que la nuit tombait, ils entendirent des cloches sonner complies.

— C'est la chapelle du prieuré qui appelle les moniales à la prière du soir, fit Raoul de Faye.

— Par sainte Radegonde! s'exclama Saldebreuil, que voilà un bon refuge.

Aliénor poussa son cheval en avant qui trébucha et se mit au pas en boitant. Elle dut s'arrêter et glissa à bas de sa monture. Elle prit l'antérieur droit dans sa main gantée, le replia et souleva le sabot. Un morceau de fer s'étant enkysté dans la corne.

On dirait une chausse-trappe telle que les utilisent les Byzantins, observa-t-elle. Elle posa le sabot à terre et se redressa. Un pli soucieux barra son front.

— Nous avons peut-être été devancés, observa le vicomte de Châtellerault. Nous sommes à égale distance entre Châtellerault et Mirebeau, sans compter que Loudun n'est pas très éloignée non plus. Geoffroy d'Anjou peut lever un véritable ost et tenter de nous piéger. Oublions les moniales de Sainte-Croix et allons nous réfugier au château de Marmande. Raoul connaît bien le maître des lieux.

Raoul partit en avant escorté d'un seul chevalier. Pensive, Aliénor le suivit du regard alors qu'il disparaissait derrière une palisse de fruitiers. Un écuyer mit pied à terre et donna son cheval, un solide roncin, à la duchesse qui le remercia d'un sourire charmeur dont elle avait le secret.

— Suivons-les à distance, sans bruit, décida le vicomte.

Le sire de Marmande était aux ordres d'Henri II Plantagenêt. Séjournait dans sa tour haute de vingt deux pieds un cadet de Tancarville, missionné par le duc de Normandie pour surveiller les agissements de son frère, Geoffroy d'Anjou.

C'est ainsi qu'à la nuit tombée quand une compagne de loups se mit à hurler à la mort dans les bois et qu'une troupe nombreuse à cheval investit le prieuré de Vellèches, Aliénor et son escorte pénétrait sous le châtelet de la forteresse de Marmande. Une heure plus tard, Saldebreuil, Rochefort, Melle et les Chabot sollicitaient à leur tour l'hospitalité du sire de Marmande. Quant à Beaulieu et ses sergents, ils entraînèrent leurs poursuivants dans un dédale de broussailles et de roseaux. Ce n'est qu'à l'aube qu'ils franchirent la Vienne sur la modeste barque d'un pêcheur.

Aliénor et son escorte quittèrent le château de Marmande avant l'aube et c'est ainsi qu'ils arrivèrent à prime sous les remparts de Châtellerault.

Le lendemain, Aliénor entrait à Poitiers sous les vivats d'une foule en liesse.

Chapitre 2

Aliénor exultait de joie. Poitiers enfin ! Elle retrouvait la ville de sa jeunesse après ces années d'exil à Paris. Il lui restait encore à gagner Bordeaux pour retrouver les délices de son palais de l'Ombrière. Tous ses souvenirs d'enfance affluèrent. Soudain, elle éprouva un pincement au cœur. Tant de choses avaient changé. Sa sœur Pétronille n'était plus. Sa grand-mère Dangereuse avait rendu l'âme. Son père trop tôt disparu lui manquait et son jeune oncle Raymond de Poitiers avait été décapité par l'émir Chirkouk. Elle soupira, ses filles aussi lui manquaient. Marie et Alix qui allaient être élevées par Adélaïde de Maurienne, mère du roi Louis. Les deux femmes se détestaient. Tout les séparait. Elle haussa les épaules. Il lui restait Foulques, le rescapé de son enfance. Elle s'appuya à la fenêtre gémellée de sa chambre qui donnait sur la ville. Le ciel était lumineux. Un soleil printanier se réverbérait sur les tuiles canal. Elle aspira une longue bouffée d'air parfumé des senteurs fortes de la nature en éveil. La vie s'offrait à elle et demain, elle partagerait un empire avec l'homme de son choix.

Elle agita une sonnette. La porte s'entrebâilla. Apparut la mine épanouie d'une donzelle, Estevance de Melle.

— Entre ! N'aie crainte.

La jouvencelle, toute jeunette, elle n'avait pas seize ans, entra d'un pas précautionneux. Elle était au service de la duchesse d'Aquitaine depuis le jour même. Son père l'avait retirée de l'abbaye Sainte-Croix à la demande expresse de la mère abbesse. Elle se montrait indocile et tournait autour des valets. Maingot de Melle se plaignit de sa mauvaise fortune auprès de la duchesse qui bondit sur l'occasion.

— Elle me tiendra compagnie et me servira. Je dois reconstituer ma maison.

— Estevance, mande-moi un page. Qu'il aille me quérir messire Foulques de Fons-Almoy.

— C'est que messire de Fons-Almoy a déjà quitté Poitiers, répondit la damoiselle en s'empourprant.

— Comment ça ? Sans ma permission. Je lui ferai donner les verges.

Devant la mine interloquée d'Estevance de Melle, elle éclata de rire, haussa les épaules et jeta d'un ton désinvolte, je plaisantais. Fais venir un écuyer. Qu'il selle son cheval et parte récupérer le chevalier dans son repaire. Qu'il revienne au plus vite. J'ai besoin de lui. C'est un ordre !

Foulques n'avait qu'une hâte : regagner son fief. Sa fille lui manquait. À douze ans, elle promettait d'être une fort belle damoiselle. Elle était le portrait de sa mère, Hersende d'Anché qui avait rendu l'âme en mettant au monde un enfant mort-né. C'était à Antioche au cours de la désastreuse croisade du roi Louis VII. Foulques avait élevé sa fille à l'instar de l'éducation que Dangereuse de Châtellerault avait donné à sa propre petite-fille Aliénor d'Aquitaine, en d'autres termes, une éducation de femme libre et lettrée à l'image de la conception du monde de feu le duc d'Aquitaine, son grand-père paternel Guillaume le Troubadour.

Il immobilisa sa monture devant la porte d'entrée. La courtine était encore inachevée. Il secoua la tête, pris dans ses pensées. Il allait falloir remplacer les dernières palissades de pieux de châtaigniers par un mur de pierres de taille renforcé par un chemin de ronde et une tour de garde défendue par une herse et un pont-levis. Il en rêvait jour et nuit. Les années avaient passé et déjà il avait remplacé la tour en bois par un donjon de pierres. C'est cette tour qui avait abrité ses premiers amours avec dame Hersende. Une forte odeur de soupe aux choux et aux pois titilla son odorat. Que c'était bon de rentrer chez soi après une longue chevauchée. C'est un brin nostalgique qu'il emboucha son olifant pour signaler son retour. Un homme, sur la terrasse du donjon le reconnut et distribua quelques instructions. C'était Guérin son fidèle garde-chasse. La porte s'ouvrit. Apparut dans l'entrebâillement la silhouette dégingandée de Giraud le bouvier.

— Messire, fit l'homme en s'inclinant avec respect.

Foulques glissa à bas de son cheval qu'il confia à Giraud quand une jouvencelle accourut en s'écriant :

— Père !

Elle se jeta dans ses bras.

— Je te croyais à Beaulieu.

— Je suis revenu quand messire Hugues est rentré. Je savais que tu allais surgir d'un instant à l'autre.

— Ma petite fillôte, murmura Foulques en la serrant dans ses bras.

Il donna l'accolade à Guérin et eut un mot pour chacun. Puis, donnant la main à Radegonde, il se dirigea vers la poterne. Il emprunta le tout nouvel escalier de pierres qui menait à la porte du premier étage, ils franchirent le pont-levis large de moins d'une toise et passèrent sous la herse.

— Voilà des défenses bien appareillées, constata Foulques d'un air satisfait. À l'abri d'une telle tour, tu n'as rien à craindre d'un éventuel ravisseur.

— Un ravisseur? Mais pourquoi donc? s'exclama Radegonde.

— Par ce que c'est le sport favori d'un grand nombre de cadets de familles qui ne disposent ni d'une obole, ni d'une raie de terre et partent de par le monde tournoyer, festoyer et tenter leur chance dans les cours des grands barons. Leur objectif séduire la dame du château, trousser les chambrières et conquérir une héritière orpheline de père bien fieffé.

— Je ne suis point orpheline.

— La vie d'un chevalier est hasardeuse. Une mauvaise rencontre, une blessure qui suppure, un accident de chasse.

— Père, vous êtes bien pessimiste.

— Entre Beaugency et Châtellerault, Aliénor a subi deux tentatives de rapt, annonça Foulques d'un air détaché.

Il s'arrêta et contempla la grande cheminée en fronçant les sourcils. Un gamin s'activait dans l'âtre en tournant une cuillère en bois dans une marmite et en surveillant le lèchefrite posé sur un trépied au milieu des braises sous la broche.

— Hum, ces odeurs de fritures et d'épices aiguisent mon appétit. Mais, ne sommes-nous pas en Carême?

— Tudieu messire! s'exclama Guérin qui lui avait emboîté le pas. Ce ne sont que des lapins qui tournent en broche. Et lapin est viande maigre au même titre que le poisson ou le castor.

— J'attendrai Pâques pour dévorer un cuissot de sanglier ruisselant de graisse, répondit le chevalier en s'avançant au milieu de la salle. Eh, gamin! Qu'y a-t-il dans ta marmite?

— Un brouet d'avoine messire, répondit Pierrot. Mais Alaïs vous a préparé une soupe de légumes : panais et oignons comme vous les aimez.

Le garnement avait l'âge de Radegonde. Il avait été recueilli par les moines du prieuré Saint-Fiacre qui l'avait trouvé abandonné à l'entrée de la grotte en face de la fontaine de la Rivaudière. Un petit blond au visage constellé de taches de rousseur. Sans doute le fruit d'un aventurier de passage avec une fille du cru. Allez donc savoir avec toutes ces transhumances de pèlerins, de bourgeois, de chevaliers ou de ribauds en quête de mauvais coups.

La table avait été dressée et toute la mesnie se retrouva attablée. Tous étaient assis sur les bancs à l'exception de Foulques qui trônait sur une chaire dont les accoudoirs se terminaient par des têtes de griffons et dont les panneaux avaient été habilement sculptés en plis de serviette.

— Des griffons, murmura Foulques en admirant le travail de l'artisan.

— Pourquoi pas un cocatrix, gloussa Radegonde d'un air moqueur.

— Un cocatrix ! s'exclama Pernelle. Quelle horreur. J'espère ne jamais en rencontrer.

— J'ai bien vu une salamandre dans la cave, dit Guérin.

— Une salamandre, grâce à Dieu, traverse les flammes de l'Enfer sans encombre. Rien à voir avec le cocatrix, ni le griffon, un monstre diabolique qui garde les tombeaux. Queue de saurien, corps de lion, pattes griffues couvertes d'écailles, des ailes de rapace et un bec crochu. Que Dieu me garde de croiser pareille engeance, expliqua Foulques en dessinant de la pointe de son couteau sur son tranchoir de pain sec une croix.

— Et le cocatrix, ça ressemble à quoi demanda Alaïs d'un air inquiet.

— C'est guère mieux, répondit Foulques d'un ton sentencieux. Le père Radulphus m'a assuré en avoir croisé un alors que dans sa prime jeunesse, il se rendait en pèlerinage à Saint-Jacques de Compostelle. C'est un animal fort rare. Une tête et des pattes de coq sur un corps de serpent. Qui croise son regard meurt et à l'instar des dragons et des basilics, il crache le feu.

— Le père Radulphus a dû avoir chaud, observa Guérin en suçant un os de lapin. Il aurait pu cramer comme un hérétique sur le bûcher. Il se mit à rire de bon cœur alors que le verjus dégoulinait sur ses moustaches et ses doigts.

— C'est extrêmement rare. Un cocatrix doit avoir été pondu par une poule au moment où l'étoile de Sirius est à son zénith. Ensuite un crapaud doit trouver l'œuf et le couver pendant neuf ans.

— Brrk, fit Mahaut en apportant des noix.

— Elles sont rances tes noix, rouspéta Gontran.

— Tais-toi mauvais bougre, grommela Mahaut. Elle ajouta d'un air inspiré. Hier j'ai vu un crapaud et je l'ai tué. J'ai trop peur qu'il couve un œuf de cocatrix.

— Les cocatrix vivent dans les régions désertiques, précisa Foulques.

— Chantons un canso courtois, coupa alors Radegonde. Vos histoires de griffons et de cocatrix me donnent la chair de poule.

Foulques sortit de sa gibecière un paquet enveloppé dans une peau de mouton et le déposa à côté de l'écuelle de Radegonde.

— Bonne idée, dit-il en enveloppant sa fille d'un regard paternel.

— Tiens! C'est pour toi. Un cadeau de la duchesse d'Aquitaine.

Elle déplia la peau et en ressortit un ouvrage. Elle l'ouvrit avec moult précautions devant les regards ébahis des convives. Elle déchiffra le titre: Ars Amatoria.

— L'art d'Aimer d'Ovide, le grand poète romain.

— Mais c'est un livre interdit, objecta Radegonde.

— Interdit pour les nones, pas pour une trobairitz, expliqua Foulques. Je l'ai lu à ton âge. C'est un maître. Il vécut, il y a très longtemps. On dit qu'il serait né juste après la mort de Jules César. Je l'ai déniché dans un atelier de copistes qui vient d'ouvrir dans le quartier Saint-Paul.

— Jules César, répéta Guérin. Jamais entendu ce nom. Il hochait la tête en mastiquant un morceau de lapin.

— Lis Ovide, lis les grands auteurs romains, lis les sagas galloises et irlandaises. Dans ces œuvres, tu trouveras des sources d'inspiration inépuisables. Toutes les passions humaines ont été explorées dans ces textes dont on ne se lasse jamais.

— Elle est encore jeune, observa Eschive.

— Par saint Hilaire, à cet âge j'étudiais déjà la poésie du premier des troubadours d'Aquitaine.

— Mais pourquoi cette vénération pour le duc troubadour ? demanda Radegonde à son père. C'était un homme débauché, blasphémateur et incrédule. La mère abbesse m'a vivement recommandé de fuir les hommes qui lui ressemblaient.

— Parce que c'est mon père, jeta Foulques d'une voix blanche. Il était livide. Il vouait une admiration sans borne à son géniteur et l'entendre critiqué le blessait au plus profond de lui-même.

La foudre se serait abattue sur le donjon qu'il n'en n'aurait pas été autrement. Ils étaient tous pétrifiés, hormis Guérin qui savait depuis toujours.

— Je ne comprends pas, fit Radegonde.

— Si j'ai pris le nom de Fons-Almoy, c'est en souvenir de ma mère Almoy qui aimait tant se tenir auprès de la fontaine que nous appelions jadis Mirelune du nom du fief d'alors. Dame Almodis, surnommée Almoy était l'épouse de l'héritier de Mirelune. Hélas son époux décéda d'un accident d'équestre le jour de ma naissance et à la même époque le chevalier de Mirelune, le beau-père d'Almodis trouva la mort dans une échauffourée en Gascogne. En accouchant de moi, ma mère fut emportée par une vilaine fièvre. Ne vous êtes-vous jamais demandé pourquoi je fus alors élevé avec Aliénor d'Aquitaine, née le même jour que moi. Pour plusieurs raisons. La première, c'est le cheval du père d'Aliénor, Guillaume le Toulousain, qui tua le mari d'Almodis. Le chevalier de Mirelune a trouvé la mort au service de Guillaume le Troubadour au cours de son conflit contre les Toulousains. Enfin, Mirelune n'était point mon père. Un soir de chasse, en été, Guillaume le Troubadour séduisit ma mère. Je suis né neuf mois plus tard. Quant à ma mère, elle est elle-même la fille illégitime d'une femme qui succomba aux charmes du frère de Dangereuse de Châtellerault, la grand-mère maternelle d'Aliénor.

— Alors, tu es à la fois l'oncle d'Aliénor et son cousin issu de germain, commenta Radegonde sidérée de tels aveux.

— Je suis surtout le premier d'un nouveau lignage. Pour ne pas être un usurpateur, je n'ai pas repris le nom de Mirelune. Ici, dans ces murs, je cultive le souvenir d'Almodis. Elle ressemblait à Dangereuse, autant vous dire qu'elle était ravissante comme toi ma fille.

— Mais Père vous avez connu le duc Troubadour.

— Je n'avais que quatre ans quand il est mort. Je conserve en moi des bribes de souvenir. Des images évanescentes, floues, parfois d'un homme toujours souriant. Je mélange peut-être quelques réminiscences enfouies dans ma mémoire avec le fruit de mon imagination. Toute mon enfance, aux côtés de Dangereuse, j'ai vécu dans le culte du duc Troubadour. J'ai grimpé sur ces genoux mais j'ignorais qu'il était mon père. Je le revois grand, distingué, bel homme. Il était impressionnant. Et pourtant, dans la réalité, il était de taille moyenne. Son fils cadet, Raymond de Poitiers était son portrait. C'est grâce à Raymond que l'on a arraché ta mère à l'esclavage. Sans lui que serais-je devenu ? Pourquoi faut-il que les hommes bons meurent dans la fleur de l'âge par la cause des actions de rois incompétents ? Enfin, soupira Foulques, ici c'est la terre d'Almoy, ton aïeule Radegonde, l'aïeule du fief, que dis-je la fée titulaire de la fontaine d'en bas. Bientôt quand dame fortune de nouveau me sourira et que notre sécurité à tous sera assurée derrière de solides courtines, je financerai la construction d'une chapelle et j'aménagerai pour la belle Almodis une tombe de reine. Je prendrai le meilleur sculpteur de Poitou et lui commanderai un gisant polychrome.

— Mais tu ne l'as jamais connue, objecta Radegonde.

— Tudieu ma fille ! Que si ! Elle veille sur moi depuis ma naissance. Je le sais. La nuit, elle revient se pencher sur mon lit pour me souhaiter le bonsoir. Sylphide aux longues boucles de blé mûr, elle hante les coteaux de Mirelune, aérienne et gracile. Sors au clair de lune et tu la verras. Peut-être auras-tu la chance de croiser son regard de biche, contempler son sourire bienveillant et ses fossettes qui lui confèrent un charme ineffable ?

La trêve fut de courte durée. Dès le lendemain, trois cavaliers se faisaient annoncer devant la cour de Fons-Almoy. L'un d'eux brandissait fièrement un étendard aux couleurs d'Aquitaine : « de gueule au léopard d'or ».

— Des émissaires de la duchesse d'Aquitaine, tonna Alboin, le fils d'Alaïs qui veillait sur la plateforme de la tour du manoir. Il emboucha sa corne et donna l'alerte.

Foulques n'avait pas eu le choix. La duchesse d'Aquitaine l'attendait dans sa chambre de la tour Maubergeon.

Il se présenta devant la porte. Un sergent toqua à la porte. Une damoiselle apparut toute guillerette.

— Entrez messire.

Il entra d'un pas lourd, la mine affligée. Aliénor, occupée à dicter un courrier à un moine qu'il ne connaissait pas ignora sa présence. Il demeura immobile, figé comme une statue de marbre.

Soudain la porte, s'ouvrit. Entra Saldebreuil de Sanzay.

— Soyez le bienvenu messire de Sanzay, lança Aliénor d'un ton enjoué. Je suis bien aise de vous revoir.

Le chevalier mit un genou à terre et s'inclina avec déférence.

— Ma duchesse, je suis votre dévoué féal.

Une bouffée de jalousie submergea Foulques, qui serra les poings convulsivement. Saldebreuil qui estimait Foulques fit mine d'ignorer la colère froide du chevalier.

— J'ai le plaisir de vous nommer connétable d'Aquitaine. Vous commanderez l'ost quand je convoquerai le ban et l'arrière-ban outre les garnisons de mes châteaux. Le père Bernard que voici qui est depuis hier soir mon chancelier va rédiger l'acte sur lequel j'apposerai ce soir mon sceau. Nous attendrons la fin de la Semaine sainte et dimanche de Pâques, je réunirai ma cour.

Saldebreuil se releva et assura la duchesse d'Aquitaine de sa fidélité et de son dévouement. Le chancelier Bernard se leva à son tour et emboîta le pas du connétable.

— Nous voici donc seuls, dit alors Aliénor à Foulques ou presque. Elle fixa Estevance d'un air pensif. Estevance, laisse-nous. Je te retrouve dans le scriptorium avec mon chancelier et son notaire pour dicter de nouveaux courriers. Puis, elle se tourna vers Foulques en l'enveloppant d'un regard énigmatique.

— Mon chevalier servant aurait négligé ses devoirs envers sa Dame.

Foulques mit un genou à terre et chanta quelques vers :

— « Douce amie

— Je suis votre féal,

— Serviteur fidèle et loyal…

— Ah, soupira Aliénor, Beau chevalier, que voilà une réponse qui me contraint à vous pardonner. Elle ferma les yeux et se concentra quelques instants avant de continuer : Foulques, mon ami, depuis la mort d'Harvise de Salisbury, mon ex belle-sœur, tu es de nouveau mon chevalier servant. Le Mauvais Jaloux n'est plus là pour te poursuivre de son courroux. Alors tu appartiens à ma maison et me dois une totale et aveugle obéissance. Je ne souffrirai pas que tu t'absentes ou que tu t'arroges des libertés sans ma permission.

— Je suis votre féal, répéta Foulques.

Elle lui tendit sa main, qu'il prit et qu'il porta dévotement à ses lèvres ;

— Bien, mon ami, j'ai un service à te demander.

— Commandez, j'obéirai.

— Prends quelques bacheliers avec toi et file retrouver Henri Plantagenêt. Tu lui apporteras un message de ma part. Un message que je vais te dicter. Tu en seras le seul dépositaire. Il te connaît, il aura confiance en toi. Sois prudent.

— Quelle est la teneur du message ? demanda Foulques sans conviction. Il connaissait d'avance la réponse et cela le faisait cruellement souffrir.

— Approche, commanda Aliénor avec un sourire espiègle. Elle trônait dans sa chaire en chêne joliment sculptée et rehaussée d'un baldaquin tendu de courtines de lin écarlate sur lesquelles avaient été brodés au fil d'or des lions. Il s'agenouilla à ses pieds sur le tabouret recouvert d'un coussin et tendit son visage dans sa direction. Elle se pencha. Il s'enivra des délicates fragrances qui émanaient de sa personne. Un parfum de violette délicat et subtil. Elle murmura en effleurant son visage d'une main douce: Trêve de jalousie mon ami. Tu diras à Henri de se rendre incognito à la cathédrale Saint-Pierre le jour de la Pentecôte au moment où l'évêque Gilbert de la Porée commencera à célébrer la messe. Allons, je vais te dicter quelques mots.

Foulques soupira et dit d'un ton neutre:

— Les jeux sont faits et je suis votre fidèle chevalier servant. Vos instructions seront appliquées à la lettre et il en sera fait comme vous l'entendez.

— Tu dois comprendre la situation. Elle est périlleuse. Entre Beaugency et Châtellerault, j'ai été l'objet de deux tentatives de rapt. Comme dans l'ancien temps, de jeunes princes ambitieux et cupides veulent s'emparer de ma personne pour mettre main basse sur le plus beau duché de France. Et crois-moi, ils ne demanderont pas la permission au roi de France avant de me contraindre à les épouser. Alors, c'est moi qui choisis et je prends les devants avant que quiconque ne puisse m'imposer un vilain parti. En attendant ton retour, je vais convoquer mes vassaux. Hormis les Poitevins, crois-tu qu'ils répondront à mon invitation? Les Limoges, les Bridiers, les Ségur, les Comborn, les Ventadour, les Turenne continuent de s'entredéchirer pour des peccadilles matrimoniales, pour tenter de s'emparer de quelques paroisses relevant de la vicomté voisine. Que dire du comte de Comminges, je ne te parle pas du comte d'Auvergne et encore du comte d'Angoulême, éternel rebelle. Quant aux vicomtes de Bigorre ou de Tartas, je n'ai même pas souvenir de les avoir rencontrés. Enfin, je peux compter sur ma proche parentèle, les Châtellerault, les Thouars et quelques fidèles comme les

Chabot ou les Rochefort. L'esprit de trahison gît au cœur de l'homme surtout quand il est dévoré d'ambitions. Je dois me reposer sur un homme solide, reconnu pour sa vaillance mais surtout intelligent et légitime. J'ai jeté mon dévolu sur un jeune duc de dix ans plus jeune que moi. Il est prometteur et talentueux. Il est séducteur et galant. Sa fougue et sa jeunesse me plaisent. Je saurai l'asservir à mes desseins. Ensemble, nous bâtirons un empire. Le roitelet de Paris, je parle du moinillon, n'aura qu'à se tenir coi dans son îlot de la Cité. Confit en dévotions, nous n'entendrons plus parler de lui. La couronne de France appartient à l'histoire, au passé. L'avenir gît dans mes entrailles quand demain j'enfanterai le fruit de mon union entre la dynastie d'Anjou et la dynastie d'Aquitaine.

— Croyez-vous que vous dominerez le jeune Henri ?

Un sourire énigmatique fleurit aux lèvres d'Aliénor. Elle hocha la tête avec conviction et dit :

— Il est à moi. Je l'ai ensorcelé.

— J'en doute, murmura Foulques à voix basse mais la duchesse, toute à ses pensées ne l'entendit pas. Elle le fixa d'un regard coquin et lui dit :

— Pars sur le champ sans te retourner. Il faut agir vite car une délégation de barons est arrivée d'Angleterre pour presser le duc de Normandie de s'embarquer pour Londres et déposer le roi Étienne, le frère de mon ennemi, feu le comte Thibault de Champagne. Elle extirpa de son aumônière une bourse gonflée de deniers et d'oboles. Tiens, pour tes frais. Que Dieu te garde en sa sainte protection ! Reviens-moi vite avec de bonnes nouvelles et fais en sorte qu'Henri décale ses projets d'invasion. Il a mieux à faire, pour l'instant.

En quittant la chambre de la duchesse, Foulques se trouva nez à nez avec la jouvencelle qui lui avait ouvert la porte. Elle lui fit la révérence en s'inclinant presque jusqu'à terre. Surpris, Foulques la considéra avec attention. Son décolleté profondément échancré laissait entrevoir sa gorge.

— Je croyais que vous attendiez la duchesse au scriptorium.

— Je ne suis absolument pas douée pour les lettres. Je ne maîtrise toujours pas mon alphabet et la lecture m'ennuie profondément. J'arrive à déchiffrer quelques bribes de latin.

— Encore faut-il savoir lire.

C'est affaire de moinillons non d'une gente damoiselle. Elle ajouta d'un ton railleur: si j'en crois les clercs, la lecture des œuvres profanes entraîne les gentes damoiselles au péché.

Foulques haussa les épaules et demanda par pure courtoisie:

— À qui ai-je l'honneur?

— Je suis une fille de Maingot de Melle, sire de Surgères. Enfin sa fille et celle d'une chambrière. Il m'a confiée aux nonnes de Sainte-Croix qui m'ont chassée.

— Chassée? s'étonna Foulques.

— J'ai étudié assidûment le « Decretum » de Burchard de Worms. La mère abbesse a préféré me congédier.

— Mais n'est-ce pas là des études qui mènent à la sainteté ?

— Messire, je l'ai interprété à ma guise. J'avoue avoir pris beaucoup de plaisir à l'étudier pour en concevoir des babillages mondains qui n'ont pas absolument pas plu à la mère supérieure.

— J'ai du mal à suivre, répondit Foulque en s'empourprant. Cette donzelle le mettait mal à l'aise. Je croyais que vous ne saviez pas lire.

— Cela dépend. Je ne lis que quelques bribes de latin.

— Ha, fit Foulques perplexe. Le regard de la donzelle qui le fixait intensément avait quelque chose de malsain.

— Partez messire. Je vous verrai à votre retour et vous initierai à ma vision du Decretum. Vous connaissez certainement cet ouvrage. Il contient le catalogue des péchés interdits comme lècherie, fornication, maquerellage, usage de philtres d'amour et de magie…

Foulques devant une telle inconvenance haussa les épaules et continua son chemin. Perplexe, il quitta le palais ducal. Cette Estevance l'avait certes émoustillé et attisé sa curiosité sur la façon dont elle évoquait les textes d'un évêque réputé pour son austérité. Mais ce qui le préoccupait le plus était l'objet de sa mission. Enfin, il était aux ordres. Il avait carte blanche pour recruter quelques bacheliers pour l'escorter. Il se rendit à l'auberge de la Licorne. Une odeur âcre de fumée grasse et épaisse lui agressa l'odorat. Dans cet antre, on n'y voyait goutte. Une foule de voyageurs, marchands, prêtres, moines, ribauds, sans compter la faune estudiantine et toute une population de coquillars, de galoches et de goliars s'agglutinaient autour de serveuses aguichantes. Parmi ce grouillement, quelle ne fut pas sa stupéfaction de se retrouver nez à nez avec Itiher de Feytiat. Les deux hommes qui avaient voyagé de concert lors du retour de la croisade ne s'étaient pas revus depuis.

Ils tombèrent dans les bras l'un de l'autre. Puis après moult congratulations et autres civilités d'usage, ils s'attablèrent.

— Holà aubergiste, sers-nous ton petit vin blanc de Guyenne. J'ai le gosier à sec, tonna Ithier de Feytiat.

Pensif, Foulques le dévisagea. L'homme n'était pas beau. Ses traits lourds et disgracieux renforçaient l'impression de dureté qui émanait de ce chevalier usé par de longues chevauchées. En outre la balafre, souvenir d'un coup de cimeterre dans une obscure échauffourée en Syrie lui conférait un air sauvage. Pourtant, malgré cette mine peu avenante, Ithier était un brave homme, rêveur et sentimental.

— Toujours amoureux de la ravissante vicomtesse de Limoges, s'enquit Foulques.

Ithier soupira, remplit son gobelet et le vida cul sec.

— Marguerite de Turenne n'a d'yeux que pour un jeune troubadour du nom de Bernard de Ventadour.

— Je le connais. Il tournait autour d'Aliénor comme une abeille autour d'un pot de miel. Enfin, j'en suis débarrassé. Par le passé, c'était encore pire. Jaufré Rudel jouait les bellâtres auprès de la reine et cherchait en permanence à m'humilier. Enfin, paix à son âme. Celui que l'on surnommait le prince des Blaye, a trouvé la mort à Damas.

— Je me souviens, répondit Ithier de Feytiait en dodelinant de la hure. Il continua : Marguerite de Turenne s'est consolée de la mort du comte de Limoges en épousant son cousin Ebles III de Ventadour. La Belle a succombé aux charmes du troubadour du château. Ebles III les a surpris. Il a fait annuler son mariage pour consanguinité et a chassé à la fois Bernard et Marguerite. C'est comme ça qu'il est arrivé à Paris.

— Il est où ?

— Il serait à Ségur ou à Comborn, que sais-je ?

— Et Marguerite ?

— Elle se fait conter fleurette par Guillaume VI d'Angoulême.

— Celui qui avait enlevé la belle-mère d'Aliénor, Emma de Limoges.

— Tout à fait. Emma de Limoges, usée par le stupre et la luxure, a rendu l'âme.

— Guillaume VI troquerait une vieille épouse de l'âge de sa mère pour la plus belle fille d'Aquitaine.

— Elle est volage, jeta Ithier d'un ton acidulé. Elle a cédé aux tentations incestueuses du bellâtre.

— Incestueuses ?

— Ignores-tu que Bernard de Ventadour est le fruit des amours d'Ebles le Chanteur avec une boulangère de sa mesnie ?

— Par tous les saints du Paradis ! s'exclama Foulques. Son histoire ressemble à la mienne. Ebles le Chanteur, le compagnon de toujours de Guillaume le Troubadour. Les deux compères rivalisaient d'ardeur pour ciseler les plus beaux poèmes à leurs dames de cœur. C'était un gai compagnon. Je me souviens de lui quand j'étais enfant. Je l'ai également croisé sur les routes de Syrie.

— Il y a trouvé la mort comme tant d'autres, observa Ithier de Feytiat laconique.

— Enfin la différence entre Bernard et moi, c'est que ma dame de cœur, elle, n'a pas succombé à mes charmes.

— Méfie-toi de Bernard. Il est éperdument amoureux d'Aziman, sa nouvelle dame de cœur.

— Aziman, s'étonna Foulques. Qui est-ce ?

— C'est l'héroïne de Bernard. Toutes les cours du Limousin écoutent les cansos de Bernard dédiées à Aziman.

— J'ignore qui est cette dame ?

— Tu le sauras bien assez tôt, murmura Ithier de Feytiat.

— Il est amoureux à la fois de Marguerite et d'Aziman, la belle inconnue à moins que...

— Oublie, coupa Ithier en posant sa main sur le bras de Foulques. Oublie.

— Alors quel bon vent t'amène parmi nous ? demanda Foulques.

— Ma femme a pris un amant. Deux ans d'absence, elle n'a pas supporté d'autant plus qu'elle ne m'aimait pas. Consumée par le désir, elle s'est donnée à un bachelier avide et querelleur. J'ai voulu la châtier. J'avais dans le dessein de l'enfermer dans une cellule au pain sec et à l'eau. Mais, elle s'est volatilisée. Alors, j'erre de par le monde en quête d'aventures comme un bachelier sans une raie de terre.

— Cela tombe bien. Je pars pour la Normandie. Tu m'accompagnes ?

— Tope-là compagnon. En attendant buvons et mangeons. D'après la rumeur, le jeune duc s'apprête à envahir l'Angleterre. Allons nous tailler des fiefs outre-Manche. Le démon de l'aventure me taraude. Foulques sourit mais ne fit aucun commentaire. Il était tenu au secret le plus absolu.

Une garce espoitraillée et à la mine épanouie s'enquit de leurs désirs en jurant comme une poissarde. Son ton gouailleur déplut aux deux chevaliers qui néanmoins n'en laissèrent rien paraître.

— Tudieu messeigneurs que puis-je pour votre service ?

Elle revint aussitôt leur servir une soupe de légumes et une carpe bouillie qui, ma foi, empestait la vase. Le menu du jour. Sur la table à côté, des écoliers jouaient aux dés tout en bécotant des garces folieuses qui les accompagnaient.

— Nous partirons à l'aube. Demain, nous serons le 1er avril et nous avons quatre-vingts lieues à parcourir en cinq jours. Le temps presse.

À l'aube, les deux compères quittèrent Poitiers par le pont de Rochereuil. Foulques avait acheté un bidet pour porter leur harnois. Vêtu d'un bliaud couvert d'un manteau de velours, l'épée pendue au baudrier et l'arc et le carquois en bandoulière, ils éperonnèrent gaillardement leurs destriers qui filèrent au galop.

Le ciel était bleu azur, strié de nuages blancs et gris qui voguaient au gré de la bise. Passé Neuville, les deux chevaliers ralentirent de concert. Le gazouillement printanier des oiseaux les incita à profiter de l'instant présent et Foulques, poète à ses heures, se mit à chanter un hymen au printemps :

— Dans la douceur de la prime saison

— Fleurissent les fleurs et les oiseaux chantent,

— Chacun dans son parler sur le rythme d'une nouvelle mélodie...

Le temps filait et les deux compagnons se laissaient aller à des conversations badines et légères. Foulques était tenu au secret, et discret, Ithier ne cherchait pas à savoir.

Alors que le soleil déclinait, ils atteignirent L'Isle Bouchard. Foulques aurait voulu s'arrêter en souvenir de sa mère Almodis, et en souvenir de Dangereuse. Mais le cousin germain de la grand-mère d'Aliénor était mort. Son fils Péloquin n'avait cure du petit-fils d'un oncle disparu il y a un demi-siècle.

— Nous n'avons pas le temps, insista Ithier en désignant un nautonier occupé à arrimer sa barque à un anneau du port.

— Combien pour traverser? demanda Foulques à l'homme.

Le nautonier posa son regard gris sur les deux chevaliers et leur fit un signe.

— Une obole pour passer du bourg Saint-Maurice au bourg Saint-Gilles. Faites vite, car c'est la fête au prieuré Saint-Gilles.

— La fête?

— Oui messeigneurs. Ils vont griller une sorcière.

— Comment cela! s'exclama Foulques.

— Oui messire. Une garce qui a gravement offensé messire Gaultier Montrabel, un cadet du baron de la Roche-Posay, haut et puissant seigneur de Preuilly.

— Allons voir, coupa Ithier de Feytiat laconique, cette affaire de sorcière ne me dit rien qui vaille. Pensif, il marmonna, c'est peut-être ce que j'aurais dû faire. Convaincre ma femme de sorcellerie et la faire brûler.

— Les moines de Grandmont du prieuré du Chatenet n'auraient pas laissé commettre pareil forfait. On n'étrangle pas sa femme pas plus qu'on ne la livre au bûcher s'indigna Foulques.

— Elle m'a trompée, grommela Ithier en bougonnant. Et si je la retrouve, je la livrerai au bourreau pour blasphèmes et parjure.

Les chevaux montèrent sur la barge. S'appuyant sur sa perche, le nautonier poussa la barque au milieu de la Vienne puis ses aides souquèrent avec énergie.

— Le pont a brûlé lors d'un conflit entre le sire de L'Isle Bouchard et le comte d'Anjou, expliqua le nautonier.

Ils gagnèrent le quai de la paroisse Saint-Gilles et mirent pied à terre. Entendant les clameurs et les cris de haine qui montaient d'une foule de villageois en colère, Foulques et Ithier enfilèrent leur haubert, s'assurèrent de leurs haches et masses d'armes, puis en caracolant au milieu de la rue principale se rendirent sur la place du marché. Ils étaient en face d'une église dédiée à saint Gilles, un saint que l'on invoquait contre les frayeurs nocturnes et les paniques irrationnelles.

Il y avait deux moines, l'un brandissant une croix de bronze, l'autre psalmodiant. À leurs côtés deux chevaliers, des bacheliers désargentés à en juger par leur accoutrement. Le premier avait les traits anguleux, une mine altière et était fort bel homme. Foulques le reconnut. Il l'avait croisé en lice lors d'un quelconque tournoi, à Lagny pensa-t-il, le second, gras comme une loche, bufflait et s'épongeait à l'aide d'un chiffon crasseux. Deux ribauds, coiffés de chapels de fer et armés de langue de bœuf tenaient en laisse une pauvre donzelle échevelée, la robe en lambeaux.

— Par tous les saints du Paradis ! s'exclama Foulques d'une voix forte qui recouvrit le tumulte, que se trame-t-il ici ?

Le timbre de sa voix assurée interpella les deux bacheliers qui se consultèrent du regard. Quant à la foule surexcitée, elle se tut, indécise. Deux chevaliers d'un côté et de l'autre deux chevaliers et quatre ribauds. Les moines fustigèrent les intrus du regard.

Foulques les salua avec respect.

— Passe ton chemin chevalier, répliqua d'une voix cassante Gaultier Montrabel.

— Que nenni ! En galant prud'homme, je ne quitterai l'Isle Bouchard qu'après m'être assuré que nulle forfanterie ne serait commise à l'encontre d'une innocente pucelle.

— Pucelle ! Tudieu, tonna son compère. Moi, André d'Amboise, j'affirme que cette garce est bien pucelle. Il l'empoigna par les cheveux, de longues boucles blondes et soulevant du pouce son menton la présenta à Foulques et Ithier. Regardez messire, pareil visage de colombe. Elle a les apparences de cygne, belle comme une sylphide, l'âme noircie de pensées diaboliques.

— Mais à quelles pensées diaboliques fais-tu allusion ? questionna Foulques en fronçant les sourcils. Pensif, il se dit qu'une donzelle aussi jolie ne pouvait être une sorcière.

— Elle m'a ensorcelé, elle m'a noué l'aiguillette, s'égosilla subitement Gaultier Montrabel. Il tremblait de rage et ses yeux injectés de sang foudroyaient les intrus. As-tu vu une gente pucelle bergère de son état, se refuser à un honnête chevalier, cadet d'une grande maison ? Je lui ai fait l'honneur de lui proposer de m'accompagner jusqu'à l'hostellerie du prieur Odon de Saint-Gilles. Sais-tu l'ignoble affront qu'elle me fit. La pucelle refusa, arguant que si je lui ôtais sa virginité, elle serait damnée pour l'éternité. Comprends-tu bâtard de Mirelune, fils d'une bâtarde de L'Isle Bouchard, cette fille de rien a osé me tenir tête. Elle a refusé l'honneur que je lui faisais. Avec ma semence, elle aurait pu engendrer un futur bachelier. Ta mère et ta grand-mère, elles n'ont pas refusé et tu es là, témoin de ces accordailles d'une nuit d'une fille de peu avec un honnête prud'homme. Alors pourquoi cette garce ose-t-elle me tenir tête? Elle est serve et se doit de m'obéir. Or, elle m'a tenu tête. Nous l'avons prise de force. Sais-tu ce qu'elle fit. Lorsqu'elle se retrouva nue devant moi, belle à se damner, alors que j'allais la prendre, elle me regarda droit dans les yeux, petite impudente et prononça des formules magiques. J'en ai eu l'aiguillette nouée. Impossible de l'honorer. J'étais comme paralysé. J'ai hurlé comme un damné. J'ai invoqué tous les saints du Paradis. En vain. Elle se mit à rire. Un rire démoniaque. J'en ai encore la chair de poule. C'est alors que mes compagnons intervinrent. Ils s'emparèrent de sa personne et la conduisirent devant le prieur de Saint-Gilles. Là, je découvris que cette garce suivait les enseignements d'un moine hérétique, excommunié, errant, venu d'ailleurs qui affirmait que la femme pour ne pas pécher devait renoncer aux plaisirs du monde et refuser de s'accoupler. Il affirmait des insanités comme quoi les forces du mal l'emportaient sur les anges du Seigneur. C'est une hérétique et une sorcière! s'époumona-t-il devant une foule atterrée.

— Elle aurait été mon épouse, je ne serais point dix cors, commenta Ithier de Feytiat à voix basse. Elle m'aurait attendue jusqu'à mon retour priant pour le salut de mon âme. Qu'en dis-tu Foulques? Moi j'aime les pucelles honnêtes et prudes.

— Ils connaissent mon nom, murmura Foulques d'un air intrigué. J'ai dû les croiser quelque part.

— Dans un tournoi. Tu leur as fait mordre la poussière. Ils s'en souviennent encore, se moqua Ithier.

— Messeigneurs, moi Foulques de Fons-Almoy, j'affirme solennellement que cette pucelle est innocente.

— Elle est cathare, les interrompit le prieur. Elle a été convertie à la secte par des Languedociens de passage.

— Tu ne sais pas tout, reprit Gaultier. C'est une païenne. Elle se promène nue dans les bois avec des amulettes et prononce des phrases dans la langue du diable que personne ne comprend.

— Foutaise ! se gaussa Foulques. Si personne ne comprend son galimatias, alors les démons, succubes et autres créatures maléfiques y perdent leur latin si d'aventure, ils étaient tentés de l'écouter.

— Damnation ! hurla le prieur hors de lui.

— Messire Montrabel, messire d'Amboise, continua Foulques imperturbable, Dieu seul en jugera. Nous allons nous affronter en champs clos. Si nous l'emportons, nous prenons la pucelle avec nous. Si nous sommes vaincus, vous brûlerez la pucelle. Le Jugement de Dieu en sera ainsi.

— Tudieu ! tonna André d'Amboise. Tope-là ! En selle ! Il se tourna vers les ribauds et dit à l'un d'entre eux, fais place nette. Nous allons combattre en prud'hommes.

La nuit tombait. Les ribauds et les moines repoussèrent les villageois de chaque côté d'une lice improvisée. Un pêcheur, dont les vilaines hardes empestaient une odeur de nauséabonde de vase putride, fit office de héraut. Il emboucha sa corne de vache et en tira une plainte misérable. Les chevaliers éperonnèrent de concert et s'affrontèrent à l'épée.

La nuit enveloppait la paroisse sous un linceul obscur. On n'y voyait goutte. Les moines avaient allumé quelques torches faites de bois enrésinés, qui jetaient une lumière incertaine. Les quatre chevaliers avaient dû mettre pied à terre de crainte de blesser leurs destriers. Les coups pleuvaient. Les horions les avaient contusionnés les uns et les autres mais aucune réelle estafilade, juste quelques boucles des hauberts qui avaient sauté, à raccommoder. Soudain, André d'Amboise perdit l'équilibre et tomba à terre. Il n'eut pas le temps de se relever. D'un bond Ithier de Feytiat fut sur lui et lui appliqua la pointe de son épée contre sa gorge. Le prieur leva la main droite et d'une voix forte.

— Messeigneurs ce beau combat se finit bien. Messire Dieu n'a pas vraiment tranché car dans cette ordalie je ne vois ni réel vainqueur ni réel vaincu. Toutefois, par la grâce de Dieu ou l'intervention du Malin, messire d'Amboise a chuté. Alors que messire de Mirelune reparte avec la garce et qu'elle ne remette plus les pieds à L'Isle Bouchard, sinon c'est elle qui illuminera la nuit quand nous la jetterons au bûcher.

— Soit, grommela Gaultier Montrabel, essoufflé. Finissons-en, amis. Vous partez sur-le-champ. Je ne veux plus revoir la garce de mon vivant, sinon elle se souviendra de moi.

Un des ribauds tira en avant sur la laisse qui entravait le cou de la donzelle et il la mena à Foulques :

— Puisque Dieu dans sa grande miséricorde en a jugé ainsi, elle est à vous messire.

Foulques prit la laisse dans la main, contempla la donzelle et lui demanda le plus naturellement du monde son nom tout en lui retirant son collier et en sectionnant à l'aide de son poignard les entraves qui emprisonnaient ses poignets :

— Quel est ton nom fillôte ?

— Ozanne pour vous servir monseigneur.

— Tu sais monter à cheval ? De toutes les manières tu n'as pas le choix. Tu vas te hisser sur le bidet qui supporte nos harnois. Il sourit en se tournant vers le prieur et Gaultier Montrabel, ajouta : mon nom n'est plus Mirelune mais Fons-Almoy.

— Je sais, Fons-Almoy, répondit Montrabel d'une voix rauque. Ta mère Almodis a fauté. Tu n'es pas le fils de l'écuyer de Mirelune, piétiné par le destrier de Guillaume X le Toulousain. Quant à Almodis, elle est la fille d'un frère de Dangereuse de L'Isle Bouchard, vicomtesse de Châtellerault et maîtresse du duc troubadour. Une précision ce frère, Péloquin, est bien un fils de Barthélemy de L'Isle Bouchard mais il n'est pas né des entrailles de son épouse légitime dame Gerberge de Blaison mais d'une humble bergère de condition serve. C'est une tradition dans ta famille d'être illégitime, et il ricana.

Foulques resta silencieux tandis qu'Ithier le considérait d'un air éberlué.

— Barthélemy de L'Isle Bouchard est l'arrière-grand-père que j'ai en commun avec notre duchesse, Aliénor d'Aquitaine, expliqua Foulques à Ithier de Feytiat, perplexe, quant à Gerberge de Blaison, c'est l'arrière-grand-mère d'Aliénor. Enfin le grand-père d'Aliénor, le duc troubadour est mon père. Il engrossa ma mère, Almodis, lors d'une soirée de chasse. Ils se sont rafraîchis dans la rivière et neuf mois après, je suis né. Tu comprends pourquoi je suis très proche d'Aliénor.

— J'ai oublié, ajouta le prieur Odon de Saint-Gilles. La mère d'Almodis était la chambrière de dame Gerberge. Elle avait pour nom Mahotte, elle était la fille du prieur de l'époque, Alduin, mon grand-père. Alduin descendant du grand Thibault de l'Isle Bouchard qui avant le règne d'Hugues Capet fonda le prieur de Tavant. Allez cousin, file. Tu en sais maintenant assez sur tes origines.

Fascinée, Ozanne regardait Foulques, bouche bée. Mais qui était donc ces chevaliers tombés du ciel, des proches de la duchesse d'Aquitaine, reine de France. Dans les villages, on ignorait encore que Louis VII roi de France et Aliénor d'Aquitaine s'étaient séparés.

Ils prirent la route par une nuit noire en se fiant à leur instinct.

— Il va falloir quêter l'hospitalité dans une chaumière ou un manoir dès que nous serons sortis de ce fief, déclara Ithier de Feytiat en se massant les côtes. Nos chevaux sont fourbus. Nous n'irons pas loin.

— Je connais une cabane de bûcheron dans la forêt. Nous serons à l'abri. Le chef des bûcherons est un cousin de mon père. Il s'appelle Hamelin.

Ils partirent au petit trot quand Foulques turlupiné par les dires du prieur et des chevaliers tourangeaux, se tourna vers Ozanne.

— Tu ne m'as pas tout dit ?

— Messire, qu'aurais-je omis de dire ?

— C'est quoi cette histoire de pucelle qui se promène nue dans les bois ? demanda Foulques en la fixant d'un air étrange. Le prieur ne voulait pas te brûler vive parce que tu as refusé de coucher avec un chevalier.

— Je n'aurais pas été la première, soupira Ozane. En fait j'ai obéi à ma mère. Elle n'a pas confiance dans le prieur. C'est un menteur. Il a organisé de grandes processions dans les champs. Nous avons tous chanté des cantiques pour demander à messire Dieu, à tous les anges du Ciel et à tous les saints du Paradis qu'il pleuve pour que les moissons soient bonnes et que l'on puisse manger à notre faim. Ils sont tous sourds là-haut. Il n'a pas plu. Tout est sec.

— Parle avec respect des habitants du Ciel, observa Ithier en fronçant les sourcils.

— Ma mère m'a ordonné de faire comme elle fit dans sa jeunesse, comme ma grand-mère fit, comme toutes les aïeules firent depuis toujours.

— Et que fis-tu ? insista Foulques intrigué.

— Les matrones du village m'ont conduite toute nue vers le ruisseau. L'on m'a nouée au petit doigt de pied et au petit doigt de la main un brin de jusquiame. Elles m'ont aspergée d'eau puis sont rentrées au village en marchant à reculons à la manière des écrevisses en chantant des vieux couplets dont personne ne connaît le sens. C'était la langue des ancêtres, celle d'avant les Romains.

— J'aurais bien aimé être là, conclut Foulques

— Pourquoi donc messire ?

— Par tous les saints du Paradis. Mais pour te voir en ton plus simple appareil, charmante comme une sylphide, belle comme une ondine. J'écrirai un poème en ton honneur et je le chanterai à la cour d'Aliénor.

Ozanne s'empourpra et se tut.

Ils empruntèrent un étroit sentier qui s'enfonçait dans une forêt touffue.

— Nous sommes à six lieues de Langeais, affirma Foulques à Ithier.

Ozanne était blême. La nuit tombait et les arbres prenaient des formes étranges. Un pâle rayon de lune jetait une lumière blafarde. Les frondaisons n'étaient pas encore épaisses mais les branches de vieux chênes aux silhouettes décharnées, poussées par une brise aigrelette semblaient danser la sarabande. Un chat-huant hulula. Une effraie prit son essor puis un loup lui fit écho. Ozanne frissonna et se signa.

— Où donc crèchent les bûcherons de ta famille, demanda Foulques.

— Je ne sais pas. Je suis perdue, répondit la donzelle d'une voix apeurée.

— Entre le bûcher et les loups, la vie est semée d'embûches, plaisanta Ithier de Feytiat pour se donner bonne contenance. Si ça continue, nous allons devoir affronter les créatures de l'Enfer.

Le sentier déboucha dans une clairière dont on ne distinguait pas vraiment les contours.

— Je reconnais, c'est la clairière du sabbat dans la lande du Pendu, murmura Ozanne en se signant.

Foulques immobilisa sa monture et tendit l'oreille. Le murmure de la forêt emplit le silence de petits cris, de gémissements, de souffles…

— C'est le pays des farfadets, fit Ithier.

— Non, des garous, répondit Foulques alors qu'un loup hurla à la mort. Quelques instants plus tard, la meute lui fit écho.

— Il nous reste environ cinq lieues avant d'atteindre la Loire. Laissons-nous guider par les étoiles et pressons, proposa Foulques.

Ils éperonnèrent de concert. Bien leur en prit. La meute les prit en chasse. Ils avaient de l'avance et le sol était sec en ce début de printemps.

Ozanne poussa un cri aigu. Le bidet se cabra. Elle roula dans un buisson d'ajonc. Tandis qu'elle se débattait, les chairs meurtris par les piquants des plantes en fleurs, un loup surgit et bondit sur elle. D'un rapide coup d'œil, Foulques jaugea la situation. Ils étaient encerclés par une meute venue de nulle part. Il sentait sous ses cuisses son destrier qui tremblait. Ithier de Feytiat avait dégainé son épée et s'apprêtait à charger. Ozanne, pensa Foulques, nous ne pouvons pas l'abandonner après l'avoir arrachée in extremis des flammes du bûcher. La donzelle hurlait de terreur et de douleur. Le grand fauve au pelage tirant sur le roux lui avait attrapé le bras qu'il broyait dans ses puissantes mâchoires. Foulques prit son arc et une flèche, banda, visa et décocha. Le chevalier qui s'était entraîné à de nombreuses reprises en Syrie était un bon tireur. La flèche traversa la gorge du fauve qui lâcha prise. Ozanne se dégagea en poussant des cris d'orfraie. Foulques lui tendit la main. Au même instant, il réalisa que le bidet qui portait leurs harnois et que montait la donzelle avait disparu. Il tendit l'oreille. La meute prenait en chasse l'animal qui, après s'être cabré, s'était emballé, le mors aux dents. Ozanne s'agrippa à sa main. Il l'attira à lui et l'aida à monter à califourchon derrière lui. Le sang ruisselait de son bras. La plaie était béante aiguisant l'appétit des trois derniers loups qui, les babines retroussées, fixaient Ithier en grognant. Foulques encocha une deuxième flèche qui atteignit une vieille louve en plein flanc. Il rangea son arc, tira l'épée et tonna :

— Ithier ! On charge et on déguerpit avant que la deuxième meute ne nous rattrape.

Ils éperonnèrent. La grande épée d'Ithier de Feytiat fracassa le crâne du premier loup qui bondit sur son destrier, tentant de le prendre à la gorge. Le second prit la fuite.

Ozanne s'agrippa de son seul bras valide, son visage baigné de larmes, collée contre le haubert du chevalier.

La nuit tombait et les ténèbres enveloppaient la lande, lui conférant un paysage iréel. Tout prenait des proportions inquiétantes, des formes terrifiantes. Un rocher, un arbre étique, un vieux chêne. Un long vocalisme les fit frissonner. Les deux chevaliers immobilisèrent leurs montures et tendirent l'oreille.

— La première meute qui nous a pris en chasse se rapproche, observa Ithier en grimaçant. Ozanne, morte de peur, écoutait les chevaliers en serrant les dents pour ne pas crier de douleur.

— L'odeur du sang les excite, répondit Foulques, en prenant son poignard et en découpant une bande de tissu de lin de son bliaud. Il l'enroula autour du bras d'Ozanne et le serra très fort puis avec une autre bande de tissu fit un garrot à la saignée du coude.

— Filons avant qu'il ne soit trop tard. Cette lande est infestée de loups.

Les chevaux répondirent avec une vélocité inouïe aux sollicitations de leurs cavaliers. Ils galopèrent vent du bas, jusqu'aux premières cultures. Non loin, la Loire déroulait tel un serpent majestueux ses anneaux moirés qui se réverbéraient au clair de lune. En face, sur un éperon rocheux, dressé sur une motte, le fier donjon carré de Langeais semblait les fixer de ses petits yeux rouges.

— Les anges de la mort, balbutia Ozanne.

— Que nenni ma belle, ce sont les archères du donjon qui laissent filtrer la lumière orangée des torchères, expliqua Foulques en riant de bon cœur devant la candeur de la donzelle.

Un pêcheur insomniaque qui raccommodait un filet leur fit traverser la Loire. Puis, au petit trot, ils gravirent l'étroit chemin qui menait au donjon. C'était un puissant quadrilatère haut de trente-six pieds, renforcé de contreforts. À l'étage, l'épaisse muraille était percée de quelques baies qui laissaient filtrer cette lumière cuivrée qui avait tant effrayé Ozanne.

Foulques emboucha son olifant. Le pont-levis du châtelet s'abaissa.

— Ils nous ont vus arriver de loin, commenta Ithier.

Ils entrèrent dans l'enceinte. Un chevalier se porta à leur rencontre. En voyant dans quel état était la donzelle qui montait en croupe, il héla deux gardes.

— Par ici ! Mandez le cyrurgien du château.

— C'est une chance messire. Le cyrurgien n'est pas encore parti pour la Normandie avec un contingent de chevaliers. Messire Bouchard héberge des moines de Fontevraud dont un herboriste, le frère Thomas, disciple d'Hildegarde de Bingen.

— Hildegarde de Bingen, s'étonna Ithier de Feytiat. Jamais entendu ce nom.

Le chevalier sourit et se présenta :

— Mon nom est Arnoul de Blainville. Mon père accompagna l'impératrice Mathilde lorsqu'elle épousa feu l'empereur Henri IV du Saint-Empire Germanique. Il épousa une suivante de l'impératrice, Gertrude von Rupertsberg. Ma famille maternelle est proche de la famille de Bingen. Alors, je suis tout excité à l'idée de partager mon repas avec un jeune moine qui correspond avec l'abbesse bénédictine Hildegarde de Bingen, réputée pour ses connaissances sur les simples et les minéraux. Entre le cyrurgien du château, maître Bernier et frère Thomas, votre damoiselle sera en de bonnes mains.

Deux gardes aidèrent Ozanne à glisser au pied de sa monture. La donzelle, blême comme la mort, se laissa choir dans les bras d'un grand escogriffe à la mine débonnaire. L'homme la prit dans ses bras et les devança.

— Allons-y, les pria le chevalier de Blainville, messire Bouchard de Langeais nous attend dans la grande salle du donjon.

Des écuyers les débarrassèrent de leurs destriers. Ils emboîtèrent le pas du chevalier de Blainville qui s'étonna de la légèreté de leurs bagages.

— Par tous les saints du Paradis, messire de Blainville, nous sommes tombés sur une meute de loups. Le bidet qui supportait outre la donzelle, nos harnois, s'est emballé. À l'heure qu'il est, il ne doit rester que les os de la pauvre bête.

— La rive sud de la Loire est infestée de loups, soupira Blainville en haussant les épaules. Avec toutes ces révoltes, escarmouches et querelles, ces bêtes de l'enfer ont trop souvent goûté à la chair humaine, tout d'abord celle des cadavres, puis leur nombre croissant, ils n'hésitent pas à s'attaquer aux voyageurs et même lancent des raids dans les villages, emportant çà et là des enfants et des femmes pour les dévorer.

Ozanne fut emmenée à la cuisine. Deux sergents l'allongèrent délicatement sur une planche posée sur des tréteaux. Une vieille chambrière, le visage buriné, se pencha sur la donzelle et soulevant sa tête, la cala sous un coussin. Elle se tourna vers un garçonnet et lui commanda:

— Fais bouillir de l'eau.

— On vous la confie, dit le chevalier de Fons-Almoy. Prenez-en soin.

Ils emboitèrent le pas et empruntèrent l'étroit escalier aménagé dans la muraille. En haut, l'on entendait les rires joyeux de la cour de Langeais.

Le puissant seigneur de Langeais trônait sur sa chaire au milieu d'une cinquantaine de convives. Au centre de la salle, un barde déclamait des vers en gaélique tandis qu'un héraut les traduisait en langue d'oïl. Il était accompagné de danseuses, acrobates et musiciens qui, par leurs contorsions, provoquaient l'hilarité des convives. Il y avait là, au milieu d'un aéropage de jouvencelles et damoiselles, la dame de Langeais sa tendre épouse, belle à ravir mais stérile. Elle ne lui avait donné aucun héritier, tout comme les deux précédentes épouses qui avaient succombé à quelques mauvaises fièvres sans donner d'héritier au maître des lieux. Après trois mariages, Bouchard de Langeais, à la mine ténébreuse, se désespérait de n'avoir aucun successeur pour poursuivre son lignage. Parmi les hommes, outre une trentaine de chevaliers, quelques moines, et les hommes de confiance de Bouchard de Langeais, comme son cyrurgien, son chapelain et son garde-chasse.

En découvrant les deux messagers de la duchesse d'Aquitaine, Bouchard marqua un temps d'arrêt.

— Chevaliers ! Vous voilà bien dépenaillés. Que vous est-il donc arrivé ?

Blainville résuma en quelques mots leurs mésaventures.

— Quel bon vent vous amène dans ma modeste demeure ? s'enquit alors Bouchard de Langeais.

— Nous nous rendons à Rouen pour rencontrer le duc de Normandie.

— Par les anges du Paradis, vous feriez chou blanc messire. Le duc de Normandie convoque ses vassaux à Lisieux. Nous partons à l'aube. Joignez-vous à nous. Vous serez en bonne compagnie et nulle meute de loups n'osera plus vous assaillir. Et il éclata de rire. Toute la table se contorsionna.

Foulques esquissa un sourire amusé et fit bonne contenance mais il dut calmer son compère qui s'empourprait de colère.

À l'aube, le chant du coq réveilla Foulques. À ses côtés, son compère Ithier de Feytiat ronflait comme un bienheureux. La veille, ils avaient bu plus que de mesure et dansé la carole jusqu'à l'aube. Bouchard avait quitté la grande salle vers minuit, entraînant par la main sa belle. Il lui tardait de la besogner et il avait annoncé publiquement ses intentions, sans façon avant de prendre son menton entre son pouce et son index et de l'embrasser goulûment comme un bachelier vorace qui dévore un mets de choix. Parmi les suivantes de la dame de Langeais, Foulques avait fait la connaissance d'une cadette de Monsoreau. Elle lui avait raconté tous les secrets d'alcôve du maître des lieux.

Il secoua son compagnon par l'épaule qui lui répondit par un grognement. Il se releva, épousseta les brins de paille qui collaient à son bliaud. Puis, d'un pas gaillard, il descendit dans la cour. Quelques bacheliers faisaient leurs ablutions devant un abreuvoir. Il se mêla à eux, échangea quelques plaisanteries sur la soirée de la veille puis, bien réveillé, se rendit dans les cuisines.

Ozanne était étendue sur une litière. Assise sur un tabouret, la vieille dame veillait sur elle comme une mère sur son nourrisson. À ses côtés, frère Thomas se livrait à de longues méditations. Foulques s'approcha à pas de loup. La vieille femme leva sur le chevalier un regard interrogateur.

— Comment va-t-elle ? demanda Foulques.

— La pauvre petite. La fièvre ne l'a pas quittée de la nuit. Toute la nuit, elle a tenu des propos incohérents. Des histoires de bûchers, de flammes de l'Enfer, de parfaits…

À ces mots, Foulques frissonna. Des histoires de parfaits. Grand Dieu, ne serait-ce pas la théorie des Cathares ? Si jamais des oreilles mal intentionnées découvraient les secrets de la petite donzelle de l'Isle Bouchard, son sort serait scellé et la prochaine fois, elle n'échapperait pas au bûcher si d'aventure, elle persistait dans l'hérésie.

— La blessure est profonde, dit alors frère Thomas. Les crocs de la bête ont provoqué une infection. Grâce à Dieu, je lui ai administré un onguent à base de crème, de minéraux pilés et de simples. La fièvre est tombée peu avant le lever du jour. Elle est sauvée. Mais tous ces évènements l'ont traumatisée.

— Il semblerait que vous soyez un herboriste de grands talents.

Le frère s'empourpra jusqu'à la racine de la couronne de cheveux qui cerclait sa tonsure.

— Que nenni messire. Je ne suis qu'un simple moine qui correspond avec la sainte et savante bénédictine Hildegarde de Bingen. Au travers de ses lettres, elle dispense un enseignement qui m'a permis de percer quelques secrets de la nature et améliorer ainsi le sort de mon prochain.

— Je suis inquiet d'abandonner cette pauvre donzelle dans ce château, dit alors Foulques.

— Est-elle de votre parentèle ? demanda frère Thomas.

— Que nenni, simplement, une serve que j'ai arrachée à une mort atroce. En vertu de mon serment de chevalier, je suis intervenu pour la sauver. Mais si je l'abandonne, que deviendra-t-elle ?

— Dieu veille sur ses brebis, répondit frère Thomas. Je l'emmène avec mes frères à Fontevraud. Notre sainte mère abbesse, Mathilde d'Anjou, la confiera aux moniales. Elle a tant de projets. Elle a entrepris de bâtir un prieuré dédicacé à Saint-Lazare où les moniales se consacreront à soulager les lépreux de leurs souffrances.

Pensif, Foulques ne dit rien. Après tout, il ne voyait pas d'autre issue pour sauver la donzelle. Il extirpa de son aumônière quelques oboles et les donna au frère.

— Prenez soin d'elle. À mon retour, si Dieu le veut, je passerai par l'abbaye de Fontevraud, prendre des nouvelles de la petite. Le devoir m'appelle. Messire Bouchard de Langeais va bientôt sonner le boute-selle.

Aliénor ne trouvait pas le sommeil. Elle était surexcitée et toutes ses pensées se focalisaient sur l'homme de sa vie. Le jeune duc de Normandie la hantait. Les jours s'écoulaient avec une lenteur insupportable. Elle n'avait déjà que trop attendu et cette soirée dans le verger du palais de l'Ile de la Cité restait gravée dans son cœur en lettres d'or. Son éloquence, sa faconde, sa culture l'avait fascinée. Mais plus encore, elle avait fixé longuement ses mains puissantes, son visage carré constellé de taches de rousseur et son cou de taureau qui trahissait une vigueur, une puissance irrésistible. Cet homme, un vrai, plein d'ardeur et de vitalité, elle en rêvait jour et nuit. Et jamais, elle n'oserait confier à son confesseur, l'objet de ses rêves. Elle quitta son lit, s'enveloppa dans un manteau de velours et quitta la chambre pour affronter les corridors glacés du palais. Elle se rendit dans la tour Maubergeon ainsi baptisée en souvenir de sa grand-mère bien aimée, Dangereuse de Châtellerault. Ah, qu'elle lui manquait ! Elle lui avait tracé la voie quand, à trente-six ans, elle avait quitté le vicomte pour vivre aux côtés de son amant, l'irrésistible duc troubadour, Guillaume IX duc d'Aquitaine, celui qui pour son égérie avait abandonné sa poésie graveleuse et cynique pour créer un genre nouveau, la poésie courtoise. Guillaume, son grand-père avait été le maître incontesté de toute une génération de troubadours, et dans son sillage, son art s'était propagé dans toutes les cours d'Europe. D'un pas léger, elle gravit les escaliers et accéda au sommet du donjon. Elle s'appuya à un créneau et observa le ciel étoilé. En contrebas, la ville assoupie. Elle laissa vagabonder ses pensées dans un ailleurs lointain... Toute son enfance remontait dans un afflux de souvenirs idéalisés... le palais de l'Ombrière à Bordeaux, Talmont et sa volière de gerfauts, les folles galopades en forêt de Moulière, les errances romantiques dans les dunes landaises, le mariage de sa tante avec le roi Ramire d'Aragon...Demain, un avenir plein de promesses s'ouvrait à elle. Son prince Plantagenêt, quel sobriquet ridicule, un grand seigneur valeureux et chevaleresque affublé du nom d'une plante et quelle plante, un arbuste qui pousse dans les terres infertiles. Elle sourit et contempla le ciel étoilé. Là-haut une étoile filante traversa l'empyrée constellé d'astres chatoyants. Elle fit alors un vœu : notre lignage régnera sur la chrétienté. Je serai la mère de l'Europe. L'Europe du nom d'une princesse phénicienne violée par Zeus et qui enfanta Minos roi de Crète. Elle soupira d'aise et eut une pensée pour son chevalier servant. Que faisait Foulques à cette heure ? Se vautrait-il dans un bouge en compagnie d'une folle fille pour oublier ses déconvenues et ses malheurs ? Le temps effaçait les blessures. Hersende n'était pour elle qu'un lointain souvenir. Quant à Marguerite de Saint-Brice, une écervelée qui n'aurait jamais dû se joindre au grand pèlerinage du roi Louis. Enfin, d'ici un jour ou deux, Foulques porterait son pli au duc de Normandie. Il lui tardait de le voir accourir à Poitiers, s'agenouiller à ses pieds pour lui rendre hommage et devenir son prince servant. Elle le savait,

Henri Plantagenêt lui appartiendrait corps et âme. À deux, ils allaient bâtir un empire. Elle avait lu dans son regard passion et admiration. Elle lui enseignerait l'art de gouverner.

Chapitre 3

À l'appel du duc de Normandie, une foule considérable avait convergé vers l'antique cité de Lisieux. L'escorte de Bouchard de Langeais n'avait pu trouver une place dans l'hostellerie de la cité. Le panetier du seigneur tourangeau était revenu bredouille et les compagnons de Bouchard avait dû se rabattre sur des hostelleries de fortune, voire bivouaquer dans la campagne. Foulques de Fons-Almoy, Ithier de Feytiat et Arnoul de Blainville qui s'étaient joints à eux jetèrent leur dévolu sur un bouge enfumé à l'entrée d'une paroisse dont on voyait clairement qu'elle avait souffert des affres de la guerre. Il y avait eu à cet endroit rixes et escarmouches et les serfs du lieu avaient été malmenés. Seul homme libre du lieu, maître Gervais tenait table ouverte dans une vilaine bicoque faite de bois et de torchis et à la toiture de chaume qui exhalait une pestilence insupportable. Ils entrèrent après avoir confié leurs destriers et leurs bidets qui supportaient leur harnois, fraîchement reconstitué grâce à la bourse bien garnie en oboles et deniers de la duchesse d'Aquitaine.

— Holà! Tavernier! As-tu une paillasse pour trois chevaliers? tonna Arnoul de Blainville qui maîtrisait le parler du pays d'Auge.

— Monseigneur, répondit un homme tout en rondeur, replet et rougeaud à la bedaine tendue comme une arbalète, je suis à votre service. Hélas, nombre de barons et chevaliers accourent d'Anjou et d'Angleterre. Il ne me reste qu'un banc dans la grande salle.

C'était une pièce basse, enfumée et sombre. Dans l'âtre, une immense marmite d'où s'échappaient des volutes de vapeurs nauséabondes. Trois garces espoitraillées, aux silhouettes épanouies servaient les convives. De la ribaudaille, de la truandaille, des bacheliers sans le sou, des moines mendiants aux regards biaiseux, des coquillards et autres larrons se remplissaient la panse avec une mauvaise pitance. Foulques eut la curiosité de jeter un œil sur la marmite. Du bœuf bouilli!

Maître Gervais les servit en personne en leur apportant un pichet de grès ventru d'une cervoise douteuse et une piquette de vin rouge claire au goût acidulé. Une garce décrocha devant eux une guirlande de boudins qui pendait aux solives encrassées.

Après avoir chanté, bu et joué aux dés en cette compagnie bigarrée, les trois compagnons s'enroulèrent dans leur manteau, chacun montant la garde à tour de rôle de crainte de se faire délester de leur avoir ou pire encore, se faire estourbir dans leur sommeil.

À l'aube, le chant du coq les arracha à leur torpeur et c'est le crâne en feu, embrumé des vapeurs d'alcool que les trois chevaliers s'ébrouèrent, et sortirent dans la cour, se rincer à grande eau avant de rependre la route non sans avoir croqué un morceau de pain rassis et vidé un gobelet de lait de chèvre.

Dimanche de la Quasimodo, le 6 avril 1152, ils entrèrent dans la citadelle de Lisieux.

Depuis plusieurs semaines une délégation de grands barons d'Angleterre s'efforçait de convaincre le duc de Normandie de faire valoir ses droits sur la couronne anglaise et de précipiter l'invasion de l'Angleterre. Déjà en 1147, alors qu'il n'avait que quatorze ans, Henri avait tenté de reprendre la couronne à son oncle le roi Étienne de Blois. Il avait débarqué à Bristol où Robert de Gloucester, le demi-frère de sa mère, l'impératrice Mathilde, l'avait chaleureusement accueilli. Henri était accompagné d'une bande de mercenaires et de chevaliers renégats. Lucide, son oncle Gloucester lui avait fait renoncer à son projet. Mathilde avait déjà quitté l'Angleterre pour la Normandie. Quelque mois plus tard, Robert de Gloucester rendait l'âme. Le parti de l'impératrice Mathilde perdait son principal soutien. En 1149, l'intrépide et bouillant Henri réitéra l'opération en s'appuyant cette fois sur son grand-oncle le roi David d'Écosse qui le fit armer chevalier. De nouveau, l'opération se solda par un échec malgré l'appui du puissant Ranulf de Chester.

Cette fois-ci, ce n'est plus Henri qui débarquait inopinément pour faire valoir ses droits à la couronne, mais des grands feudataires d'Angleterre qui venaient quérir son appui pour renverser définitivement le roi Étienne de Blois. Ils étaient nombreux à s'être rendus à Rouen. Tout d'abord les cousins germains d'Henri, les fils de Robert de Gloucester, Guillaume de Gloucester, Richard de Creuilly et Robert FitzRobert, puis des oncles par la cuisse gauche, autrement dit des fils naturels de son grand-père, Henri I Beauclerc roi d'Angleterre, comme Réginald de Dunstanville comte de Cornouaille. Il y avait aussi les incontournables Ranulf de Chester, Baudoin de Reviers comte de Devon et son fils Richard, Roger FitzMiles comte de Hereford et bien d'autres encore. C'était la fine fleur de l'aristocratie normande dont les grands-pères avaient fait la conquête de l'Angleterre aux côtés de Guillaume le Conquérant en 1066 après la victoire de Hastings, qui venait offrir au jeune duc leur soutien inconditionnel.

Jusque-là, Henri de Normandie rongeait son frein. L'invasion de l'Angleterre avait été décalée par la mort inopinée de son père. Désormais, fort de l'approbation de sa mère, l'impératrice Mathilde, et des appuis des grands barons d'Angleterre, Henri se sentit prêt. Il convoqua alors ses vassaux d'Anjou, du Maine, de Touraine et de Normandie à Lisieux pour les consulter avant de lancer la grande opération de débarquement. Ses cousins Gloucester, Chester, Cornouailles et Reviers étaient les plus ardents à plaider la cause de l'invasion. Henri était perplexe. Il avait une boule au ventre qu'il n'aurait su expliquer. Ses pensées les plus secrètes étaient ailleurs et il attendait un signe. La beauté fatale d'Aquitaine occupait toutes ses pensées, jour et nuit. Il l'avait dans la peau. Cela ne lui était encore jamais arrivé. Henri était un grand nerveux, exigeant, bouillonnant, en action perpétuelle. Il chevauchait par monts et par vaux. Et quand ce n'était pas un coursier ou un destrier pour parcourir inlassablement ses fiefs, c'était des donzelles de tout âge qu'il prenait pour son bon plaisir. Hier, il avait culbuté dans une écurie de Lisieux une donzelle de treize ans. Avant-hier il avait agrippé par le bras une veuve de trente ans son aînée mais bien conservée et l'avait entraînée de force dans sa chambre. Elle avait protesté, poussé des cris d'orfraie. Rien n'y fit. Il la prit sur ses genoux et la déshabilla.

— C'est fini ces jérémiades ?

— Mais monseigneur ! C'est commettre grand péché. Je suis veuve.

— Et alors, tu as déjà connu le loup.

— Je vais aller en Enfer.

— Mais non, avait répondu Henri en haussant les épaules. C'est moi le pêcheur. Allez, allonge-toi.

De guerre lasse, Maud avait capitulé. C'était une suivante de sa mère, l'impérieuse impératrice Mathilde. Après s'être donné au maître, elle lui avait soutiré un fort beau cadeau. Une chaîne en or.

— Ce sera pour la dot de ma fille.

— Ta fille. Elle est où ? Quel est son nom ? rebondit Henri. Une lueur coquine fulgura dans ses prunelles grises. Après la mère, la fille, songea-t-il dans une pensée salace.

Sa patience était mise à mal. Il n'en pouvait plus. Toute la nuit entre deux coucheries avec sa dernière garce, il avait hurlé des imprécations qui avaient résonné longuement dans les corridors silencieux du château.

— Par les dents de Dieu ! Tudieu ! quand va-t-elle m'appeler ?

— Mais qui ça ? s'interrogèrent les barons anglo-normands.

Il ne pouvait prononcer son nom sans crainte d'éveiller les soupçons. Les lois féodales s'imposaient. Aliénor devait obtenir la permission du roi de France pour se remarier. Elle comme lui savait pertinemment que jamais Louis VII n'accepterait l'union du duc de Normandie et de la duchesse d'Aquitaine car c'en était fini de la couronne de France. Comment ce roitelet aux airs de moinillon pourrait-il s'opposer aux maîtres d'un empire qui s'étendrait des Pyrénées à la Manche, sans oublier que la prise de l'Angleterre était une question de jours. Avec les renforts d'Aquitaine, Henri ne pourrait que triompher contre le vieux roi Étienne. Toutefois, il ne fallait pas oublier que le fils d'Étienne, Eustache de Boulogne était ni plus ni moins le beau-frère de Louis VII du fait de son épouse Constance fille du feu roi Louis VI le Gros.

Henri s'était longuement entretenu avec sa mère avec qui il nourrissait une relation particulière.

— Mère, j'hésite.

— Ce n'est pas dans tes habitudes d'hésiter, ironisa l'impératrice Mathilde.

— J'attends un signe d'Aliénor.

— Est-elle pour toi ?

— Oui mère.

— C'est un beau parti. Il te faudra combattre sur deux fronts. Contre le roi de France et le roi d'Angleterre, mon cousin Étienne.

— Vous semblez avoir une certaine affection pour ce sinistre pantin, persifla Henri.

Mathilde haussa les épaules. Son visage enfermé dans une guimpe blanche sur laquelle était posé un cercle d'or, eut un sourire qui illumina son teint de lait. Une lueur moqueuse dansa dans ses prunelles.

— Étienne est un cousin.

— Il vous a volé votre trône.

— Effectivement et tu vas lui reprendre avec l'appui de tes oncles et cousins d'Angleterre et d'Écosse. Le sang écossais coule dans tes veines grâce à ma mère, écossaise de père, saxonne de mère.

— J'incarne la fusion de l'Anjou, de la Normandie, de l'Écosse et des Saxons, plaisanta Henri. Je suis l'héritier du roi Arthur, son fils spirituel devrais-je dire.

— Et Aliénor sera ta Guenièvre. Méfie-toi d'elle. C'est une dominatrice, tout comme toi. Au début, tout sera merveilleux. Elle sera un soutien dans tes guerres contre les rois Louis et Étienne. Puis avec le temps, votre couple va s'user. En outre les Aquitains sont pires que les Angevins : indisciplinés, versatiles et toujours prompts à la révolte.

— Mère, je l'aime.

— Qui ? Aliénor !

— Oui. Elle est ma sylphide, la reine de mon cœur.

L'impératrice Mathilde éclata de rire.

— Trêve de balivernes ! Tu l'aimes ! Et ensuite ? Un duc de Normandie n'a que faire de l'amour. On épouse des fiefs. On épouse pour le bien de ses États. Qu'importent les sentiments. Crois-tu que j'ai aimé ton père ? Il avait dix ans de moins que moi et il n'a cessé de me tromper. Ma foi, ça l'occupait. Il aurait même eu une aventure avec Aliénor.

Henri s'empourpra et se mit à taper du pied et à se tordre les doigts de fureur.

— Ce ne sont que des ragots ! fulmina-t-il en dardant sa mère de regards noirs.

— J'ai eu les confidences de ton frère, Geoffroy, mentit Mathilde.

— Geoffroy ! Le renégat ! Il me trahira.

— Tu ne veux pas lui laisser son héritage.

— Je lui laisse Chinon, Mirebeau et Loudun. C'est largement suffisant, trancha-t-il.

— Pour revenir à feu ton père, il fut pour moi un partenaire de qualité. Il a défendu mes droits, combattu à mes côtés. En fait, nous étions comme deux associés. Alors quand les sentiments s'envoleront, fais en sorte qu'Aliénor reste à jamais ton associée.

— Je l'aime. Je l'ai dans la peau. Et j'attends d'elle un message.

— Nous sommes le 4 avril. L'annulation de son mariage était prévue le 21 mars. Laisse le temps au temps. Elle a peut-être besoin de réfléchir, de jouir de sa liberté retrouvée. Peut-être préfère-t-elle renoncer à épouser un duc et se contenter d'un bellâtre soumis qui rampera à ses pieds et lui obéira au doigt et à l'œil.

— Par la dent de Dieu !

— Cesse de blasphémer ! Ton père en est mort. Rappelle-toi les menaces prophétiques de Bernard de Clairvaux à son encontre. Ne se sont-elles pas réalisées ?

Henri se calma.

— Je l'aime. Elle m'aime. Nous avons échangé des messages. Elle me demandait de l'attendre.

— Envahis l'Angleterre ! Le fruit est mûr. Ranulf de Chester m'a décrit la situation. Les barons d'Angleterre sont las d'Étienne de Blois. Il est vieux et usé. Son fils Eustache n'a aucune envergure. Il sera incapable de s'imposer face à toi. Fonce !

— Que ferai-je d'Étienne de Blois, une fois vaincu ?

— Tu me l'amènes à Rouen.

— Je devrais l'occire.

— Non. Je le veux en ma possession.

— Vous le haïssez.

Une pointe de rougeur colora les joues pâles de l'impératrice Mathilde.

Henri insista tandis qu'une flamme railleuse dansait dans ses yeux gris :

— Haine ou passion ?

— À mon âge, la sagesse habite mes pensées. Laissons nos souvenirs de jeunesse de côté. Je ne veux pas la mort d'Étienne. Je veux simplement qu'il me rende la couronne qu'il m'a volée.

— Il aurait dû vous épouser, taquina Henri qui lisait dans les pensées de sa mère.

Elle blêmit et balbutia d'une voix blanche :

— Nous étions cousins germains. C'était impossible.

— Vous l'aimez toujours ?

Mathilde ne répondit pas. Henri changea de registre.

— Et Aliénor ?

— Quand tu reviendras auréolé de la couronne d'Angleterre, elle tombera de pâmoison dans tes bras.

— Mais si elle ne m'attend pas.

— Elle t'attendra. Les barons ont répondu à

ton appel. Embarque la semaine prochaine avec des contingents normands et angevins. Je veillerai à ce que les Manceaux et les Tourangeaux suivent.

Henri soupira. Il était perplexe. Attendre et renforcer son ost de contingents aquitains ou prendre Étienne de Blois par surprise. Il ferma les yeux et se concentra. La porte s'ouvrit. Il rouvrit les yeux. Une femme de cinquante ans venait d'entrer. Une belle silhouette vêtue d'un bliaud de soie aux passementeries d'or et d'argent. Il reconnut la veuve Maud. Il fonça sur elle, la prit par le bras et sortit sous le regard médusé de sa mère. Cette petite orgie nocturne calma ses nerfs. Le lendemain dès l'aube il galopait vent du bas vers Lisieux. Il était dans tous ses états. Il avait pris sa décision. Une guerre éclair comme la chevauchée fantastique de 1137 où, en treize jours, son père et ses alliés, dont le duc d'Aquitaine, avaient mis la Normandie à genoux. Les Horaces et les Curiaces, songea-t-il. Défaire ses ennemis les uns après les autres. Il entra dans la bibliothèque où sa mère aimait à se réfugier pour lire en toute quiétude. Il se remémora dans quel rayon se trouvait ce somptueux incunable enrichi d'enluminures aux couleurs éclatantes qui racontaient la conquête des Gaules par Jules César. Il se promena en s'éclairant d'une chandelle de suif. Sa mémoire ne lui joua aucun tour, il dégota le précieux ouvrage sous une pile d'incunables couverts de poussière. Il le déposa sur un scriptorium et se mit à lire jusqu'à l'aube.

Foulques emboîta le pas de Bouchard de Langeais et de son guide Arnoul de Blainville. Le sire de Langeais était de fort mauvaise humeur. Cette convocation contrariait ses projets et il n'avait nulle envie de guerroyer en Angleterre. Il salua Jean le Maréchal qui s'exclama en reconnaissant Foulques de Fons-Almoy :

— Par saint Georges, quel bon vent vous amène parmi nous, chevalier ? Le démon de l'aventure ou la recherche d'un fief tombé en quenouille avec une belle héritière saxonne ou anglaise ?

— C'est à mon compagnon de voyage qu'il convient de poser la question. Messire de Feytiat est en quête de la Dame inaccessible, blonde au teint clair, les yeux pervenche, elle vit outre-Manche dans une tour perdue dans une forêt inaccessible où seul un chevalier digne de la Table ronde pourra entrer.

— Toujours aussi imaginatif, répondit Jean le Maréchal. Et si l'aventure ne vous tente pas, quel est l'objet de votre visite ? Votre Dame de cœur est hélas décédée.

Il faisait allusion à feu sa belle-sœur, la comtesse de Dreux, née Salisbury dont Foulques fut le chevalier servant peu avant sa mort.

— J'ai un service à vous demander, confia-t-il en s'approchant de Jean le Maréchal. Je souhaite rencontrer le duc de Normandie en tête à tête.

— Le duc est bien trop occupé. Il est en conférence avec les Gloucester, les Reviers et Chester.

— J'ai absolument besoin de lui parler dans la plus grande discrétion.

— Que de mystères, s'amusa Jean le Maréchal. Je veux bien essayer mais je doute d'obtenir la moindre audience.

Jean le Maréchal prit congé de Foulques et partit s'entretenir avec Tancarville. Ithier de Feytiat et Arnoul de Blainville avaient disparu. Il était perdu dans une foule de barons, chevaliers, écuyers, sergents et une armée de pages, servantes, palefreniers, fourriers et serviteurs de tous poils qui s'activaient. Çà et là, quelques femmes de qualité passaient et disparaissaient happées par la cohue. Il se mit à errer, cherchant un visage connu quand une voix juvénile le fit sursauter :

— Messire de Fons-Almoy.

Il sursauta et se retourna. Une charmante damoiselle vêtue d'un somptueux bliaud de mousseline recouvert d'une cape de velours mauve bordée de passementeries semées de pierres chatoyantes le dévisageait. Un visage rieur, un sourire narquois, un regard pénétrant. Il reconnut Marie de France.

— Vous me connaissez ? demanda Foulques pantois.

— Bien sûr. Nous nous sommes croisés au Mans, répondit-elle.

— Croisés ! répéta Foulques. Nous nous sommes à peine entrevus. Vous quittiez la tente du duc de Normandie.

— Tout à fait. Mais je n'oublie pas facilement un chevalier troubadour à la voix si chaude, outre le fait que vous avez une qualité que j'apprécie beaucoup.

— Laquelle ?

— Mon frère, le duc de Normandie à la simple allusion de votre nom devient tout guilleret. On se demande bien ce que vous lui avez fait, lui qui est d'humeur si changeante.

— Oh rien, se défendit innocemment Foulques. Je ne suis qu'un modeste messager.

— Auriez-vous un message pour mon frère ?

Foulques marqua un temps d'arrêt et réalisa que Marie était une fille issue d'une aventure galante de Geoffroy le Bel. Sa mère aurait été une suivante d'Aliénor alors reine de France. Mais le secret était bien gardé. Personne ne connaissait le nom de sa mère hormis le fait qu'elle était de France et qu'à sa naissance, sa mère la confia à un prêtre qui la porta au comte d'Anjou. Celui-ci l'accepta et l'éleva à sa cour.

Elle insista d'une petite voix ingénue:

— Seriez-vous troublé ? Je vous ai posé une question et vous ne me répondez pas.

Foulques s'empourpra. Marie de France le mettait mal à l'aise et il en conçut un certain trouble. Il chercha ses mots. Un borborygme inaudible jaillit de sa gorge étranglée par l'émotion.

— Que voulez-vous dire, beau sire? Serait-ce le langage de l'Autre Monde, celui d'Avallon et de la fée Morgane?

Rouge écarlate, Foulques considéra la damoiselle avec une béate admiration. Vive, spirituelle, tout en mouvement, elle se gaussait de lui, admirable créature inaccessible.

— Je suis ici pour voir le duc de Normandie.

Marie de France éclata de rire et répondit d'un air moqueur:

— Vous n'y pensez pas beau sire. Mon frère est en conférence. Son temps est compté. Il a de grandes choses à accomplir. Joignez vous à lui. Il saura vous récompenser vous qui le mettez en verve à chaque fois que l'on évoque votre nom en sa présence. Peut-être êtes-vous un messager de l'Autre Monde venu apporter les pouvoirs d'Avallon à mon frère pour que son bon droit triomphe? Allez-vous vous métamorphoser en cygne ou en hibou?

Foulques s'approcha de Marie et murmura:

— Je vous en conjure. Je dois m'entretenir avec le duc dans le plus grand secret.

Devant la mine à la fois désespérée et sérieuse du chevalier, Marie changea de registre. Nous allons nous diriger vers un corridor où vous serez sûr de croiser son regard. S'il souhaite vous voir, il saura nous le dire.

Foulques obtempéra et lui emboîta le pas. Il était fasciné par cette beauté aérienne qui se faufilait dans la foule comme une sylphide inaccessible. Consciente du trouble qu'elle avait suscité sur le chevalier dont elle était secrètement amoureuse depuis le premier jour où elle avait croisé son regard, Marie de France jubilait et nourrissait le secret espoir d'asservir ce chevalier de légende pour en faire son chevalier servant.

Elle se retourna pour s'assurer que le chevalier la suivait et lui dit:

— Beau sire, j'ai lu tous vos cansos.

Étonné, Foulques lui demanda :

— Vous lisez en langue d'oc.

Elle sourit et lui confia :

— Beau sire, je lis le latin, l'oïl et l'oc, outre quelques bribes de gallois. J'écris en latin et en oïl.

— Vous écrivez ! s'exclama-t-il abasourdi.

Jamais auparavant, à l'exception d'Aliénor, il n'avait rencontré une damoiselle capable d'écrire. Lire certes, mais l'art d'écrire était réservé aux clercs. Quant à lire, nombre de damoiselles et dames étaient illettrées. Hormis l'abécédaire et les saintes lectures de leurs psautiers, elles cultivaient allègrement une ignorance ingénue.

— J'ai été élevée à la cour du comte d'Anjou, un prince féru de littérature. J'ai appris mes lettres en même temps que mes demi-frères Henri, Geoffroy et Guillaume Plantagenêt, expliqua-t-elle pour bien souligner qu'elle était de noble lignage.

— Je suis ébloui, fit alors Foulques. Mais je doute que vous ayez lu tous mes cansos.

— Si.

Foulques sourit de l'assurance de la damoiselle. Il ajouta :

— Certains sont restés confidentiels.

— Dédiés à votre Dame. L'on raconte que vous étiez le chevalier servant d'Harvise de Salisbury, comtesse de Dreux et belle-sœur d'Aliénor d'Aquitaine et de Louis VII.

Blême, Foulques fixa Marie de France d'un grand air étonné.

— Je le tiens de Sybille le Maréchal, la sœur d'Harvise.

— La femme de Jean le Maréchal, songea Foulques pensif.

— Beau sire, j'ai une proposition à vous faire.

Foulques la regarda comme s'il hallucinait. Rien ne l'arrêtait. Visiblement, c'était une vraie Plantagenêt. Irrésistible, impétueuse, audacieuse et téméraire.

— Je suis tout ouïe.

— Écrivons un tenson.

— En langue d'oc?

— Je vous écrirai en langue d'oïl, vous me répondrez en langue d'oc, ainsi nous écrirons une œuvre novatrice.

— Sur quel thème?

— L'Autre Monde et l'amour impossible entre un chevalier et une fée. Dans cette composition, je serai votre fée.

Foulques en eut le souffle coupé.

— Je suis un disciple de Guillaume le Troubadour.

— Le duc d'Aquitaine à la tour abolie, éperdument amoureux de sa dame de Cœur, la divine Dangereuse de Châtellerault.

— Je dois vous confier que suis un bâtard du duc troubadour.

— Comme moi une bâtarde du comte d'Anjou. Nos destins sont liés. À propos, avez-vous lu les Prophéties de Merlin par l'évêque gallois monseigneur Geoffroy de Monmouth?

— Non. En revanche, j'ai été nourri dans mon enfance par la poésie du barde gallois Blédri alors qu'il vivait à la cour de Poitiers.

— Blédri, c'était le maître de monseigneur Geoffroy de Monmouth.

— C'est un évêque gallois au service du roi Étienne.

— N'en parlez pas à Henri. Toutefois il a lu les œuvres de l'évêque et en particulier son Histoire du Royaume de Bretagne.

Tandis qu'ils conversaient, un brouhaha emplit le couloir où ils s'étaient positionnés. La voix tonnante d'un héraut recouvrit le tumulte:

— Place ! Place ! au duc de Normandie.

Henri apparut au milieu d'un aréopage de grands barons d'Angleterre. Le duc était d'excellente humeur. Il pressentait un grand nombre de ralliements autour de sa personne et restait convaincu que ses talents de capitaine l'emporteraient sur la pusillanimité de son oncle Étienne. Son pas était décidé et rapide. Soudain, il croisa le regard de Marie de France puis interloqué reconnut le chevalier de Fons-Almoy. Intrigué, il s'arrêta à leur hauteur.

— Ça par exemple, vous chevalier, auprès de ma sœur ! Vous complotez ? Vous échangez vos poèmes ?

Foulques leva son regard en direction du duc. Ce jeune prince, vif et nerveux, impressionnait par le magnétisme que dégageait sa personne.

— Sire, répondit Foulques à voix basse de telle sorte que seuls Marie et Henri purent l'entendre. J'arrive de Poitiers.

Henri se figea. Déjà, pensa-t-il. Je n'en reviens pas. Ma mère s'est trompée. Il se pencha à l'oreille de Marie.

— Retrouvez-moi dans ma chambre.

Ils attendirent trois longues heures qui leur parurent une éternité. Durant ce temps, Marie de France fut intarissable.

— Je suis stupéfaite, confia Marie à Foulques en s'asseyant sur la chaire de son frère. Elle lui indiqua un tabouret et lui ordonna : Assieds-toi. Qu'as-tu à dire de si important à mon frère pour qu'il te fasse attendre dans sa chambre.

— Je ne puis rien vous dire. Je suis lié par le secret. Mais ce que j'ai à lui dire pourrait le détourner de ses projets.

Marie éclata de rire et d'un ton moqueur répliqua :

— Tu n'y es pas. Jamais Henri ne renoncera à la couronne d'Angleterre.

— Ce n'est pas ce que j'ai dit.

— Sais-tu d'où vient la lignée angevine ?

Foulques esquissa une grimace.

— J'ai ouï quelques colportages.

— La lignée d'Anjou est d'origine sulfureuse. L'on raconte que leur ancêtre était de modeste extraction. Torquatius avait une épouse du nom de Murcia. Il appartenait à une famille gallo-romaine expulsée de Bretagne sous l'Empire romain. Il était préposé à la gestion des bois de l'empereur Charles le Chauve. Son fils se distingua dans les combats contre les pillards vikings. C'est ainsi que Tertulle le Forestier fut récompensé en terres. On lui donna une femme de la haute noblesse, Aldenne fille de Geoffroy de Vermandois et de Dame du Gâtinais. Son fils Ingelgerius, fut adoubé chevalier pour ses hauts faits d'armes. L'empereur le fit vicomte d'Anjou et sénéchal de Touraine. Depuis Ingelgerius, les comtes d'Anjou sont invincibles. C'est pour cette raison que l'Angleterre tombera comme un fruit mûr.

Par sa grand mère Mathilde d'Écosse, Henri descend de sainte Marguerite d'Écosse, d'Alfred le Grand, de Rollon, d'Arthur et de bien d'autres héros qui remontent du fond des âges. Mais le plus important est peut-être cette fée diabolique qu'épousa dans les temps lointains, notre ancêtre, j'ignore lequel. Mais de cette fée qui disparut dans les flots telle une sirène ou une vouivre, naquit un fils marqué par son ascendant maternel.

Inquiet, Foulques écoutait Marie qui était intarissable. Puis la conversation dévia sur la matière de Bretagne, Ovide et Ésope. Elle évoqua les auteurs gallois quand Foulques l'interrompit :

— J'ai bien connu le chevalier et barde gallois

Blédri. J'ai suivi ses enseignements dans la bibliothèque de la Tour Maubergeon. J'avais sept ans.

Il ne termina pas sa phrase. La porte s'ouvrit avec fracas. Le duc de Normandie fit irruption ;

— Marie, laisse-nous seuls. J'ai à m'entretenir en tête à tête avec le chevalier.

Respectueusement, Foulques mit un genou à terre. Lorsque la porte se referma, il croisa le regard de Marie qui s'était retournée dans sa direction avant de s'éclipser. Il éprouva l'indicible sensation qu'une flèche venait de le frapper au cœur. Une chaleur dévastatrice embrasa ses chairs. Il s'empourpra, ce que ne manqua pas de remarquer le jeune duc.

— Tous ces troubadours d'oc portent en eux les stigmates de leur passion dévorante pour la Dame lointaine qui envahit leurs pensées à leur corps défendant, ironisa-t-il l'air de dire, elle n'est pas pour toi. Trêves de balivernes, venons-en au fait. Quel est le message ?

— Monseigneur, voici, répondit Foulques en extirpant de son aumônière un pli qu'il tendit à Henri. Le duc, qui trépignait d'impatience, lui arracha presque des mains.

Il le parcourut d'un regard impatient et avisant une chandelle, le porta à la flamme avant de le jeter dans une assiette de grès. Puis, pensif, il le regarda s'embraser.

— Nous sommes le 6 avril. La cérémonie d'annulation s'est déroulée le 21 mars. Tout se précipite.

— Le 18 mai sera jour de Pentecôte. Les barons d'Aquitaine convergeront sur Poitiers pour le tournoi qu'offrira la duchesse d'Aquitaine en l'honneur de la fournée de jeunes écuyers qui seront armés chevaliers. Monseigneur de la Porée dira la messe dans la cathédrale Saint-Pierre. Il vous suffira de vous rendre à Poitiers incognito, de vous frayer un passage au milieu de la foule, encapuchonné comme un simple pénitent pour que nul ne vous reconnaisse. Vous rentrerez dans la cathédrale, traverserez la nef. À genoux, devant l'autel, Aliénor vous attendra. Dès votre arrivée, vous rejoindrez la duchesse d'Aquitaine sous l'autel et vous tomberez à genoux à ses côtés. Monseigneur de la Porée vous mariera sur-le-champ de telle sorte que nul ne pourra s'y opposer. Voici le sauf-conduit qui vous permettra de rentrer dans Poitiers et de franchir la porte Maynard comme un simple marchand accrédité par la duchesse

— Une semaine plus tard, Louis VII convoquera son ost pour jeter ses forces sur la Normandie, répondit Henri laconique. Ce sera la guerre. Il lissa son menton. Il était aux anges. Dites à Aliénor que je ne manque jamais un rendez-vous et partez immédiatement sans jamais vous retourner.

Chapitre 4

Foulques galopait à travers la campagne normande escorté de son fidèle Ithier de Feytiat qui ne cessait de maugréer. Le ciel était bleu azur traversé de nuages floconneux blancs et ardoise. Les hirondelles de retour dansaient la sarabande tandis que les coucous ponctuaient le silence de leurs appels sournois. En lisière des halliers, ils croisaient çà et là le vol ouaté d'un couple de geais qui déchirait la quiétude printanière de leurs cris disgracieux et donnait l'alerte en leur qualité de vigie de la forêt. Parfois, une bergère se hâtait de rentrer son troupeau de moutons, un garçonnet s'enfuyait en poussant ses oies dans les taillis, un bouvier, affolé par l'irruption des hommes de guerre, tirait des notes plaintives d'une corne, ou encore un chevrier pris de panique s'enfuyait dans les prés avec son troupeau.

— Pourquoi partir si vite ? Je voulais rester.

— Le duc a refusé ta présence et exigeait que tu veilles sur moi.

— J'ai hâte de partir à la conquête de l'Angleterre.

— Nous reviendrons en Normandie lorsque le duc s'embarquera pour l'Angleterre, promit Foulques de Fons-Almoy.

— Le duc renoncerait-il à son projet?

Foulques haussa les épaules.

— Tudieu! Jamais il ne renoncera à la couronne d'Angleterre. Mais auparavant, il a d'autres urgences à régler.

— Lesquelles? insista Ithier de Feytiat dont la curiosité avait été piquée au vif.

Foulques se tut, tout à ses pensées. Il arrivait sur ses trente printemps et pour la première fois, il découvrait les affres de la passion. Certes, il avait aimé Hersende, mais c'était comme une mère, une grande sœur et une douce amie. Il s'était consolé avec Marguerite, mais ce n'était qu'une jolie donzelle écervelée et illettrée. Avec Marie, il découvrait un sentiment nouveau. Jusque-là, jamais l'amour passion n'avait pu l'embraser. Toutes ses pensées restaient captives de sa dame de Cœur, l'inaccessible Aliénor d'Aquitaine, à laquelle il avait dédié sa vie. Les sentiments asservis à son idolâtrie, il obéissait au doigt et à l'œil tandis que celui que l'on surnommait le Méchant, le roi Louis, l'avait tenu en grande défiance. Aujourd'hui, Aliénor était libre. Mais le même sang coulait dans leurs veines et la duchesse était toute à ses devoirs. Elle épouserait un prince de son rang. Il ne pouvait en être autrement. Seule révolution, elle choisissait l'élu de son cœur en jetant son dévolu sur Henri Plantagenêt. Faisait-elle le bon choix? soupira Foulques le cœur lourd. Il en doutait. Aliénor était aveuglée tout autant par sa passion amoureuse que par ses ambitions dévastatrices. Déjà, elle repensait à la conquête de Toulouse. Une idée fixe. La maturité le gagnant, Foulques se libérait de ses chaînes. L'emprise d'Aliénor sur ses sentiments se dissolvait peu à peu pour se métamorphoser en tendresse et bienveillance. Fini le temps où il lui contait fleurette dans la tour David de Jérusalem. Désormais, Aliénor allait bâtir un empire avec l'élu de son cœur. Elle aussi découvrait l'amour passion. Une passion qui allait la dévorer avant de l'engloutir.

Marie de France avait eu raison de l'alerter sur les origines diaboliques du lignage des Plantagenêt. Aliénor ne savait pas dans quelle triste maison, elle mettait les pieds. Certes, elle s'était libérée des entraves d'un mariage que l'archevêque de Bordeaux avait concocté avec l'abbé Suger. Aujourd'hui, elle s'appuierait sur l'évêque de Poitiers et braverait une fois encore les autorités du monde, l'Église et le Roi. Car Foulques avait perçu leur secret. Il y avait autant de consanguinité entre Henri et Aliénor qu'entre Aliénor et Louis. Et Aliénor et Henri en leur qualité de vassaux du roi de France devaient obtenir l'accord de Louis VII avant de convoler en justes noces. Foulques esquiva un sourire. En juin, de nouveau la guerre ravagerait le doux royaume de France. Il lui faudrait attendre encore quelques semaines avant de revoir la belle Marie. Cette idée lui parut insupportable. Elle l'habitait. Elle le brûlait. Elle l'irradiait. Elle l'inspirait. Il était à elle et il n'y avait pas un instant où son visage mutin et rieur n'occupait ses pensées.

— Douce amie, que je vous aime.
— Dame noble et distinguée
— Joyeuse, courtoise et gentille,
— Que votre bonne éducation me vienne en aide.
— Car vous êtes inspirée par Joie et Jeunesse.
— Courtoisie, mérite et tempérance,
— C'est pour cela que je suis votre fidèle admirateur.

Ithier se moqua gentiment de lui.

— Beau chevalier, allons donc trousser une ribaude dans une auberge de Tours avant de rentrer en Poitou.

— Que nenni. Je suis attendu à Poitiers. Et il cravachait de plus belle sa monture.

— Nos chevaux sont épuisés, tonna Ithier. Nous devons les laisser souffler. Voilà presque deux jours que nous les poussons à bout. Nous avons déjà parcouru près de quarante-cinq lieues.

— Il nous en reste plus de vingt-cinq à faire, riposta Foulques et nous n'avons que trop tardé. Soudain son destrier se mit à boiter. Ithier explosa de colère. Contrarié, Foulques dut mettre pied à terre. Nous allons perdre une journée. Nous n'arriverons que le 11 avril. Soit, marchons au pas et arrêtons-nous dans le prochain bourg.

Soudain, une étrange pensée s'imposa à lui. Marie était par son père une Plantagenêt. Et de ce fait, elle descendait de cette femme issue des Enfers qui pourrissait le sang de son lignage. N'était-elle pas elle-même une fée ? Jamais n'avait-on vu une femme aussi douée. Elle écrivait comme un homme. Même Aliénor n'écrivait pas aussi bien, elle qui était sans doute la femme la plus talentueuse de sa génération. Quelle femme, hormis Hildegarde de Bingen qui était une sainte moniale, savait écrire ? Aucune ! Si, une, sa fille Radegonde. Il sourit. De plus en plus nombreuses étaient les jouvencelles qui apprenaient leurs lettres et à tenir une plume. Sa fille, il en ferait une trobairitz. M'aurait-elle envoûtée ? se demanda-t-il d'un air perplexe. Les femmes qui commerçaient avec l'Autre Monde, celui des fées et des farfadets usaient de magie pour tenir en captivité leurs proies. Pas plus tard qu'il y a trois semaines, il avait ouï dire à Lisieux qu'une dame de bon lignage breton venait de finir ses jours au bûcher pour avoir usé de magie. Elle avait tout bonnement ensorcelé son époux. Le pauvre était devenu bougre, l'aiguillette nouée et avait fini par trépasser dans d'ignobles souffrances. Ses saintes sœurs, pieuses et bigotes avaient désigné leur belle-sœur comme l'auteure de ce crime ignoble. La justice du clan avait été expéditive. Et lui Foulques était-il tombé dans les rets de cette sylphide qui s'était emparée de toutes ses pensées ? Un frisson de crainte le tint éveillé tandis qu'Ithier enveloppé dans sa couverture ronflait.

Ils entrèrent à Poitiers harassés. La duchesse d'Aquitaine, se tenait dans son verger au milieu de sa cour. Elle éclata de rire, quand surgit le pauvre Foulques, dépenaillé et couvert de poussière.

— Beau chevalier, vous n'avez point eu le temps de passer aux étuves. Vous exhalez à une lieue à la ronde une pestilence de crottin de cheval et de mauvaises sueurs j'ai hâte de vous entendre mais je tiens conseil auprès de mes barons. Je vous recevrai ce soir. Allez vous décrasser aux étuves.

Il sortit du verger quand il tomba nez à nez avec Estevance Maingot.

— Je vous attendais beau sire. Nous n'avons pas fini d'étudier Le Decretum. Je devrais même dire que nous n'avons pas commencé. J'ai besoin de votre enseignement.

Foulques marqua un temps d'arrêt. Il répondit d'un ton égal :

— Le Decretum concerne plutôt le moinillon de la Cité. Adressez-vous au roi Louis.

— Non, j'en ai une interprétation différente.

Foulques soupira.

— Je suis las.

— Suivez-moi. J'ai fait préparer un bain à votre attention chez une amie.

— Nous sommes deux.

— J'ai à m'entretenir seule à seul avec vous messire.

Ithier percuta sur-le-champ et prit congé tandis que Foulques, l'air embarrassé ne sut que dire. Elle lui prit la main et dit :

— C'est sur ordre de la duchesse d'Aquitaine. Je vous emmène.

Elle mentait effrontément mais Foulques n'en eut cure, prisonnier des sortilèges d'Anjou. Ses pensées voguaient dans un ailleurs où une sylphide sur un drakkar normand surgissait des brumes d'Avallon. Son visage peu à peu émergeait et prenait les traits de Marie de France. Je suis fou, pensa-t-il en tentant de faire le vide en lui. Jamais Henri Plantagenêt n'acceptera que sa demi-sœur s'entiche d'un obscur chevalier poitevin. Sur ce, il se laissait entraîner par la donzelle.

Après l'église Saint-Porchaire, ils traversèrent le Vieux Marché où régnait une forte affluence. Ils passèrent devant le prieuré Saint-Nicolas, traversèrent les halles et pénétrèrent dans le bourg du même nom pour se rendre dans une ruelle tortueuse, sombre, mal famée qui donnait sur les Anciennes Arènes. Estevance de Melle s'arrêta devant une maison à trois étages à l'entrée de laquelle pendait une enseigne sur laquelle l'on pouvait distinguer une peinture écaillée représentant un homme et une femme se baignant dans une cuve de bois.

— Tu m'as emmené dans un bordelage, s'indigna Foulques en fronçant les sourcils.

— Que nenni messire. Nous sommes chez dame Margot, estuvière de son état.

— Ce n'est pas la duchesse d'Aquitaine qui t'a priée de me conduire ici.

Estevant éclata de rire, un rire clair et limpide où perçait une note moqueuse.

— Messire, je tenais à étudier avec vous le pénitentiel du Decretum de Monseigneur Bouchard de Worms.

— Je n'ai pas la tête à ça, protesta Foulques légèrement agacé par le regard insistant de la donzelle. Elle a le feu au corps, songea-t-il. Et comme pour appuyer cette assertion, Estevance fit une révérence qui mit en valeur sa poitrine au teint de lait. Ses longues nattes brunes effleurèrent alors le pavé disjoint de la ruelle. Ses prunelles noisette luisaient de désir. Elle s'approcha de Foulques et lui prit de nouveau la main.

— Allons-y messire. Et d'une main impatiente, elle agita le heurtoir.

Ils attendirent quelques instants. Puis la porte s'entrebâilla dans un grincement lugubre. Une vieille matrone, le visage enveloppé dans une guimpe de lin, les gratifia d'un sourire forcé.

— Nous voulons un bain privé, demanda Estevance.

La vieille maquerelle, car c'en était probablement une ou du moins, elle en portait tous les attributs, secoua la tête et répondit :

— Désolé les tourtereaux. Je n'ai plus de cuves pour un bain en privé. Il me reste juste une place pour un homme seul dans la salle des cuves disponibles réservées aux hommes.

Foulques opina du menton et dit à Estevance.

— Merci de m'avoir accompagné. Ce sera pour une autre fois. Je vais en profiter pour me décrasser une fois pour toutes.

Débarrassé de la donzelle, Foulques en profita pour se laver dans une cuve tapissée de draps où une dizaine d'hommes pataugeait tandis que des chambrières les étrillaient avec du crin. Lavé, parfumé, il rentra au palais, fit son rapport auprès d'Aliénor et reprit son destrier pour filer sur la route de Vivonne. Il fit un détour par Fons-Almoy puis se rendit à Lusignan.

— Ah ça par exemple ! s'exclama Hugues VII de Lusignan en le voyant entrer dans la grande salle de la Tour Mélusine. Quel plaisir de te revoir chevalier !

— Plaisir tout partagé messire, répondit Foulques en s'inclinant devant le baron.

— J'ai deux bonnes nouvelles pour toi et ensuite tu pourras revoir ton fils et ta fille.

— Où sont-ils ?

— Ton fils est parti chasser en forêt en bonne compagnie. Ta fille Radegonde lit des poèmes à ma tendre épouse. Elle est brillante, lettrée, cultivée. Elle sait écrire, comme son père. C'est rare pour une damoiselle. Il faudra la marier avec un seigneur bien fieffé possédant un joli castel et de nombreux arpents de terre.

— Ma foi, je n'y pense pas encore. répondit Foulques. Elle n'a pas douze ans.

— J'ai quelques idées en tête.

— Était-ce là la bonne nouvelle ? s'enquit Foulques en fronçant les sourcils.

— Tudieu! tonna Hugues le Brun, te voilà bien impatient. Bien sûr que non. La bonne nouvelle est que mon vassal, Boson de Château-Larcher a pu s'acquitter de sa rançon réclamée avec impudence par le cadet d'Anjou, ce Geoffroy Plantagenêt, que le diable l'emporte comme tous ceux de sa race. En fait, c'est notre duchesse d'Aquitaine qui a envoyé une caisse de deniers d'argent. Boson s'est sacrifié pour défendre la liberté de notre duchesse contre l'embuscade lâchement organisée par ce malotru à qui nous ferons rendre gorge tôt ou tard. Il faudra bien qu'il rende au Poitou la bonne ville de Mirebeau.

— Je suis bien aise de le savoir revenu parmi nous, répondit Foulques d'un ton neutre.

— Il est rentré sur une litière tirée par une paire de bœufs comme un roi fainéant. Le pauvre a été cruellement navré à la cuisse. Il ne peut ni monter à cheval ni marcher. Il est hors de combat pour quelques mois. Alors dans ma grande sagesse, j'ai pris le parti de te confier la garde de Sichard. Tu t'y rendras dès ce soir. Une tour de bois toute modeste soit-elle ne peut pas rester en déshérence. Certes, les Sichard sont pauvres mais leur lignage est antique. C'est certainement une des familles les plus anciennes du Poitou. Si les Lusignan descendent des Taïfales, les grands barons d'Aquitaine sont pour la plupart d'extraction wisigothe ou franque. Mais les Sichard sont d'authentiques gallo-romains et si j'en crois la légende plus gallo que romain. D'après un fabliau, l'on raconte que leur aïeul, un dénommé Duratios, était le maître d'un oppidum gaulois et qu'il s'allia aux légions de Jules César contre Vercingétorix.

— Je connais cette légende, coupa Foulques. Je vais aller présenter mes hommages à la dame de Sichard dès demain.

— Tu m'en vois ravi. Je t'invite à ma table pour ce soir. Nous recevons un barde irlandais de passage. Il chantera les aventures de Tristan et de la belle Iseult.

La tour de Sichard avait été reconstruite au milieu de l'ancien oppidum pour défendre la vallée du Clain au sud de Vivonne contre les incursions vikings alors que l'empire carolingien était en pleine décomposition. C'était un lieu habité depuis toujours. Fortifié par les Pictons, transformé en camp romain puis en fort wisigoth pour barrer la route aux Francs de Clovis puis aux Sarrasins d'Abd el Raman. Il avait été repris dès la chute de l'empire romain par une famille patricienne qui demeurait dans une somptueuse villa gallo-romaine au bord du Clain, à l'ouest d'Anché et au pied de Sichard. L'antique lignage, malgré les vicissitudes des temps obscurs, perdurait pour le meilleur et le pire.

Foulques fit une halte à Fons Almoy pour changer de cheval. Puis, il reprit son chemin. La tour de Sichard n'était séparée de la tour de Fons Almoy que par le bois des Grandes Jettes et il fallut tout juste un quart d'heure à Foulques pour se présenter devant la porte de Sichard. Ce n'était qu'une porte de bois encadrée de part et d'autre par deux tours en poutres de chêne et d'une palissade de pieux émondés qui protégeait les servitudes, autrement dit, l'étable, l'écurie, la porcherie, la forge, le grenier à blé et la grange. Tout cet ensemble s'ordonnançait autour d'une tour faite d'un assemblage de madriers et de moellons et couronnée par un hourd.

Il emboucha son olifant et en tira trois notes. Il entendit en guise d'écho des chiens aboyer. La meute de feu messire Guillaume de Sichard mort à Damas, du moins le pensait-on. Plusieurs de ses compagnons l'avaient vu tomber dans les vergers de la Ghûta. Personne n'a jamais ramené son corps livré probablement aux chacals. Un vieil homme montra son visage buriné au sommet de la tour. Il reconnut Foulques et lui fit des grands gestes. Quelques instants plus tard, la porte s'ouvrait. Le chevalier mit pied à terre et se dirigea vers la tour. Il n'y était entré qu'une seule fois et cela remontait à une éternité.

Il gravit l'escalier de bois amovible qui montait à la poterne située au premier étage. Le pont-levis qui ne pouvait laisser passer qu'une personne de face avait été abaissé. Dame Elvire l'attendait assise au coin de la cheminée sur un faudesteuil de bois sculpté. Elle attendait sa venue depuis plusieurs jours, prévenue par un écuyer venu de Lusignan. C'était une femme usée par dame misère. Elle avait été jadis une très jolie femme. Guillaume de Sichard l'avait connue en Castille. Aujourd'hui, elle portait sa petite quarantaine avec dignité, ni belle, ni laide, simplement éteinte. La disparition de son tendre époux l'avait tourneboulée puis elle s'en était fait une raison. Après tout, il n'avait pas pu l'emmener à la croisade. Il lui avait confié le fief, à charge pour elle de lui envoyer des subsides par le biais de la commanderie du Temple de Civray. Le fief de modestes dimensions avait été définitivement ruiné par cette croisade. Un gouffre. Guillaume avait perdu son harnois à deux reprises. Il avait fallu financer l'acquisition d'une saladine, de chevaux, d'une nouvelle épée et pas un sou vaillant n'était rentré en retour. Quelle guigne, songea dame Elvire en fixant l'intrus d'un regard inquisiteur. Elle l'apostropha avec rudesse :

— Alors messire, les vautours s'acharnent sur la bête. Non content de me voir ruinée, on vous confie la mainmise sur mon fief pour m'étriller un peu plus. Vous complotez, avec la bénédiction de votre protecteur, la perte de mon lignage.

Foulques, surpris par le ton acerbe de dame Elvire, s'inclina de bonne grâce et la main sur le cœur, protesta de sa bonne foi.

— Ma dame, loin de moi de vouloir vous déposséder. Bien au contraire, je suis là pour vous assister en bon voisin et veiller à ce que nul ne vous menace et que rien ne vous manque. J'accompagnerai votre fils aîné jusqu'à son adoubement qui ne saurait tarder et veillerai à vous aider dans l'éducation de vos enfants.

— Mes filles sont grandes et en âge d'être mariées. Je suis dans l'incapacité de les doter. Olive aura bientôt dix-sept ans, sa sœur Mathilde court sur ses seize ans et mon fils aîné Guy aura quatorze ans dans deux mois, son frère Bouchard douze à la Toussaint.

Son accent castillan était rugueux et peu plaisant. Vraiment la dame de Sichard n'était point séduisante. Pourtant à ses traits réguliers et à sa silhouette mince et élancée, l'on pouvait imaginer que Guillaume tomba amoureux. Il l'observa attentivement. Le tissu de sa robe était fait de lin grossier dont la teinture était délavée. Elle ne portait aucun bijou. Elle avait tout vendu pour financer l'expédition de son époux. Elle claqua des mains. Une damoiselle entra, portant une cruche de grès ventrue. C'était une fort jolie brune au teint mat. D'emblée, elle dévora Foulques des yeux. Des yeux de biche innocente et plein de candeur. La dernière fois qu'il l'avait aperçue, elle était encore une enfant. La taille fine et svelte, c'était une belle jouvencelle élancée et gracile. Certes son bliaud avait été ravaudé à maints endroits et la pauvreté s'exprimait à travers la médiocrité de ses atours. Mais sa joliesse faisait qu'elle n'était pas dépourvue d'atouts. Une seconde fille entra. La cadette était plus petite, la taille épaisse, un visage rond et plein encadré de nattes châtain. Elle était dotée d'un tempérament jovial. Elle posa des gobelets de terre cuite sur un coffre en décochant un grand sourire au chevalier.

— Le petit blanc de Sichard pour vous rafraîchir, messire mon voisin. Peux-être ai-je eu tort de mal vous accueillir. Je suis certaine que mes voisins d'Anché eussent posé un regard de vautour sur ma modeste seigneurie et je ne parle pas des gendres d'Hugues de Beaulieu, le notaire et le marchand, avides et rapaces. Eux, ce sont des vautours. Elle faisait allusion aux deux filles qu'Hugues de Beaulieu avait mariées à des bourgeois faute de pouvoir les doter convenablement. Il les avait vendues, disaient les mauvaises langues pour obtenir un prêt et rembourser ses dettes contractées lors de la croisade.

Finalement, il n'y avait eu que Foulques dans le pays qui avait eu la main heureuse et avait pu non seulement ramener du butin et le faire transférer jusqu'à Aslonnes à quelques lieux de Fons-Almoy, par le biais des commanderies. Certes, il s'était enrichi mais sa concubine puis son épouse avaient trouvé la mort.

Olive s'approche de Foulques et lui servit à boire. Il la dévisagea. Elle s'empourpra et disparut aussi vite qu'elle était apparue.

— C'est une sauvageonne, grommela Dame Elvire.

Aliénor était surexcitée. Cette entrevue avec Foulques l'avait émoustillée et ravivée en elle tous ses rêves, tous ses désirs, toutes ses ambitions. Enfin, un homme. Elle le tenait et allait l'asservir pour en faire sa créature. À dix-neuf ans, on est encore influençable se persuadait-elle. Elle s'imaginait aux côtés de cet athlète qui avait déjà malgré son jeune âge, une réputation de grand coureur. Elle en rêvait jour et nuit, imaginant le faune qu'il était. Elle allait devoir l'assagir, le canaliser et le contenter. Elle trépignait d'impatience à l'idée de le revoir. Il fallait encore attendre un mois et garder le secret jusqu'au dernier jour.

Ils étaient une trentaine de Poitevins à monter sur Poitiers sous la bannière d'Hugues de Lusignan. Ils atteignirent Poitiers et entrèrent par la rue de la Tranchée. Ils traversèrent le Bourg Saint-Hilaire, évitèrent les Anciennes Arènes et se rendirent sur le Vieux Marché. Jamais on n'avait vu pareille cohue. On y parlait toutes les langues : le Picard, le Flamand, le Normand, le Saxon, le Breton, le Catalan, le Gascon, les parlers d'oc du Limousin, du Quercy, de Guyenne et d'ailleurs sans compter les parlers d'oïl de France, d'Anjou, de Touraine, de Mayenne… La duchesse d'Aquitaine avait annoncé qu'elle organisait conformément à la tradition un grand tournoi pour la Pentecôte où une fournée de jeunes écuyers serait adoubée par l'évêque de Poitiers en personne. Les auberges étaient prises d'assaut. En effet, nombre de barons, de chevaliers et d'aventuriers de tous poils convergeaient sur Poitiers en quête d'aventures, pour tournoyer et gagner les lauriers de la gloire, pour séduire et conquérir de jolis cœurs, et surtout tenter d'obtenir une faveur de la duchesse d'Aquitaine. Les troubadours et les trouvères partout colportaient tant d'histoires sur la duchesse rebelle qui avait refusé de plier devant le roi Louis, son ex-époux et qui en femme indépendante régnait sur l'Aquitaine comme une souveraine dont nul ne saurait contester l'autorité. On lui prêtait des aventures scabreuses avec ses oncles, avec ses proches, avec ses troubadours, relations incestueuses et sulfureuses. Alors, des chevaliers coureurs de dot, sans un denier en poche ni une raie de terre en fief, se prêtaient à rêver que peut-être la duchesse succomberait, elle aussi à leurs charmes. Le connétable Saldebreuil avait mobilisé toutes les milices de Poitiers et veillait à ce qu'une troupe nombreuse et aguerrie de chevaliers et sergents garde le palais ducal et la tour Maubergeon pour parer à toute éventualité.

Hugues de Lusignan et ses hommes durent renoncer à loger dans une auberge. Ils finirent par se résoudre à descendre le long des berges du Clain où comme tant d'autres, ils déployèrent leurs tentes et bivouaquèrent. Demain aurait lieu le grand tournoi peu après la messe de Pentecôte. Foulques était pensif et sombre. Il était probablement un des seuls, hormis l'évêque, à être initié au secret d'Aliénor.

À l'aube, Aliénor se leva tout émue. Ce jour serait son dernier jour de liberté. Elle en était consciente et restait partagée. Aimer l'homme de sa vie, l'homme par qui elle réaliserait à la fois son destin de femme et ses ambitions et renoncer à son indépendance. Mais pouvait-elle agir autrement ? Un duché sans duc serait inévitablement la proie des ambitieux et des séditieux. Alors mieux valait choisir elle-même son duc surtout quand il s'agissait d'un garçon brillant, amoureux et encore influençable. Elle manda Estevance.

— Va quérir Foulques, commanda-t-elle.

Elle éprouvait le besoin de se confier. La veille, elle s'était confessée auprès de Monseigneur Gilbert de la Porée. Le vieillard était très satisfait de jouer une mauvaise blague au roi de France et à son mentor Bernard de Clairvaux. Les deux clercs s'étaient opposés sur des questions doctrinales. Il y a quatre ans, Bernard de Clairvaux avait fait condamner, lors d'un synode à Reims, les thèses de Gilbert de la Porée sur la Sainte-Trinité. Or saint Bernard avait été très dur pour le père d'Aliénor en l'excommuniant. Puis il s'était opposé à Aliénor lors du mariage de sa sœur Pétronille avec le sénéchal de France, Raoul de Vermandois. Bref, Aliénor se préparait à son coup d'éclat qui ferait pâlir de rage Louis VII et scandaliserait Bernard de Clairvaux. Une duchesse ne choisit pas son mari sans l'accord de son roi. Elle se prit à rire toute seule en imaginant la tête de Louis lorsqu'il apprendrait la nouvelle. Un moinillon déconfit.

Foulques, qui avait été retrouvé par Estevance et qui avait cru que la donzelle cherchait encore à le séduire, avait fini par se laisser convaincre, la curiosité l'ayant emporté sur sa prévention à l'encontre d'Estevance.

— Entre, Foulques, dit simplement Aliénor.

Elle était sublime dans sa robe de soie rouge bordée de passementeries de fil d'or et d'argent semées de cabochons rutilants. Et sur sa robe, un manteau bleu ciel semé de lions d'or. Ses longues nattes de blé mûr étaient entremêlées de rubans de soie de toutes les couleurs. Elle était sublime.

Estevance s'était faufilée à l'intérieur de la chambre et s'apprêtait à aider Aliénor à finir sa toilette.

— Estevance, laisse-nous. J'ai à parler en tête à tête avec le chevalier. La porte refermée, elle ajouta, Je suis bien seule, la seule survivante d'une dynastie qui a payé un lourd tribut à dame mort. Je n'ai plus personne à qui me confier. Saldebreuil veille sur ma sécurité. Il est inquiet. Il croit que de nombreux barons seraient capables de tenter le tout pour le tout et de m'enlever. Alors, avant midi, j'aurai renoncé à ma liberté et choisi l'homme de ma vie. Elle sourit et battit des paupières avec un regard en coin, observant les réactions de son chevalier servant.

— Je suis là pour vous servir, répondit Foulques en posant un genou à terre. Il prit sa main et la porta à ses lèvres. Je suis votre féal et votre chevalier servant.

— Dans deux heures, les cloches de Poitiers carillonneront. Je me rendrai à pied à la cathédrale Saint-Pierre, expliqua Aliénor.

— Deux cents toises à parcourir. Avec cette masse de chevaliers étrangers qui battent le pavé et sillonnent les tavernes, hostelleries et bordelages, je ne suis pas tranquille. Votre présence pourrait déclencher des échauffourées. Si nombreux sont ceux qui ne rêvent que d'une chose, vous approcher, quémander un regard, vous admirer ou rêver de l'improbable, à savoir gagner votre amour. Tant de racontars sont colportés sur votre personne. Tant de rumeurs, de médisances, de flagorneries… au point que certains échafaudent les plans les plus fous.

Elle éclata de rire et d'une main légère ébouriffa son chevalier servant.

— Foulques, de quoi as-tu peur ? Tu figureras au rang des cent preux qui me feront une haie d'honneur jusqu'au chœur de la cathédrale. Mes oncles Raoul de Faye et Hugues de Châtellerault veilleront à ce que mon invité puisse se glisser incognito dans la foule et entrer avec eux dans la nef. Tu verras la surprise.

Toutes les cloches des églises de Poitiers carillonnaient. Le connétable Saldebreuil était sur les dents. Il avait envoyé quelques chevaliers dévoués corps et âme patrouiller discrètement dans les rues de la ville pour surveiller le comportement de quelques barons dont on pouvait douter de la loyauté. Il y avait parmi eux, le comte d'Angoulême qui avait enlevé par le passé la belle-mère d'Aliénor, le vicomte de Ségur, le vicomte de Comborn, le vicomte de Turenne, le vicomte de Ventadour, Geoffroy d'Anjou frère cadet d'Henri, qui avait tenté sa chance en mars et d'innombrables barons que rien n'effrayait.

Foulques et son inséparable Ithier de Feytiat étaient de ceux-là.

— Regarde là, ce chevalier, je le reconnais. C'est Jean le Maréchal et à ses côtés, ce grand blond aux yeux bleus, c'est aussi un Normand. Il était à Lisieux.

— Calme-toi Ithier. Ils viennent tous pour tournoyer, répondit Foulques.

— Les bacheliers, oui, les barons non, répliqua Ithier. J'ai l'impression qu'une véritable armée s'est glissée à l'intérieur de la ville.

Au même moment, la fanfare cuivrée des busineors recouvrit le tumulte. Le silence tomba dans les rues pavoisées de la ville. Un héraut annonça d'une voix de stentor :

— La duchesse d'Aquitaine !

Ils étaient au Bourg Marin, non loin de la synagogue.

— Vite, courons rejoindre le quartier Saint-Paul. Nous rattraperons Aliénor à mi-chemin.

Aliénor, et ses dames quittaient le palais Maubergeon et descendaient d'un pas lent et mesuré la rue de la cathédrale qui comme son nom l'indique reliait le palais à la cathédrale Saint-Pierre. En ce 18 mai 1152, le ciel était bleu azur, dépourvu de nuage et le soleil brillait de tous ses feux. Des nuées d'hirondelles dansaient la sarabande tandis que les tourterelles et les pigeons s'égayaient en tous sens sous l'œil averti de quelques faucons tapis dans les clochers des églises. Sébrand Chabot fermait la marche, Hugues de Châtellerault en sa qualité d'oncle direct d'Aliénor, marchait à ses côtés en lui donnant le bras, précédé par son cadet, Raoul de Faye. Les Lusignan, les Parthenay, les Thouars, les Rochefort, les Maingot, les Beaumont, les Mauléon, les Rancon faisant à la duchesse un rempart de leurs corps.

Un déluge de pétales de roses et de bouquets de fleurs de toutes sortes, coquelicots, marguerites, pâquerettes, bleuets, fut lancé des fenêtres pavoisées par des jouvencelles gracieuses qui chantaient des poèmes à la gloire d'Aliénor. La foule était en liesse. Les Français avaient quitté Poitiers et les Poitevins recouvraient leur indépendance avec leur duchesse.

Aliénor, radieuse, vêtue d'une robe de soie orange et d'un manteau de soie saumon aux passementeries d'or et d'argent semées de cabochons rutilants, semblait flotter sur un nuage. De sa main gauche, elle répondait par de petits saluts aux acclamations de la foule. Souriante, détendue, elle se laissait porter vers son destin. Ses nattes étaient retenues par une couronne d'or fleuronnée, sertie de saphirs et de rubis. Par son port de reine, sa beauté, son élégance et sa distinction naturelle, elle incarnait l'idéal féminin tel que le chantaient troubadours et trouvères.

Sur le parvis de la cathédrale, une longue théorie de moines, clercs, chanoines et prêtres s'était constituée en arc de cercle. Au milieu, Monseigneur Gilbert de la Porée s'apprêtait à accueillir la duchesse. Qui était dans le secret ? L'évêque, Foulques, Châtellerault et Faye.

Aliénor gratifia l'évêque de son plus beau sourire. Il lui tendit sa main. Elle mit genou à terre et déposa ses lèvres sur l'anneau pastoral.

Les chants grégoriens montèrent sous les voûtes romanes de la cathédrale. L'évêque précéda la duchesse. Ils entrèrent d'un pas lent et mesuré. Aujourd'hui c'était jour de Pentecôte. Aujourd'hui, Aliénor allait choisir son destin, inspirée par l'Esprit Saint. Foulques frissonna. Une étrange sensation l'habitait. Les Plantagenêts étaient une race maudite issue d'une démone qui, surgissant des flots, avait, telle une sirène, séduit le premier du lignage. Fécondée, elle avait disparu après la naissance de l'héritier, ancêtre d'Henri.

Aliénor s'agenouilla sur un vaste coussin de soie verte face à l'autel. L'édifice s'emplit. Des moines agitèrent les encensoirs. Une fumée âcre et parfumée emplit l'atmosphère. Le silence tomba. Derrière Aliénor sur sa droite, ses oncles qui subitement s'éclipsèrent, sur sa gauche, Rancon et Lusignan. Le connétable Saldebreuil de Sanzay et Maingot de Melle étaient restés au fond de la nef pour veiller sur les arrières. Dans le chœur, Mauléon et Thouars observaient la foule des fidèles d'un air inquisiteur. C'est alors qu'ils virent un homme massif vêtu d'un manteau de lin gris, le capuchon rabattu sur sa tête qui s'avançait d'un pas nerveux, droit sur la duchesse, un pas derrière Hugues de Châtellerault et Raoul de Faye.

— Il faut l'arrêter. Ce n'est pas un moine, rugit Thouars.

Un chevalier bondit en avant pour intercepter l'intrus. Il n'en eut pas le temps. Châtellerault s'interposa. L'homme doté d'une agilité époustouflante et d'une force de taureau le bouscula et d'un bond se rapprocha de la duchesse pour tomber à genoux sur le coussin à ses côtés. D'un geste théâtral, il retira son capuchon. Apparut un visage léonin, constellé de taches de rousseur, les cheveux courts, coupés à ras. Monseigneur Gilles de la Porée, en dépit de son grand âge, le bénit d'une voix forte afin d'être entendu de tous. La stupéfaction s'imprima sur les visages. Puis ce fut un bourdonnement de murmures.

— Henri Plantagenêt. Le nom se répandit dans l'édifice comme une traînée de poudre.

Un moine agita une clochette. Monseigneur de la Porée leva la main et avec autorité tonna :

— Silence !

Un sourire radieux éclaira le visage d'Aliénor. Elle échangea avec Henri un regard complice. Il jubilait. Il exultait. Il triomphait. À dix-neuf ans, il était désormais le prince le plus puissant de la chrétienté.

Monseigneur de la Porée ne perdit pas un instant et avant que quiconque ne puisse réagir, il prononça les formules rituelles du consentement :

— Henri comte d'Anjou, comte du Maine, duc de Normandie, acceptes-tu de prendre pour épouse, Aliénor duchesse d'Aquitaine ici présente.

— Oui je le veux ! Sa voix forte et puissante roula sous les voûtes comme un fleuve impétueux.

— Aliénor duchesse d'Aquitaine, acceptes-tu de prendre pour époux Henri Plantagenêt, comte d'Anjou, comte du Maine et duc de Normandie, ici présent.

— Oui, je le veux. La voix d'Aliénor, mélodieuse et affirmée s'imposa comme une évidence. Tous comprirent, qu'ici c'était la volonté d'Aliénor qui s'exprimait. Une volonté libre et souveraine. C'est alors que Monseigneur de la Porée jeta la phrase qui allait déchaîner passions et tumultes pendant les cinquante prochaines années :

— Si quelqu'un a une raison valable de s'opposer à ce mariage, qu'il le dise maintenant ou se taise à jamais.

Quelques Français, notamment des vassaux du roi Louis VII, du comte Thibaud de Blois ou du comte Henri de Champagne auraient bien voulu prendre la parole pour porter haut et fort la voix du roi de France. Mais le caractère trempé d'Henri, la volonté souveraine d'Aliénor en imposèrent et tous manquèrent de courage. Par ailleurs, si l'un d'eux avait eu l'outrecuidance de prendre la parole pour s'opposer à la volonté ducale et manifester la volonté royale, jamais il ne serait sorti vivant de Poitiers. Un parti de Normands, d'Angevins ou de Poitevins l'aurait proprement étripé.

Le silence tomba puis les moines entonnèrent un chant grégorien avant de laisser la parole à Monseigneur de la Porée.

— Henri, prêtes-tu serment sur les saints Évangiles, de fidélité, de protection et d'amour éternel à Aliénor.

— Oui, je le jure!

Foulques pensa à cet instant qu'Henri décidément était parjure de nature, irrespectueux de la parole donnée et de ses serments.

— Aliénor, prêtes-tu serment sur les Évangiles de fidélité, d'obéissance et d'amour éternel à ton époux ici présent Henri duc de Normandie.

— Oui, je le jure.

Une onde de bonheur submergea Aliénor. Elle ferma les yeux et pensa à tout ce qui allait s'ensuivre. Puis une vague de désir la submergea comme un torrent irrépressible. C'est alors qu'elle revit comme dans un mirage la silhouette élégante du père d'Henri l'embrassant dans la bibliothèque du palais Maubergeon. C'était son secret mais elle ignorait que Geoffroy l'avait confessé à son fils. Cette écharde au cœur de leur passion la tourmentait. L'Église n'affirmait-elle pas que de passer du lit du père au lit du fils était acte incestueux passible de l'Enfer. Elle chassa ces idées funestes et pensa alors à son grand-père le Troubadour et à sa grand-mère Dangereuse qui vécurent en toute insouciance, excommuniés pour adultère. Elle se prit alors à imaginer ce qui allait l'attendre ce soir. Elle en rêvait depuis si longtemps et elle fixa les mains d'Henri. Des mains puissantes et carrées qui tripotaient nerveusement le revers de son manteau.

Foulques de Fons-Almoy éprouva une irrépressible envie de quitter la cathédrale, de prendre son destrier et de filer au hasard, vent du bas dans la campagne profonde pour oublier la profonde tristesse qui le submergea. Il percevait dans le caractère d'Henri les germes des malheurs qui allaient accabler la vie de sa Dame de cœur.

Monseigneur de la Porée changea alors de registre. Il bénit les épées des futurs chevaliers qui seraient adoubés cet après-midi sur le Pré-Le-Comte. Une centaine de damoiseaux vêtus de simple de chaisnes de lin blanc s'avancèrent en procession dans la nef et s'agenouillèrent en arc de cercle devant l'autel.

Enfin, Monseigneur de la Porée célébra la Pentecôte.

À la sortie de la cathédrale, alors que le couple ducal empruntait les ruelles tortueuses du quartier de l'ancien baptistère sous les acclamations d'une foule en liesse, Foulques, la mine ténébreuse, remonta doucement vers le palais. Il n'avait guère envie de festoyer. Pour lui ces noces n'étaient qu'un jeu de dupes et il en était profondément mortifié. Il n'était pas le seul à arborer un visage lugubre. Il tomba nez à nez avec le cadet d'Henri Plantagenêt, l'infâme Geoffroy qui avait tendu l'embuscade de Port-de-Piles. Mais son cœur fit un bond en avant quand il aperçut le sinistre personnage qui s'entretenait avec lui : Thierry Galeran. L'impudent ! Il avait osé se rendre à Poitiers après tout ce qui s'était passé à Antioche et Jérusalem. Le chevalier, homme de confiance du roi de France avait publiquement accusé Aliénor du crime d'adultère avec son oncle Raymond de Poitiers. Il avait fait enlever la reine en pleine nuit au sein du palais d'Antioche pour la conduire manu militari à Jérusalem où elle vécut plusieurs mois en semi-liberté. Comment pardonner à cet ignoble personnage qui encore quelques mois auparavant conseillait à Louis VII de faire enfermer Aliénor dans une cellule monastique jusqu'à ce que mort s'ensuive, d'annuler son mariage et de confisquer ses biens. Homme d'honneur, enclin au pardon, le roi avait refusé évitant à son royaume la pire des guerres. Mue par une colère démentielle, Foulques de Fons-Almoy se porta à leur rencontre.

Les deux hommes le virent arriver au dernier moment.

Foulques lut la peur luire dans le regard froid de Thierry Galeran. Quant à Geoffroy, c'était la haine personnifiée. Le cadet jalousait Henri et ce mariage contrariait ses projets. Car l'échec de la tentative d'enlèvement ne l'avait pas fait renoncer pour autant à ses ambitions.

— Vous me le paierez, grommela Geoffroy Plantagenêt.

— Je vous attends en lice, cet après-midi, riposta Foulques en le giflant.

Çà et là, des chevaliers, barons, bourgeois, dames et damoiselles, artisans et boutiquiers, traîne-misère, et commerçants ambulants aperçurent l'altercation si bien qu'un groupe se forma autour d'eux. Thierry Galeran, blême comme la mort, comprit que ce n'était pas son jour. Ils n'étaient pas de taille à livrer bataille sur le parvis. Les Français et les quelques Angevins fidèles au cadet des Plantagenêts seraient submergés par le nombre. Il siffla entre ses dents :

— Chevalier de Fons-Almoy, nous nous retrouverons et croyez-moi, je vous ferai rendre gorge. Souvenez-vous d'Antioche quand je vous fis bâillonner et saucissonner comme une vulgaire pièce de boucherie

— Je t'attends cet après-midi en lice, en combat singulier. Je n'aurai aucune pitié pour ta carcasse de chien puant. Je te ferai rendre gorge les propos ignominieux que tu as tenus sur la duchesse d'Aquitaine, sur tes accusations calomnieuses. Ici à Poitiers, sur le Pré-le-Comte, en lice, tu trouveras la mort. Je te le promets Galeran.

C'est alors que le connétable Saldebreuil surgit et d'une voix tonnante lança :

— Dispersez-vous messeigneurs. Pas de combat sur le parvis de la cathédrale. Ici où vous relevez de la justice ecclésiastique.

Geoffroy Plantagenêt, la joue cramoisie sous l'impact de la gifle, fixa Foulques avec haine. Il jeta à mi-voix :

— Nous nous retrouverons. Je ne laisserai pas impuni ce camouflet.

Henri Plantagenêt affichait un regard triomphant. Aliénor au bras, il cheminait comme un bon époux et répondait avec bonhomie aux acclamations des Poitevins. Une donzelle, marchande d'oublies, lui offrit des casses-museaux, une autre lui proposa un flan, des donzelles offrirent des bouquets de fleurs à leur duchesse. Le cortège ducal se rendait sur les bords du Clain, où le bouteiller et le panetier du palais de Poitiers avaient organisé un immense festin en l'honneur des époux et des jeunes bacheliers qui allaient être adoubés.

Foulques rentra au palais. Estevance l'attendait.

Foulques après avoir pris une brève collation en compagnie d'Estevance qui ne le lâchait pas d'une semelle descendit vers le camp où les Lusignan et leurs vassaux avaient dressé leurs tentes. Il retrouva Ithier de Feytiat avec qu'il partageait une tente. Un page l'aida à revêtir son haubert.

— Le combat sera sans merci, promit Foulques. Galeran trouvera la mort. Quant à Geoffroy, je l'épargnerai. Je ne puis faire autrement. Mais l'humiliation sera de taille.

Escorté d'Ithier, d'Hugues de Beaulieu et d'Helbert d'Anché, Foulques se rendit dans le camp français. Sa stupéfaction fut de taille. Thierry Galeran avait disparu. Il croisa le chevalier de Gonesse, qui lui confirma ne pas avoir revu le garde du corps de Louis VII depuis la messe.

Foulques de Fons-Almoy était d'humeur belliqueuse. Il se rangea sous la bannière des Poitevins commandés par l'intrépide Saldebreuil. Cinq cents chevaliers allaient s'affronter en lice dans le Pré-le-Comte : Normands, Poitevins, Angevins, Flamands et Français. Les nations étaient regroupées en cinq compagnies qui allaient combattre pour l'honneur, le plaisir et la gloire.

Thierry Galeran posa sa main sur le bras de Geoffroy Plantagenêt.

— Nous allons fuir, non pas par couardise mais pour prévenir le roi de France. Nous ne pouvons pas perdre un instant. L'affaire est bien trop grave et les répercussions pourraient se montrer catastrophiques pour l'avenir du royaume.

Foulques se déchaîna et combattit comme un forcené faisant quatre prisonniers. C'est couvert de horions qu'il regagna sa tente en boitillant. Il souleva le pan de toile. Estevance, assise sur un tabouret pliant l'attendait.

— Que fais-tu là ? demanda Foulques agacé.

— Je suis à votre service messire.

— Où est Guérin ?

— Je l'ai congédié.

— De quel droit ? Le ton était sec et abrupt.

— J'ai transmis un message de votre part.

Foulques devant une telle impudence soupira. Il était au bord de la capitulation. Il venait de vivre le pire jour de sa vie et Estevance se fiant à son intuition devina que le chevalier n'était plus que l'ombre de lui-même. Elle se leva et d'un pas souple et félin dans un déhanchement provocateur s'approcha de lui. Elle prit un carré de tissu et lui épongea le visage.

— Vous ruisselez messire. Il est temps de vous déshabiller.

— Es-tu de taille à me retirer ce haubert qui pèse quarante livres ? grommela Foulques harassé par ce combat titanesque qu'il avait livré pour oublier.

Contrairement aux usages, il n'avait point chopiné ni avec ses compères ni avec les vaincus. Il avait demandé au notaire de Lusignan de régler les rançons. Cette journée avait été glorieuse. Ainsi, il gardait le fruit de son butin pour terminer les courtines de son manoir au risque de se faire qualifier par ses pairs de pingre. Mais, ce soir, il n'était pas d'humeur à jouer aux dés les rançons qu'il avait gagnées, ni aux échecs et encore moins à festoyer. Il tomba à genoux et leva ses bras en l'air. Estevance se baissa sur lui et l'aida à relever son haubert pour le délivrer de cette prison de mailles de fer qui pesait le poids d'un âne mort. Elle dut s'y reprendre à plusieurs fois.

Foulques se moqua gentiment :

— Tu n'aurais pas dû éloigner Guérin. Ce n'est pas le travail d'une damoiselle que de retirer le haubert d'un chevalier.

Elle ahana et arriva au bout de ses peines. Il était hilare. Elle lui délaça son gambison et lui retira ses chemises de lin qui puaient le crottin de cheval et la mauvaise sueur.

— Où sont les étuves ?

— J'ai pensé à tout messire.

Elle se retourna. Derrière elle, devant le coffre, il y avait deux baquets d'eau et une écuelle remplie de pâte savonneuse. Elle prit une éponge, l'enduisit de la pâte parfumée aux pétales de roses et entreprit de le laver. À genoux, Foulques se laissa faire.

— Messire, il est l'heure pour moi de vous enseigner ma vision du Decretum de Bouchard de Worms. Il n'eut pas le temps de réagir qu'elle mit ses bras autour de son cou et l'embrassa.

Lorsque Foulques s'éveilla, la nuit était tombée. Il était étendu sur une toile, le corps nu d'Estevance blotti contre son flanc. Ma foi, elle avait été ardente et sans retenue. Il avait besoin de mettre de l'ordre dans ses pensées. Entre deux étreintes plus que torrides, il avait vidé au moins trois chopines de goddale. Ainsi, la damoiselle lui avait fait oublier le grand désespoir que lui avaient causé les épousailles d'Aliénor avec le duc de Normandie. Il pressentait que la vie de sa Dame de Cœur serait un immense gâchis mais au fond pourquoi s'en préoccuper. Il avait cédé aux avances d'Estevance et s'était livré à des ébats qu'il devrait tôt ou tard confesser. Ses pensées voguaient dans un ailleurs lointain. Peu à peu, il émergea d'un océan de brumes vaporeuses. Le souvenir de son bref séjour à Lisieux affleura à sa mémoire. Si le mariage ducal lui laissait un goût amer, les promesses d'une félicité se dessinaient dans un horizon lumineux. Un visage fin et délicat envahissait ses pensées: Marie de France, la demi-sœur d'Henri Plantagenêt.

Henri se tourna vers Aliénor. Son regard gris l'enveloppa. Il détailla avec une lenteur calculée les rondeurs harmonieuses de sa silhouette, il s'attarda longuement sur sa gorge et ses hanches. Aliénor s'empourpra jusqu'à la racine des cheveux. Une bouffée de chaleur embrasa ses sens. Henri prit sa main délicate dans la sienne et la porta religieusement à ses lèvres. Aliénor frissonna au contact de ses lèvres sur son épiderme. Il la prit par la taille et lui dit:

— Ma mie, il est l'heure de se retirer.

— Oui, murmura-t-elle.

Ils se retrouvèrent seuls dans la chambre nuptiale. Aliénor avait congédié ses dames de compagnies et Henri refusa d'être escorté.

— Nous voilà enfin seuls.

Il la prit dans ses bras puissants et la porta jusqu'au lit. Puis avec impatience entreprit de la déshabiller. Il lui tardait de posséder la plus belle femme de la chrétienté. Et savoir qu'un moinillon avait été auparavant son époux, décuplait son ardeur. Aliénor, dolente, se retrouva nue, étendue sur le chaalit à gésir. Henri plongea sur elle et la prit comme une bête sauvage. Elle hurla de plaisir.

Chapitre 5

Avec les premières chaleurs printanières, le roi Louis s'était retiré à Senlis pour fuir les odeurs nauséabondes qui rendaient l'atmosphère de l'île de la Cité difficilement supportable. Voilà deux mois que son mariage avec Aliénor avait été annulé. Il restait songeur. En face de lui, sa mère Adélaïde de Maurienne, dame de Montmorency depuis son remariage avec le connétable, était occupée à un ouvrage de tapisserie. Il entendit dans le jardin Alix qui jouait avec Marie. Pas pour longtemps. Afin de conforter sa position face aux appétits grandissants du jeune duc de Normandie, il n'avait pas d'autre choix que de tisser des liens plus étroits avec la maison de Champagne. Déjà, il avait nommé le jeune Thibaud de Blois, sénéchal de France et depuis, il avait concocté les fiançailles de sa fille Marie avec le frère de Thibaud, Henri de Blois, dit le Libéral.

— Aliénor ne devait pas encore être au courant murmura-t-il.

— Pourquoi évoques-tu encore le nom d'Aliénor? s'agaça sa mère. Les deux femmes se haïssaient. Sa mère pieuse et austère était d'une laideur repoussante. Aliénor, frivole et légère était ravissante. Tout les avait opposées. Une bouffée d'amertume emplit ses pensées. Dieu m'est témoin, répondit-il. Jamais, je n'ai voulu l'annulation de mon mariage. C'est Aliénor qui par son caractère a tout fait pour briser notre union.

— Oublie-la.

— J'étais éperdument amoureux, songea-il en silence. Il secoua la tête. Aujourd'hui, je suis guéri de cette passion qui entraîna bien des désordres dans le royaume. Quand je pense que je fis la guerre au comte de Champagne car ce dernier avait refusé de céder aux caprices d'Aliénor, la conquête de Toulouse et s'était indigné que son beau-frère Vermandois répudie sa sœur pour coucher avec la cadette d'Aliénor, cette garce insensée de Pétronille. Heureusement que je me suis réconcilié avec les fils de ce pauvre comte de Champagne dont j'ai ravagé inutilement les fiefs. Une guerre impitoyable pour complaire à ma femme qui me l'a bien rendu, en m'humiliant, en me méprisant, en se gaussant de ma personne, en me raillant, en me traitant de moinillon. Enfin, les Aquitains ont quitté la cour avec leurs mœurs frivoles. Je suis débarrassé de ces troubadours qui chantaient leur passion pour ma femme et ne cessaient de me dénigrer. J'ai bien failli en faire pendre quelques-uns mais j'ai toujours eu la clémence trop généreuse.

Soudain, des clameurs dans la cour attirèrent son attention. Il sursauta et reconnut la voix de Thierry Galeran, son conseiller et garde du corps.

— Il était parti tournoyer en Aquitaine, s'étonna-t-il. Ce retour impromptu ne me dit rien qui vaille.

— Tournoyer ou espionner? ironisa la reine douairière.

— Glaner quelques informations sur le retour d'Aliénor dans ses États s'imposait, répondit le roi d'un ton qu'il voulut détaché. L'aimait-il encore? Il soupira. Elle l'avait humilié et ça il ne l'avait pas supporté. Ses entretiens privés avec Raymond de Poitiers, ses troubadours qui tournoyaient autour d'elle comme un essaim d'abeilles autour d'un pot de miel : la liste était trop longue : Marcabru, Cercamon, Jaufré Rudel, Bernard de Ventadour, … Pour le bien du royaume, il devait absolument se remarier.

C'est alors que son beau-père le connétable de Montmorency fit irruption dans la grande salle du château. Il affichait le visage des mauvais jours et semblait abasourdi.

— Que se passe-t-il? s'enquit Louis en fronçant les sourcils. Il pressentait une nouvelle catastrophe.

— Aliénor.

— Que lui est-il arrivé ? s'inquiéta Louis.

— Elle s'est remariée.

Louis, foudroyé par la nouvelle, considéra son beau-père d'un air incrédule.

— C'était le jour de la Pentecôte, le 18 mai à la cathédrale Saint-Pierre de Poitiers.

— Mais, elle n'a pas sollicité mon autorisation, s'indigna Louis. Il était blême.

— Ce n'est pas tout! tonna Thierry Galeran qui fit une entrée fracassante. Dans son ombre, Louis reconnut la silhouette de Geoffroy Plantagenêt, le frère cadet du duc de Normandie. Il en demeura un instant interloqué. Que venait-il faire ici celui-là ? Sire, vous auriez dû m'écouter et la faire emprisonner pour adultère, l'enfermer à jamais dans une abbaye et confisquer ses biens.

— Tout beau, tout beau, coupa Louis d'un ton calme. Allez au fait.

— Elle vient de se remarier avec Henri Plantagenêt, duc de Normandie, comte d'Anjou, comte du Maine et qui de surcroît brigue la couronne d'Angleterre. Or, l'héritier légitime de l'Angleterre est votre beau-frère Eustache de Boulogne, expliqua d'une voix rêche, le connétable de

Montmorency. On s'attend de manière imminente au débarquement d'une armée prodigieuse qui réunirait les forces normandes, angevines, mancelles, poitevines, limousines, marchoises, angoumoises, saintongeaises, gasconnes et béarnaises sur le sol anglais.

Louis demeura pantois. Il reprit son souffle et marmonna :

— Ce n'est pas possible. Six semaines après l'annulation.

— Elle avait tout prévu, jeta alors Geoffroy Plantagenêt. Ils avaient tout prévu depuis leur rencontre en août 1151, peu avant la mort de mon père.

— La garce ! s'étrangla alors Adélaïde de Maurienne.

— Ils sont en train de bâtir un empire, observa le connétable de Montmorency. L'Aquitaine, l'Anjou, le Maine et la Normandie. Ils vont nous prendre en étau.

— Et bientôt l'Angleterre si nous ne réagissons pas, ajouta Louis. Je dois en informer l'abbé Bernard de Clairvaux, réunir mon conseil et convoquer à la fois Henri et Aliénor pour qu'ils viennent s'expliquer.

— Ils ne viendront pas, coupa la reine douairière. Mieux vaut convoquer le ban et l'arrière-ban et marcher de suite sur la Normandie avant que les deux tourtereaux n'unissent leurs forces.

— Je leur souhaite bien du plaisir avec les Aquitains, grommela Thierry Galeran. Jamais ces bellâtres ne supporteront la tyrannie d'un Plantagenêt.

Louis plissa les lèvres sans répondre. Il était confondu par la duplicité et la mauvaise foi d'Aliénor. Comment avait-elle pu ?

Aliénor s'étira comme une chatte. Un rayon de lumière crue inondait les tomettes vernissées de la chambre. Rouges et ocres, certaines d'entre elles représentaient un animal fabuleux, griffons, cocatrix, sirènes, sphinx,...au milieu de ce bestiaire, des chevaliers et des dames. L'une d'entre elles représentait Dangereuse de Châtellerault, l'autre, Guillaume le Troubadour, les amants célèbres de la cour de Poitiers. Son grand-père l'aimait tant qu'il avait fait peindre sa muse en son plus simple appareil sur son bouclier. Il aimait à dire: «Je la porte au combat comme elle me porte au lit.» Un sourire espiègle déforma ses lèvres. Elle se retourna. Roulé en boule Henri, dormait. Cette espèce d'ours rouquin aux cheveux coupés ras et à la musculature puissante, s'était encore déchaîné. Il était insatiable, inépuisable. Elle effleura ses épaules de sa main puis sa joue bloquée contre un oreiller.

— Ah Henri, me ferez-vous peindre vous aussi sur votre écu pour me porter au combat. Elle se blottit contre lui et chuchota: Mon amour, il est l'heure de se réveiller. Tant de choses nous attendent. À l'heure qu'il est, votre vilain frère cadet, le méchant Geoffroy qui voulut m'enlever il y a de ça quelques semaines, doit être rendu à Paris. J'imagine la tête qu'a dû faire Louis. Il a dû piquer une crise de colère. Les mots, les noms attisèrent la curiosité du duc de Normandie. Il souleva une paupière, rassembla ses pensées, et d'un bond se retourna et fut sur Aliénor qui surprise poussa un petit cri. Elle n'eut pas le temps de réagir que le fauve la prit de nouveau. Elle cria et dolente céda. Cette force de la nature était inégalable. Elle entoura son cou de ses bras, ferma les yeux et l'étreignit avec force en murmurant: Henri, amour de ma vie.

Il se dégagea et se leva comme si de rien n'était. Elle enveloppa d'un regard admiratif ce corps blanc et trapu qui se mouvait avec la souplesse d'un félin. Il plongea sa tête dans le baquet d'eau froide posée sur un coffre et s'essuya avec une pièce de tissu.

— Vous avez raison ma mie. Je n'aime pas la guerre mais il va falloir montrer notre force au moinillon. Nous allons remonter vers le nord. J'ai quand même une préoccupation qui me taraude. Je croise dans ce palais beaucoup de visages fermés, voire hostiles.

— J'ai noté la même chose, répondit Aliénor en plissant les lèvres. Sans doute ai-je idéalisé mes vassaux.

— Notre mariage ne plaît pas à tout le monde. L'heure de vérité va sonner rapidement. Je vais préparer discrètement mon ost et rassembler mes chevaliers à Tours. J'ai donné des instructions. Louis devrait attaquer par la Normandie, soutenu par Robert de Dreux et Eustache de Boulogne. Les frères Blois et Champagne se mêleront à la partie. Quant à Geoffroy, il soulèvera contre moi tous les insatisfaits d'Anjou et du Maine à commencer par Guillaume de Montsoreau. Ces deux-là ne perdent rien pour attendre.

— Je vais convoquer mes barons, dit alors Aliénor.

— Je doute qu'ils soient nombreux, jeta Henri en considérant Aliénor d'un air moqueur.

— Henri, vous me faites de la peine, répondit Aliénor. Elle continua : c'est pour cette raison, que j'ai nommé mon fidèle Saldebreuil, connétable d'Aquitaine et Ebles de Mauléon, sénéchal du Poitou. Et je puis compter sur mes proches à commencer par les Châtellerault, les Rochefort, les Maingot et les Chabot.

— Dieu ! Que vous êtes belle dans votre nudité, s'exclama-t-il tout guilleret en contemplant son épouse. J'ai encore envie de vous.

— Henri, soyez sage, protesta Aliénor. Nous devons nous recueillir à l'abbaye de Montierneuf, puis à Saint-Maixent pour confirmer les chartes et privilèges.

— De Saint-Maixent, nous nous rendrons à Fontevraud saluer ma tante la mère abbesse Mathilde d'Anjou. Je gagnerai alors Barfleur pour la Saint-Jean où m'attendent mes fidèles barons anglo-normands, les Chester et toute ma parentèle. Si Louis ne fait rien, je débarque en Angleterre et reviens vers vous déposer une couronne de reine à vos pieds car Aliénor ne peut être que reine, n'est-ce pas ? Si Louis tente quelque chose, une campagne fulgurante réglera le problème avant même les moissons, et il éclata de rire. S'il nous attaque nous verrons qui des treize comtés du plus beau duché de France aura répondu à votre appel et qui se joindra à moi pour envahir l'Angleterre. Les Ségur, les Ventadour, les Comborn, les Périgord, les Tartas, les Comminges, les Bigorre, les Béarn… Je ne parle pas des Auvergnats. La liste est longue.

Aliénor sourit :

— Commençons par la tournée des abbayes.

Au palais de la Cité, l'atmosphère était orageuse. Adélaïde de Maurienne ne décolérait pas et ne supportait pas l'apathie de son fils.

— Louis ! Henri t'a volé ta femme ! tonna son frère cadet, Robert de Dreux. Il faut réagir.

Louis démoralisé regrettait l'absence de l'abbé Suger. Hélas, le saint homme était mort. Quant à l'abbé Bernard de Clairvaux, il lui avait envoyé un message pour le supplier de l'aider. Il considéra tour à tour son futur gendre, Henri de Champagne et son frère le sénéchal Thibaud de Blois à qui il venait de promettre la main de sa fille Alix, son beau-frère Eustache de Boulogne et enfin son propre frère qui tentait de le secouer, Robert de Dreux. Ce qui le réconfortait était de voir que sa propre famille le soutenait.

— Il faut réagir avant qu'il ne soit trop tard, observa d'un ton froid et déterminé Eustache de Boulogne. Sinon, Henri renforcé d'une multitude d'Aquitains avides et cupides va submerger l'Angleterre comme une nuée de sauterelles. Celle-ci tombée aux mains d'Henri et d'Aliénor, alors nous serons la prochaine proie de ce couple de vautours.

— Tu penses à ton héritage qui va t'échapper, rétorqua Robert de Dreux qui n'espérait qu'une chose, que Louis abdique et lui cède la place.

— Il faut revenir sur les termes de l'annulation du mariage tels que définis lors du concile de Beaugency, suggéra Henri de Champagne.

— Il faut revenir sur cette annulation, insista à son tour Thibaud de Blois et juger Aliénor pour adultère et félonie.

En entendant les sarcasmes de Robert à l'encontre du comte de Boulogne, Louis eut un sourire. Ici tous avaient à perdre si l'union d'Henri Plantagenêt et d'Aliénor d'Aquitaine se montrait féconde : Marie et Alix perdraient la majeure partie de leur héritage, à savoir l'Aquitaine et leurs futurs époux Champagne et Blois n'en seraient que lésés. Henri déposséderait Étienne de Blois de la couronne d'Angleterre et son fils Eustache n'aurait plus qu'à se contenter de son comté de Boulogne qu'il détenait du chef de sa femme. De surcroît, Henri refusait de rendre hommage à Thibaud de Blois dont il était le vassal pour la Touraine. Enfin son frère Robert de Dreux dont les fiefs jouxtaient la frontière normande se sentait menacé. Il prit alors la parole :

— J'ai écrit à l'abbé Bernard de Clairvaux pour qu'il raisonne les deux tourtereaux. Malheureusement, aux dernières nouvelles sa santé semblerait décliner. J'ai donc convoqué Henri et Aliénor pour qu'ils viennent s'expliquer.

— Henri ne viendra pas ! s'exclama Thibaud de Blois. Il ne n'est toujours pas venu me prêter hommage pour Tours.

— Alors, continua Louis VII, imperturbable, nous allons lancer une offensive sur la Normandie tandis que Geoffroy Plantagenêt soulèvera l'Anjou et le Maine contre son frère.

— L'objectif est de déposséder les deux tourtereaux de leurs fiefs, poursuivit Robert de Dreux. Il arpentait la Grande Salle d'un pas nerveux en faisant des gestes saccadés. La Normandie reviendra à son héritier légitime, Eustache de Boulogne. Je prélèverai quelques fiefs jouxtant Dreux et le Perche. Geoffroy Plantagenêt sera investi du comté d'Anjou et du comté du Maine. Thibaud de Blois aura en direct la suzeraineté sur la Touraine. Mon frère Louis en sa qualité de roi de France et de père de Marie et d'Alix assurera la suzeraineté sur le duché d'Aquitaine. Marie héritera du Poitou et Alix du comté de Bordeaux.

Henri le Libéral soupira et demanda :

— Que ferons-nous d'Henri Plantagenêt et d'Aliénor d'Aquitaine ?

— Nous livrerons Henri à son frère Geoffroy qui le traitera probablement comme tous les Plantagenêt traitent leurs frères vaincus. En d'autres termes, il pourrira dans une geôle jusqu'à ce que mort s'ensuive, expliqua Robert de Dreux, le plus naturellement du monde.

— Quant à Aliénor, je la ferai enfermer dans une abbaye, ajouta Louis VII d'une voix triste. Elle aura tout le reste de sa vie pour demander pardon à Dieu pour ses crimes de déloyauté, de désobéissance, pour sa frivolité, sa prodigalité, bref, je n'en dirai pas plus.

— C'est bien pensé ! s'exclama Henri le Libéral. Mais croyez-vous que nos forces conjuguées pourront venir à bout d'Henri Plantagenêt et d'Aliénor d'Aquitaine. En cas d'agression toute l'Aquitaine va déferler sur Blois, Orléans et Paris.

— Oh ! Que non ! répondit Louis VII. Je connais trop bien les Aquitains. Ils sont ingérables. Ils sont rebelles, indisciplinés et querelleurs, jaloux les uns des autres. Nous sommes très bien informés de l'accueil reçu par Henri Plantagenêt par les barons aquitains. J'ai dépêché des chevaucheurs à Limoges, à Bordeaux, à Angoulême, à Parthenay, à Lusignan, à Bellac…Tous se méfient du Plantagenêt. Ils sont prêts à défendre leur indépendance et surtout pas à la sacrifier à la tyrannie d'un Angevin. Ils préfèreront, et de loin, ma tutelle lointaine à la poigne de fer du Plantagenêt. Attaquons par surprise pour la Saint-Jean. Vous verrez que pas un Aquitain ne montrera le bout du nez. Envahissons la Normandie, emparons-nous d'Henri pendant que Geoffroy Plantagenêt suscite une terrible insurrection en Anjou. Cependant, les barons manceaux et angevins redoutent Henri. Rappelez-vous le siège de Montreuil-Bellay lors de la dernière révolte angevine. Henri est un rude capitaine tout comme son père.

Aliénor fixa la plume du moine qui courrait sur le parchemin. Elle relut quelques mots à haute voix pour que tous entendent :

— Moi, Aliénor, par la grâce de Dieu, duchesse d'Aquitaine et de Normandie, unie au duc de Normandie, Henri d'Anjou, je confirme les privilèges accordés à l'abbaye de Montierneuf par mon arrière-grand-père, mon grand-père et mon père.

Le père abbé s'inclina. Un large sourire illuminait son visage austère.

Le couple alla ensuite flâner en amoureux sur les berges du Clain. Partout, ils croisaient des bourgeois, des journaliers, des enfants qui leur témoignaient des marques de sympathie.

— Mon ami, ne redoutez-vous pas l'ire du roi Louis. Il ne restera pas sans réagir ? s'inquiéta Aliénor.

— Je vais presser mon retour en Normandie. C'est là que Louis attaquera si d'aventure, l'envie d'une déroute le taquinait. Il contempla longuement Aliénor et posa ses lèvres sur les siennes. Je suis votre dévoué serviteur. Je retrouve mes barons et chevaliers à Tours. Vous irez seule à Fontevraud. Et passant au tutoiement, il ajouta : embrasse ma tante Mathilde pour moi.

— Et après Tours ?

— Je gagnerai Rouen. J'irai saluer ma mère.

Aliénor réalisa qu'il était difficile de contrôler Henri. Il partait dans tous les sens et changeait ses projets au jour le jour, s'adaptant sans cesse aux nouvelles qui en permanence arrivaient d'Angers, Tours, Blois, Orléans, Paris, Rouen, Londres. Elle en avait le tournis. Henri était en mouvement perpétuel mais ce qui l'inquiétait le plus était son prochain séjour à Rouen. Serait-ce pour prendre conseil auprès de sa mère, la fameuse impératrice Mathilde ? La mère d'Henri véhiculait une telle réputation de femme autoritaire, déterminée et combative. D'une beauté froide, c'était une femme dotée d'une grande culture et profondément religieuse, consciente de son rang et de ses droits. Elle avait toujours méprisé son mari, un simple comte d'Anjou, et l'avait considéré comme un associé au service de ses ambitions. Une bouffée de jalousie submergea Aliénor mais elle n'en laissa rien paraître.

— Mon oncle, le vicomte de Châtellerault t'escortera jusqu'à Tours, offrit Aliénor.

Henri sourit sans répondre.

Foulques de Fons-Almoy vérifia soigneusement son harnois. Sa fille Radegonde ne cessait de lutiner le jeune Guy de Sichard qu'il avait pris à son service en qualité d'écuyer. Il avait promis à sa mère que le jouvenceau serait armé chevalier à la Pentecôte 1157.

— C'est dans cinq ans! s'était exclamée la dame de Sichard en levant les bras au ciel.

— Je l'emmène comme écuyer. Il terminera son apprentissage de prud'homme en ma compagnie. Croyez-moi, il reviendra en chevalier accompli. Et cessez d'imaginer le pire. Je ne nourris aucune intention maligne à l'encontre de votre lignage.

Il avait quitté Sichard tout guilleret en laissant dame Elvire à ses pensées lugubres. La pauvre ne se remettait pas de son veuvage et de la mauvaise fortune qui accablait son minuscule fief pourtant le plus antique du Poitou si on en croyait les légendes. Quant à ses filles, elles suivirent du regard le chevalier de Fons-Almoy d'un regard pensif. Foulques avant de prendre congé s'était retourné une dernière fois. Il croisa le regard empreint de douceur d'Olive. À la flamme qui dansa brièvement dans les prunelles mélancoliques, il comprit que la damoiselle nourrissait des espérances. Sans doute rêvait-elle que Foulques sollicite sa main.

— Dieu, qu'elle est douce et pure cette gente damoiselle. Rien à voir avec cette garce d'Estevance, digne de finir ses jours dans un lupanar. Dommage qu'elle soit si pauvre. Je crains qu'elle ne finisse ses jours comme moniale dans une abbaye où elle ira récurer les cuisines. À moins que sa mère, ne fasse comme Hugues de Beaulieu et ne la donne en mariage à un bourgeois de Poitiers.

Le dernier tournoi de la Pentecôte avait été pour lui une bénédiction financière. Sa pingrerie lui avait permis de convoquer des maçons et des terrassiers pour la poursuite des travaux sous la conduite de son fidèle Guérin. Sa nuit torride avec Estevance Maingot n'avait point apaisé son spleen. Il était rentré à Fons-Almoy dans une humeur lugubre, en compagnie de son fidèle Guérin et d'Ithier de Feytiat qui ne le quittait plus.

— Mon cher Ithier, nous allons bientôt quitter le Poitou pour de nouvelles aventures.

— Je suis encore tout esbaudi de ce mariage surprise qui provoquera probablement bien des remous.

— La guerre, mon cher. La guerre. Henri va gagner la Normandie au prétexte d'envahir l'Angleterre. Son ost sera réuni à Barfleur. Je suis prêt à parier que le roi Louis tentera d'envahir la Normandie pendant que Geoffroy Plantagenêt soulève l'Anjou et le Maine. La guerre est inévitable, mon ami.

— Mon cher Foulques, nous allons donc partir pour la Normandie. Mais que dira la duchesse d'Aquitaine ?

— J'ai obtenu sa permission d'accompagner le duc de Normandie dans ses pérégrinations.

— Ah, je vois ! Messire de Fons-Almoy a rencontré une poétesse talentueuse qui occupe ses pensées.

— J'avoue qu'il me tarde de revoir Marie de France.

— Et la belle Estevance Maingot ? Déjà oubliée ?

— J'ai cédé à un caprice. L'histoire s'arrête là, rétorqua Foulques d'un air résolu.

Foulques flatta l'encolure de son destrier. Un bel étalon à la robe noir de jais. Un poitrail éclaté, des membres puissants. L'animal renâcla pour manifester son impatience. Foulques vérifia une à une les lanières, la position de sa selle et ses hautes bâtes recouvertes de cuir fin. La courroie du poitrail était ornée de franges de cuir rouge. Guy de Sichard s'assura des bagages que portaient les mules et notamment les lances de neuf pieds, les arbalètes, la tente, les couvertures et les vêtements de rechange sans oublier le haubert, le heaume et l'écu en forme d'amande. Pour le voyage, il gardait en bandoulière son arc et son carquois, pendaient à sa senestre sa rondache et son épée, à sa dextre sa masse d'arme et enfin, glissé à sa ceinture, dans son dos un poignard.

Sa fille Radegonde, de son air ingénu, observait les trois hommes et manifestait un intérêt tout particulier pour le jeune Guy de Sichard. Foulques en se retournant s'en aperçut. Il en éprouva comme un choc. Il réalisa que les années filaient et que si son cœur était à prendre bientôt celui de sa fille le serait aussi. Enfin, elle était encore jeune bien que précoce. Il aurait tout le temps de lui trouver un mari et ma foi Guy de Sichard lui semblait peu digne d'intérêt. À force de fréquenter la cour de Paris puis celle de Poitiers, il avait l'habitude de côtoyer des barons joliment fieffés et il se promettait de trouver un beau parti pour sa fille. Guy de Sichard avec ses quelques arpents de terre ferait figure de seigneur désargenté n'ayant pour lui que l'antiquité de son lignage, la vigueur de ses bras et la jolie tournure de son minois. En outre, il était illettré.

Aliénor quitta Henri à Châtellerault. Tandis qu'une forte troupe commandée par son oncle Raoul de Faye prenait la route de Fontevraud, le vicomte de Châtellerault escorta Henri Plantagenêt jusqu'à Port-de-Piles où l'attendait une troupe de Normands et de Tourangeaux conduite par Jean le Maréchal.

— Par tous les saints du Paradis! messire de Fons-Almoy. On ne se quitte plus! s'exclama Jean le Maréchal en donnant l'accolade à Foulques.

Henri Plantagenêt se mit à rire et, du ton de la plaisanterie, lança:

— Mon épouse me confie quelques Aquitains pour aller guerroyer. À défaut d'un ost où Limougeauds, Poitevins, Périgourdins, Gascons, et Béarnais seraient si nombreux que Étienne déposerait sa couronne avant même de livrer bataille, Aliénor m'a offert un chevalier de Limoges et un chevalier de sa Maison. Ma foi, ce sont de fiers combattants qui ont fait leurs preuves à Damas et ailleurs.

— Je connais le chevalier de Fons-Almoy pour avoir rompu avec lui quelques lances.

— Il a oublié ta belle-sœur. Que Dieu ait son âme. Aujourd'hui il est tout ragaillardi à l'idée de revoir une des nombreuses filles naturelles qu'engendra mon père, ironisa Henri. Après tout, il a le droit de rêver mais pas d'espérer.

À ces allusions qu'il jugea pour le moins perfides, Foulques s'empourpra. Que savait le duc de Normandie de sa supposée liaison avec Harvise de Dreux ? Il ne fut que son chevalier servant. La sœur d'Harvise n'était autre que Sibylle de Salisbury, épouse de Jean le Maréchal et sœur du redoutable Patrick de Salisbury qui les attendait à Barfleur.

Aliénor d'Aquitaine fut reçue avec tous les honneurs dus à son rang. Sa grand-mère paternelle, Philippa de Toulouse, duchesse d'Aquitaine et épouse malheureuse de Guillaume le Troubadour avait jadis pris pour confident et confesseur Robert d'Arbrissel, le fondateur de l'abbaye de Fontevraud. Elle avait été une généreuse bienfaitrice de l'ordre et son époux Guillaume suivit avec beaucoup d'intérêt la révolution qu'apporta dans l'Église, Robert d'Arbrissel en redonnant aux femmes la place qui leur revenait naturellement. En un demi-siècle, l'œuvre de Robert d'Arbrissel avait essaimé avec un succès considérable. Ce n'était plus le modeste ermitage qui accueillait quelques pécheresses ou filles abandonnées mais une puissante congrégation forte de plus de cinquante prieurés… En outre Fontevraud était la première abbaye double, accueillant hommes d'un côté et femmes de l'autre et dont la direction était assurée par une abbesse expérimentée, autrement dit une femme veuve.

L'abbesse Mathilde d'Anjou était la sœur de Geoffroy Plantagenêt dit le Bel. Elle avait été mariée au cours de son enfance avec l'héritier du trône d'Angleterre, Guillaume Adelin. Celui-ci s'était noyé dans le naufrage de la Blanche-Nef laissant les droits à la couronne d'Angleterre à sa sœur, l'impératrice Mathilde. Veuve, Mathilde d'Anjou était rentrée à l'abbaye de Fontevraud où elle succéda à Pétronille de Chemillé première abbesse de Fontevraud.

— Ma nièce, que je suis heureuse de vous accueillir dans cette maison du Seigneur. J'ai tellement entendu parler de vous. Il était temps enfin que je vous rencontre.

— J'ai l'impression de vous connaître à travers votre famille qu'il s'agisse de votre frère feu le comte d'Anjou ou de votre demi-frère, Baudouin roi de Jérusalem.

— Mon demi-frère, je ne le connaîtrai sans doute jamais, répondit l'abbesse Mathilde d'un air pensif. Toutes mes prières l'accompagnent.

— Je suis très heureuse d'être parmi vous. Fontevraud représente beaucoup pour moi. Ma grand-mère, Philippa de Toulouse a toujours été proche de votre abbaye et de son fondateur, Robert d'Arbrissel.

— Robert d'Arbrissel, l'homme qui nous émancipa, à sa manière, répondit l'abbesse.

— Moi, je me suis émancipée toute seule, répondit Aliénor avec un sourire espiègle.

Mathilde se mit à rire et entraîna sa nièce à l'intérieur de l'abbaye.

À Barfleur, régnait une atmosphère fiévreuse. Dans le port, une véritable flotte se préparait à appareiller. D'Angleterre, étaient accourus quelques grands barons comme les Chester, les Gloucester, les Leicester, les Reviers, les Clares… Guy de Sichard monta la tente dans l'enclos réservé à la dizaine de Poitevins qui avaient suivi le duc de Normandie. Foulques s'était rendu en ville dans l'espoir de croiser Marie de France. Il ne fut guère chanceux dans sa quête. Il apprit par hasard que cette dernière était à Rouen. Dépité, il prit son mal en patience.

Un soir, Jean le Maréchal vint le quérir pour l'inviter à partager son repas sous sa tente. Un page l'introduisit. Jean le Maréchal assis dans un faudesteuil de fer forgé picorait des cerises et recrachait les noyaux dans un pot en grès.

— Demande à ton écuyer de seller ton cheval. Henri dicte un courrier, reçoit des chevaucheurs, donne des instructions et dans quelques instants sonnera le boute-selle. Nous sommes une trentaine à filer pour Rouen. Il se pencha vers son interlocuteur et ajouta à voix basse. Le reste de l'ost suivra dans le plus grand secret.

Un grand sourire illumina le visage de Foulques. Jean le Maréchal ajouta un pichet de grès ventru :

— Tiens, sers-toi. De la bonne goddale d'Angleterre. Trinquons.

— Quel est le but de cette chevauchée ?

Jean le Maréchal esquissa un sourire goguenard :

— Henri va s'entretenir avec l'impératrice Mathilde.

— Sa mère ! s'étonna Foulques.

— Mère et fils sont très proches, n'en déplaise à Aliénor, continua le baron anglo-normand d'un air flegmatique. Et que la duchesse d'Aquitaine n'imagine pas qu'elle pourra semer la zizanie entre mère et fils comme elle fit à Paris entre Louis et sa mère, Adélaïde de Maurienne.

— C'est Henri qui souhaite ma présence ?

— Sans doute. Il croit que tu te languis et que tu meurs d'envie de revoir une poétesse angevine. Tu vois de qui je parle ?

Foulques blêmit. Il croisa le regard de Jean le Maréchal. Il crut lire dans les prunelles myosotis du baron anglo-normand une lueur narquoise.

Henri Plantagenêt était un cavalier infatigable, un capitaine de guerre averti et un stratège extrêmement secret. Un chevaucheur dépêché par sa mère venait de l'informer qu'une puissante armée conduite par le roi de France en personne s'était rassemblée dans le Vexin pour marcher sur Rouen. Sans doute, le roi de France espérait-il écraser la Normandie, s'emparer de l'impératrice Mathilde et mettre Henri à genoux avant même qu'il ne soit prêt à réunir ses troupes. Le pari était perdu d'avance. Henri lisait dans les pensées de ses adversaires et prenait sur eux une longueur d'avance.

À Caen, la maestria d'Henri Plantagenêt fit sa jonction avec Guillaume de Tancarville. Il entra à Rouen à la nuit tombée. Ils étaient crottés, couverts de poussières, harassés par une interminable chevauchée. Foulques, qui soufflait en marchant était stupéfait par la vigueur inaltérable d'Henri Plantagenêt. Le jeune duc ne tenait pas en place et distribuait ses instructions avec une promptitude remarquable. Il entra dans le palais de sa mère, salua ses proches, jeta un sourire à sa demi-sœur Marie de France et s'enferma avec l'impératrice Mathilde. On la disait retirée du monde, plus préoccupée de son salut que des affaires du monde. En fait, il n'en était rien. De sa retraite, elle accordait une attention vigilante sur les évolutions politiques du duché, de la France et de l'Angleterre. Foulques profita du désordre créé par l'irruption des chevaliers dans le palais pour s'approcher de Marie. Curieusement cette dernière sembla l'ignorer. Il en conçut une amère tristesse mais ne se découragea pas pour autant. Dans la lumière ondoyante des torchères et des braséros, Foulques se glissa au milieu d'un parti de chevaliers normands avant de se faufiler vers une des grandes baies géminées où se tenait Marie en compagnie de plusieurs damoiselles occupées à des travaux de broderie. Le crépuscule ensevelissait peu à peu la capitale normande d'un voile de suie. Il s'inclina. Marie fit celle qui ne l'avait pas vu. Trois damoiselles au teint clair et aux longues nattes blondes l'enveloppèrent d'un regard hautain. Foulques comprit que contrairement à Marie, elles ne comprenaient pas la langue d'oc. Alors, il chantonna un couplet de poème de circonstance:

Lorsque les bocages sont feuillés
Et sur parait la fleur dans la prairie,
J'aime entendre, sous l'ombrage, les doux chants
Que font les oiseaux sur la chênaie, au milieu de la verdure;
Et comme le temps devient encore meilleur,
Ils ont conquis leur joie.
Plus j'ai mon cœur porté vers Amour,
Plus encore Amour s'éloigne de moi.
Pourquoi ne pas me plaindre de mon infortune?
Telle est ma destinée que Joie et Bonne aventure
M'enlèvent un peu de tristesse
Qui a pris place dans mon cœur.
Celle qui devrait m'envoyer un message de son pays
Ou craint d'abaisser sa noblesse,
Ou s'est fâchée contre moi;
Ou bien, elle ne veut pas de moi,
Ou elle ne peut me souffrir.
Peut-être Orgueil ou Indifférence se sont-ils mis entre nous?

Son regard se courrouça. Elle fixa Foulques durement et lui demanda:

— Qu'avez-vous raconté à Henri? Il s'est encore gaussé de moi.

Les lèvres arrondies de surprise, Foulques considéra Marie de France avec stupeur et balbutia:

— Je crains qu'il ne lise dans mes pensées.

Elle haussa les épaules et chanta en langue d'oc afin de n'être comprise que par le chevalier troubadour :

L'autre jour, au sortir d'avril,
Sur des prairies, au bord d'une fontaine,,
Lorsque commencent à chanter
Les oiseaux pour se réjouir,
J'entendis la voix d'un pastoureau
Qui chantait avec une donzelle.
Je la trouvai sous un chêne ombreux
« Belle, lui dis-je, puisque Joie revit…
Nous devons former un couple »
Non, chevalier, nous ne le devons pas,
Car j'ai mes pensées et mes désirs tournés ailleurs. »

« Dites, belle, quelles sont les pensées qui occupent votre cœur ? »

« Par ma foi, sire, je vous dirai,
S'il est vrai comme je l'entends conter
Que Prix, Joie et Jeunesse déchoient,
Et que nul ne peut avoir confiance en autrui. »

Les damoiselles normandes scrutaient attentivement les traits de Foulques qui s'assombrirent. Un voile de tristesse obscurcit son regard limpide et la main sur le cœur, posant un genou à terre, il protesta de sa bonne foi :

— Noble damoiselle, mes pensées sont pures et ma gaucherie est proportionnelle à la hauteur de mes sentiments. J'ai dû me trahir par un regard, un mot, un sourire mais jamais je ne vous ai trahie. Je suis votre chevalier servant et vous offre réparation. Acceptez-moi comme votre homme-lige.

— Allons chevalier dans ce cas pour gagner mon pardon, allez faire preuve de vaillance et de bravoure pour repousser les tristes sires du roi de France qui viennent mettre à feu et à sang notre belle Normandie.

Foulques se retira. Au même instant, Henri Plantagenêt, escorté de l'impératrice Mathilde et de son frère Guillaume FitzEmperesse, fit irruption dans la grande salle du palais. La nuit était tombée. Une cloche tinta. Dans les ruelles de Rouen, les veilleurs de nuit veillaient à ce que le couvre-feu soit respecté.

— Messeigneurs, le duc de Normandie, tonna la voix rauque d'un héraut. Un sonneur emboucha sa trompe et en tira quelques notes pour appeler au silence.

Henri, les poings sur les hanches balaya d'un regard vif la foule qui se pressait dans la salle. Foulques nota qu'il avait les jambes arquées et qu'il ne tenait pas en place.

— Les Français, les Boulonnais et les Champenois sont à douze lieues de Rouen, précisément à Neuf-Marché.

— Assiégeraient-ils le château de Neuf-Marché ? demanda Jean le Maréchal.

— Que nenni. Neuf-Marché vient de tomber. Les balistes, mangonneaux et catapultes de Louis VII ont eu raison des courtines de notre cité.

— Donc, les remparts sont à terre, commenta alors Guillaume de Tancarville.

— Tout juste ! tonna Henri en arpentant la grande salle d'un pas nerveux, les mains crochetées derrière le dos. Il se tourna alors vers un groupe de barons et lança d'une voix aiguë : Messire de Salisbury, sonnez le boute-selle.

Foulques tapa sur l'avant-bras d'Ithier de Feytiat :

— Avant d'aller conquérir l'Angleterre, il nous faudra combattre l'ost du roi de France et celle d'Eustache de Boulogne.

— Nous ferons preuve de vaillance et dormirons demain, conclut le chevalier limousin.

Avant de quitter la salle, Foulques se retourna une dernière fois. Marie de France ne le quittait pas des yeux.

Impassible, elle l'accompagna du regard, un regard songeur, énigmatique et attentif.

— Par sainte Radegonde ! Qu'elle est belle la poétesse d'Anjou. La joliesse de son visage, la sveltesse de sa taille, la noblesse de son maintien et son sourire énigmatique font d'elle une sylphide inaccessible. Ses prunelles bleu camaïeu aussi profondes, aussi insondables que les tréfonds de l'océan me fascinent, murmura Foulques pour lui-même.

Ils galopèrent vent du bas. Une centaine de chevaliers tout au plus accompagnés de leurs écuyers et de sergents à cheval. Jean le Maréchal avait quant à lui la charge de réunir le ban à l'aube et de marcher dès demain sur Neuf-Marché à la tête d'une puissante armée composée de barons anglo-normands, angevins, manceaux et tourangeaux sans compter des compagnies de sergents et milices rouennaises. À tierce, elle serait sous les murs de la cité et seconderait le duc dans son opération de reconquête.

À moins d'une lieue de Neuf-Marché, Henri Plantagenêt ralentit la cadence et se mit au pas avant d'immobiliser son destrier. La nuit était fraîche. Il se tourna vers Patrick de Salisbury et dit :

— Il faut envoyer une dizaine d'éclaireurs en avant. Que l'on s'assure de l'état des défenses de la cité et de la position de l'armée française.

Patrick de Salisbury se retourna et demanda d'une voix forte :

— Cinq volontaires pour aller inspecter les défenses de l'ennemi.

Foulques qui brûlait de s'illustrer par quelques actes de bravoure, poussa son destrier en avant, imité par Ithier de Feytiat. Ils avaient laissé leur écuyer, Guy de Sichard à l'arrière avec les mules et leur harnois. Trois Normands dont Blainville se joignirent à eux.

— À partir de maintenant, nous avancerons au pas. Le silence est de rigueur. Veillez à ce que vos destriers ne hennissent pas et ne renâclent pas. Une oreille avertie pourrait s'inquiéter et donner l'alerte, commanda Henri Plantagenêt.

Les cinq éclaireurs s'enfoncèrent dans la nuit au petit trot. Bientôt, émergea des ténèbres la silhouette du château de Neuf-Marché. Érigée sur un promontoire, dominant la vallée de l'Epte, la forteresse contrôlait la route de Beauvais à Rouen. Elle était censée défendre la frontière du duché de Normandie contre les incursions françaises. Les chevaliers mirent pied à terre et progressèrent en silence jusqu'aux avant-postes français. Tout autour du château, s'étendaient les cantonnements français, champenois et boulonnais. L'on distinguait les brèches qui avaient permis aux assaillants de se rendre maîtres du château. Quelques sentinelles, çà et là, veillaient autour d'un braséro. Foulques et Ithier contournèrent le château puis rebroussèrent chemin pour faire leur rapport.

— Messire de Blainville, je vous écoute, fit Henri Plantagenêt.

— Deux brèches éventrent les courtines. Le château est indéfendable si nous les prenons par surprise.

— D'autant plus qu'il semble que l'ost royal a quitté les lieux, ajouta Foulques de Fons-Almoy.

— En êtes-vous sûr ? demanda Patrick de Salisbury.

— Nous n'avons pas vu de tentes aux armes du roi de France ni celles du comte de Boulogne.

Henri Plantagenêt écouta attentivement le rapport et prit sa décision :

— Une dizaine d'hommes partent en avant éliminer les sentinelles. À la pointe du jour nous chargerons en bloc. Une seule charge de cavalerie balayera le camp. Messire de Salisbury s'engouffrera dans le château, je taillerai en pièces les Français et Champenois présents à l'extérieur.

Baudouin de Reviers interceptera les fuyards. Je veux une victoire totale qui marque les esprits.

Un coq chanta. Valéran de Breteuil ouvrit un œil et se dressa sur les coudes. Il avait la tête des mauvais jours. La veille, avec ses compagnons, ils avaient ripaillé tard dans la nuit et fort du départ du roi Louis pour Gisors, en avaient profité pour trousser quelques ribaudes folieuses. C'est le martèlement sourd d'une troupe à cheval qui le fit sursauter. D'un bond, il fut debout. Il surgit hors de sa tente. En contrebas, dans la vallée, un escadron de chevaliers montés sur de lourds destriers prenait son élan pour gagner la butte et prendre le camp par surprise.

— Aux armes ! tonna-t-il. Aux armes ! Les Normands ! Il rentra dans sa tente, prit son olifant qu'il emboucha tout en revêtant précipitamment son gambison.

Foulques de concert avec ses compagnons abaissa sa lance ramenant ses pieds à la verticale. Son destrier entraîné par la vitesse, gravit sans effort le promontoire. Les Français en désordre accouraient à leur rencontre, certains à pied, d'autres à cheval. Beaucoup n'avaient pas eu le temps d'enfiler leur haubert et n'avaient que leur écu pour se protéger des coups. Hugues de Crèvecœur, tenta de rallier quelques chevaliers pour faire front. En vain, la charge disloqua son escadron. Lui-même, percuté de plein fouet mordit la poussière. Patrick de Salisbury suivi d'une cinquantaine de chevaliers s'engouffra par la brèche. Foulques qui venait de rompre sa lance contre un grand escogriffe qui râlait au sol, la poitrine perforée, jaillit dans la cour l'épée haute. Trois sergents armés de vouges et de piques munies de crochets tentèrent de le désarçonner. Protégé par sa rondache, frappant de taille et d'estoc avec une vélocité remarquable, il en démantibula deux avant d'occire le troisième, puis mettant pied à terre, il gravit les marches qui montent au chemin de ronde. Renaud de Clermont tenta à son tour de l'arrêter. Les deux hommes se défièrent du regard. Clermont avait l'avantage de la position au sommet de l'étroit escalier. Le risque était grand de basculer dans le vide. Se collant au mur, protégé de sa rondache, l'épée en avant, Foulques atteignit le chemin de ronde en repoussant Clermont par une attaque vigoureuse. Un magistral coup d'épée retentit sur son bouclier, il pointa d'estoc et menaça les jambes de son adversaire. Renaud de Clermont recula contre le parapet. Les deux hommes croisèrent le fer. Le choc fut violent. Un coup à droite, un coup à gauche, d'estoc et de taille. Foulques baissa subitement la garde, donnant l'illusion d'avoir été touché au bras. Renaud de Clermont se rua sur le Poitevin, l'épée haute, pour en finir. Erreur fatale. Foulques déjoua le coup et d'une fulgurante estocade désarma son adversaire. L'épée dessina dans l'air une arabesque avant de se ficher dans le sol au pied du rempart. Salisbury qui avait assisté à la scène, applaudit. Renaud de Clermont se rendit à merci. Neuf-Marché était repris.

Henri, assis dans un faudesteuil, écouta les captifs : Breteuil, Crèvecœur et Clermont confirmèrent les intuitions du duc de Normandie. Louis VII et Henri de Champagne étaient à Gisors et s'apprêtaient à marcher sur Rouen.

Quelques chevaliers champenois et français parvinrent à s'enfuir et à rejoindre l'ost royal. Quelle fut la stupéfaction de Louis VII quand il apprit avec quelle promptitude Henri Plantagenêt avait repris Neuf-Marché. Abattu, démoralisé par la réactivité d'Henri, il réunit aussitôt son conseil.

Son beau-père, le connétable Mathieu de Montmorency, prit la parole le premier :

— Je reconnais bien là les talents de son père, Geoffroy le Bel. Rappelez-vous la remarquable campagne de treize jours qui mit en déroute la Normandie, alors aux mains d'Étienne de Blois.

— Il est audacieux, impérieux, et ses réactions sont foudroyantes, observa Henri de Champagne. Faisons que ces qualités militaires indéniables se transforment en défaut et attirons-le dans un traquenard. Son frère cadet soulève l'Anjou et le Maine. L'Aquitaine ne bouge pas. Attirons-le à Pacy où nous retrouverons votre frère, Robert de Dreux, mon frère Thibaud de Blois et tous les ennemis d'Henri Plantagenêt comme Guillaume de Ponthieu et Galeran de Meulan. La nasse se refermera sur lui et nous le piègerons comme un sanglier.

Eustache de Boulogne, dont les piètres valeurs militaires étaient connues de tous, opina du chef. Il était hors de lui mais n'avait aucune proposition concrète à faire. C'est Henri de Champagne qui prit la parole :

— Mon cher ami, vos compagnies de Flamands font merveille. Nous les utiliserons comme appât.

— De la ribaudaille, grommela Montmorency. Il est ignoble de combattre avec ces routiers sans foi ni loi.

— Et alors, ajouta le comte Henri de Champagne, la ribaudaille sera le centre de notre dispositif. Henri Plantagenêt veut aller vite. Il n'aura pas d'infanterie. Nous lui opposerons des compagnies de Flamands armés de voulges, guisarmes, crochets et piques qui briseront les charges de la chevalerie normande.

— J'en doute, ricana le connétable de Montmorency. On n'a jamais vu de la piétaille arrêter une charge de bons et loyaux chevaliers.

— Les archers et les arbalétriers rentreront dans la danse. Un nuage de sagettes obscurcira le ciel et les ralentira, continua le comte de Champagne, imperturbable. La piétaille ou la ribaudaille, comme vous voudrez, sera le centre de notre dispositif. La chevalerie démantibulée après s'être brisée sur les piques des Flamands puis avoir été désarçonnée par les crochets de nos soudoyers sera considérablement affaiblie. Alors des quatre points cardinaux, nos chevaliers, percherons, français, champenois, boulonnais outre nos amis angevins et manceaux achèveront les forces normandes du Plantagenêt.

— Nous l'attendrons donc à Pacy pour un choc frontal, conclut Louis VII en se lissant machinalement la barbe. Il était perplexe et se demandait s'il n'avait pas commis une erreur en rendant à Aliénor sa liberté. Il ajouta : Nous devions envahir la Normandie par surprise et voilà que contre toute attente, c'est Henri qui déboule sur nous comme un fou furieux et reprend en deux temps trois mouvements le château qu'on vient à peine de lui enlever.

— Il ne dispose d'aucune réserve, répondit le connétable de Montmorency. Nous devons le prendre de vitesse avant qu'il ne puisse réunir toutes ses forces.

— Henri Plantagenêt entre nos mains, il faudra alors marcher sur Poitiers pour prendre Aliénor au gîte, continua le comte de Champagne.

— Ne vendons pas la peau de l'ours avant de l'avoir tué, rétorqua le connétable de Montmorency, d'un air sombre. Il n'avait encore jamais vu Louis VII gagner une vraie guerre. En revanche, il était convaincu par les talents de capitaine de guerre du jeune duc de Normandie. Cette pensée lui faisait froid dans le dos.

À peine Neuf-Marché était-il tombé qu'Henri faisait sonner le boute-selle.

— Nous repartons déjà? demanda Foulques de Fons-Almoy à Blainville.

— Nous marchons sur Gisors, répondit le chevalier normand d'un air placide.

Ils galopèrent nuit et jour. Les destriers étaient exsangues, les hommes aussi. Des chevaux s'affaissaient d'épuisement entraînant leurs cavaliers dans leur chute. Foulques dut s'arrêter avec quelques compagnons pour laisser aux montures le temps de récupérer. Son écuyer, Guy de Sichard, n'arrêtait pas de maugréer.

— Fais bonne figure, si tu veux être armé chevalier, s'agaça Foulques.

— Vous avez promis à ma mère que je serai adoubé dans cinq ans, à moins que vous ne complotiez ma mort pour vous emparer de mon héritage, glapit l'écuyer.

Une gifle magistrale s'abattit sur la joue du damoiseau. Blême, Guy fixa le chevalier avec colère.

— À ton âge, tout jeune écuyer, je chevauchais dans la maestria du duc d'Aquitaine, lorsqu'il vint épauler le comte d'Anjou Geoffroy le Bel dans ce qu'il est convenu d'appeler la chevauchée fantastique. Elle dura treize jours. En ce temps-là, il n'était point question d'ergoter ou de maugréer. Nous avons écrasé la Normandie et tous s'en souviennent encore, quinze ans plus tard. J'ai même ramené un solide butin à la maison qui, lorsque je fus adoubé, me permit de m'équiper, orphelin que j'étais. Alors petit, cesse de geindre comme une donzelle. Tu es là en ma compagnie pour gagner tes éperons. Et en son for intérieur, il se dit que jamais sa fille Radegonde n'épouserait ce garçon.

Ils reprirent la route en chantant pour se donner du cœur au ventre. Ils retrouvèrent Henri et le gros des troupes à quelques lieues. Pour la deuxième fois, Henri avait tué son cheval sous lui. Par chance il avait roulé dans un fossé. Hormis quelques contusions, il n'avait rien de cassé.

— Où sommes-nous? demanda Foulques à Jean le Maréchal, qu'il retrouva en train de mastiquer un bout de lard.

— Au sud de Gisors, répondit le baron anglo-normand. Nous allons brûler quelques villages et quelques manoirs puis nous franchirons la Seine pour rejoindre Louis VII et ses alliés.

— Le roi de France n'est plus à Gisors.

— Nous savons par nos éclaireurs, que l'ost du roi de France se replie sur la Seine. Nos informateurs les suivent de loin. Ils nous croiront à l'est, nous serons à l'ouest.

— Pourquoi ne pas les affronter dès maintenant? demanda Foulques.

— Nous n'avons pas de machines de guerre, ni d'infanterie et nous sommes beaucoup moins nombreux. Alors, Henri Plantagenêt qui a lu toutes les mémoires des grands capitaines de guerre de l'Antiquité, imagine une stratégie qui déroutera les Français. Tu comprends, Louis n'a jamais lu l'Anabase de Xénophon ou encore les souvenirs de Scipion l'Africain, le vainqueur de Carthage. Ce ne sont pas les saintes Écritures qui vont lui inspirer une stratégie militaire de génie.

Les Normands franchirent la Seine à Bonnière-sur-Seine à la tombée de la nuit puis s'égayèrent en plusieurs groupes pour bivouaquer à l'abri de haies et de bosquets dans l'espoir de passer inaperçus. Henri Plantagenêt voulait bénéficier de l'effet de surprise en surgissant là où personne ne l'attendait.

À l'aube, ils tombèrent sur une petite troupe de chevaliers percherons appartenant à l'ost de Rotrou de Perche. Ils étaient une quarantaine de part et d'autre. Les Percherons, commandés par Adhémar de Courtomer manifestèrent leur surprise. Ils ne s'attendaient pas à rencontrer des Anglo-Normands au sud de Gisors qui, de surcroît, leur coupaient la route. Le chevalier de Courtomer envoya un émissaire au chevalier de Blainville. Après quelques palabres, les capitaines se mirent d'accord pour s'affronter selon les règles de l'art. Une fois n'était pas coutume, les Normands avaient bivouaqué de la tombée de la nuit jusqu'aux premières lueurs de l'aurore. Ils étaient frais et dispos, ce qui n'était pas le cas des Percherons qui avaient cheminé la nuit durant pour échapper à la touffeur estivale. Leurs destriers montraient des signes de fatigue et les hommes cuisaient dans leur jus, prisonniers de leurs gambisons et hauberts. Les chevaliers confièrent leur harnois à leurs écuyers et valets. Chacune des deux troupes se mit en ordre de bataille. Deux lignes hérissées d'une quinzaine de lances chacune se firent face dans un champ clos entouré de haies. Le calme tomba. Écuyers et valets observaient leurs maîtres en silence. Guy de Sichard se demanda un instant si la chance ne serait pas de son côté si d'aventure le chevalier de Fons-Almoy perdait la vie. Il pourrait alors prendre Radegonde pour épouse et unir les deux fiefs. Huon n'était qu'un bâtard, il l'écarterait de la succession. Soudain, il sursauta. Un coup de trompe déchira le silence. Le martèlement sourd des lourds chevaux de guerre fit trembler la terre desséchée. Le choc fut violent. Foulques et Ithier chevauchaient côte à côte tenant la ligne en rang serré. L'impact de la lance de son vis-à-vis le secoua. La lance se brisa. Il dévia adroitement la sienne qui toucha l'homme à l'épaule. Poussant un grand cri de douleur, ce dernier tomba à la renverse et roula dans l'herbe sèche. Les lignes se disloquèrent. La mêlée fut un instant confuse. Foulques lâcha sa lance qu'il troqua pour sa masse. Les Normands eurent rapidement le dessus. Quelques Percherons prirent la fuite. Deux restèrent sur le sol sans vie, trois, cruellement navrés, furent déposés sur des civières de fortune. Quatre furent faits prisonniers. De leur côté les Normands avaient perdu un des leurs et trois blessés. Blainville mena un rapide interrogatoire. Les Percherons remontaient vers Pacy retrouver leur suzerain Rotrou du Perche.

À la tombée de la nuit, Henri envoya une troupe livrer quelques escarmouches à proximité de Pacy pour faire croire à Louis qu'il se préparait à l'affronter. Profitant de cette diversion, le gros de sa troupe piqua droit sur Dreux, le fief du frère cadet du roi de France. Ils surgirent devant un solide castel qui se livrait à une opération de ravitaillement avant que le jour se lève. Les Normands fondirent sur le convoi et firent irruption dans la cour avant que le pont-levis soit levé et la herse retombée. Foulques mit pied à terre et livra un furieux combat contre des sergents et des chevaliers usés par le poids des âges. Ces derniers se rendirent à merci quand ils comprirent qu'ils étaient la proie du duc de Normandie.

— Vous n'êtes qu'une armée de vieillards, ironisa Henri Plantagenêt au capitaine de la garnison.

— Notre seigneur et ses chevaliers les plus jeunes et les plus aguerris sont partis rejoindre Robert de Dreux auprès du roi Louis expliqua le vieillard.

— Je crois que nous allons prendre moult châteaux et petites cités. Il avisa la jeune châtelaine qu'il trouva fort accorte et lui fit une cour assidue qui scandalisa Foulques.

Certes, c'était une jolie femme d'une trentaine d'années à la silhouette épanouie. Le manoir tombé entre les mains du duc de Normandie, elle s'était inclinée avec grâce devant le vainqueur affichant son plus beau sourire. Henri ne sut pas résister à la tentation.

— Beau sire, lui avait-elle dit, je remets entre vos mains les clefs de ma demeure. Faites-en bon usage et protégez ma famille des prédateurs.

Henri qui était un homme fort courtois qui usait de trésors de politesse quand le contexte s'y prêtait, joua les jolis cœurs et entraîna la dame du château dans son logis.

Le lendemain, à la pique du jour, Henri faisait sonner le boute-selle, laissant la dame éplorée. Elle croyait son époux occis, or Jean le Maréchal lui avait appris qu'il avait été sévèrement navré mais ses jours n'étaient point en danger. En outre, elle allait devoir s'acquitter d'une rançon pour obtenir sa libération. En vérité, elle n'était pas pressée de le revoir surtout après avoir succombé à l'insatiable ardeur du jeune duc de Normandie.

Pour Foulques de Fons-Almoy, le cœur n'y était plus. Depuis le premier jour, il avait démasqué la vraie nature d'Henri Plantagenêt. À compter de ce jour pour un fait certes anodin aux yeux de ses compagnons, il se mit à le haïr. Cet homme allait rendre sa dame de cœur, la divine Aliénor, bien malheureuse et ça, il ne pouvait le supporter.

L'ost normand ravagea les terres de Robert de Dreux. Ce dernier, fort de l'appui de son frère, le roi Louis VII, de Guillaume Talvas de Ponthieu et d'Eustache de Boulogne, tenta une diversion sur Verneuil sans obtenir le succès escompté. Tandis que ses manoirs capitulaient les uns après les autres, Louis VII tomba malade. Les évêques d'Alençon, d'Évreux et de Rouen commencèrent à s'inquiéter des ravages de la guerre sur les populations et tentèrent une médiation. Dreux était menacé. Les places de Marcouville et de Brézolle tombèrent aux mains d'Henri. Robert de Dreux comprit que la partie était perdue. Son frère malade était ouvert à la négociation. Henri s'attaqua aux fiefs de Rotrou du Perche et lui enleva les places de Bonsmoulins et Moulins. Guillaume Talvas prit peur, car Alençon devenait à son tour la cible. Les tractations commencèrent. Les protagonistes signèrent une trêve. Henri Plantagenêt, les mains libres, en profita pour se retourner contre son frère cadet, Geoffroy d'Anjou.

Chinon, Loudun et Mirebeau tombèrent sans coup férir. L'irruption des troupes d'Henri Plantagenêt en Touraine et en Anjou démoralisa les partisans de Geoffroy Plantagenêt. Le cadet d'Henri, pris de panique, se réfugia chez son plus fidèle soutien, Geoffroy de Montsoreau.

Montsoreau était une des quarante citadelles d'Anjou. Au sud, une impressionnante levée de terre hérissée de pieux protégeait l'accès à la cour basse du château. Une courtine protégeait la cour haute, le donjon et le logis. Au nord, le château donnait directement sur la Loire. Devant la levée de terre, un fossé à sec. Seule l'eau des crues de la Loire le remplissait par intermittence.

Henri mobilisa des moyens impressionnants pour faire tomber la citadelle. Il organisa un blocus pour interdire à quiconque d'approvisionner les assiégés par le fleuve. Il convoqua des ingeneors, des maîtres de machines, fit abattre des arbres en nombre et monter des balistes, pierrières et mangonneaux avec une rapidité impressionnante. Foulques de Fons-Almoy et Ithier de Feytiat assistèrent aux préparatifs en compagnie de Blainville.

Aux derniers jours d'août, Henri Plantagenêt déclencha les hostilités. Une multitude de projectiles inonda le ciel avant de s'abattre sur les remparts hérissés de pieux. Quelques arbalètes de tour tentèrent de riposter. En vain. Henri Plantagenêt dans sa grande sagesse, déploya des compagnies d'archers qui noircirent le ciel d'un déluge de flèches, rendant la position sur les remparts impossible. Puis ce fut l'assaut. Un assaut franc et massif. Tout d'abord des échelles mobiles sur roues, protégées par des clayettes d'osier furent plaquées contre les remparts de terre. Les palissades de pieux mises à mal par les pierrières et les mangonneaux étaient devenues inopérantes. Foulques de Fons-Almoy fut un des premiers à grimper sur une des échelles. Quelques sergents et chevaliers du château tentèrent de les arrêter sans succès. Les assaillants arrivaient de partout. Foulques se retrouva en face d'un sergent qui tenta de l'embrocher avec une pique. Il para le coup et d'un coup d'estoc toucha son adversaire au bras. Puis, il croisa le fer avec un grand escogriffe qui soudainement tourna les talons et prit la fuite.

Les défenseurs quittèrent précipitamment le chemin de ronde pour se réfugier à l'intérieur de la cour haute du château. Installés sur les remparts de terre, abrités du tir des archers du château par des claies de bois, les assiégeants préparèrent l'assaut ultime. Trois tours en bois furent acheminées à la tombée de la nuit sur trois points différents. Protégés par des galeries de bois sur roues, couvertes de peaux de bœufs fraîchement écorchés, les sapeurs entreprirent de miner la base des remparts. Pendant ce temps, archers et arbalétriers se livraient à une véritable compétition pour transformer la vie des défenseurs du château en enfer. Les mangonneaux les bombardèrent toute la nuit. Les hourds s'effondrèrent. Le chemin de ronde perdit ses créneaux. Les murailles se fissurèrent. À l'aube, les tours abordèrent le vaisseau de pierre. L'ost du duc de Normandie déferla sur le château. Le combat fut bref. Foulques de Fons-Almoy avait un compte à régler avec un des compagnons de Geoffroy d'Anjou.

Il le retrouva parmi les captifs. Il s'agissait d'un écuyer au service de Geoffroy d'Anjou, le fameux Gontran. L'homme était entravé par un collier de fer. Foulques l'interpella :

— Tudieu ! Te voilà moins arrogant qu'à Port-de-Piles.

L'écuyer posa un regard biaiseux sur le chevalier et blêmit. Il le reconnut et se souvint du regard que lui avait lancé Foulques lorsqu'il leur avait échappé.

— Je vais te conduire dans les geôles de Château-Larcher. Messire Boson que tu as si mal traité au cours de sa captivité dans les oubliettes de Mirebeau décidera de ton sort.

— J'avais reçu des ordres, balbutia l'écuyer mort de peur. Il avait encore en mémoire les sévices qu'il avait infligés à Boson de Château-Larcher et c'est à regret qu'il avait dû lui rendre sa liberté sur ordre de son maître après l'intervention de la duchesse d'Aquitaine qui avait payé une forte rançon.

Foulques de Fons-Almoy confia le prisonnier à son écuyer et réquisitionna un valet du château qu'il prit à son service pour conduire les trois mules chargées de butin qu'il rapportait en Poitou.

Au milieu de la cour, à genoux, Geoffroy VI implorait le pardon de son frère. Henri, magnanime, se pencha et murmura à l'oreille de son cadet :

— Vraiment, tu as beaucoup de chance que notre mère m'ait supplié de t'épargner. Sans son intervention, je t'enverrais pourrir dans les caves de Chinon jusqu'à ta mort.

Puis, il abandonna son frère à ses jérémiades pour se rendre dans le logis où il reçut Guillaume de Montsoreau qui s'agenouilla et demanda pardon. Le duc claqua des doigts et donna ses instructions.

— Enfermez-le dans les oubliettes de Montsoreau. Je confisque le château.

Le duc alla alors inspecter l'état du château et s'entretenir avec ses compagnons. Dehors, Foulques, morose, regardait son écuyer charger son harnois.

Henri Plantagenêt s'arrêta à la hauteur de Foulques de Fons-Almoy.

— Alors beau chevalier, vous me semblez bien triste. Encore une fois, vous avez eu la main heureuse. Serait-ce l'absence de ma demi-sœur la poétesse, Marie qui vous afflige ? Elle vous a déjà oublié. Par la dent de Dieu, l'inconstance féminine brise les cœurs purs. Il dodelina de la tête, une flamme railleuse dansa dans ses prunelles.

— Que nenni monseigneur. Je suis simplement las. J'éprouve le besoin de rentrer chez moi.

— Tudieu, chevalier. Vous allez être satisfait. La guerre est terminée. Eustache de Boulogne a regagné Londres pour pleurer auprès de son père, le vieux roi Étienne. Louis a retrouvé le palais de la Cité et se morfond dans sa solitude. Le comte de Champagne se lamente sur son infortune, lui qui avait tant d'espérance, quant à Thibaud de Blois, il a définitivement perdu la Touraine. Jamais, je ne lui prêterai hommage.

— J'ai hâte de prendre la route, répondit Foulques laconique.

— Demain, aux premières lueurs du jour, répondit Henri en tournant des talons. Soudain, le duc s'arrêta mû par une étrange intuition et lança à l'intention de Foulques : Chevalier, je ne crois pas un mot des raisons qui assombrissent votre cœur. Il y a une autre cause qui m'échappe. Sachez simplement, que je suis le maître et que rien ne m'arrête.

— Monseigneur, je ne vous suis pas, répondit Foulques en soutenant le regard perçant du duc.

Un sourire ironique plissa les lèvres d'Henri. Il n'ignorait pas que Foulques fut jadis élevé à la cour des ducs d'Aquitaine et qu'au cours de la croisade, il s'était montré très proche d'Aliénor. Son père Geoffroy lui avait narré par le détail les liens qui unissaient le chevalier à la duchesse d'Aquitaine.

Chapitre 6

Aliénor ne tenait pas en place. Elle arpentait les berges du Clain avec impatience, suivie par un aréopage de damoiseaux, damoiselles, troubadours, chevaliers et son chapelain qui ne la quittait pas d'une semelle. Parmi eux, le fringant Bernard de Ventadour. Le troubadour avait tenté de rentrer en grâce auprès de Marguerite de Turenne. Hélas, la plus jolie dame du Limousin ne pardonnait pas à Bernard la manière dont il avait dévoilé à travers ses poèmes leur liaison et, pire, la réaction de son mari, le vicomte Ebles de Ventadour qui l'avait répudiée après l'avoir surprise en pleins ébats avec son troubadour favori. Bernard de Ventadour avait quitté définitivement le Limousin. Une fois encore Aliénor lui fit bon accueil, cette fois-ci non plus à la cour de Paris mais à la cour de Poitiers. Bernard de Ventadour servait une Dame, une belle inconnue. Il chantait en son honneur des vers si joliment ciselés que ceux-ci ravissaient les esprits et échauffaient les imaginations. Il l'avait baptisée Aziman. Dans l'Ile du Pré-le-Comte, où Aliénor avait fait dresser tables et tentes pour batifoler gaîment à l'abri des saules et des frênes qui bordaient les eaux vives du Clain, le grand jeu des Dames de la cour était de percer le secret de Bernard. Qui était la mystérieuse Aziman ?

— Allons, insista Élisabeth de Faye, dis-nous beau damoiseau. Qui se cache derrière ce nom magique ? Serait-ce la réincarnation de la fée Mélusine ?

— Je ne saurai trahir ma dame, se défendit Bernard en baissant les yeux avec modestie.

De taille moyenne, svelte et léger, ses longues boucles châtains dégoulinaient sur ses épaules. Son visage aux traits fins, ses épais sourcils, son beau nez droit et ses lèvres sensuelles faisaient des ravages parmi la gent féminine. Bernard n'était pas doté d'une constitution athlétique et n'avait pas enduré le dur apprentissage des armes. Son père bien qu'il ne l'ait jamais reconnu, le vicomte de Ventadour, Ebles le Chanteur, l'avait envoyé étudier le droit à Saint-Martial. C'était un esprit affûté que les mauvaises expériences de sa jeunesse tumultueuse rendaient prudent.

Estevance Maingot s'approcha du troubadour à pas feutrés. Il était à genoux, aux pieds de la dame de Lusignan. Il pinçait les cordes de son luth s'apprêtant à chanter quelques vers. Lorsque deux mains se plaquèrent sur ses yeux. Une voix autoritaire lui dit :

— Messire le Troubadour, vous ne serez point libre avant d'avoir avoué votre secret.

— Surtout qu'il a déjà dévoilé le secret de celle qui fut jadis sa Dame, ironisa méchamment Rosane de Parthenay. La pauvre fut répudiée pour adultère. Sans sa famille, la puissante maison de Turenne, elle aurait été jetée au couvent. Son père et son frère ne l'eussent point permis.

— Ni son fils, renchérit Béatrice de Rochefort.

— Le vicomte Adhémar V de Limoges n'est qu'un enfant, jeta Bourgogne de Lusignan. Qu'aurait-il fait pour défendre sa mère ?

— En pays d'oïl, la belle Marguerite tout au mieux aurait fini cloîtrée dans la cellule d'une abbaye et au pire jetée sur un bûcher, renchérit Béatrice de Rochefort.

Aliénor qui marchait dans les herbes hautes surprit la conversation. Elle exécrait les colportages ayant trait à la fidélité des Dames de ce monde. Elle avait beaucoup souffert des attaques sournoises de Thierry Galeran, l'homme de confiance de son ex-époux, Louis VII qui avait osé répandre la rumeur comme quoi elle était la maîtresse de ses oncles Raymond de Poitiers et Raoul de Faye, qu'elle couchait avec Foulques de Fons-Almoy, qu'elle avait projeté de devenir la concubine du basileus et bien d'autres accusations graveleuses et insensées. Alors que l'on ternisse publiquement, à sa cour, l'image vertueuse de Marguerite de Turenne, l'exaspérait. Veuve du vicomte de Limoges mort à Damas, répudiée par le vicomte de Ventadour, elle n'en était pas moins la fille du vicomte de Turenne. Égérie des troubadours du Limousin et beauté fatale, elle était la digne rivale de la duchesse d'Aquitaine. Pour cela, Aliénor la défendait.

Elle considéra le spectacle d'un air agacé et avec autorité mit un terme à ce vilain badinage :

— Estevance, cesse d'ennuyer Bernard de Ventadour. Écoute-le chanter. Son secret lui appartient et cessez toutes vos médisances sur la plus belle dame du Limousin. Elle aurait pu dire d'Aquitaine, mais la plus jolie femme du duché ne pouvait être qu'elle-même. Aliénor était joueuse et acceptait la concurrence à la condition sine qua non de l'emporter sur ses rivales. Mieux valait être entourée de ravissantes damoiselles que de vilaines sorcières prêtes à user de magie pour conquérir de jolis cœurs.

Soudain, le martèlement sourd d'une troupe à cheval franchissant le pont de bois qui relie la cité de Poitiers à l'île, attira son attention. Elle le reconnut aussitôt. C'était

Henri qui revenait de la guerre, auréolé de ses victoires. Six semaines pour mettre le roi de France et sa coalition hors jeu, une semaine pour réduire à néant les velléités politiques de son frère cadet. Ah, qu'il était beau sur son destrier à la robe alezane ! On aurait dit un centaure. Sa tête ronde, rasée de près contrastait avec sa suite, où tous affichaient de longues boucles quand ils n'étaient point barbus.

— Mon duc adoré ! s'exclama Aliénor en courant au devant du duc de Normandie. Il sauta à bas de son cheval avec une agilité forçant l'admiration et courut à la rencontre de sa duchesse. Ils se jetèrent dans les bras l'un de l'autre. Toujours à genoux, Bernard de Ventadour ne perdit pas une miette de la scène. Une puissante bouffée de jalousie le submergea. Ainsi la duchesse d'Aquitaine ne l'aimait pas. Elle n'en avait que pour le Plantagenêt. Un homme trapu et massif. Que lui trouvait-elle ? se demanda le troubadour.

Henri embrassa Aliénor à pleine bouche. Le comte Patrick de Salisbury mit pied à terre, puis ce fut au tour de Foulques qui n'arrivait plus à déglutir. Elle fermait les yeux et s'abandonnait à la force herculéenne de son époux. Ah messire Dieu, qu'il est bon d'être enserrée dans les bras d'un vrai homme, songea-t-elle. Soudain, elle ouvrit les yeux. Son regard rieur fixa le duc de Normandie et elle protesta d'un air taquin :

— Mon seigneur, pourquoi donc n'avez-vous pas dépêché des chevaucheurs afin de m'informer de votre arrivée imminente ?

Henri éclata de rire.

— Jamais un chevaucheur, aussi habile cavalier soit-il, n'aurait pu arriver avant moi. Ma mie, je me languissais de vous. Et durant cette campagne rondement menée, je n'ai eu de cesse de penser à vous. Ah qu'il est bon de retrouver sa tendre épouse après quelques semaines de séparation.

Aliénor croisa le regard ténébreux de Foulques. Elle détourna la tête. Décidement, Foulques ne voulait pas comprendre qu'Henri était l'homme de sa vie et qu'enfin, elle découvrait la félicité conjugale. De son côté Foulques pensait à la brutalité et la bestialité avec laquelle Henri avait calmé ses ardeurs, une châtelaine, une servante, une serve même. Un vrai faune.

Estevance Maingot, à son tour, posa son regard sur Foulques. Leurs regards se croisèrent. Estevance le défia et embrassa Bernard de Ventadour au creux du cou. Foulques se raidit. Il exécrait ce rival.

Aliénor oublia tout. Elle manda son bouteiller et son panetier, à charge pour eux d'organiser un grand festin en l'honneur du retour de son époux.

Foulques de Fons-Almoy prit la route du retour, escorté de son inséparable Ithier de Feytiat et de son écuyer Guy de Sichard, outre deux soudoyers qui menaient par la bride les mules chargées de butin.

Ils franchirent le Clain au gué de la Biche sous les coteaux de la Rivaudière. Dans le pré Teuble, une bergère gardait un troupeau de chèvres. Foulques mit pied à terre. Des frondaisons, émergeaient, au pied de l'escarpement, le prieuré des Retz.

— Bonjour petite. Quel est ton nom ?

La donzelle, qui n'avait guère plus de dix ans, s'empourpra et balbutia :

— Je m'appelle Yvette. Je suis la fille d'Alboin et de Ricarda.

Foulques opina du menton et demanda :

— Le père Radulphus est-il là ?

— Je suis là, fit le moine en surgissant de derrière un saule. Il était équipé d'un trident.

— On pêche.

— Le brochet, répondit le moine.

— J'ai un cadeau pour vous. Il se tourna et fit signe à un des deux soudoyers qui à son tour mit pied à terre et apporta un colis pour le père Radulphus. Ouvrez mon père. Vous serez surpris.

Le moine fronça les sourcils et défit le paquet de toile de bure. Il découvrit un ciboire et un calice d'argent.

— Serais-tu devenu pillard ?

— Pour s'acquitter de sa rançon, un chevalier me fit don d'objets liturgiques. Il préféra dépouiller sa chapelle plutôt que de perdre son haubert et son heaume.

— Il ne craint pas l'Enfer et ne redoute pas le courroux de Dieu.

Foulques de Fons-Almoy se mit à rire et ajouta :

— Pour la chapelle de Saint-Fiacre, rien n'est trop beau. Vous direz cent messes pour l'âme d'Almodis. Je veux être sûr que ma mère franchisse les portes du Paradis.

— Elle était innocente. Elle a déjà été admise par saint Pierre, répondit le père.

— Elle avait fauté. J'en suis la preuve, plaisanta Foulques, amusé par la mine ébahie du moine. Cent messes, j'ai dit. Il remonta en selle et se dirigea vers les vignes.

Il ne peut résister à l'idée de contempler son vignoble.

— Les vendanges sont prometteuses. Les grappes de raisins sont grosses et en avance. Il me tarde de voir Guérin et de connaître le résultat des moissons.

La porte était ouverte. Foulques fronça les sourcils. Rainard le palefrenier était occupé à formoger dans l'écurie. On l'entendait jurer comme un païen. Eschive devait grommeler dans la cuisine en train de préparer les mûres fraîchement ramassées à l'aube. C'est alors que Guérin fit son apparition. Il marchait difficilement en s'appuyant sur un bâton. Il claudiquait, souvenir de vilaines blessures mal soignées et de rhumatismes récurrents.

— Quoi de neuf? demanda Foulques à son garde-chasse.

— Les moissons ont été rentrées. Elles n'ont jamais été aussi bonnes.

Foulques opina du menton et glissa à bas de son destrier. Il lui tardait de descendre à la fontaine pour y faire ses ablutions et se décrasser.

— Beau butin, messire, continua Guérin, surpris par le silence du chevalier.

— Dame fortune nous a souri, se contenta de dire Foulques. Puis il ajouta, du butin pour finir la courtine, creuser un fossé côté est et sud, installer un pont-levis et une herse sous un châtelet digne de ce nom. Nous aurons ainsi un donjon, un logis, trois tours d'angles, un châtelet et des dépendances protégées par des remparts avec chemin de ronde. Les travaux doivent accélérer. J'ai vu dans le Vexin et dans le Perche comment un manoir tombait aux mains des assaillants sans effort. Alors, il est temps de se fortifier. J'ai le triste pressentiment que les plus belles années sont derrière nous.

— Je m'occupe de tout, répondit Guérin.

— Où est Radegonde? demanda Foulques.

— Votre fille se baigne dans le Clain, en face du moulin du Retz.

— Allons-y. On en profitera pour se laver. Suis-moi Guy. Puis se tournant vers Guérin, il ajouta, tu libères les soudoyers.

Ils franchirent un bras de rivière à gué, le long du vieux pont de chail. Dans le champ, Giraud, le bouvier, surveillait ses vaches. Il entendit des éclats de voix juvéniles. Toutes les fillôtes du fief barbotaient dans le Clain pour fuir la touffeur estivale.

Foulques emboucha son olifant et en tira trois notes, deux brèves, une longue. Ainsi, tous seraient informés du retour du seigneur. Il confia sa monture à Giraud puis d'un pas lourd se dirigea vers la baignade.

Elles étaient une dizaine à batifoler dans l'eau. Un vrai chahut. En entendant l'olifant, Radegonde s'était prestement rhabillée. Une simple chemise de chanvre l'habillait. Guy de Sichard en fut tout ému. Il s'avança à la rencontre de la jouvencelle quand Foulques l'agrippa par le bras et lui dit :

— Il n'est point séant pour un écuyer de conter fleurette à la fille de son seigneur alors qu'elle sort du bain. Il faudra être patient.

L'écuyer dévora du regard la jouvencelle qui s'avança pour embrasser son père.

Aliénor d'Aquitaine se promena le long des berges en compagnie de Henri Plantagenêt. Ils avaient tant de choses à se raconter.

— Les efforts de Saldebreuil n'ont pas été couronnés de succès, lui reprocha Henri avec douceur. Il ne voulait pas la brusquer mais son intuition était la bonne. Les Aquitains ne voyaient pas d'un bon œil leurs épousailles. À peine avait-il fait irruption dans l'île au Pré-le-Comte, qu'il avait croisé des regards fuyants pour ne pas dire hostiles. Seul Saldebreuil se montra aimable. En revanche Hugues de Lusignan et Guillaume de Parthenay-Larchevêque le saluèrent sans enthousiasme. De futurs rebelles, avait-il pensé. Ils se montrent aimables pour mieux m'endormir.

— Il faut laisser à mes vassaux le temps de s'habituer. Ils ne te connaissent pas encore et ont été échaudés par le caractère tatillon des prévôts de Louis VII.

— Ils ne me connaissent pas, répéta Henri, d'un air pensif. Et bien, ils vont me connaître. Je vais différer mon projet de débarquer en Angleterre. Il est urgent pour nous de faire un tour complet de tes domaines. Nous allons sillonner, le Limousin, peuplé de vicomtes prompts à la rébellion : Les Bridiers, les Comborn, les Ségur, les Turenne, les Ventadour…on s'y perd. Puis nous irons visiter la Gascogne, les marais de Saintonge et je visiterai volontiers les volières que tu entretiens à Talmont.

— Tu connais mon goût pour la fauconnerie, s'étonna Aliénor. Avec Louis le Pieux, je n'ai guère eu le loisir de satisfaire à ma passion. Enfin, je me rattrape avec ma cour de troubadours.

Un page vint à leur rencontre avec un plateau, suivi de deux damoiselles qui portaient des paniers de gâteaux.

— Tiens, fit Aliénor, en lui désignant une aiguière en cristal de roche, de l'hypocras à base d'épices byzantines et de clairet de Guyenne.

Henri ne se fit pas prier. Il prit l'hanap d'argent et le vida cul sec avant de le tendre pour être resservi.

— J'avais le gosier sec. Encore une rasade.

Aliénor était médusée. Henri vidait hanap sur hanap de ce précieux nectar comme s'il s'était agi d'un simple râpe-gosier ou d'une cervoise ordinaire. Vraiment, s'il était un fin lettré, il était loin d'être un gastronome.

Foulques manda un maître architecte de Poitiers. Entouré de son ami Ithier de Feytiat et de sa fille Radegonde, ils dessinèrent sur un morceau d'ardoise avec un bout de calcaire un vague plan. Au cours de ces nombreux voyages, Foulques avait eu tout le loisir d'observer de très belles réalisations. Il ne rêvait pas de rivaliser avec Byzance ou Antioche, mais certaines constructions en Anjou ou à Paris enflammaient son imagination.

Un soir, une petite troupe juchée sur des mules et des ânes, se présenta devant Fons-Almoy. Un grand gaillard, roux de poil et de solide constitution physique glissa à bas de sa monture et demanda à être reçu par le seigneur des lieux.

Maître Eginard était un architecte saxon, formé à l'école de Paris et qui avait œuvré à la construction du chœur de l'abbaye Saint-Denis. L'homme était accompagné de son épouse, de ses trois fils, de sa fille et de trois valets. Ma foi, il allait falloir loger tout ce beau monde, outre recruter une trentaine de maçons supplémentaires, des tailleurs de pierres, des carriers, des manœuvres, des charpentiers et des menuisiers.

— Ton trésor va de nouveau fondre comme beurre au soleil, se moqua Radegonde.

— Ne sois pas inquiète ma tendre fille. Je viens de financer ton inscription à l'école cathédrale de Poitiers. À l'instar d'Héloïse de Garlande, tu suivras les enseignements des belles lettres. Tu seras logée chez un vieux chanoine de Saint-Hilaire. Tu seras en de bonnes mains et éloignée de ce petit écuyer qui ne cesse de lorgner sur ta jolie personne.

Ignorant l'allusion à Guy de Sichard, Radegonde bondit de joie et demanda :

— Je commence quand ?

— Après la Saint-Sylvestre. En attendant, je vais t'offrir un cadeau. Un psautier.

— Une prise de guerre.

— Une dame qui a voulu participer à la rançon de son époux.

— Mais père, combien de prisonniers avez-vous faits ?

Foulques ne répondit pas. Ithier ne lui en laissa pas le temps.

— Ton père est très modeste. En fait, durant cette campagne, il a décuplé une audace frisant la témérité qui a porté ses fruits. Je crois qu'une noire colère l'habite.

— Nenni. Je suis simplement inquiet.

— Inquiet ? répéta Radegonde.

— Je ne partage pas l'enthousiasme d'Aliénor au sujet de son époux. Il a troussé quelques jupons durant cette campagne.

— Et toi, Père, tu as bien eu une aventure avec une certaine Estevance Maingot dont on dit qu'elle est de mœurs légères, adeptes de lècheries et de magie pour ensorceler ses amants.

— Niaiseries que tout cela, protesta Foulques en secouant la tête. D'ailleurs mon veuvage ne m'interdit pas de prendre une nouvelle épouse.

— Tu me cherches une marâtre, ironisa Radegonde.

Foulques haussa les épaules sans répondre.

Sur ordre d'Aliénor, Foulques se rendit au palais Maubergeon. Le connétable d'Aquitaine, Saldebreuil de Sanzay, le reçut. Le duc de Normandie et la duchesse d'Aquitaine organisaient quelques agapes avant leur départ pour Limoges. Tous les troubadours de Poitiers et des environs avaient été conviés pour se livrer à une compétition de poésie courtoise. Foulques y allait contraint et forcé, le cœur en berne. Il ne savait pas ce qui l'attendait.

En ces premières nuits de septembre, la touffeur aoûtienne n'était point encore totalement dissipée. Bien que les nuits aient sensiblement rafraîchi depuis la Saint-Fiacre, seules les berges du Clain offraient la douceur nécessaire au bien-être des convives invités par la duchesse d'Aquitaine.

Le ban et l'arrière-ban du Poitou avaient été conviés dans l'île du Pré-le-Comte. À commencer par ses oncles, le vicomte Hugues de Châtellerault et son frère Raoul de Faye, deux piliers indéfectibles du parti d'Aliénor, suivaient les fidèles comme Geoffroy de Rancon venu de Saintonge, Sébrand et Briand Chabot, Maingot de Melle, Hugues de Rochefort, le sénéchal Ebles de Mauléon et le connétable Saldebreuil. Mais, il y avait aussi le vicomte de Thouars, Hugues de Lusignan et Guillaume IV de Parthenay-Larchevêque et son cousin germain Raoul de Beaumont-Bressuire. Parmi ces derniers, les visages barrés semblaient annonciateurs d'orages futurs. Le chancelier de la duchesse, Bernard, observait, scrutait les visages et notait ses commentaires sur une tablette de cire qui ne le quittait pas, à charge pour son scribe de les transcrire sur un parchemin dès que la tablette était remplie et de lui en fournir une vierge.

Aliénor, toute guillerette était entourée de ses dames et de ses troubadours, sans compter de nombreux solliciteurs, des clercs, des abbés et abbesses. L'île fourmillait de monde. Les valets avaient dressé les tables en fer à cheval. Sous un dais, les trônes d'Henri et d'Aliénor. C'était un va-et-vient incessant de queux, de rôtisseurs, de sauciers, de tournebroches, de galopins qui s'affairaient autour des foyers où étaient accrochés des chaudrons et des pots, où avaient été disposés des grils et des broches.

Aux quatre points cardinaux, des barriques de goddale, de cervoise, de clairet d'Anjou et de vins de Guyenne avaient été mis en perce. La duchesse d'Aquitaine était généreuse. Elle voulait rassasier de mets fins et délicats tout autant ses convives qui s'attablaient à ses côtés mais aussi sa cour, ses chevaliers, ses clercs, ses scribes, ses notaires, ses troubadours, ses jongleurs, ses danseuses et autres acrobates sans oublier les montreurs d'ours et les fauconniers et ses suivantes, une trentaine de damoiselles et dames qui étaient là pour satisfaire le moindre de ses désirs. L'île était arpentée par de nombreux vendeurs ambulants comme les marchands d'oublies qui vendaient leurs flans, tourtes, pâtés, tartelettes et beignets, des oyers avec leurs chapons et leurs oies grasses, des charcutiers, des porteurs d'eau… Tout un monde au service de ceux qui ne s'attableraient pas autour du dais ducal.

Henri Plantagenêt était silencieux. Il observait. Il scrutait les visages et s'inquiétait du peu d'empressement que les barons aquitains lui témoignaient.

Les convives prenaient place selon un ordonnancement bien structuré, concocté par Hervé, le panetier de la duchesse, revu par son chancelier Bernard puis par son connétable Saldebreuil. Comment satisfaire les ego sans vexer les plus susceptibles. Le comte Guillaume d'Angoulême était à l'honneur. Il était impossible de déchiffrer la moindre de ses pensées. Son visage glabre était figé dans un sempiternel sourire qui s'apparentait à un rictus mondain. On ne parlait que de ses aventures avec Marguerite de Turenne. Il semblait qu'il projetait de l'épouser. Il était veuf d'Emma de Limoges qui fut jadis la marâtre d'Aliénor. Hugues de Lusignan de son côté pestait. Boson de Château-Larcher bougonnait. Geoffroy de Thouars se montrait aimable tout autant que le sénéchal Ebles de Mauléon mais que dire de Guillaume de Parthenay-Larchevêque et de son cousin Beaumont-Bressuire ? Henri Plantagenêt n'était pas dupe et Aliénor en était consternée. Son intuition enfin se libérait. Elle percevait les dangers de son mariage mais à ses yeux, Henri était le seul capable de lui apporter son soutien et de satisfaire ses ambitions. Elle s'imaginait dans un futur proche à la tête d'un empire qui irait des frontières écossaises aux Pyrénées et dans ses pensées les plus intimes, elle imaginait qu'à la tête d'une puissante armée, elle s'emparerait de Paris et chasserait le lignage de Louis VII du trône. Ses filles hériteraient de larges possessions en France mais seraient vassales du futur roi et de la future reine d'Angleterre.

En fin d'après-midi, afin d'ouvrir les appétits, Aliénor fit servir un hypocras de grande qualité avec des dragées et des fruits confits. Les valets disposèrent les anguilles et les carpes sur la table. Suivirent les venaisons : daims, cerfs, chevreuils et sangliers.

Henri se pencha vers Aliénor et lui murmura :

— Je vais vraiment différer mon projet d'envahir l'Angleterre. Je dois auparavant m'assurer de la loyauté de vos vassaux. Regarde Hugues de Lusignan. N'est-ce-pas le suzerain de ton Foulques de Fons-Almoy. Ce dernier ne me dit rien qui vaille.

— Je ne comprends pas, répondit Aliénor surprise.

— Durant notre chevauchée en Normandie, il s'est montré vaillant chevalier mais son regard ténébreux n'a cessé de porter des jugements désobligeants sur ma personne. Son comportement à mon égard frise l'insolence.

— T'a-t-il manqué de respect ? s'enquit Aliénor sidérée.

— Par les dents de Dieu, messire de Fons-Almoy est un prud'homme policé et courtois qui ne dit pas un mot plus haut que l'autre. Seulement, ses pensées démentent ses paroles.

— Mais que sais-tu de ses pensées ?

— Je les devine, conclut Henri Plantagenêt. Oublie-le.

Henri Plantagenêt savait très bien que Foulques l'avait surpris dans les bras d'une châtelaine dont il venait de faire tomber le castel et l'avait également vu prendre une garce pour l'emmener sous sa tente. Il avait lu dans le regard du chevalier d'amers reproches, silencieux mais terriblement accusateurs. Il savait que Foulques, dévoué jusqu'à la mort à la duchesse d'Aquitaine ne supporterait pas qu'on puisse la faire souffrir. Il craignait qu'il fasse un rapport à Aliénor et cherche à fomenter entre lui et elle des dissensions. Or Henri le savait, il était né queutard, il mourrait queutard. C'était inscrit dans sa nature. Il ne pouvait rien n'y faire. Ce n'était pas pour autant qu'il n'aimait pas Aliénor. Enfin, il l'aimait à sa façon.

— Pour remédier à cette morosité ambiante, nous allons faire entrer en lice dès maintenant les acrobates, jongleurs et danseuses. Mes cousins de Castille m'ont dépêché une troupe de danseuses orientales qui, ma foi, devrait dérider nos barons. Elle se tourna vers un page et lui dit :

— Va me quérir mon panetier.

Au son des tambourins et des cymbales, une vingtaine de danseuses légèrement vêtues de mousseline blanche qui tranchait avec leur teint mat, s'élancèrent au milieu du fer à cheval. Aériennes et gracieuses, elles tourbillonnèrent dans un rythme époustouflant tandis que flûtes et frétels prenaient le relais des tambourins. Puis ce fut au tour du montreur d'ours et des facétieux qui vinrent conter des farces, d'un bouffon et de jongleurs, d'acrobates et de mimes. Même Hugues de Lusignan se mit à rire.

Le repas touchait à sa fin. Peu à peu, le crépuscule ensevelissait l'île sous un voile de suie. Les valets allumèrent des torches créant ainsi, entre les jeux de lumières, une atmosphère irréelle. Aliénor dans sa robe de soie amarante n'en était que plus belle. Elle fit un signe. Un héraut emboucha sa buisine de cuivre. Une fanfare recouvrit le tumulte. Les rires s'éteignirent. Hervé le panetier prit la parole :

— Messeigneurs, nobles dames, damoiselles et damoiseaux, les plus brillants troubadours d'Aquitaine, de Catalogne et de Provence vont s'affronter dans une joute. Au meilleur d'entre eux, la duchesse d'Aquitaine décernera le prix de l'épervier.

Ils étaient une dizaine, Bernard Marti et Foulques de Fons-Almoy pour le Poitou, Bernard de Ventadour pour le Limousin, Berenguer de Palou pour la Catalogne, Peire de Corbian pour la Guyenne et enfin les deux inséparables troibaritz provençales, Yselda et Aloïs. Tour à tour les troubadours furent appelés. Ils étaient chacun escortés par un musicien, le plus souvent un vielleur ou un harpiste, voire un joueur de flûte.

Bientôt, il ne resta plus que les troibaritz provençales, Ventadour et Fons-Almoy. Aliénor souffla à son panetier :

— Ventadour sera le dernier. Faites introduire les troibaritz.

Elles étaient accompagnées par quatre musiciens. Un joueur de fretel, un vielleur, un joueur de guiterne, et une danseuse qui tantôt jouait du tambourin, tantôt agitait ses tymbres de cuivres et ses grelots. Leurs voix pures s'élevèrent dans le silence. Chacun retint son souffle. Ces deux damoiselles de bon lignage, au maintien noble, aux traits fins et délicats, à la voix bien timbrée chantaient à tour de rôle des vers savamment travaillés comme des pièces d'orfèvrerie, qui racontaient la passion d'une Dame pour un chevalier inconstant.

Foulques se pencha vers son musicien, un vielleur du nom de Raoul qu'il soldait pour la journée. Il l'avait rencontré dans la taverne de la Licorne. C'était un Gascon à la langue bien pendue qui venait tenter fortune à la cour ducale, cherchant un protecteur pour devenir un jour ou l'autre à son tour rimailleur et conteur.

— Ces gracieuses troibaritz sont talentueuses. Elles chantent juste, leurs vers sont soignés, leurs propos emmènent l'auditoire dans un verger plein de félicité où Joie et Amour se conjuguent avec bonheur. Elles vont conquérir le prix de l'épervier.

— Messire, seriez-vous déjà vaincu ? Vous le preux à la tour blanche, vainqueur de bien des tournois, réputé pour sa hardiesse et sa dextérité tant à composer qu'à guerroyer. Je ne reconnais point là le chevalier Foulques, fils de Guillaume le Troubadour.

— Oublie, grommela Foulques d'un ton amer. Je suis le veuf, l'inconsolable, le troubadour oublié de tous. Les dames de Provence méritent le prix. Et j'irai leur rendre hommage pour leurs talents.

— Déjà oubliée, Marie de France.

— Que sais-tu de Marie de France ?

— Elle chante en l'honneur d'un chevalier poitevin et la rumeur court de châteaux en châteaux, de tavernes en tavernes que ce chevalier a un nom et que je suis aujourd'hui son musicien attitré.

— Flatteur. Marie est à Rouen.

— Elle sera bientôt à la cour ducale.

— Nous verrons.

Soudain la voix du héraut tonna :

— Foulques de Fons-Almoy.

— Raoul, à nous de jouer, dit Foulques, laconique.

Le cœur n'y était pas mais Foulques chanta juste. Il était brillant, triste, amer et se plaignit par des vers joliment composés de son infortune. Oublié de sa Dame qui tombée amoureuse d'un Méchant obscène et dépravé, ne lui adressait plus la parole, l'ignorant comme un obscur personnage dépourvu d'intérêt.

— Aliénor, Aliénor mon amour, murmura Henri Plantagenêt en caressant de sa grosse paluche la main fine et délicate couverte de pierres chatoyantes, saphirs, émeraudes, rubis. Il se pencha vers elle et ajouta du ton de la confidence : vois-tu comme il est malsain ?

— Il me surprend. Il est à ce jour le disciple de Marcabru dans ses mauvais jours. Paix à son âme.

— Marcabru. J'ai ouï dire que Louis VII voulut le pendre.

— Il s'est réfugié en Castille, répondit Aliénor. Marcabru affublait Louis de bien des sobriquets le qualifiant de méchant et jaloux.

— Là, c'est Méchant et Dépravé. Je me sens visé, soupira-t-il.

— Vous n'êtes pas dépravé, ni obscène mon maître et seigneur, seulement ardent et bouillant, avide de plaisirs partagés et insatiable, confia Aliénor en se blottissant contre l'épaule d'Henri.

— Aliénor, soyez sage. Tous les regards convergent vers nous.

— J'attendrai ce soir, dit-elle en décochant un sourire de circonstance.

— Chassez-le ! grommela-t-il.

— Foulques ? Il est pour moi comme un frère. Nous sommes parents. Sa mère est issue de la maison de L'Isle Bouchard comme ma grand-mère Dangereuse et son père n'est autre que mon grand-père qui s'est oublié par une après-midi d'été dans les eaux vives du Clain avec une ondine. Neuf mois plus tard naquit un orphelin, Foulques, élevé par Dangereuse. Vous n'avez rien à craindre de lui. Il m'est dévoué. Je vais le punir. Il sera en disgrâce pour quelques semaines. Il ne nous accompagnera pas en Limousin. Nous le retrouverons en Saintonge et là nous aviserons.

— Bien, Aliénor. Que vos désirs soient exaucés.

Foulques cherchait désespérément à accrocher le regard d'Aliénor. En vain. Elle semblait indifférente et s'entretenait avec son époux.

— Messire, il est temps de nous retirer, suggéra Raoul.

Surpris, Foulques réalisa qu'il était seul au milieu de tous et que personne ne lui prêtait attention. Soudain, le héraut d'une voix de stentor annonça son rival : Bernard de Ventadour.

Etsevance Maingot de Melle n'avait rien perdu de la scène. Elle se tenait debout derrière la duchesse prête à exaucer le moindre de ses désirs. À ses côtés deux autres jouvencelles, Pascaline de Château-Larcher et Aloïs de Rochefort.

— Messire Foulques de Fons-Almoy n'a pas conquis son auditoire aujourd'hui. Ce n'est pas son jour de chance, observa Pascaline de Château-Larcher.

— Il va tomber en disgrâce, ironisa Aloïs de Rochefort, si ce n'est pas déjà fait.

— Alors, il est à moi, affirma Estevance dont les yeux brillaient. Elle jubilait de voir Foulques en mauvaise posture.

— Crois-tu ? se gaussa ouvertement Aloïs de Rochefort. Tu n'es qu'une bâtarde sans dot.

Estevance rougit et lissa machinalement ses longues nattes brunes entremêlées de rubans de soie multicolores. Ses lèvres se plissèrent dans une grimace puis elle répondit d'une voix assurée :

— Bâtarde peut-être mais je vous rappelle que lui aussi. Dot ou pas, je l'ai déjà connu et il me doit beaucoup. Je sais comment l'asservir à mes sens.

— Tu n'es qu'une fille follieuse. Une garce avec laquelle les hommes jouent avant de se tourner vers la belle héritière qui assurera la poursuite de leur lignage. Quant aux cadets et autres bacheliers sans une obole en poche ni une raie de terre en possession, ils chercheront l'héritière d'un fief en quenouille. Les autres finiront célibataires au service d'un baron jeta Pascaline de Château-Larcher avec une pointe de mépris.

— Si ton père n'était un des grands fidèles de la duchesse, tu ne serais point ici, continua Aloïs de Rochefort.

— Quant à messire de Fons-Almoy, il est le protégé de la duchesse. Elle lui trouvera l'héritière d'un fief tombé en quenouille pour asseoir sa fortune et le récompenser de ses bons et loyaux services, continua Pascaline.

— Il est tombé en disgrâce, rétorqua Estevance. La duchesse ne fera rien pour lui d'autant plus qu'Henri Plantagenêt a de bonnes raisons de l'exécrer.

— Comment sais-tu cela? demanda Aloïs de Rochefort en fronçant les sourcils.

— Je le tiens de mon père. Foulques de Fons-Almoy a confié quelques secrets d'alcôves à mon père.

— Messire Maingot de Melle s'abaisse encore à te parler. Je croyais qu'il te tenait en grand mépris, jeta Pascaline de Château-Larcher. Quant à moi, je connais les histoires de Foulques par mon oncle messire Boson son suzerain. Il est veuf de sa femme et a perdu sa concubine, celle qui lui a donné un fils.

— Alors aujourd'hui, il tombera dans les rets de celle qui saura le prendre. Je suis celle qui sait comment le mettre à genoux et en faire mon homme-lige, affirma Estevance avec certitude.

— Il pourrait être ton père, observa Aloïs.

— Nous n'avons que quatorze ans d'écart.

— Je sais qu'il est amoureux de la demi-sœur du duc de Normandie, la poétesse Marie de France, continua Pascaline de Château-Larcher. Alors, il ne te regardera même pas.

Estevance monta sur ses grands chevaux. Toutes griffes dehors, elle était prête à bondir sur Pascaline, lui arracher sa guimpe de lin pour la griffer et lui tirer les cheveux. Aloïs de Rochefort prit la parole d'une voix douce:

— Tout doux, mes belles. Ne vous disputez pas alors que notre duc et notre duchesse pourraient nous entendre. Ils ne sont qu'à quelques toises de nous. Sachez que monseigneur le duc de Normandie choisira les époux de toutes les filles à marier de ses vassaux à commencer par sa propre demi-sœur. Il organise les mariages en fonction de ses intérêts politiques. Tel baron à récompenser, telle alliance matrimoniale pour décrocher un chevalier du roi de France et ainsi de suite. Alors point de fantasmes sur les amours de messire Foulques avec la belle poétesse Marie de France. Ce n'est que poésie galante. Rien de plus.

Estevance ricana et ajouta d'une petite voix pointue :

— De toutes les manières j'irai demain chez une miresse de ma connaissance qui loge dans le Bourg Saint-Hilaire dans une masure adossée aux vieilles arènes. Elle me concoctera le philtre que je ferai boire à Foulques. Elle m'enseignera le rituel pour l'ensorceler et il sera définitivement mien.

Choquées, les deux jouvencelles fixèrent Estevance avec des yeux agrandis d'horreur.

— Mais tu finiras au bûcher, observa Aloïs.

— Puis tu brûleras pour l'éternité dans les flammes de l'Enfer, jeta Pascaline les lèvres pincées.

Bernard de Ventadour entra en lice escorté de son vielleur attitré et d'un joueur de psaltérion. Il s'inclina avec grâce devant l'assistance.

J'ai le cœur plein de joie
Que pour moi tout se transfigure.
Fleur blanche, vermeille et jaune
Me parait la froidure
Par quoi ma valeur monte et s'élève
Et mon chant excelle.
J'ai tant d'amour au cœur
De joie et de douceur
Que le gel me semble fleur
Et la neige feuillage
Je puis aller sans vêtement
Nu sous ma chemise
Car fin'amor me garde
De la froide bise

Mais fou est qui passe la mesure
Et n'en fait qu'à sa guise
C'est pourquoi j'ai pris garde à moi
Depuis que je courtise
Ma plus belle d'amour
Dont j'attends tant d'honneur…

Aliénor se leva. Hervé le Panetier d'un geste intima le silence. Deux busineors entonnèrent leurs trompes. La fanfare cuivrée recouvrit le brouhaha. La voix haute et claire de la duchesse Aliénor s'éleva dans le crépuscule. La lumière orangée des torchères mettait en valeur son teint de porcelaine et ses traits fins et racés, enveloppés dans une guimpe de soie blanche que retenait une couronne fleuronnée sertie de cabochons rutilants. Quelle était belle, songea Foulques en la fixant d'un regard extatique. Il était comme possédé quand il croisa le regard gris d'Henri Plantagenêt. Le duc de Normandie scrutait attentivement les visages. Pensif, il fixa Foulques sans aucune aménité. Tous écoutèrent Aliénor d'Aquitaine féliciter Bernard de Ventadour.

— Je décerne le prix de l'épervier à Bernard de Ventadour. Certes j'ai hésité compte tenu des talents indéniables de nos trobairitz provençales, Yselda et Aloïs dont la pureté de leur chant associée à la délicatesse de leurs vers m'ont profondément touchée. Toutefois, je reconnais dans la création poétique de Bernard un talent supérieur et inégalable.

Un tonnerre d'applaudissements fit écho aux compliments de la duchesse. Lorsque le silence retomba, Henri Plantagenêt planta sa dague dans le cœur de sa victime par une saillie acidulée :

— Je ne pourrai pas complimenter messire Foulques de Fons-Almoy. Sa rimaille sent le plagiat et exhale un triste parfum de rancune pour ne pas dire de jalousie. Il fut le plus mauvais troubadour de la journée. Je l'exile hors de la cour. Il n'y a pas de place pour de faux poètes qui versifient à la Marcabru, macérant leurs rimes dans les aigreurs de leurs frustrations.

Foulques blêmit et chancela au point que son musicien, Raoul, dut le rattraper par le bras.

— Messire, je vous raccompagne à l'auberge de la Licorne.

— Je veux mourir, murmura Foulques. Deux larmes coulèrent sur ses joues brunies par le soleil. Je suis humilié. C'est un assassinat. Jamais Marie ne sera autorisée à m'aimer. Je suis condamné au désespoir, à la misère, à l'exil.

— Messire chevalier, protesta Raoul, vous avez un fils Huon qui est au service de messire Hugues de Lusignan et une fille Radegonde aux talents prometteurs. Vous vous devez de consacrer toute votre énergie à vos enfants.

— Je suis désespéré. Aliénor, ma Dame de Cœur, me chasse comme un rustre, comme un imposteur. Plus rien ne me raccroche à la vie.

— Vos enfants messire. Vous devez assurer leur avenir.

Foulques haussa les épaules et répondit d'une voix monocorde.

— Je vais m'embarquer à La Rochelle et me faire Templier.

Estevance s'esquiva discrètement. Elle contourna les tables dressées en arc de cercle, se fondit dans la masse des auxiliaires et emboîta le pas de Foulques qu'elle comptait séduire, une fois encore.

Foulques de Fons-Almoy avait pris sa décision. Il irait se rendre directement à la commanderie du Temple, entrerait dans l'Ordre et quitterait définitivement le monde. Il franchit le pont qui relie l'île à la ville. Une jolie jouvencelle s'avançait dans sa direction. Sa robe vert émeraude aux longues manches évasées attira son attention. Il l'enveloppa d'une œillade à la limite de la provocation. Leurs regards se croisèrent. Ses prunelles de biche recelaient tant d'innocence. Elle lui rappela aussitôt sa propre fille, Radegonde. Pouvait-il décemment l'abandonner dans ce monde impitoyable ? Il fronça les sourcils et se décida à longer les berges du Clain. Il s'arrêta à l'ombre d'un saule pleureur et observa les ondes. À cet endroit la rivière n'était pas profonde. L'on distinguait les cailloux où se faufilaient furtivement les silhouettes des gardons et des carpes. C'est alors qu'il devina une présence dans son dos. Il n'eut pas le temps de se retourner que deux mains l'enveloppèrent pour se plaquer contre ses yeux. Il perçut les effluves d'un parfum de violette.

— Devine qui c'est ?

Il reconnut la voix d'Estevance Maingot.

Il voulut protester. Et se dégagea en se retournant. Elle réagit en le poussant. Il perdit l'équilibre, entraînant la damoiselle dans sa chute. Ils se retrouvèrent dans l'eau. Elle éclata de rire.

— Messire, il va falloir nous sécher.

Elle était sur lui et le poids de sa robe gonflée d'eau outre son propre bliaud fit qu'il n'arrivait plus à se redresser. Grâce à Dieu, l'eau n'étant point profonde, il ne courait aucun risque de se noyer.

— Vous êtes mon prisonnier. Il va falloir vous rendre à merci et obtenir mon pardon.

— Estevance, laisse-moi.

— Non, aujourd'hui, tu m'appartiens.

— Je ne t'aime point.

— Tu m'aimeras. Tu m'adoreras.

— Je n'adore que Dieu et pour le servir, j'ai pris la décision de rentrer dans l'ordre du Temple.

Elle éclata de rire et passant au vouvoiement, lança d'un ton moqueur.

— Messire, je ne puis vous croire. Mais si vous voulez recouvrer votre liberté, il va falloir m'aimer et oublier ce ridicule coup de tête.

— Ridicule ! Je ne te permets pas de te gausser de mes décisions.

Elle s'appuya sur lui de toutes ses forces et l'enlaça par le cou en l'emprisonnant. Il but la tasse et se retrouva sous l'eau. Il battit des bras. Ses poumons manquaient d'air. Une onde de panique le submergea. Le poids de son épée et de son bliaud gonflé d'eau l'entraînait au fond. Elle ramena sa tête hors de l'eau pour lui permettre de respirer. Elle l'embrassa à pleine bouche. Il se débattit en hoquetant. Elle relâcha son étreinte et lui demanda :

— Capitulez-vous messire chevalier ?

— Soit, je me rends à merci. Mais par tous les saints du Paradis, sors-moi de là. Je vais me noyer.

— Tu vas te noyer dans les délices du plaisir et oublie les propos acidulés du Plantagenêt qui te jalouse.

— Il ne me jalouse pas. Il se méfie de moi, répondit Foulques. Il sait que je sais et qu'un jour je décillerai Aliénor de sa naïveté à son encontre. Elle l'idéalise et ne le voit pas tel qu'il est.

Estevance libéra Foulques qui en se retournant parvint à se relever non sans mal. Ils dégoulinaient.

— Bien, il nous reste plus qu'à nous changer. Allons à l'auberge.

La porte se referma. Ils étaient dans la petite chambre aménagée sous les toits. Sur le plancher mal équarri, un galetas. Il y faisait une chaleur étouffante. Foulques défit son baudrier puis retira son bliaud. Il était en chemise. Une longue chemise de lin qui descendait jusqu'aux genoux. Estevance se retourna et dit :

— Aide-moi à délacer ma robe.

Il s'exécuta. Elle leva les bras. Il lui retira sa robe et l'accrocha à une poutre pour la faire sécher.

— Avec un peu de chance, tout sera sec dans deux heures.

— Nous avons deux heures devant nous.

Il se retourna. La damoiselle avait déjà retiré sa chemise. Elle était en face de lui, le fixant de ses grands yeux. Il était médusé. Cette nudité sculpturale le fascinait et il ne pouvait détacher son regard de sa gorge gonflée de sève. Elle souriait sûre de la puissance d'attraction de son corps juvénile que les injures du temps n'avaient point encore assailli. Il soupira. Elle se jeta sur lui et s'accrocha à son cou pour le faire choir de nouveau. Ils roulèrent sur les herbes séchées qui tapissaient le plancher.

— Je ne vais pas te noyer dans la rivière mais dans un océan de plaisir, dit-elle en l'embrassant à pleine bouche.

— Ne crains-tu pas d'être enceinte?

— Comme ça tu m'épouseras répondit-elle en l'enlaçant de plus belle.

Chapitre 7

Aliénor se retourna plusieurs fois dans son lit. Le sommeil la fuyait. À ses côtés, Henri dormait comme un bienheureux. Une fois encore, il l'avait honorée avant de sombrer dans les bras de Morphée, harassé par leurs joutes amoureuses. Il était insatiable et poursuivait leurs jeux érotiques jusqu'à l'épuisement. En toute logique, Aliénor aurait dû trouver le sommeil mais la journée avait été surréaliste. Leur arrivée à Limoges ne s'était pas déroulée comme cela aurait dû être.

Le vicomte de Limoges, Adémar V, n'était qu'un garçonnet d'une dizaine d'années. Sa protection était assurée par l'abbé de Saint-Martial, Albert. L'abbé était une forte personnalité, pas facile à manipuler et hostile à Henri Plantagenêt. Il assurait la tutelle de la vicomté depuis que Marguerite de Turenne, veuve d'Adémar IV tué lors de la deuxième croisade, avait épousé le vicomte de Ventadour. Ce dernier l'avait répudiée car elle le trompait ouvertement avec le troubadour Bernard de Ventadour. Elle n'était pas la bienvenue à Limoges. Désormais, elle avait quitté le Limousin et contait ouvertement fleurette avec le comte d'Angoulême. C'est donc l'abbé Albert qui reçut le duc et la duchesse d'Aquitaine et de Normandie dans la bonne ville de Limoges. Il fit les choses comme il se doit selon le respect du protocole. Il les accueillit en grande pompe et en procession.

Évidemment, Henri préféra séjourner sous sa tente plutôt que de bénéficier de l'hospitalité du vicomte et de l'abbé dans le château de la cité vicomtale. Il refusa également l'hospitalité de l'évêque à l'intérieur de la cité épiscopale. Il est à noter que Limoges était constituée de deux villes, celle du vicomte et celle de l'évêque. Chacune de ces villes était fortifiée, se jalousait et se livrait à une âpre concurrence.

L'enceinte de la ville du château faisait l'objet d'importants travaux de reconstruction. L'abbé Albert voulait mettre le jeune vicomte à l'abri de toute mauvaise surprise. Il se méfiait des appétits des familles limousines. C'était des oncles, des amis, des cousins, des parents dont la voracité n'avait d'égale que leur ardeur au combat. Il était tellement tentant de faire disparaître un jeune vicomte sans défense et de le remplacer par un autre lignage.

Henri Plantagenêt, incommodé par la poussière des travaux, avait donc préféré établir son campement à l'extérieur de la ville au bord de la Vienne. Il va de soi que l'abbé était en charge d'assurer le ravitaillement de la suite ducale. Celle-ci forte de plusieurs centaines d'hommes sans compter les auxiliaires et la suite d'Aliénor constituait une véritable armée.

L'abbé Albert était décidé à marquer son territoire. Il fit savoir à la duchesse par son secrétaire que le vicomte n'était point le vassal d'Henri mais seulement d'Aliénor. Que Limoges n'avait pas à financer les ambitions du Plantagenêt en Angleterre. En outre, son intendant refusa de livrer les vivres aux fourriers du duc sous le fallacieux prétexte que le duc ne logeait pas à l'intérieur de la ville. Les obligations du vicomte et de l'évêque d'assurer le gîte et le couvert du duc d'Aquitaine et de sa suite ne concernait pas son hébergement à l'extérieur de la ville. La nuit n'était pas tombée que les rixes s'étaient multipliées entre les auxiliaires de l'armée ducale et les bourgeois de Limoges. Un fourrier fut retrouvé égorgé. Plusieurs cuisiniers furent proprement rossés par des bourgeois de la rue de la Boucherie. Henri entra dans une vive colère et se promit de régler les choses dès l'aube. Pour le quart d'heure il avait mieux à faire. Aliénor en savait quelque chose et n'y trouvait rien à redire, ayant bien trop souffert des abstinences de son précédent mari. Mais, si le sommeil la fuyait, la cause n'en était pas l'abbé Albert mais la concomitance des évènements. Deux jours plus tôt, le sire de Chabanais lui avait tenu le même discours. Son oncle, le vicomte de Châtellerault, lui avait fait part de ses inquiétudes quant à la rapacité du Plantagenêt.

— Aliénor, lui avait-il confié, le Plantagenêt, c'est d'abord un Angevin. Les Angevins sont les ennemis héréditaires des Poitevins.

Mais le plus douloureux pour elle fut le bref entretien qu'elle eut avec le plus fidèle de tous, Geoffroy de Rancon, le sire de Taillebourg. Il lui avait confié que les Saintongeais, dont certains étaient vassaux du comte d'Anjou donc d'Henri, voyaient d'un très mauvais œil les ambitions d'Henri sur l'Angleterre. Or, ce voyage dans les États d'Aliénor avait un double objectif, s'assurer de la loyauté des vassaux d'Aliénor à l'encontre d'Henri et également de recruter barons et chevaliers pour envahir l'Angleterre.

Dès l'aube, Henri convoqua ses barons. La ville du château n'était pas en état de soutenir un siège. Les murailles étaient en construction. En bon capitaine de guerre, Henri Plantagenêt fit occuper les points névralgiques de la ville. Il recruta des manouvriers et terrassiers. Avant tierce, ils commencèrent à détruire sous l'œil incrédule des bourgeois de Limoges les fortifications fraîchement érigées. Il poussa même le luxe à détruire le pont qui enjambait la Vienne. L'abbé faillit s'étrangler de colère mais il n'avait pas les moyens militaires de s'opposer au duc. Que pouvait faire une garnison constituée de quelques chevaliers, de miliciens et d'une compagnie d'archers contre une armée en ordre de combat ? Inutile d'aller au drame.

La décision brutale et inflexible d'Henri se répandit dans toute l'Aquitaine comme une onde de choc. L'armée ducale descendit en Périgord puis gagna la Gascogne avant de rentrer à Poitiers par Bordeaux puis la Saintonge. Pas un baron ne bougea. Tous firent bonne figure au nouveau maître de l'Aquitaine.

Durant ce temps, Foulques de Fons-Almoy qui s'était remis de ses émotions avait pris congé d'Estevance pour regagner son fief. C'était mal connaître l'obstination de la jeune femme. Elle se rendit chez sa miresse, Arlette, qui se baugeait dans une masure adossée aux vieilles arènes de Poitiers.

La vieille Arlette était une femme cabossée par la vie. Nul ne connaissait son âge et bien des rumeurs couraient sur sa vie tumultueuse. Mariée très jeune avec un maître queux du château, elle aurait tenté de l'empoisonner. Elle avait eu un fils qu'elle aurait étouffé sous son poids dans son lit alors que son époux servait le duc d'Aquitaine à sa table. Confessée par l'évêque en personne, elle aurait avoué avoir utilisé des herbes pour tenter d'avorter le fœtus avant même la naissance. Elle n'aimait pas son mari âgé de vingt ans de plus qu'elle et en aimait un autre, un dénommé Raymond de la famille Claveurier. Elle n'avait pas dix-huit ans qu'elle apprenait que son soupirant qu'elle voyait en secret et avec lequel elle entretenait de torrides relations, avait épousé la fille d'un riche ferblantier. Alors de désespoir, elle avait pris la fuite, s'était rendue chez une sorcière du quartier des arènes et était devenue son élève. Rien ne fut jamais prouvé mais le fils de famille mourut quelques mois plus tard dans d'atroces souffrances. On soupçonna un empoisonnement. Des ribauds soldés par la famille Claveurier tentèrent de lui faire rendre gorge. Elle leur échappa de justesse. La sorcière la conduisit dans un souterrain gallo-romain qui la mena hors la ville, au pied des vignes du Clos-Guérin, à l'extérieur des remparts. Elle se glissa dans une barque et fila avec un pêcheur jusqu'à l'abbaye de Saint-Benoît. Elle rentra dans sa tanière deux ans plus tard après que maître Claveurier décéda à son tour d'une intoxication alimentaire. La notoriété d'Arlette se répandit dans la ville et bientôt une multitude de jouvencelles, damoiselles, commères, garces et dames vinrent solliciter ses services dans le plus grand secret. Elle concoctait un philtre d'amour, une potion magique pour nouer l'aiguillette d'un amant ayant convolé en d'injustes noces, une boisson abortive ou encore un simple poison pour mener de vie à trépas un mari ou une rivale. Et personne ne cherchait noise à Arlette. Elle savait bien trop de choses. La vicomtesse de Châtellerault aurait eu recours à ses services pour enfermer le duc d'Aquitaine dans sa chevalerie d'amour. Il est vrai qu'elle l'avait domestiqué. Elle avait tout obtenu de lui qui ne savait rien lui refuser, asservi qu'il était. Elle avait été jusqu'à marier sa propre fille, Aénor, à l'héritier du duché. Neuf mois plus tard, Aliénor était née. Si des folles filles la sollicitaient pour avorter, d'autres comme des Dames de haut lignage venaient la consulter dans le plus grand secret. Parmi les noms qui circulaient sous le manteau, il y avait celui de

Sarrasine de Lusignan. Elle aurait avec les potions d'Arlette écarté quelques damoiselles aux vertus légères susceptibles de lui voler son époux. Ou encore, la femme de Maingot de Melle qui voulait définitivement nouer l'aiguillette de son chevalier servant. Ce dernier, parjure à ses serments, avait osé épouser l'héritière d'un joli castel tombé en quenouille. La liste des clients d'Arlette la Miresse était bien trop longue. Et si d'aventure, un jaloux aurait voulu lui faire rendre gorge, les fenestrons de sa masure étaient garnis de solides barreaux en fer forgé et sa cave donnait dans un réseau souterrain dans lequel nul n'aurait osé pénétrer de peur d'y croiser la Grand'Goule, ou pire encore quelques créatures infernales sorties tout droit de l'Enfer.

Estevance agita le heurtoir de la porte de l'antre de la miresse. C'était une lourde porte de chêne cloutée capable de résister à un assaut en règle. Un cliquetis de serrure arracha un frisson d'excitation à la damoiselle. La porte s'entrebâilla dans un grincement lugubre. Le visage incroyablement lisse d'une dame âgée vêtue de noir apparut. Contrairement à l'idée que l'on se fait de la sorcière, ses dents n'étaient point gâtées mais soigneusement fourbies et étincelaient dans le clair-obscur. C'est qu'Arlette connaissait l'art de fabriquer les crèmes de saindoux pour raffermir la peau, les onguents, les pâtes savonneuses parfumées aux propriétés aphrodisiaques, les pâtes pour nettoyer les dents et ses talents d'herboriste lui permettaient d'éviter toutes les afflictions qui ravageaient les bas-quartiers de la ville.

— Entre ma fille. Elle dévisagea Estevance des pieds à la tête et ajouta : mais tu es fort bellotte. En quoi puis-je t'aider ?

— Mon amant ne veut pas m'épouser. Il me considère comme une folle fille.

— Qui es-tu ?

— Je tiens à garder le secret.

Arlette éclata de rire et entraîna la jouvencelle dans son antre. Estevance fut frappée par le rire argentin de la miresse. Cette dernière portait une robe de lin noir de belle facture. À sa ceinture de cuir pendait une aumônière fermée par des boucles d'argent. Son visage enfermé dans une guimpe de lin blanc laissait apparaître des joues blanches peu ridées pour son âge et ses lèvres étaient rouges. Quelques ridules sinuaient à la commissure de ses lèvres gourmandes dont le sourire sarcastique lui donna la chair de poule. Arlette était encore une belle femme, pourtant elle était née au XIe siècle.

— Entre, fit Arlette en ouvrant une porte au fond du couloir. Elle déboucha dans une vaste salle, éclairée par deux meurtrières qui donnaient dans une partie désaffectée des anciennes arènes. Jadis, d'ici, l'on entendait le rugissement des lions qui s'apprêtaient à dévorer les pucelles chrétiennes pour le plus grand plaisir des Romains, commenta Arlette. Je veux savoir ton nom, tes qualités et l'objet exact de ta visite.

— Mon identité est secrète, se défendit Estevance en réprimant un frisson.

Arlette ricana et ajouta :

— J'ai connu des comtesses, des vicomtesses, baronnes et dames, des abbés, des chanoines, des prêtres, des bourgeois… il me manque seulement un duc, une duchesse et un évêque pour compléter mon tableau de chasse. Alors ne sois pas difficile. Je sais tenir ma langue et cultive soigneusement l'art du secret comme un bon jardinier qui soigne ses plantes médicinales.

Estevance rougit et confessa :

— Je suis une fille naturelle de messire Maingot de Melle. Il m'a confiée à la duchesse d'Aquitaine. Je suis l'une de ses suivantes et j'aime un chevalier qui ne m'aime pas. Il en aime une autre qu'il ne pourra jamais épouser.

Arlette éclata de rire.

— Ton histoire est d'une banalité affligeante. Mais nous allons y remédier.

Estevance, la gorge nouée, balaya d'un regard circonspect la pièce où elle se trouvait. Dans la pénombre, elle perçut une cheminée monumentale. Accrochée à l'extrémité de la crémaillère, une marmite. Sur les braises, un gril. À l'extrémité des landiers en forme de dragons, des corbeilles de fer sur lesquelles mijotaient dans des pots de grès d'étranges mixtures. Une vaste table avait été dressée. Elle était encombrée de fioles, de buires, d'aiguières, de pots, de plats… Aux poutres, pendaient des gerbes de plantes aromatiques… Au fond de la salle un lit. Elle entendit la voix éraillée de la vieille miresse lui ordonner de se déshabiller. Elle la fixa de ses yeux exorbités.

— Déshabille-toi, insista Arlette en enveloppant la jouvencelle d'un regard trouble qui la mit mal à l'aise. Tu veux garder ton amoureux ?

Elle opina du menton et s'exécuta. Elle dénoua les lacets de son bliaud qui glissa sur le sol aux dalles disjointes. Puis ce fut au tour de sa chaisne de lin. Sa silhouette juvénile se détacha dans le clair-obscur et projeta son ombre déformée comme un spectre sur le mur.

— Allonge-toi sur le ventre, commanda Arlette en lui désignant la litière.

Estevance traversa la salle et obtempéra. Elle observa la miresse qui venait de sélectionner un pot de farine de froment.

— Une farine pure pour un chevalier. Quel est son nom ?

— Foulques de Fons-Almoy.

À ces mots Arlette éclata de rire et ajouta :

— L'histoire est un éternel recommencement. Sais-tu qu'il y a une trentaine d'années, une dame mariée est venue me voir pour quérir des herbes abortives. Elle voulait se débarrasser du fœtus qui grossissait en elle sous le prétexte que l'enfant à naître n'était pas de son époux. Le pauvre homme, outre le fait qu'il portait des bois de dix cors, a trouvé la mort dans un horrible accident équestre, piétiné par le destrier du futur duc d'Aquitaine, Guillaume X le Toulousain. Almodis attendait un enfant de Guillaume le Troubadour qui avait abusé d'elle. Mais, le temps a passé. Almodis a préféré la vie à la mort et a jeté le breuvage que je lui avais vendu. Ainsi, Foulques est né et aujourd'hui tu l'aimes. Elle précisa: Foulques n'est pas un enfant de l'amour mais un enfant du plaisir. Messire Dieu a bien puni Almodis pour sa faute. Elle n'a pas survécu à l'accouchement, emportée par une fièvre maligne.

Estevance, impressionnée, blêmit. Sur la toile rêche du lit, son corps se raidit lorsqu'Arlette se pencha sur elle. Elle versa la farine sur ses fesses nues puis de l'eau et entreprit de la pétrir.

— Je vais confectionner un petit pain lorsqu'il sera prêt, je le mettrai au four. Foulques devra le manger demain. Elle se pencha sur un pot et attrapa des vairons. Nous allons les mariner et les accommoder avec des épices en utilisant tes seins comme plat. Retourne-toi.

Estevance obéit et regarda les mains d'Arlette préparer les poissons sur ses seins nus. Horriblement gênée, elle resta immobile. Les mains d'Arlette explorèrent alors son corps. Elle frissonna, elle poussa un petit cri mais n'osa protester. Elle dit simplement:

— Dame Arlette, c'est grand péché d'agir ainsi. Vous irez brûler en Enfer.

— J'y suis déjà, répondit la miresse. Quant aux petits pains, sache que j'ai utilisé de la même manière les fesses de la vicomtesse de Châtellerault pour satisfaire à son désir de domination sur le duc troubadour.

— Je ne suis que la modeste suivante de la duchesse, glapit Estevance.

Arlette se redressa. Elle mit à cuire les vairons dans une poêle et mit au four le petit pain. Nue sur sa couche, Estevance, l'observa sans rien dire. La miresse prit alors une fiole et vida quelques gouttes dans une buire qu'elle remplit de vin blanc.

— C'est le philtre d'amour que tu feras boire à ton amoureux. Donc pour conclure, tu lui feras boire cet élixir, manger les vairons avec le petit pain. Avec ces trois mets venus de la terre, de l'eau et du feu, il t'appartiendra. Lorsque tu te donneras à lui, il brûlera d'un amour insensé pour toi. Par ailleurs, il ne pourra plus se détacher de ta personne, la condition pour cela, tu devras manger…

— Je dois me rendre chez Foulques dès demain ?

— Avant que le pain ne soit rassis précisa la miresse.

Arlette posa ses mains sur les poissons, le pain et la buire et prononça des phrases ésotériques dans une langue gutturale qu'Estevance entendait pour la première fois de sa vie.

Elle blêmit et comprit qu'Arlette prononçait des incantations dans la langue des sorciers, la langue des démons et elle en conçut une immense terreur. Elle entendit alors une chèvre bêler dans les profondeurs de la terre. Arlette sourit et lui dit : tu me dois vingt oboles.

— Je ne dispose que de quatre oboles, balbutia Estevance au bord de la panique.

— Tu dois me payer. Si tu n'as pas assez d'oboles, alors tu paieras en nature. Tu m'appartiendras pour une nuit entière et je disposerai de toi à ma guise.

— Si je refuse.

— Je te livre au bouc.

— J'accepte, pleurnicha Estevance.

À l'aube, Estevance, loua une mule à un marchand de poulardes et longea le Clain jusqu'à Vivonne. De là, elle prit place avec la mule dans la barque d'un marchand de farine qui remontait la rivière jusqu'au moulin des Retz pour aller charger des sacs de froment et de seigle. Enfin, elle déboucha sur le pré Guimauve au pied de l'escarpement dominé par la tour de Fons-Almoy. Des chevaux paissaient au milieu des ajoncs. Elle s'avança. Le pré était humide, traversé par un ruisseau qui glougloutait sur un lit de cailloux. Elle glissa à terre et s'accroupit pour remplir sa gourde. Elle but une large rasade et s'épongea le front. Sur les coteaux, elle entendit des cris de joie. Les vendanges commençaient et s'annonçaient prometteuses. Par delà les taillis de buis et de coudriers qui s'agrippaient sur le ravin, l'on devinait le vignoble. Sur la crête, un vieux chêne tendait ses branches noueuses vers la vallée. Elle entendit un rire d'enfant. C'était Yvette qui poussait ses oies en accompagnant sa mère, Ricarda, au lavoir. Jolie scène bucolique d'un monde en paix. Une sourde appréhension l'étreignit à la gorge. Comment serait elle accueillie? Un éclair bleu scintilla l'espace d'un instant. Un martin-pêcheur. Dans le marais, Giraud, le bouvier, rassemblait ses vaches. Elle cueillit un brin de menthe qu'elle porta à ses narines. Ce soir, elle emprisonnerait le beau chevalier Foulques dans ses rets. Soudain, elle s'immobilisa. Elle devina une présence. Une très jolie jouvencelle apparut à l'ombre d'un saule. Elle était vêtue d'une simple chemise de lin grise et une couronne de fleurs ceignait son front lumineux. Radegonde, car c'était elle, se porta à la rencontre d'Estevance. Elle la reconnut aussitôt pour l'avoir brièvement croisée dans le palais Maubergeon.

— Damoiselle Estevance Maingot de Melle, je suis bien aise de vous revoir, dit-elle d'une petite voix fluette.

Je ne m'attendais pas à vous voir ici. Je vous croyais à la cour, au service de notre duchesse bien aimée.

Estevance perdit toute assurance. Elle ne s'attendait pas à une telle rencontre et ne savait trop quoi dire.

— J'ai un message pour messire Foulques.

— Un message, tiens donc. Je vous conduis à la tour.

Foulques en reconnaissant Estevance faillit s'étrangler de surprise. Le regard moqueur de sa fille le glaça. Il cessa d'aiguiser les pointes de ses flèches et se leva pour l'accueillir comme il se doit.

— Elle a un message pour toi, jeta Radegonde d'un ton abrupt. Un message de la duchesse d'Aquitaine.

— Bien, entrons et discutons.

Ils se retrouvèrent tous les deux, assis l'un en face de l'autre sur les bancelles de pierres de part et d'autre de la fenêtre gémellée de la grande salle.

— Un message, dis-tu. Je t'écoute.

Etsevance haussa les épaules et fixa un point à l'horizon sans répondre.

— Je n'ai qu'un message. C'est ce que je vais te dire. Je t'aime par-dessus tout. Je veux devenir ta légitime épouse et te donner un héritier.

— La duchesse d'Aquitaine n'y consentira point.

— Tout comme le duc de Normandie et désormais duc d'Aquitaine refusera de te donner sa demi-sœur, la belle poétesse Marie de France.

— C'est tout ce que tu as à me dire ?

Estevance garda le silence. On entendait les mouches voler. Tapie dans l'escalier, Radegonde ne perdait pas une miette de leur conversation. Elle haïssait cette fille follieuse à la cuisse hospitalière et pour tout l'or du monde n'en voulait absolument pas pour marâtre.

— Alors, tu peux rentrer à Poitiers.

— Ma mule est épuisée.

— Demain matin, tu prendras le chemin du retour.

Estevance fut confinée dans la cuisine sous la garde de la vieille Mahaut. Le soir, toute la mesnie soupa sur la table dressée dans la cour. Il faisait encore très chaud. Rainard, Alaïs, Eschive, Gontran, Richilde, Grimouard et Adèle, sans compter les drôles, avaient travaillé dur à la vigne. Ils étaient tous fourbus. Un tonnelet de vin blanc bien gouleyant avait été mis en perce. Mahaut avait préparé des tourtes et des galettes. Toute la mesnie s'attabla gaiement en chantant et ripaillant. Foulques qui n'avait pas le moral, but plus que de mesure. À la fin du repas, quand Radegonde quitta la table pour monter dans la chambre faire ses écritures, Estevance en profita pour se glisser subrepticement aux côtés de Foulques. Personne ne lui prêta attention. À son insu, elle versa le philtre dans son gobelet puis le remplit de vin blanc. Elle l'incita à boire et se mit à chanter.

— Il vous faut manger messire. Elle glissa le petit pain pétri sur ses fesses nues dans sa gamelle après y avoir glissé les petits vairons marinés dans son giron. Machinalement, Foulques les grignota. La tête lui tournait.

Le lendemain, Estevance tomba dans l'escalier. Elle s'était foulée le pied et ne pouvait plus marcher.

— Soit ! qu'elle reste un jour de plus, admit Foulques qui avait la gueule de bois.

Étendue sur un banc de la cuisine, elle se mit à gémir du matin au soir. Apitoyé, Foulques vint la consoler. Le soir, à la tombée de la nuit, elle demanda à Foulques de l'aider à marcher pour prendre l'air. Monter de la cuisine à l'étage puis franchir la poterne et son pont-levis avant de redescendre dans la cour fut un exploit. Épuisée, tout du moins en apparence, elle s'accrochait à son bras et le contraignit à prendre l'air hors de la cour, à l'abri des regards indiscrets. Ils se retrouvèrent derrière un bosquet. Ils finirent par s'asseoir sur une bille de bois. Elle releva son bliaud. Un joli bleu marquait sa cuisse. Elle prit la main de Foulques et lui dit :

— Mon seigneur et maître, je suis à vous.

Les défenses de Foulques s'effondrèrent devant l'attrait des plaisirs de la chair. Il renonça à sa détermination. Estevance retira son bliaud et sa chemise. Nue, elle se lova dans ses bras et…

Le lendemain, Radegonde, furibonde, descendit dans la cuisine et fit une scène à son père.

— Épouse la veuve Sichard si tu as tant besoin d'une femme, jeta sa fille avec colère. Ses yeux lançaient des flammes assassines au point qu'Estevance ne savait plus où se mettre. Mahaut baissa les yeux et fit mine de ne rien entendre. Le reste de la mesnie sortit discrètement.

— Elvire, dame de Sichard, elle me déteste et me méprise, protesta Foulques. De surcroît, elle est sèche et rêche. J'en voudrais pour épouse pour rien au monde.

— Et moi, cette garce, cria-t-elle en désignant du doigt Estevance, je n'en veux pour rien au monde comme marâtre.

Foulques se raidit. Il était en colère contre lui-même, contre sa fille, contre Marie, contre Estevance… Il jeta d'un ton glacial.

— Tu dois le respect à ton père. Quitte la cuisine.

Estevance profita du désarroi du chevalier. Elle s'incrusta et resta ainsi à Fons-Almoy durant le mois de septembre. Foulques n'avait plus la force de s'en détacher. Amoureuse, tendre, câline, elle savait y faire et le philtre d'Arlette opérait une transmutation du cœur du chevalier qui peu à peu le poussait à la capitulation. Pourtant, les pensées de Foulques voguaient la nuit dans un ailleurs où, il retrouvait dans une longue errance nocturne, la silhouette éthérée de la poétesse Marie de France. Amour impossible, amour lointain...

L'animosité qui prévalait dans les relations entre Estevance et Radegonde prit toute son ampleur lorsque Radegonde présenta à son père, son bouclier en forme d'amande sur lequel avait été peint par ses soins, un sanglier crachant le feu.

— Et pourquoi pas un blaireau, l'avait raillée Estevance. Se blottissant contre Foulques, elle ajouta, messire faites comme feu votre père. Peignez-moi nue sur votre écu. Vous me porterez au combat comme je vous porte au lit.

C'était plus qu'il n'en fallait. Radegonde explosa de colère, gifla Estevance et se sauva. Elle courut jusqu'à Sichard. Le lendemain, l'écuyer Guy de Sichard la ramena à Fons-Almoy. Foulques se rendit au prieuré Saint-Fiacre.

— L'une en a douze, l'autre en a dix-sept et elles se haïssent, confia Foulques au père Radulphus.

C'est ainsi qu'il confia Radegonde au père Radulphus jusqu'à Noël. Ensuite, elle quitterait le prieuré Saint-Fiacre pour poursuivre ses études à l'école cathédrale de Poitiers.

Fin septembre, Estevance voulut commander Mahaut qui se rebiffa. La cuisine, c'était son royaume. Puis, elle prit à parti Alaïs et se heurta violemment avec Eschive. C'en était trop. L'atmosphère devenait irrespirable. Foulques commença à s'agacer du comportement capricieux et autoritaire d'Estevance. En outre, il la jugeait superficielle et son inculture l'indisposait. Il ne savait plus comment s'en débarrasser d'autant plus qu'elle se montrait très démonstrative et faisait croire à toute la mesnie qu'elle régnait sur le cœur et l'esprit du maître des lieux.

Un soir, une troupe à cheval se présenta devant les courtines en construction. C'était son suzerain, Boson de

Château-Larcher. Les deux hommes s'étreignirent avec effusion.

— Il est temps de prendre la route de Bordeaux. Le duc et la duchesse d'Aquitaine et de Normandie nous attendent. Notre suzerain Hugues de Lusignan est alité et ne peut se déplacer.

— Il est souffrant ?

— Officiellement, il a des hémorroïdes qui l'empêchent de monter à cheval. Je crois que tout simplement, il ne veut pas se rendre à Bordeaux en présence d'Henri Plantagenêt qui, dit-on, recrute des barons et des chevaliers dans le dessein d'envahir l'Angleterre. Il a beau leur promettre récompenses et fiefs, je ne crois pas qu'il rencontre beaucoup de succès dans son entreprise de séduction. Les Aquitains sont méfiants. Personne ne peut se fier à un Angevin.

Foulques prit congé d'Estevance et lui recommanda de retourner au palais de Poitiers.

Elle le fixa durement et secoua la tête négativement. Il fit alors preuve d'autorité.

— C'est un ordre. Tu rentres à Poitiers au palais.

— Ma place est ici, rétorqua Estevance déterminée.

— C'est à Aliénor d'Aquitaine de te trouver un mari. Ta place n'est pas ici.

— Tu ne m'aimes pas ! lança-t-elle toutes griffes dehors.

— Tu as tout compris.

Elle explosa de fureur. Elle tempêta, menaça, hurla, alla même jusqu'à le griffer et tenta de le mordre. Une vraie furie. Foulques imperturbable maîtrisa la jeune femme et demanda à Guérin de l'escorter jusqu'à Vivonne.

Estevance, désespérée, regagna Poitiers, se demanda pourquoi les recettes d'Arlette n'avaient pas fonctionné. Rancunière et vindicative, elle se jura de lui faire payer.

Elle se promit d'aller revoir Arlette pour lui faire nouer l'aiguillette jusqu'à ce que mort s'ensuive.

Au palais personne ne l'attendait. Mortifiée, elle se réfugia dans la maison que son père occupait lors de ses séjours à Poitiers.

L'archevêque de Bordeaux, Geoffroy de Lauroux, était dans tous ses états. Enfin, il sortait de l'oubli. Le palais de l'Ombrière est devenu le siège d'un pouvoir qui s'étendait des Pyrénées à la Manche.

C'est le cœur serré que Foulques franchit la Garonne sur une gabarre en compagnie de Boson de Château-Larcher, de son fidèle Ithier de Feytiat, de son écuyer Guy de Sichard et de ses beaux-frères Hugues de Beaulieu et Herbert d'Anché.

Pour une fois Henri Plantagenêt avait délaissé sa tente pour dormir dans le palais. C'était un ensemble hétéroclite de bâtiments qui s'ordonnançaient en désordre autour de la fameuse tour de l'Arbalesteyre, une puissante tour rectangulaire qui dominait la ville et surveillait la Garonne.

La nuit était clémente en ce mois d'octobre et Aliénor aimait à se tenir dehors dans son verger où elle réunissait sa cour. Bernard de Ventadour avait le vent en poupe quand on annonça l'arrivée d'une poétesse d'oïl, la demi-sœur d'Henri Plantagenêt.

Aliénor venait de rentrer d'une chasse en forêt de Belin, à côté du château où trente ans plus tôt elle était née. Ils avaient pris un quatorze cors exceptionnel, plusieurs sangliers et quelques chevreuils. La chasse avait duré jusqu'à la tombée de la nuit. Elle avait regagné Bordeaux d'une traite. Tandis que la venaison était préparée dans les immenses cuisines du palais, Foulques rejoignit la cour. Il se montra discret pour ne pas encourir le courroux d'Henri Plantagenêt ni les railleries d'Aliénor d'Aquitaine. Une foule compacte se pressait dans la grande salle. Toutes les grandes familles de Gascogne s'étaient donné rendez-vous : d'Albret, de Marsan, de Tartas, de Tursan, d'Armagnac, de Dax, d'Astarac, de Labourd, de Béarn, de Comminges, de Lomagne, de Fézensac... se bousculaient pour présenter leurs requêtes et surtout jauger la personnalité du nouveau duc d'Aquitaine.

Bernard de Ventadour fit tout pour écarter Marie de France. Il y réussit si bien qu'elle se retira dans une petite salle où seuls quelques chevaliers, abbés et évêques s'entretenaient. Foulques de Fons-Almoy eut le choc de sa vie. Leurs regards se croisèrent, s'affrontèrent, se défièrent. Elle était assise sur un tabouret dans un recoin et semblait pensive. Foulques fit le premier pas et s'avança pour saluer la jeune poétesse. Il ne put s'empêcher de lui fredonner quelques vers d'un canso :

Dame, je suis comme le faible agneau,
Qui n'a nulle force contre le loup ;
Si votre mérite ne vient à mon secours,
Je suis plus chétif qu'un roseau.

Cet aveu de faiblesse dérida Marie de France. Elle lissa machinalement ses nattes et lui décocha un sourire réservé. Elle le sonda de ses yeux bleus et lui demanda d'une petite voix mouillée :

— Beau chevalier, m'aimeriez-vous ?

Foulques mit un genou à terre et la main sur le cœur déclara sa flamme :

Dame, le premier jour où je vous vis,
L'amour de vous me pénétra si profondément dans le cœur,
Que vous m'avez mis dans un feu qui,

Une fois allumé ne s'éteint jamais.
Dame courtoise et lettrée,
Aimable envers toutes gens,
Au fait de toutes les convenances,
En actes, paroles et pensées,
Votre courtoisie et votre beauté,
Vos doux propos, votre charmante compagnie,
Votre culture, votre mérite,
Votre corps gracieux, la fraîcheur de votre teint,
Votre beau sourire, votre regard amoureux,
Et toutes vos autres qualités,
Me font rêver jour et nuit.
Cent fois, la nuit et le jour,
Je prie Dieu de me donner la Mort ou votre Amour.

Troublée, Marie demeura silencieuse. Ses grands yeux lumineux en disaient long. Il prit sa main et la porta délicatement à ses lèvres. Une larme perla sur la joue au teint de lys de la damoiselle. Elle murmura :

— Messire chevalier, croyez-vous que monseigneur Henri vous accordera ma main. Hier encore, il voulait me marier à un vieux barbon. Sans mon refus catégorique, je serais déjà fiancée. Messire, fuyez, fuyez alors qu'il en est encore temps car je vous aime mais jamais je ne pourrai être vôtre et vous le savez.

— Je vous enlèverai.

— Folie messire, pure folie. Henri ne vous le pardonnerait pas. J'appartiens au duc. Je suis sa demi-sœur et il a le pouvoir de disposer de ma personne.

— Par saint Maurice patron des soldats, j'irai me faire tuer en Angleterre et mes dernières pensées seront pour vous.

Marie balbutia :

— Messire, je refuse d'être la cause de votre mort.

— Alors, soyez mienne, insista encore Foulques de plus en plus pressant.

— Messire, laissez-moi réfléchir.

Le lendemain, le cœur boursouflé d'angoisse, Foulques partit errer dans les rues de Bordeaux. Il avait besoin de faire le vide dans sa tête lorsqu'une voix juvénile l'arracha à ses noires pensées. C'était Aloïs de Rochefort, damoiselle de compagnie d'Aliénor d'Aquitaine.

— Messire de Fons-Almoy, quelle surprise de vous voir ici.

Foulques reconnut la damoiselle sans réussir à mettre un nom sur son visage. Il se dirigea dans sa direction. Plusieurs dames de qualité s'agglutinaient autour de l'étal d'un marchand de draps. La veille, des navires en provenance d'Orient avaient accosté sur le port de Bordeaux, en face de la porte Cailhau, à quelques toises du palais de l'Ombrière. La cour était en effervescence. Des épices, de la mousseline, des tentures de Damas, de l'orfèvrerie... Il allait saluer la jouvencelle quand il sentit une présence dans son dos. Un rire espiègle, inimitable jaillit. Il se raidit et très lentement se retourna. Aliénor l'enveloppait d'un regard pétillant de malice. Son sourire irrésistible, une fois encore, le fit fondre.

— Foulques, mon ami, je suis bien aise de vous revoir en bonne santé.

— Ce mois d'exil m'a permis de reprendre des forces et de retrouver goût à la vie.

— Chut ! dit-elle en posant son index à la verticale sur les lèvres du chevalier. Pas un mot de plus. Je sais. Tu veux mon bonheur et tu crois que je fais fausse route. Oublie ce malentendu. Réconcilie-toi avec Henri. En Angleterre, tu auras l'occasion de montrer ta bravoure et de faire oublier tes regards obliques chargés de reproches. Laisse-moi conduire ma vie comme bon me semble. J'ai choisi Henri. Je sais où je vais et en connais les quelques désagréments.

Alors, sois chevaleresque et sers une dame de qualité qui t'apportera bonheur et bienfaits. Je serai toujours ton amie, ta nièce et ta cousine. Sur ce, elle posa sur sa joue un chaste baiser. Revigoré, réconforté, Foulques se sentit pousser des ailes. Ainsi, Aliénor le tenait toujours en grande estime.

— Ma duchesse, je suis votre chevalier servant.

— Sers une dame de qualité comme un troubadour de grand talent que tu es.

— Je suis épris d'une charmante damoiselle, poète et lettrée.

— Je sais. Henri m'en a touché un mot. Tu cours après le malheur. Henri a des projets pour Marie et tu n'entres pas dans ses plans. Choisis une dame de haut lignage en attendant que je te trouve une belle héritière d'un fief tombé en quenouille pour accroître ta fortune et ton renom. Sache mon ami que je n'oublie jamais ceux qui m'ont servie dans les jours de mauvaise fortune.

La cour quitta Bordeaux pour Saintes, Saint-Jean-d'Angely, Châtelaillon, Oléron, Rochefort, Saint-Martin-de-Ré, puis remonta vers Talmont. Aliénor voulait montrer à son époux ses célèbres volières de gerfauts et puis pourquoi pas allier l'utile à l'agréable en organisant des grandes chasses dans les forêts giboyeuses du Talmondais.

Marie de France avait regagné la Normandie après avoir refusé d'épouser un vieux baron anglo-normand. Henri avait décidé de l'éloigner du chevalier de Fons-Almoy et Aliénor fut impuissante à le faire changer d'avis.

— Aliénor, je vous l'avais dit, confia Foulques à la duchesse d'Aquitaine alors qu'ils étaient seuls perdus dans les dunes tandis que la chasse s'éloignait. L'on entendait au loin la meute qui empaumait la voie d'un vieux cerf. Henri est têtu et n'en fait qu'à sa tête, ajouta Foulques, d'un air sombre.

— Foulques ne fais pas cette tête des mauvais jours. Fais en sorte de rentrer dans ses grâces. Après la campagne d'Angleterre, peut-être arriveras-tu à obtenir ce que tu veux.

— Aliénor, je me souviens dans ces dunes, lorsque le vieux Vermandois a défloré votre sœur Pétronille après une longue chasse au cerf.

— Nous étions des enfants. Pétronille me manque. Elle est décédée bien trop tôt. Mais pourquoi était-elle tombée amoureuse de ce vieux barbon, borgne de surcroît ? Cette foucade a entraîné une guerre sanglante et inutile. Je manquais alors de discernement. Enfin, il en est ainsi. Demain, je régnerai sur un empire des Pyrénées à l'Écosse.

— Peut-être cherchait-elle dans son mari le père qu'elle avait perdu trop tôt ? suggéra Foulques.

Aliénor éclata de rire.

— Ça me rappelle quelqu'un, pas toi ?

Foulques, taciturne, demeura de marbre.

En décembre, la cour regagna Poitiers. Estevance réussit à entrer dans le palais. Elle avait grossi et perdu de son charme. Elle s'était maquillée outrageusement et s'affichait avec un valet de la maison de Châtellerault. Aliénor en prit ombrage. Elle voulait dans sa suite des damoiselles de bonne éducation et de bonnes mœurs. Elle la pria de quitter instamment le palais et de ne plus jamais revenir.

Estevance réussit à alpaguer Foulques alors qu'il sortait du palais.

— Enfin, je te retrouve. M'aurais-tu oubliée ?

Foulques dévisagea Estevance. Ses joues étaient couvertes d'un masque de saindoux vermillonné et ses yeux cerclés d'un noir charbonneux d'un goût douteux.

— Tu t'es consolée avec un valet du vicomte de Châtellerault, m'a-t-on dit.

Elle haussa les épaules et rétorqua d'un ton aigre :

— Je l'ai congédié en apprenant ton retour. Foulques, tu es à moi. Tu as bu mon philtre d'amour, tu m'appartiens.

— Un philtre d'amour, s'étonna Foulques, incrédule.

— Oui ! Un philtre ! Parfaitement !

— Tu m'as fait boire un poison. Tu commerces avec des magiciennes de mauvais aloi.

Estevance rougit et se jeta dans ses bras en sanglotant. Il la repoussa sans ménagement et lui avoua :

— Estevance, je ne t'aime pas. J'en aime une autre. Une gente damoiselle, raffinée, cultivée, lettrée, dont les vertus sont si nombreuses que je ne saurais les décrire.

— Je vais me rendre chez une magicienne et je ferai en sorte que tu aies l'aiguillette nouée jusqu'à la mort, rétorqua Estevance en le fixant d'un regard haineux.

À la nuit tombée, Estevance se rendit chez une magicienne du nom de Godverne qui logeait dans les Montgorges, une sorte de maison troglodyte en face de l'étang de Montierneuf. Elle ne voulait plus entendre parler d'Arlette dont les recettes de cuisine avaient failli.

C'était la vieille sorcière, caricaturale qui s'adonnait à la chiromancie, à la magie, qui commerçait avec les esprits et les forces des Ténèbres.

Estevance, une fois encore se retrouva nue. Godverne l'enduisit de miel puis l'invita à s'étendre sur un drap dans lequel elle avait vidé un sac de blé.

— Roule-toi. Que tous les grains collent à ton corps. Puis, une fois que tu seras recouverte de grains, tu les retireras pour les déposer dans cette meule. Tu tourneras la meule dans le sens inverse du soleil pour moudre ta farine avec lequel tu feras un petit pain que l'homme devra consommer à l'aube afin qu'il dépérisse et qu'il perde toute ardeur au lit. Ainsi, il ne sera plus en mesure d'honorer sa bien-aimée.

Avant de repartir, Estevance promit de s'offrir à une fête du sabbat afin de payer sa dette.

Deux jours plus tard, elle se rendit à Fons-Almoy, sollicita l'hospitalité.

— Mais quel mauvais vent t'amène chez moi ?

— Aucun. Je me rends à Melle, chez mon père, mentit effrontément Estevance. Tu es sur ma route. Je ne savais pas où dormir. Alors, je me suis dit que je pourrais frapper à ta porte.

Foulques, trop bon lui accorda l'hospitalité à contrecœur à la condition qu'elle reparte à l'aube. Elle promit tout ce qu'il voulut.

— Tu dors dans la cuisine, décida Foulques d'autorité.

Elle eut tout le loisir de déposer son petit pain dans le panier. Le lendemain, elle fit en sorte que Foulques l'engloutisse en sa présence.

— Tu avais faim, observa-t-elle d'un ton narquois.

Foulques blêmit et se remémora l'histoire du philtre d'amour. Il balbutia :

— Tu m'as empoisonné.

— Que nenni messire.

— Alors quoi ?

Elle haussa les épaules, ramassa son baluchon et s'en retourna alors à Poitiers pour payer sa dette. Mal lui en prit. Son père la fit suivre par un valet. Fou de rage, en apprenant la dernière incartade de sa fille, il la chassa de sa maison du quartier Saint-Paul.

— Tu es mon désespoir. Je te renie, fille de Bélial qui s'adonne au culte du sabbat. Si d'aventure, tu persistes dans ta débauche, sache que le bourreau te conduira au bûcher ainsi qu'il sied à une sorcière.

— Je ne suis pas une sorcière, pleurnicha Estevance. Je voulais simplement me venger de messire de Fons-Almoy qui m'a délaissée pour une autre.

— Tu quittes ma maison. Va te faire pendre ailleurs, grommela Maingot de Melle, écœuré.

Le lendemain, il se rendit chez la magicienne escorté de quatre sergents. Ils appréhendèrent la fille et la livrèrent au prévôt. Quinze jours plus tard, Godverne qui persista dans son culte des Parques et autres créatures sulfureuses, fut brûlée au bourg Saint-Hilaire à côté des fourches patibulaires à l'ouest de l'étang de Montierneuf.

Estevance se retrouva à la rue. Bien habillée, vêtue d'un bliaud de soie et pelisson en fourrure de vair, elle s'empressa de séduire un écuyer au service d'Hugues de Lusignan qu'elle croisa non loin du palais. Ce dernier du nom de Milon de la Torchaise la ramena chez lui à Lusignan après avoir fini sa mission pour le compte de son seigneur. Une semaine plus tard, à la veille de Noël, l'écuyer se séparait de la damoiselle. Le curé de la paroisse de Pranzay, paroisse située au pied du château de Lusignan, lui avait arraché des aveux lors de sa confession. Il lui avait adjuré de renoncer à cette folle fille qui s'était compromise avec une magicienne. Obéissant et craignant pour le salut de son âme, Milon avait chassé la jeune femme de son logis.

Humiliée, Estevance, se rendit au château. Elle sollicita une entrevue avec Bourgogne de Lusignan pour obtenir justice et forcer l'écuyer à l'épouser.

La Dame de Lusignan, interloquée par l'aplomb de la jouvencelle, accepta de la recevoir en sa qualité de fille de Maingot de Melle. Elle l'écouta sans l'interrompre, la renvoya dans la chapelle pour qu'elle se confesse auprès de son chapelain, convoqua Milon de la Torchaise, qui s'expliqua puis réfléchit. Le lendemain, elle fit quérir par un page la damoiselle et la fixa d'un regard impénétrable.

— Estevance, je t'ai écoutée, j'ai écouté Milon de la Torchaise. Dans le doute sur ce que je devais faire, j'ai envoyé un chevaucheur auprès de ton père pour quérir son avis. En attendant, je t'offre l'hospitalité. Tu te joindras à mes suivantes et m'assisteras dans mes devoirs quotidiens. Tu m'accompagneras dans mes visites aux indigents, tu m'aideras dans l'apprentissage des lettres à mes enfants et aux pages que nos vassaux ou voisins nous ont confiés. Passé Noël, après la Saint-Sylvestre, je rendrai ma décision.

Estevance manqua de s'étrangler. Enseigner l'abécédaire sur un psautier. Quelle corvée songea-t-elle. Elle sourit, s'inclina avec grâce et remercia la Dame de Lusignan avec effusion. Après tout, se dit-elle, ici je trouverai bien une proie, un dindon qui me donnera un nom et une position.

Une semaine plus tard Estevance jeta son dévolu sur un joli garçon qui avait tout pour plaire. C'était un jeune troubadour, chevalier et cadet de famille du nom d'André de Chemerault. Il succomba sous les assauts de charme de la damoiselle qui usa encore de magie en allant cette fois rencontrer une miresse qui vivait dans une hutte en forêt de Coulombiers. Évidemment, un garde-chasse la surprit sur le chemin du retour et en informa messire Hugues de Lusignan. Ce dernier convoqua aussitôt le brave chevalier troubadour qui manqua de s'étrangler de stupeur.

— André, tu succombes à la false amor avec cette garce. Elle ne serait la fille de Maingot de Melle, je l'aurais déjà chassée de Lusignan.

— Mais son père l'a déjà chassée de sa maison, répondit André de Chémérault d'une voix atone. Il était décomposé.

Rien n'est pire pour un chevalier d'apprendre que sa belle utilise philtres et sortilèges pour le faire tomber dans ses rets. Nombreux étaient les preux qui devenaient misogynes par peur des femmes et de leurs capacités à user de magie pour les ensorceler.

Cette fois-ci, Estevance fut traînée devant le sire de Lusignan et sa dame dans la Grande Salle de la Tour Mélusine.

À genoux ! tonna le capitaine des sergents du château.

Estevance, en larmes, tomba à genoux et se prosterna devant le dais seigneurial. Bourgogne était agacée par le comportement de la damoiselle. Hugues, excédé prit la parole d'un ton saccadé.

— Tu t'adonnes à la magie, tu commerces avec des sorcières. J'ai ouï dire que l'une d'entre elles, a fini sur le bûcher. Mais qu'attends-tu de la vie ?

— C'est le bûcher qui t'attend, renchérit Dame Bourgogne.

— Pitié Monseigneur. Pitié Monseigneur, gémit Estevance en se tordant les mains de désespoir.

— Tu te livres à des sabbats. Tu as déjà échappé à la justice par la protection de ton père qui de lassitude, a fini par te chasser. Je n'ai pas le choix.

— Monseigneur, je suis enceinte.

La déclaration d'Estevance médusa l'assemblée. La stupéfaction s'imprima sur le front de Milon de la Torchaise et d'André de Chémerault.

— Qui est le père ? demanda Bourgogne de Lusignan.

— Je l'ignore.

— Comment ça tu l'ignores ! s'exclama Hugues de Lusignan hors de lui. Tu l'ignores ! Tu n'es qu'une ribaude. Ta place est dans un bordelage.

— Pitié monseigneur ! Pas ça !

— Rien n'est pire pour une femme que de finir esclave dans un bordelage pour être louée à toutes sortes d'individus, dont certains porteurs de graves maladies, commenta le chapelain d'une voix monocorde. Que Dieu ait pitié de leur âme.

— Je répète qui est le père ? insista Hugues de Lusignan.

— Je l'ignore. Peut-être est-ce l'écuyer Milon de la Torchaise ou le chevalier André de Chémerault ou encore messire Foulques de Fons-Almoy.

Elle mentait, elle semait le doute, elle voulait à tout prix échapper au bûcher ou encore à la triste condition de ribaude enfermée dans un bordelage.

Bourgogne se pencha vers son époux et lui suggéra :

— Marions-la avec un serf. Elle finira serve.

— Alors qu'elle fasse allégeance comme serve. Le fruit de sa débauche sera serf et nous lui choisirons parmi nos serfs un époux.

Hugues de Lusignan se leva avec beaucoup de solennité. Il demanda à son chapelain de s'approcher.

— Père, cette folle fille a péché et commercé avec des magiciennes dont l'une a été jugée et brûlée à Poitiers. Elle a tenté de subjuguer ses amants par des philtres et autres recettes infâmes. Enfin, elle a, par magie, tenté de nouer l'aiguillette d'un homme qu'elle a aimé. Quelle pénitence doit-on imposer à cette pécheresse pour le salut de son âme ?

Le chapelain s'approcha du dais où siégeaient le sire de Lusignan et sa dame et d'une voix solennelle imposa la pénitence :

— Quarante jours de régime au pain sec et à l'eau. Corvée de nettoyage de la chapelle du château tous les samedis pendant trois ans. J'entendrai ensuite, ladite pécheresse en confession.

— Bien, dit alors Hugues de Lusignan, qu'allons-nous faire d'elle. Elle ne peut plus figurer au nombre des damoiselles de compagnie de Dame Bourgogne.

— Marions-la à un porcher, proposa Dame Bourgogne.

Hugues de Lusignan se pencha sur la jeune femme et lui demanda :

— Que choisis-tu, quitter Lusignan et prendre la route ou devenir serve et bénéficier de ma protection ?

Horrifiée, Estevance, balbutia d'une petite voix mouillée :

— Messire, partir seule sur la route avec nulle part où aller, je n'irai pas loin. Je tomberai sur des ribauds qui feront de moi leur esclave.

— Retire-toi dans une abbaye. Deviens nonne, proposa Hugues de Lusignan.

Estevance secoua la tête négativement. Elle mit ses mains dans celles du baron et renonça à sa liberté en prononçant les phrases rituelles qui firent d'elle une femme de condition serve.

— Je te choisirai un bon mari, conclut-il avant de la renvoyer aux cuisines. En attendant, il y a du travail pour toi. Si tu commerces de nouveau avec des magiciennes, je te livrerai à la justice de l'évêque.

Chapitre 8

Toute une bachellerie gasconne attirée par les promesses de butin et de jolies héritières bien fieffées à épouser avait répondu à l'appel d'Henri Plantagenêt. Jeunesse turbulente en quête d'aventures, elle avait convergé sur Barfleur, où la flotte normande attendait pour appareiller. Des bateaux de Guyenne venaient d'accoster sur les quais sous les vivats de la foule en liesse. Ils étaient chargés de vivres et d'armes. Toutefois, malgré le climat euphorique qui régnait à Barfleur, on était loin d'une armée cosmopolite composée de Poitevins, de Saintongeais, de Gascons, de Béarnais ou de Limougeauds. L'essentiel de l'ost était normande et angevine. Les Aquitains ne déferleraient pas sur l'Angleterre telle une nuée de sauterelles comme l'appréhendaient les partisans du roi d'Angleterre, Étienne de Blois. Aliénor était restée à Poitiers entourée de ses proches, Saldebreuil, Ebles de Mauléon, Maingot de Melle et Raoul de Faye. La mère d'Henri Plantagenêt, l'impératrice Mathilde petite fille de Guillaume le Conquérant et fille du roi d'Angleterre Henri Beauclerc, se réjouissait à l'idée enfin de tirer vengeance de son cousin germain, Étienne de Blois, qui lui avait ravi la couronne d'Angleterre voilà déjà trente-cinq ans. Avant de se rendre à Barfleur où l'attendaient ses principaux barons, Henri s'était rendu auprès de sa mère pour solliciter ses derniers conseils. La vieille impératrice lui prêta de l'argent pour financer son expédition et lui donna sa bénédiction.

Henri bouillait d'impatience et pourtant le temps semblait contrarier ses projets d'invasion. La tempête faisait rage sans discontinuer. Et les vingt-six navires du duc dansaient dans la rade, ballottés par la mer en furie. Il ne disposait que d'une armée réduite, 3000 fantassins et quelques centaines de chevaliers sans compter leurs écuyers et valets. C'était peu pour conquérir un pays. Mais, il comptait sur l'impopularité du roi Étienne et le rejet par les barons anglo-normands de son fils, Eustache de Boulogne, arrogant et incompétent. En outre, Henri Plantagenêt pouvait compter sur l'indéfectible soutien de quelques puissantes familles comme les Reviers, les Gloucester, les Cornouailles,les Salisbury, les Chester, … tandis qu'Étienne de Blois était contraint de faire appel à des mercenaires flamands unanimement honnis par le peuple d'Angleterre.

Depuis près de trois semaines, Foulques de Fons-Almoy et son compère Ithier de Feytiat tuaient le temps par de longues errances sur la côte normande. Noyés dans le brouillard hivernal, ils observaient cette mer démontée dont les vagues se fracassaient sur les récifs. Ils s'enivraient du vacarme des vents violents, de la fureur des flots, des embruns, de l'eau poisseuse et salée qui explosaient contre les rochers, les arrosant de geyser de gouttes glacées.

Un soir d'accalmie, Henri réunit son conseil et prit la décision de braver les éléments. La mer le défiait. Il acceptait et irait jusqu'au bout de son destin. Déjà à treize ans, il avait débarqué en Angleterre, soutenu par le demi-frère de sa mère, Robert de Gloucester, et son oncle, le roi d'Écosse, David, qui l'avait armé chevalier. Il était convaincu de son bon droit et de sa bonne étoile. À l'aube, la flotte appareilla. Les navires tanguaient, malmenés par la mer en furie. Les vagues assaillaient les coques de bois, le vent hurlait dans les gréements, gonflait les voiles. Expérimentés, les marins, en vrais descendants de Vikings, restaient imperturbables et faisaient face. Foulques, plié en deux contre le bastingage, était malade. Son écuyer, Guy de Sichard, roulé en boule sur le pont, invoquait tous les saints du Poitou, recommandant son âme à Dieu à tout instant. Ithier, vert, claquait des dents en gémissant.

Le brouillard se dissipa en fin d'après-midi alors que le crépuscule tombait. Les capitaines pilotèrent leurs navires en se fiant aux étoiles. À l'aube, une brume poisseuse flottait au ras de l'eau. La flotte normande accosta sur une grève déserte au pied d'une falaise de calcaire. Ils débarquèrent en silence. C'était le 8 janvier 1153, jour de l'Épiphanie. Henri dépêcha un messager à Patrick de Salisbury qui devait l'attendre à quelques lieues de là avec suffisamment de destriers pour monter ses chevaliers et des mules pour porter les vivres et les armes. Dans le fog, l'on n'y voyait goutte mais tous entendirent distinctement la cloche d'une église qui appelait les paroissiens à la messe.

— La messe des rois, observa un chevalier gascon de son accent chantant.

Henri se retourna et sourit.

— Nous allons rendre grâce à Dieu de nous avoir permis de débarquer sans encombre.

Henri et une trentaine de compagnons se rendirent à pied dans l'église du modeste village de pêcheurs près duquel ils avaient débarqué. Au moment où le duc pénétra dans l'église, le prêtre entonnait l'antienne du jour de l'Épiphanie :

— Voici que vient le roi vainqueur.

Henri tomba à genoux. Les fidèles, pour la plupart des pêcheurs et quelques laboureurs, reconnaissant le fils de l'impératrice Mathilde, tombèrent à leur tour à genoux et rendirent grâce à Dieu.

— Alléluia ! Alléluia ! chanta le prêtre.

— Alléluia ! Alléluia ! reprit en chœur l'assemblée.

— Rendons grâce à Dieu pour cette traversée miraculeuse qui nous a conduits à travers la tempête de Barfleur aux côtes d'Angleterre, tonna Jean le Maréchal.

Et ainsi, l'arrivée inopinée d'Henri fut saluée comme un prodige. Le duc de Normandie était l'envoyé de Dieu pour chasser le vieux roi.

Le soir, à la veillée, Henri réunit son conseil après avoir fait jonction avec Patrice de Salisbury. Les esprits étaient surchauffés. Cette messe les avait ragaillardis et ils voulaient tous marcher sur le champ sur Londres, convaincus d'être portés par le souffle de Dieu.

Henri Plantagenêt qui à l'instar de son père avait lu toutes les œuvres des grands capitaines et en particulier le Traité de la chose militaire de Végèce, réfléchit en stratège et prit le contre-pied de tous.

— Les compagnies flamandes du roi Étienne nous écraseront. Nous devons rallier nos fidèles. Et nombre de barons, même s'ils exècrent Étienne et son fils, ne sont pas prêts à prendre les armes. Cette guerre sanglante qui nous oppose s'éternise depuis quinze ans. La lassitude des paysans saxons et des barons anglo-normands ne joue pas en notre faveur. Nous allons rétablir l'équilibre et prendre la route du Nord. Marchons sur le champ sur Malmesbury et faisons jonction avec mes cousins Gloucester et le comte de Hereford, Roger FitzMiles qui en sa qualité de chef du parti angevin nous apportera le soutien nécessaire pour triompher.

Aliénor d'Aquitaine se sentit nauséeuse. Elle massa machinalement son ventre désespérément plat. Sept mois de mariage avec un époux plus qu'ardent et rien ne venait. Pourtant son instinct lui disait qu'elle était enceinte. Depuis Noël, elle se réveillait régulièrement avec des envies de rendre cœur sur le carreau. Elle se croyait victime d'une intoxication alimentaire d'autant plus que deux de ses suivantes avaient été alitées plusieurs jours après avoir ingurgité à l'excès des entremets qui avaient tourné malgré la froidure hivernale. Elle repoussa la peau d'ours qui la maintenait au chaud au fond de son lit, bâilla à s'en décrocher la mâchoire et se dit qu' aujourd'hui son destin s'accomplissait. Elle fit un calcul mental et réalisa qu'elle n'avait pas eu ses règles. Avec le tohu-bohu des fêtes de la Nativité et le départ d'Henri pour la Normandie sans compter cette glu qui portait le nom de Bernard de Ventadour qui ne cessait de chanter ses vertus, de la complimenter et de tourner autour comme une abeille autour d'un pot de miel, elle n'avait pas prêté attention au temps qui passe. Certes, elle aimait se faire glorifier mais le troubadour de Ventadour finissait par l'agaçer avec ses espérances démesurées. De surcroît des colportages médisants commençaient à se répandre à la cour. Des insinuations malveillantes de quelques dames aigries par les déconvenues de la vie, sans compter les allusions audacieuses du troubadour l'indisposaient.

Elle agita une clochette et se cala contre ses oreillers. La porte s'ouvrit. Apparut Aloïs de Rochefort.

— Aloïs, fais-moi porter un bol de lait chaud et un petit pain de froment avec du miel. Va quérir un page pour qu'il rallume le feu de la cheminée, et prépare ma chaufferette pour que je me réchauffe les mains. Enfin, fais installer un brasero au pied de mon lit et jettes-y de l'encens pour chasser les mauvaises odeurs. Elle ajouta après un moment de tergiversation :

— Que penses-tu de Bernard de Ventadour ?

— C'est un bel homme, un peu efféminé. Je préfère un robuste chevalier comme le beau Foulques.

Aliénor lui jeta un coussin au visage et partit d'un fou rire inextinguible.

— Ma pauvre Aloïs, je te parle de Bernard et toi tu me parles de Foulques. Sais-tu au moins ce que nous avons vécu à Jérusalem. Ce pauvre Foulques a manqué de peu d'être pendu en guise de récompense pour sa fidélité à mon égard.

— Ça vous fait rire, s'étonna Aloïs.

— Je répète ma question. Que penses-tu de Bernard de Ventadour ?

— Ses compliments sont joliment tournés.

— Hé bien moi, je le trouve insistant, pour ne pas dire collant comme une glu, lança Aliénor.

— Fort de son succès auprès de Marguerite de Turenne, il rêve de mettre la plus jolie femme d'Aquitaine dans son lit, déclara Aloïs.

— Je ne suis pas Marguerite de Turenne, moi.

— Il est amoureux d'une certaine Aziman.

— Qui est Aziman ? Je n'arrive toujours pas à le savoir. Quand je pose la question, j'ai l'impression que tout le monde fait semblant d'ignorer l'identité de cette inconnue.

Aloïs de Rochefort s'empourpra et balbutia en jetant un nom au hasard :

— Je l'ignore. Peut-être Bourgogne de Rancon, dame de Lusignan.

Aliénor éclata de rire et lui fit signe de s'approcher. Aloïs se pencha sur la duchesse qui lui chuchota à l'oreille:

— Si c'était Bourgogne, il aurait invoqué dans ses poèmes la fée Mélusine, l'ancêtre éponyme de ce lignage antique. Je passe du coq à l'âne. Dis-moi, tu n'es plus malade ?

— C'était rien. Une simple intoxication alimentaire.

— Je suis nauséeuse depuis plusieurs jours.

— Vous êtes enceinte des œuvres du duc.

Alors mande-moi mon oncle Raoul de Faye. Nous partons pour Angers. J'ai promis à Henri que son héritier naîtrait en Anjou dans sa capitale. Je lui dois bien ça.

— Et demain quelle sera votre capitale ? demanda Aloïs.

— Londres.

Elles éclatèrent de rire.

— Bientôt, je serai reine d'Angleterre dit-elle en fixant le ciel de lit semé de léopards d'or. Elle était toute guillerette.

Elle reçut son oncle Raoul de Faye dans son oratoire. Il était accompagné du sénéchal Ebles de Mauléon et du connétable Saldebreuil de Sanzay ainsi que de son notaire, Pierre.

— Mon cher oncle, je te confie l'Aquitaine. À charge pour toi de gouverner en mon nom. Je quitte Poitiers pour Angers et ne reviendrai pas avant septembre. Envoie un chevaucheur au sénéchal d'Anjou, Goslen. Qu'il fasse préparer mes appartements. Nous partirons dans deux jours. Si j'attends trop, je ne serai plus mobile. J'emmène mes suivantes, mes troubadours et une trentaine de chevaliers pour assurer ma sécurité. Notre cousin Boson de Château-Larcher sera du voyage.

— Qu'il en soit fait selon ta volonté, s'inclina Raoul de Faye.

— As-tu des nouvelles d'Angleterre ?

Il secoua la tête négativement.

— Je sais simplement que la flotte a appareillé. Nous

devons encore attendre une dizaine de jours avant d'avoir des nouvelles sûres.

Aliénor distribuait les instructions pour organiser ce voyage de Poitiers à Angers. Des armées de valets décrochaient les tapisseries, mettaient la vaisselle dans des coffres, préparaient les atours de la duchesse pour qu'elle ne manque de rien, quand, un matin, à l'heure de none, Guérin demanda à être reçu par la duchesse.

— Guérin ! Qui est-ce ?

— Le garde-chasse de messire Foulques de Fons-Almoy, expliqua le connétable Saldebreuil.

— Qu'il entre.

— Il n'est pas seul.

— Une jouvencelle l'escorte et demande à vous parler.

— C'est certainement Radegonde, la fille de Foulques et d'Hersende d'Anché, feu la suivante de feu ma mère, la douce Aénor. Faites-les entrer. Je me réjouis de voir cette charmante jouvencelle dont les dons sont si prometteurs.

Guérin tomba à genoux. Lui l'ancien brigand, qui avait sillonné les routes du monde avant de se réfugier à Fons-Almoy pour finir garde-chasse n'avait jamais commercé avec les grands de ce monde. Se retrouver en face de la duchesse d'Aquitaine, à quelques toises d'elle, et lui adresser la parole, lui fit perdre ses moyens. Il se mit à bégayer tant et si bien qu'Aliénor éclata de rire :

— Et bien parle, qu'as-tu à me dire ?

Guérin était dans l'incapacité d'aligner deux mots. Rouge comme une pivoine, il hoquetait des bribes de phrases inaudibles, alors Radegonde qui approchait des treize ans et que rien n'effrayait, prit la parole sans y avoir été autorisée.

— Ma Dame, je suis la fille de messire Foulques de Fons-Almoy. Il m'a prié de venir vous présenter mes respects avant de me rendre à l'école cathédrale de Poitiers.

— Je te reconnais. Tu es déjà venue au palais avec ton père. Tu es bien la fille d'Hersende, dit-elle en hochant la tête, la suivante de ma mère tendrement aimée que je perdis à l'âge de huit ans. Tu es son portrait. En te voyant, c'est tous les souvenirs de mon enfance que tu ravives. L'innocence de la jeunesse, soupira Aliénor avec un sourire bienveillant. Tu vas t'enfermer à l'école cathédrale mais pour y apprendre quoi ?

— Mon père veut que je suive les enseignements des maîtres de l'école. Enfant, j'ai suivi les enseignements destinés aux infatulae à l'abbaye de Sainte-Croix, j'ai appris la poésie avec mon père, j'ai étudié les classiques avec votre permission dans la bibliothèque du palais, aujourd'hui, je veux maîtriser les arts libéraux, le Trivium et le Quadrivium.

— Grammaire, dialectique, rhétorique, arithmétique, musique, géométrie, astronomie, tu vas devenir une femme savante, à l'instar d'Héloïse, l'égérie d'Abélard, commenta Aliénor. Ce n'est pas à Poitiers qu'il te faut aller mais à Bordeaux, à l'école cathédrale de monseigneur Geoffroy de Lauroux, un des meilleurs rhétoriciens et dialecticiens de sa génération. Il était si doué qu'il avait réussi à emberlificoter mon père et à le retourner comme une crêpe. Enfin, ce n'était pas très difficile. Il était très versatile et influençable. Une fille ne devrait pas dire ça de son père. Enfin. Je vais te recommander auprès de l'archevêque. Il me doit bien ça.

Elle claqua des doigts et manda un scribe pour lui dicter une lettre.

Trois jours plus tard, Guérin et Radegonde chevauchaient les palefrois de l'élevage de chevaux de Fons-Almoy. Ils se joignirent à un groupe de jacquets en route pour Saint-Jacques de Compostelle. Cinq chevaliers les escortaient jusqu'à Bordeaux et assuraient leur protection.

Du haut de la tour Maubergeon, Aliénor assista à leur départ. Elle confia à sa suivante Aloïs de Rochefort :

— Qu'elle est belle cette jouvencelle avec son joli manteau de renard ! Regarde comme elle monte bien en amazone. C'est une cavalière accomplie. Il faudra lui trouver un époux à la hauteur de ses qualités.

— Et moi Ma Dame, quand est-ce que vous me trouverez un bon époux ? Je marche sur mes dix-huit ans, répondit la damoiselle d'une petite voix mouillée.

— Un prince charmant ou un vieux barbon tout couturé ? Et Aliénor, un sourire espiègle aux lèvres éclata de rire en se massant le ventre. Il est temps d'annoncer la bonne nouvelle à Henri. Au mois d'août j'accoucherai d'un héritier pour notre future couronne d'Angleterre.

La chute de Malmesbury fit l'effet d'un tremblement de terre. Comment une cité, solidement défendue par une garnison de mercenaires flamands surentraînés et dont les accès étaient protégés par les eaux de l'Avon était-elle tombée comme un fruit mûr ? C'était oublier les talents de virtuose du jeune Henri dont les capacités militaires surpassaient celles de son père. Malmesbury coupait la route de Salisbury à Gloucester, les deux grandes villes aux mains des fidèles de l'impératrice Mathilde. C'était une place stratégique qui s'enfonçait comme un coin entre les fiefs des pro-angevins. La chute de Malmesbury était un coup dur pour les partisans du vieux roi Étienne. La nouvelle se répandit en Angleterre comme un ouragan.

À Londres, atterré, usé, le roi Étienne de Blois convoqua son conseil.

Son ami et fidèle compagnon de toujours qu'il avait nommé gouverneur du Kent, Guillaume d'Ypres, proposa de marcher sur le Plantagenêt sans tarder avant que les rebelles ne fassent leur jonction. Guillaume d'Ypres, était le fils d'une cardeuse de laine et du comte d'Ypres et par là même un petit-fils de Robert I comte des Flandres. Il avait été banni des Flandres et avait trouvé refuge en Angleterre. Ses talents militaires, son endurance, sa pugnacité avaient fait de lui un des plus sûrs capitaines d'Étienne de Blois. Néanmoins, le maître des compagnies de mercenaires flamands était un septuagénaire et le temps ne jouait pas en sa faveur. Eustache de Boulogne prit à son tour la parole :

— Père, je suis en total accord avec Guillaume d'Ypres. Brisons la tentative de débarquement dans l'œuf et rejetons Henri à la mer.

Le vieux roi soupira. Il était las. Quinze ans de guerre civile. Sa cousine l'impératrice Mathilde n'avait jamais lâché la partie et ses demi-frères, à commencer par Gloucester et Dunstanville l'avaient toujours soutenue. Aujourd'hui le fils prenait le relais avec des forces renforcées par son mariage avec la duchesse d'Aquitaine.

— On prétend que des milliers de Gascons déferlent en Angleterre. Que la Cornouaille, le Pays de Galles et l'Écosse s'apprêtent à lancer leurs hordes de Celtes assoiffés de sang et de rapines contre nos forces.

— Rumeurs ! Colportages de lavandières et de vivandières ! explosa Eustache de Boulogne en dardant un regard furibond à l'encontre de son père. Il n'est pas question de céder au désespoir. Marchons sur Devizes et emparons-nous du Plantagenêt avant qu'il ne soit trop tard.

— Le château de Devizes dispose de cellules très bien aménagées pour y faire pourrir un duc rebelle, ironisa l'évêque de Winchester. Henri Beauclerc, le grand-père d'Henri Plantagenêt y fit pourrir son frère Robert Courteheuse.

Étienne de Blois fixa son frère d'un air désemparé et lui dit :

— Monseigneur de Winchester, Robert Courteheuse était notre oncle, le frère de notre mère, la comtesse Adèle. Trêve de plaisanteries ! Henri, mande-moi l'archevêque de Canterbury et procédons de suite au couronnement d'Eustache.

— L'archevêque de Canterbury fort des soi-disant consignes du pape Celestin II a déjà refusé de couronner Eustache l'année dernière. À l'heure qu'il est Thibaut du Bec doit comploter avec les partisans du Plantagenêt. Je le soupçonne de tractations avec le comte de Norfolk, Hugues Bigot.

À ces mots, Roger de Montbray s'empourpra. Il avait rencontré deux jours plus tôt des émissaires de Ranulf de Chester et de Baudouin de Reviers. Et, il n'était pas le seul, Leicester l'accompagnait.

— Oublions le couronnement d'Eustache et lançons une attaque éclair contre le Plantagenêt avant que toutes ses forces ne se coalisent, insista Guillaume d'Ypres en lissant machinalement sa barbe.

Étienne se tourna vers Robert de Beaumont comte de Leicester et lui demanda :

— Qu'en pensez-vous comte ?

— Négocions, proposa le comte de Leicester. Les finances de nos barons sont exsangues. Ces quinze années de guerre civile ont ruiné l'Angleterre. Les mercenaires flamands rançonnent et pillent nos paysans. L'Église commence à nous tourner le dos. N'est-ce pas vrai monseigneur de Winchester ?

Le frère du roi, mal à l'aise, se tritura ses doigts sans répondre. Tous étaient las de cette guerre. Seuls Eustache et son ami Simon de Senlis, comte de Northampton, semblaient acquis aux vues de Guillaume d'Ypres.

Simon de Senlis prit alors la parole :

— Sire, c'est eux ou nous. Capturons le Plantagenêt ou rejetons-le à la mer.

— Si nous le rejetons à la mer, il reviendra l'année suivante, observa Gilbert de Gand.

— Comte de Lincoln, je ne vous avais pas encore entendu, observa le roi. En votre qualité de connétable, que devons-nous faire ?

— La guerre ne peut pas s'éterniser. Les pluies sont diluviennes, les archers sont inefficaces, les chevaux s'embourbent, la dysenterie guette nos troupes. Il faut une action rapide et décisive à laquelle le Plantagenêt doit trouver la mort. Sinon, il reviendra jusqu'à ce qu'il triomphe. Ce garçon ne renonce à rien. Aujourd'hui, grâce à la duchesse d'Aquitaine, il peut mobiliser d'énormes moyens financiers et il finira un jour ou l'autre par triompher.

— Mon beau-frère, Louis VII le Pieux est un sot d'avoir laissé partir Aliénor. Nous voilà lui et moi dans de beaux draps, explosa Eustache de Boulogne.

— Surtout qu'il vient de vous infliger à tous les deux de sérieux revers, ironisa le vieux roi avec un sourire désabusé.

Eustache de Boulogne explosa.

— Père ! Louis VII est un incapable ! Il nous a trahis en renonçant lâchement. Sonnez le boute-selle et nous ramènerons Henri Plantagenêt dans une cage. Nous promènerons l'ours de ville en ville pour décourager à jamais toute idée de sédition. Nous prouverons ainsi que le parti angevin est définitivement décapité.

Le vieux roi haussa les épaules.

Henri réunit son conseil à Devizes, dans cette solide forteresse reconstruite. Depuis peu, il était en pleine forme et affichait un optimisme de bon aloi. Séducteur, charmeur, éloquent, il recevait les barons anglo-normands et négociait avec eux l'Angleterre de demain. À peine, Étienne de Blois avait-il quitté son palais pour convoquer le ban et l'arrière-ban que deux de ses fidèles, Roger de Montbray et Geoffroy de Mandeville, accompagnés de Roger de Beaumont, comte de Leicester se rendaient à Devizes, invités par Henri grâce à l'entremise de Ranulf de Chester avec qui il négociait déjà depuis le dernier débarquement d'Henri en 1149.

Ces deux grands seigneurs souhaitaient récupérer leurs fiefs normands et en finir avec cette guerre civile qui les ruinait. Henri savait qu'avec l'appui de Leicester et de l'archevêque de Canterbury, la majorité des barons comme ces deux-là, finirait par se rallier à sa cause et il finirait inéluctablement par l'emporter. Contrairement aux rumeurs qui se propageaient en Angleterre, ce n'était pas les quelques Gascons qu'il avait recrutés à Bordeaux qui lui donneraient un avantage décisif mais la lassitude des barons anglo-normands. La place des Gascons était plutôt symbolique, mais, tous savaient en Angleterre, qu'Aliénor avait la ferme intention de coiffer une couronne de reine et qu'elle y mettrait les moyens financiers nécessaires.

Les deux armées se retrouvèrent face à face séparées par le cours de la Tamise. Personne n'osait prendre l'initiative de traverser les eaux tumultueuses du fleuve démesurément grossi par des pluies diluviennes. Les belligérants pataugeaient dans la boue et se morfondaient dans l'inaction. Foulques sous la tente qu'il partageait avec Ithier de Feytiat prit froid et se mit à tousser. En se réchauffant à l'aide d'un braséro de fortune, il se mit à écrire un salut d'amour à l'intention de Marie de France. Durant de longues soirées d'hiver entre deux parties de dés et d'osselets, les deux compagnons apprenaient par cœur des milliers de vers sous l'œil envieux de leur écuyer, Guy de Sichard qui manifestement avait quelques difficultés avec les lettres.

— Messire, comment pourrai-je séduire une gente damoiselle si je ne maîtrise pas l'art de versifier ? Je lis à peine les pages d'un psautier écrit en langue d'oc.

— Quand tu rentreras chez toi après avoir été armé chevalier, tu demanderas à ta mère, la gentille dame Elvire, de t'enseigner l'abécédaire, se moqua Foulques.

— Elle a déjà essayé, sans succès, marmonna Guy de Sichard vexé tandis qu'Ithier se mit à rire en disant :

— Je ne sais toujours pas lire et peu me chaut de cultiver les lettres. Je préfère manier l'épée et dresser un destrier pour la bataille, voilà ce qu'on attend d'un chevalier, pas de roucouler des mièvreries après les avoir couchées sur le papier comme un vulgaire moinillon d'obscure extraction.

— Par saint Hilaire, dirais-tu que feu le duc d'Aquitaine, Guillaume le Troubadour, était un moinillon quand il chantait les vertus de sa Dame, l'éblouissante Dangereuse de Châtellerault ? Et que faisais-tu hier, à apprendre par cœur les vers de mon salut d'amour ?

— Pour te rendre service et par amitié pour toi, j'irai les chanter à la douce Marie de France, en ton nom. Je serai ton jongleur attitré.

Les deux compères éclatèrent de rire et chopinèrent en grimaçant :

— Cette goddale est imbuvable. Elle pue le moisi.

Le temps s'écoulait morne et lugubre dans l'inaction désespérante. Les deux armées voulaient l'affrontement pour en finir une fois pour toutes. Mais traverser la Tamise était une gageure et celui qui s'y aventurerait, risquait de voir son ost emporté par les flots. Finalement,

Étienne de Blois décida de rentrer à Londres. Son capitaine, Guillaume d'Ypres partit mettre le siège devant le château de Wallingford pour bloquer Brian de FitzCount, un des tenants du parti angevin. De son côté, Henri Plantagenêt s'empara du château de Warwick. Les escarmouches se multipliaient sans succès décisif pour aucun des deux camps. Villages mis à sac, châteaux rasés, villes pillées, abbayes ruinées... Prélats et barons, las de cette interminable guerre de succession poursuivaient inlassablement négociations et tractations dans l'espoir de trouver une issue à cet interminable conflit... Eustache de Boulogne, quant à lui, multipliait les provocations et les erreurs, se faisant haïr de tous.

Une fois n'était pas coutume, Aliénor avait voyagé allongée dans une voiture fermée. Enceinte de trois mois et échaudée par ses grossesses précédentes, elle n'avait voulu courir aucun risque. C'est ainsi qu'un long cortège de chariots bâchés s'était étiré sur la route qui mène de Poitiers à Angers. Son oncle Raoul de Faye avait pris le commandement de la troupe qui l'escortait. Aliénor avait multiplié les escales. Une nuit chez son oncle Hugues de Châtellerault. Une nuit à Faye où les Poitevins avaient fait jonction avec les Angevins du sénéchal Goslen qui à son tour avait pris le commandement de l'escorte de la duchesse. Après une halte à Loudun puis à l'abbaye de Fontevraud, ils avaient longé la Loire en s'arrêtant à Saumur avant d'arriver à Angers.

Le palais des comtes d'Anjou avait été reconstruit par le père d'Henri, Geoffroy le Bel. C'était une demeure spacieuse et confortable érigée à l'intérieur de la citadelle bâtie sur un promontoire rocheux en forme de pentagone et dont les tours d'enceinte dominaient le Maine. De part et d'autre de la citadelle, s'épanouissait la ville protégée par ses courtines construites un siècle plus tôt en remplacement des remparts gallo-romains. À l'intérieur de la cour castrale étaient aménagés un verger et une chapelle dédiée à sainte Geneviève et saint Lô.

À peine, était-elle arrivée, qu'Aliénor accomplit ses dévotions à saint Lô, évêque de Coutances aux temps mérovingiens et à sainte Geneviève, qui sauva Paris de la sauvagerie des Huns. Puis, elle s'installa dans la chambre comtale qu'elle aménagea comme il sied à une chambre des dames destinée à être le temps de son séjour, le siège du rayonnement culturel de la cour ducale. Un somptueux lit aux montants sculptés peints et décorés d'incrustations de nacre fut installé, surmonté de traverses qui retenaient des courtines de velours bleu pour protéger la duchesse des courants d'air. Outre les coffres, des tabourets, des faudesteuils en fer forgé et deux cathèdres complétaient le mobilier. Enfin, pour se protéger de l'humidité, Aliénor avait fait accrocher sur les murs de somptueuses tapisseries de Bourges évoquant des scènes galantes où dans un verger des troubadours et chevaliers contaient gentiment fleurette à de jolies dames. Chaque scène racontait une historiette : cour d'amour, salut d'amour d'un preux à une dame, carole autour d'une fontaine, festin au milieu de daims, lapins et paons. Une véritable évocation poétique du Paradis terrestre.

Deux lutrins portables en fer forgé doté d'une garniture en cuir avaient été disposés pour que les scribes et conteurs puissent officier. Dispersés à même le sol, de petits braséros en céramique distillaient une chaleur parfumée d'herbes aromatiques complétant ainsi la cheminée monumentale où se consumaient de véritables troncs de chêne. Sur le sol dallé de marbres, représentant les forteresses et les États des comtes d'Anjou, avaient été jetées des herbes odorifères pour chasser les mauvaises odeurs.

Trois semaines après l'arrivée d'Aliénor, que déjà une foultitude de jongleurs, de trouvères, de conteurs et de troubadours convergeait vers Angers. Évidemment, le sénéchal Goslen aidé par le chancelier personnel de la duchesse d'Aquitaine, Bernard, réceptionna les demandes d'accréditation et firent le tri. La chambre des dames du palais comtal d'Angers ne pouvait recevoir que tout au plus une trentaine de personnes. Alors parmi les poètes, Aliénor accepta la présence de Bernard de Ventadour qui, transi d'amour pour sa Dame de Cœur, versifiait avec une ardeur talentueuse. Un soir, elle apprit par le sénéchal d'Anjou Goslen, que Marie de France demandait à être reçue.

— La demi-sœur de mon époux. Je ne vois pas comment je pourrais lui refuser, répondit la duchesse au sénéchal.

Les deux femmes se plurent immédiatement. L'oïl et l'oc réconciliés dans ce qu'il y avait de meilleur. Et Aliénor, au contact de Marie se mit à versifier avec bonheur. Une invitation au bonheur, l'arrivée du printemps, l'exil de son prince parti guerroyer pour son honneur... autant de sujets pour l'inspiration poétique des deux jeunes femmes.

— Marie, je suis loin d'avoir vos talents. Vous êtes si douée. Vos lais sont émouvants. Vous suggérez les sentiments les plus délicats par des symboles subtils, des jeux de mots et des symphonies d'images... Vos vers ont le charme d'un parfum, exhalent mélancolie et vous emportent dans un ailleurs où le bonheur d'aimer est souvent douloureusement éphémère.

— Ma duchesse, vous êtes bien trop indulgente. Je ne suis qu'une pâle imitatrice d'Ovide ou de Bernard.

— Laissez Bernard de Ventadour en paix, dit-elle d'un ton ferme. Il est amoureux et rêve d'obtenir ce qu'il n'aura jamais, les faveurs de sa Dame. Elle est bien trop supérieure à lui, par sa naissance, sa piété et la profondeur de ses sentiments envers son époux.

Marie éclata de rire. Un rire amer qui sonna étrangement aux oreilles d'Aliénor. Marie connaissait trop bien son demi-frère Henri pour savoir que le duc de Normandie n'aimait qu'une seule personne : lui et lui seul. Aliénor était sa conquête pour satisfaire ses ambitions déraisonnées : conquérir un empire et surtout financer ses guerres. Les richesses d'Aquitaine au service de ses projets. Mais ça, elle ne pouvait le confier à Aliénor sans trahir son demi-frère et protecteur. Elle n'était qu'une faible femme, fragile enfant naturelle dont Henri tenait le destin dans ses mains. Alors, le cœur gonflé de tristesse, elle n'en dit rien et laissa Aliénor toute à sa passion aveugle. Elle fit diversion et la complimenta pour ses talents de poétesse qui alors répondit :

— Cessez de vous moquer Marie. Je suis une piètre disciple de mon grand-père, Guillaume le Troubadour. Si je n'étais enceinte, ce matin, je serais partie chasser avec mes gerfauts. Hélas, mon état fait que je dois me montrer prudente. J'ai en mon sein, l'héritier d'un futur empire, termina-t-elle en caressant son ventre d'un air songeur. Elle ajouta : Ce lai dédié à un certain Milon est bien pessimiste. Je pense à un chevalier troubadour de ma maison. Un enfant naturel de mon grand-père qui a hérité de ses talents en matière de composition poétique. Il sait si bien tourner ses compliments à la Dame qu'il adule.

Marie blêmit et se referma comme une huître. Aliénor posa sur elle un regard à la fois bienveillant et interrogateur. Elle voulait tout savoir.

En juillet, un chevalier du Limousin de retour d'Angleterre demanda à être reçu par la duchesse d'Aquitaine.

Toute excitée à l'idée de recevoir un messager de son époux, Aliénor le fit immédiatement entrer dans sa chambre. Elle était à sept semaines du terme et se mouvait avec difficultés. Installée dans son lit, à ses côtés Marie de France.

Le chevalier Ithier de Feytiat tomba à genoux aux pieds du lit. Aloïs de Rochefort cessa net son ouvrage de tapisserie tandis que Bernard de Ventadour se mit à ricaner. Héloïse Gervais de Brion, une damoiselle angevine au service de la duchesse, cessa de jouer de sa harpe.

— Beau chevalier, quelles sont les nouvelles d'Angleterre ? demanda Aliénor avec impatience. Le roi Étienne est-il tombé aux mains d'Henri ?

— Hélas non. La guerre traîne avec son cortège de malheurs. Eustache de Boulogne pille les abbayes pour solder ses compagnies de mercenaires. Pour un héritier de la couronne, il ne respecte rien. Les paysans sont pressurés de partout. Le commerce est ruiné et les villes crient famine. Les escarmouches se multiplient. Aucune bataille décisive. Je me suis embarqué pour le continent au moment où monseigneur Henri Plantagenêt marchait sur Wallingford. Un de ses fidèles, Brian FitzCount est assiégé par les Flamands de Guillaume d'Ypres. On pressent que les deux armées vont enfin s'affronter dans un choc décisif.

— Mais alors pourquoi avoir quitté Henri ? demanda Aliénor en fronçant les sourcils.

— Mon meilleur ami avec qui je partage nombre d'aventures, le chevalier de Fons-Almoy, m'a instamment prié de me rendre en Normandie. J'ai une mission à accomplir à laquelle je ne puis déroger sous peine de forfaiture.

— Une mission. Mais laquelle ? demanda Aliénor qui commençait à s'amuser tandis que Marie, assise dans le grand lit à ses côtés s'empourprait. Nous sommes ici en Anjou et non en Normandie.

— Je dois faire office de jongleur et chanter à une noble damoiselle, un salut d'amour.

— Et alors, en Normandie, avez-vous accompli votre mission ?

— Hélas, la Damoiselle a quitté Rouen pour Angers.

— Et vous dites hélas. Mais c'est un plaisir que de vous écouter chanter. Messire chevalier, faites. Nous sommes toutes ouïes.

— Mais j'ai reçu l'ordre de chanter uniquement devant l'élue de son cœur, se défendit Ithier de Feytiat

— Elle est ici, répondit Aliénor d'un geste théâtral. Vous êtes le cygne qu'elle attendait.

Les lèvres du chevalier s'arrondirent de stupéfaction. Il roula des grands yeux sidérés et balaya la chambre d'un air interrogateur. Soudain, il la vit, assise aux côtés d'Aliénor. Une guimpe de soie enveloppait son doux visage et il ne l'avait point reconnue. Certes il ne l'avait croisée que l'espace de quelques instants à de brèves occasions. Mais sa mémoire lui avait fait défaut.

— Le cygne, répéta-t-il d'un air interloqué.

— Le messager d'amour, celui qui permet la correspondance amoureuse, expliqua Aliénor. C'est une image. Elle se moquait gentiment de l'ingénuité du chevalier.

Il se releva et les bras en croix, se mit à chanter ainsi qu'il l'avait promis à Foulques :

Dame, plus gente que je ne saurais dire,
Pour qui souvent je pleure et je soupire,
Votre vassal fidèle et loyal,
Vous pouvez bien savoir lequel,
Vous mande et vous envoie son salut,
Ce salut dont lui même a tant besoin
Dame, il y a longtemps que je songe
À la façon de vous avouer l'état de mon cœur…

Bernard de Ventadour haussa les épaules et grimaça pour manifester son dédain à l'égard des vers de son concurrent. Aliénor lui fit signe de cesser ses manières désobligeantes et jeta d'un ton sec :

— Suffit Bernard ! La jalousie est mauvaise conseillère.

Puis elle se pencha vers Marie et murmura :

— Douce amie qu'allez-vous lui répondre. Ce lai dédicacé à Milon lui ferait trop de peine. C'est une manière de lui dire que vous l'aimez mais que votre amour est impossible.

— Ma Dame, vous le savez. Jamais Henri n'y consentira.

— Je le ferai changer d'avis.

Marie soupira. Elle ressentait un profond besoin de pleurer mais elle demeura intransigeante. Elle répondit à Ithier de Feytiat.

— Gentil chevalier, ce soir, je vous remettrai un pli. Vous retournerez en Angleterre le remettre personnellement à votre ami. Vous pouvez disposer.

Ainsi congédié, Ithier se retrouva dans les cuisines à faire bombance. Vraiment, le vin d'Anjou le réconciliait avec l'humanité, lui qui avait tant souffert de cette mauvaise bière qui lui avait tordu les boyaux sur les bords de la Tamise.

À l'aube, Marie de France en personne le tira de son sommeil. Il était allongé sur un banc dans la grande salle du palais, au milieu d'une cinquantaine de chevaliers, troubadours, jongleurs, sans compter les lévriers, les gerfauts, les autours… Marie se pinça le nez. Ces effluves forts apportés par la présence des oiseaux de proie l'incommodaient. Elle savait qu'Aliénor était une passionnée de fauconnerie et que depuis son enfance, elle s'adonnait à cet art pour son plus grand plaisir.

Elle se pencha sur le chevalier et le secoua par les épaules.

— Debout chevalier. Il est temps de partir et de remettre ce pli à messire Foulques.

Ithier de Feytiat se réveilla en sursaut et se redressa en prenant sa tête entre ses mains. Il eut comme l'impression qu'un pivert vivait dans son crâne et ne cessait de le marteler comme pour y chercher des insectes. Il avait cauchemardé toute la nuit et s'était remémoré le sac d'un village où la soldatesque s'était livrée à des horreurs et il se demanda pourquoi il n'avait rien fait quand une donzelle courant dans sa direction en l'implorant, fut rattrapée par un ribaud qui la viola sous ses yeux avant de l'étriper. Il revoyait son regard qui lui demandait : chevalier qu'as-tu fait de ton serment ? Il se frotta les yeux et demanda à Marie :

— Mais que faites-vous ici ? C'est plein de bacheliers en quête d'aventures. L'un d'eux pourrait vous enlever.

— Vous oubliez que je suis la demi-sœur du duc de Normandie. Personne ne se risquera à encourir le courroux du Plantagenêt.

Ithier sourit.

— Sans doute avez-vous raison.

— Tenez, dit-elle en lui tendant un rouleau de parchemin. C'est un lai qui lui est destiné. C'est ma réponse à sa demande.

Elle sourit tristement. Qu'il m'oublie et aille quérir une autre jouvencelle qui lui apportera bonheur et progéniture, pensa-t-elle.

Ithier de Feytiat retrouva l'ost d'Henri Plantagenêt à Wallingford. La bataille faisait rage. Henri faisait tout pour briser le siège mené par les Flamands du terrible Guillaume d'Ypres. Ce dernier semait la désolation et la terreur dans la région avec ses compagnies de mercenaires. Il retrouva Foulques fatigué par un long combat qu'il avait mené contre la ribaudaille d'Eustache de Boulogne. Au sein du château assiégé, Brien FitzCount qui résistait avec opiniâtreté, tenta plusieurs sorties sans réussir à briser la détermination des Flamands.

— As-tu vu Marie ? demanda Foulques.

Il lui tendit le pli. Je le lirai ce soir, à la veillée. Je suis harassé. Nous réattaquons dans une heure. Prépare-toi. Les combats sont violents. L'on ne parle plus que de viols, pillages et destructions massives. Rien ne résiste à la fureur des hommes. Des loups, des sauvages, des barbares.

Autour du braséro, Foulques assis sur tabouret de fortune, déroula le parchemin. Son cœur battait la chamade. Enfin Marie répondait à sa déclaration d'amour. C'est la gorge nouée qu'il lut le lai de Milon que lui avait dédicacé la poétesse. Au fil de la lecture son visage se décomposa. Inquiet, Ithier lui demanda ce qui n'allait pas. Foulques lui tendit le parchemin et lui dit :

— Dis-moi ce que tu en penses.

Ithier manda un clerc qui fit la lecture à haute voix. Ithier dont la maîtrise de la langue d'oïl était relative écoutait attentivement. Le clerc ayant fini sa lecture se retira. Foulques s'adressa à son compagnon :

— Alors ? s'impatienta Foulques. Ton commentaire.

— C'est l'histoire de deux amants qui s'aiment éperdument. C'est de la communion de deux âmes dont la passion s'exprime par la poésie. Ils ne peuvent pas se donner l'un à l'autre. Leur suzerain leur interdit de s'aimer. Il veut donner la belle à un vassal. Alors un cygne transmet les messages d'amour qui sont de jolis poèmes aux vers délicatement ciselés. Le cygne, c'est moi, Ithier de Feytiat. Vingt ans s'écoulent, quand l'interdit tombe. Mais, la bien-aimée est entrée au couvent à l'instar d'Héloïse renonçant à Abélard

— Elle préfère obéir à Henri Plantagenêt qu'à son cœur. De désespoir, l'amant se fait moine, se lamenta Foulques. Je dois l'enlever.

— Mais où iriez-vous donc ? s'exaspéra Ithier. Enlève-la et réfugie-toi en France auprès de Louis VII et de Thierry Galeran qui te fera jeter au cachot. Sois raisonnable. Oublie-la. Trouve une riche héritière saxonne ou normande et taille-toi un fief en Angleterre. Tu te détruis avec tes folles chimères sentimentales.

À l'aube, Foulques de Fons-Almoy manda un notaire et dicta ses dernières volontés qu'il remit à Ithier après avoir enfilé son haubert et coiffé son heaume.

— Quand je serai mort, tu prendras soin de mes enfants et veilleras à leur éducation. Je remets leur destin entre tes mains, annonça-t-il solennellement.

— Folie ! protesta Ithier.

— La mort, nous guette au détour de la bataille, rétorqua Foulques d'un ton amer.

Ithier suivit du regard Foulques se diriger vers son destrier que son écuyer, Guy de Sichard venait de finir de harnacher. Il mit le pied à l'étrier et monta sans effort malgré le poids de son haubert. Guy, respectueusement lui présenta sa lance longue de neuf pieds. Il vérifia son fléau et s'assura qu'il pourrait aisément dégainer son épée reliquaire. Comme il sied à un chevalier poitevin, il choisit comme bouclier non pas son écu en forme d'amande mais sa rondache circulaire sur laquelle il avait fait peindre une hure de sanglier crachant le feu. Celle-ci lui laissait plus de champ pour frapper de taille et d'estoc. Soudain, Ithier voulut le retenir :

— Foulques! Foulques! tonna-t-il, notre duchesse m'a assuré qu'elle fera tout pour obtenir d'Henri qu'il te donne sa main. Rien n'est perdu. Reviens!

Mais Foulques de Fons-Almoy ne l'écoutait plus. Poussant son destrier au petit trot, il rejoignait la troupe de chevaliers gascons qui s'apprêtaient à livrer bataille à une compagnie de mercenaires flamands. Le tumulte de la troupe en marche, les fanfares des trompes, les aboiements des dogues… recouvrirent la voix du chevalier de Feytiat qui subitement se trouva bien démuni face au désespoir de son ami. Il appela alors Guy de Sichard pour lui demander de seller son destrier mais c'était déjà trop tard. Foulques de Fons-Almoy et ses compagnons disparaissaient dans un nuage de poussière.

Les Flamands les attendaient de pied ferme. Une ligne de ribauds un genou à terre, protégée par de grands boucliers de forme rectangulaire, la lance calée au sol, s'apprêtait à subir le choc d'une charge de cavalerie. Derrière, des archers inondèrent le ciel de sagettes. Les chevaliers passèrent du trot au galop. Les lances s'abaissèrent à l'horizontale. Quelques chevaux roulèrent dans l'herbe grasse. Des cavaliers mordirent la poussière. Foulques comme tant d'autres ressembla à une pelote d'épingles. Huit longues flèches s'étaient fichées dans son bouclier et son haubert l'égratignant à peine.

Le choc fut d'une violence inouïe. Les lances se brisèrent de part et d'autre. Foulques enfonça la sienne dans le thorax d'un géant blond qui s'effondra. Il bouscula deux ribauds et s'enfonça dans une terrible mêlée qui devint aussitôt confuse. Des coustilliers se glissaient sous les destriers pour leur sectionner à l'aide de leurs langues de chat les jarrets. Des chevaux hennirent de douleur, battirent des antérieurs, s'affaissèrent et roulèrent au sol entraînant dans leur chute leurs cavaliers. Comme des nuées de sauterelles des mercenaires se jetaient sur tout chevalier à terre pour l'égorger ou lui fracasser le crâne à coups de masse. Foulques fit tournoyer son fléau à trois boules hérissées de pointes et décervela, démembra, à tour de bras tout ce qui était à portée de mains. Il frappait et frappait sans relâche semant la mort quand il surprit un coupe-jarret à la silhouette chétive glisser sous sa monture. Il lâcha son fléau et d'un bond sauta à terre, tira son épée et se rua sur les Flamands comme un fou furieux. Il frappa encore et encore de taille et d'estoc avec une énergie redoutable. Entraîné par sa fureur, il se retrouva seul, encerclé de plusieurs mercenaires. L'un d'eux le crocheta au col. Il se dégagea en abaissant sa garde, moment mis à profit par un sergent pour lui asséner un coup de hache qui fit exploser sa rondache. Un autre lui ajusta un coup de pique à la cuisse, déchirant son haubert et causant une profonde entaille qui le fit rugir de douleur. Il s'arrêta. C'est à ce moment qu'il reçut un prodigieux coup de masse sur l'épaule. Il lâcha son épée, se baissa pour la récupérer. Un second coup de masse asséné sur son heaume lui fit perdre l'équilibre. Un coup de taille le prit aux côtes. Le souffle coupé, il se releva et d'une estocade désarma son adversaire. Un autre le prit à revers. Une pique s'empala au-dessus de la cuisse. Dans un dernier effort, il tenta de rendre les coups. Son épée lui fut arrachée des mains. Bousculé, il s'effondra. Il reçut un coup à la nuque, perdit conscience et s'affaissa inerte dans une mare de sang.

Inquiet, Ithier vit revenir les Gascons sans Foulques. Il les pressa de questions et apprit que son ami avait disparu dans la bataille probablement occis. Le chevalier de Pessac qui avait commandé la charge avait sonné la retraite laissant de lourdes pertes. On savait d'expérience que les mercenaires sans foi ni loi ne respectaient pas les règles de chevalerie et achevaient le plus souvent les blessés.

Pessac ignorait que si les Flamands étaient restés maîtres du terrain, moins d'une heure après, une attaque normande les avait contraints à battre retraite à leur tour. Le champ jonché de morts avait été alors razzié par des paysans saxons métamorphosés en pillards, puis enfin par des moines chargés d'enterrer chrétiennement les morts. Foulques fut retrouvé au milieu des cadavres. Il avait été dépouillé de son haubert, de son heaume, de ses chausses, de son gambison et il ne lui restait qu'une chemise déchirée et maculée de sang. Les moines le déposèrent sur une charrette pour l'enterrer. Comme une cinquantaine d'autres, il fut déposé dans une chapelle pour une veillée mortuaire. Ce sont les chants grégoriens qui éveillèrent Foulques. Il avait perdu beaucoup de sang mais la douleur était telle qu'il se mit à gémir et au moment où on allait jeter son corps dans une fosse, un vieux moine saxon s'écria en latin :

— Il respire !

Ausculté, palpé, il fut emmené dans une abbaye et confié à un moine herboriste. Il entendit comme dans un rêve, les commentaires en latin du savant :

— Trois côtes de cassées, une entaille à la cuisse, une déchirure à l'aine, un bras brisé, des contusions sur tout le corps…

Chapitre 9

Le vieux roi Étienne s'alita. La chaleur l'incommodait et en cette fin de mois de juillet le temps restait au beau. De la fenêtre de sa chambre, il contempla le ciel bleu azur sillonné de mouettes qui dansaient la sarabande en piaulant. Il était démoralisé. Après sept mois de combats, d'escarmouches et d'affrontements, aucun succès décisif n'avait été remporté par l'un ou l'autre des partis. Mais ce qui l'inquiétait le plus était le comportement de son fils. Eustache se montrait violent, cruel, sans parole et se livrait de plus en plus souvent à des actes de barbarie. Il était unanimement détesté et la succession allait se montrer difficile d'autant plus que les barons comme des vautours soutiendront le moment voulu le plus fort. Or, Eustache n'avait pas l'intelligence aiguë d'Henri Plantagenêt, encore moins ses redoutables talents militaires qui faisaient du jeune duc de Normandie un des meilleurs capitaines de guerre de sa génération. Le seul qui était encore capable de tenir tête à Henri Plantagenêt était un vieux capitaine septuagénaire qui marchait de plus en plus difficilement. Certes, il tenait les troupes d'Henri en difficulté sous les murs de Wallingford et ses initiatives militaires étaient souvent de francs succès. Cependant, Guillaume d'Ypres ne serait pas éternel lui non plus. Usé, vieilli, la maladie le rongeait comme la lèpre. C'est pourquoi, il avait mandé son frère Henri de Blois à son chevet. Il l'attendait en méditant sur les vicissitudes de l'existence quand la voix de stentor d'un héraut retentit :

— Monseigneur l'évêque de Winchester.

Henri de Blois, évêque de Winchester, petit-fils de Guillaume le Conquérant, entra d'un pas martial. Il affichait un visage sombre et son humeur était maussade. Ce qu'il avait à dire à son royal frère n'avait rien d'agréable. Bien au contraire.

— Mon pauvre Étienne, il faut se ressaisir, lança monseigneur de Winchester. Redresse-toi, tu as l'air d'un petit vieux décati.

Étienne soupira. Il se redressa et se cala contre ses coussins.

— Sept mois de combats incertains, ânonna-t-il d'un ton las.

— Ton fils, Etienne, vient de commettre les pires méfaits. L'archevêque de Canterbury en profite pour monter l'Église d'Angleterre contre nous.

— Je n'ai jamais aimé Thibaut du Bec, affirma Étienne en fronçant les sourcils.

— Il a déjà refusé de couronner Eustache l'année dernière. Il s'est opposé à moi sur bien des sujets et je le tiens de sources sûres, il négocie avec le Plantagenêt.

— Il n'y a pas que lui. Sans mes compagnies de mercenaires flamands nous sommes perdus. Le comte de Leicester, Robert de Beaumont, a reçu Henri Plantagenêt pour les fêtes de la Pentecôte. Il est en train d'attirer l'ensemble des barons anglo-normands acquis à notre cause dans le camp du Plantagenêt. Déjà, Ranulph de

Gernon a basculé. Geoffroy de Mandeville et Roger de Montbray négocient secrètement leur ralliement. Aucun baron n'a répondu à la convocation du ban. Ils restent dans l'expectative et observent qui sera le vainqueur.

— Ils attendent qu'Henri leur fasse un geste et les tractations vont bon train. Ils espèrent tous récupérer leurs fiefs normands que notre cousine Mathilde leur a confisqués sans vergogne. Ils sont tout miel tout sucre devant Henri. Et notre neveu joue la séduction. Bientôt Étienne, nous serons seuls.

— Si encore Louis VII avait profité de l'absence d'Henri sur le continent pour attaquer la Normandie ou l'Aquitaine, nous n'en serions pas là.

— Henri Plantagenêt a infligé un sévère échec à Louis VII et à ses alliés. Il y avait parmi eux ton fils, observa l'évêque de Winchester. Louis est un roi pusillanime. Il est incapable d'avoir de la suite dans les idées. Il ne reprendra pas les armes de sitôt. Il n'a aucune vision du futur. Demain sera trop tard pour lui, le lionceau sera métamorphosé en fauve insatiable. Nous allons devoir négocier. Le temps joue contre nous. Et puis, l'Aquitaine et l'Anjou sont administrés sagement par Aliénor. Quant à la Normandie, elle est dirigée d'une main de fer par l'impératrice Mathilde. Le parti angevin dispose dorénavant de réserves inépuisables.

— Mathilde, répéta Étienne d'une voix brisée, la petite Maud, Dieu seul sait ô combien je l'ai aimée. Elle fut ma passion de jeunesse et je sais que ses sentiments étaient réciproques. Hélas, la consanguinité nous a interdit tout rapprochement, union et même liaison. Nous aurions été accusés d'inceste. Amour de jeunesse. Nos cœurs demeurent enchaînés l'un à l'autre et nous nous faisons la guerre depuis des années. Elle demeure dans mon esprit un amour purement platonique.

Seigneur si vous saviez... murmura le vieux roi en sanglotant.

— Étienne, ressaisis-toi. Il faut négocier avant qu'il ne soit trop tard.

— Je vais mander Eustache pour l'informer de mes intentions.

Les pourparlers s'accélérèrent. Le roi Étienne savait que les barons et les évêques voulaient la paix. Il fallait absolument sortir de l'impasse où nulle armée ne parvenait à l'emporter sur l'autre. Il s'entretint longuement avec son fils Étienne qui claqua la porte en hurlant et tempêtant.

— Jamais! Jamais! je ne ferai la paix avec le Plantagenêt. Nous devons le bouter hors d'Angleterre, le noyer dans la Manche et châtier sans pitié les rebelles et les traîtres.

Tout était dit. Pendant qu'Henri Plantagenêt et le roi Étienne négociaient les termes d'une trêve pour mettre fin aux hostilités, Eustache de Boulogne se jeta sur les possessions de l'archevêque de Canterbury, dévastant tout sur son passage, chaumières, églises, prieurés et abbayes.

Le 17 août 1153, toutes les cloches de la ville d'Angers carillonnèrent. Aliénor d'Aquitaine venait de mettre au monde un garçon qu'elle fit appeler Guillaume en souvenir de son père le Toulousain, de son grand-père, le Troubadour et bien entendu de l'arrière grand-père d'Henri, le Conquérant.

Au même moment, Henri Plantagenêt faisait son entrée au château de Warwick qu'il avait enlevé quelques semaines plus tôt en compagnie de ses cousins Gloucester et Cornouailles. En entrant dans la grande salle du château, botté et crotté comme il sied à un prince soldat, son regard s'arrêta sur une silhouette gracile qu'il avait déjà croisée chez le comte de Leicester lors des fêtes de la Pentecôte. La belle, à la vue du jeune duc de Normandie, s'empourpra jusqu'à la racine des cheveux. Henri se pencha vers le comte de Cornouailles et lui demanda :

— Réginald, qui est cette beauté ? Je l'ai déjà rencontrée. J'en suis sûr mais personne ne me l'a présentée. J'ignore son nom.

— C'est Rosamonde de Clifford, une fille de Gautier de Clifford, un chevalier normand installé sur les Marches galloises.

— Rosamonde, murmura Henri d'un air pensif. Son regard était aimanté par la délicieuse créature qui le fixait de ses grands yeux pleins de candeur, des prunelles d'un bleu limpide qui tranchaient singulièrement avec le rouge incarnat de ses lèvres sensuelles. Son teint de lait, ses longues nattes blondes qui encadraient un ovale parfait, ses traits fins, son joli bout de nez droit, son petit menton volontaire, le transportaient dans un ailleurs plein de promesses. Il était subjugué. Il était conquis. Lui qui méprisait le luxe ostentatoire des barons et dames de haut lignage, était sous le charme de la discrète coquetterie de la jouvencelle. Son bliaud de soie mettait en valeur ses courbes harmonieuses et, point de détail qui lui plut, Rosamonde ne portait pas de bijoux. Elle incarnait la simplicité et la discrétion, ce qui lui seyait à merveille.

Après le festin donné en l'honneur d'Henri Plantagenêt, les barons et leurs dames décidèrent de danser la carole dans le verger du château. Il faisait nuit et le ciel était constellé d'étoiles. Joueurs de flûtes, de fretels, de cornemuses et de rebecs, danseuses armées de leurs tambourins et de leurs tymbres, jongleurs et trouvères se rassemblèrent autour d'un buisson d'acanthe. Un joueur de flûte donna le ton. Ils se mirent à jouer et à chanter. Dames, damoiselles et chevaliers carolèrent autour des arbres fruitiers. Henri Plantagenêt balaya du regard l'assistance. Rosamonde s'était jointe aux danseurs. Elle était encadrée par deux bacheliers de bonne mine.

— Pas si timide que ça, murmura Henri au comte de Leicester. Envoie ta maîtresse disperser ces deux chevaliers que je me glisse auprès de Rosamonde.

La damoiselle avait retiré sa guimpe de lin, dénoué ses nattes, laissant flotter ses longues boucles d'or. Comme un fauve, silencieusement, il s'approcha de sa proie. Elle le surveillait du coin de l'œil. Rosamonde avait bien remarqué les regards insistants d'Henri Plantagenêt. Bien qu'intimidée par la prestance et la réputation du jeune duc, elle était tombée sous le charme. Il émanait du jeune prince un je-ne-sais-quoi de magnétique. Pourtant le duc n'avait rien de séduisant : une grosse tête qui surgissait d'un tronc mal équarri, des mains larges comme des battoirs… c'était son regard, son éloquence, sa prestance, son énergie qui fascinaient toutes celles qui l'approchaient. Et ses mains ! Les yeux de la damoiselle de Clifford étaient posés sur ses grosses mains calleuses. Quant à Henri, il était ébloui. Jamais une femme ne lui avait encore produit un tel effet. Même Aliénor, pourtant ravissante. Un jongleur donna le signal et tous se mirent à tourbillonner en rythme avant de former une chaîne qui s'enfonça dans les ténèbres, Henri subrepticement s'approcha de la belle. Un pâle rayon de lune illumina un instant ses traits d'une pureté angélique. Vision d'une sylphide surgie d'Outre Monde. Il en fut tout ému et agrippa son bras. Elle réprima un petit cri. Elle jeta un regard de biche traquée avant de le gratifier d'un charmant sourire. Tout son être était en effervescence et une bouffée de chaleur l'empourpra jusqu'à la racine des cheveux. Les mains d'Henri se resserrèrent sur son bras comme les griffes d'un gerfaut sur sa proie.

— Monseigneur, vous me faites mal, se défendit-elle d'une petite voix dolente en se collant à lui pour qu'il l'entende.

Il lâcha sa proie. Elle tourbillonna avec grâce sous ses yeux béats d'admiration.

— Par les dents de Dieu ! Qu'elle est belle à mourir ! Elle est à moi pour l'éternité, dit-il à haute voix pour qu'elle entende. Et ajoutant le geste au propos, il la prit par la taille et l'emporta au cœur du verger, à l'abri des poiriers et pommiers.

— Monseigneur, si on nous voyait, protesta-t-elle d'une petite voix timorée.

— Il fait nuit, répondit-il en prenant son menton entre le pouce et l'index avant de l'embrasser avec voracité. Elle n'offrit aucune résistance hormis quelques petites phrases convenues comme :

— Monseigneur, c'est commettre grand péché.

— Tu iras te confesser, ricana Henri.

— Je cours le risque de damnation éternelle.

— Balivernes !

— Madame la duchesse pourrait s'en offusquer.

— Aliénor, elle est bien trop occupée à écouter les sornettes occitanes que débitent ses troubadours.

— Monseigneur, la duchesse vous aime.

— Elle aime se faire culbuter, elle aime le pouvoir, elle aime ma puissance et rien d'autre et ses coffres regorgeant de trésors financent ma conquête de l'Angleterre.

— Monseigneur, Aliénor est votre épouse devant Dieu.

— Effectivement, elle vient de me faire un héritier. J'attends un messager d'Angers pour me le confirmer

— Monseigneur ? dit-elle en se blottissant contre

son épaule tandis que les doigts nerveux et impatients d'Henri dénouaient les lacets de son bliaud qui bientôt glissa à terre. Rosemonde comprit à cet instant que son destin se jouait. Si elle cédait, elle serait à jamais que la putain du futur roi d'Angleterre, sinon, il lui fallait repousser le duc et prendre la fuite pour préserver sa virginité et sauver son honneur. Mais pouvait-on échapper à la détermination d'Henri quand il tenait une proie? Tandis qu'elle s'interrogeait sur la conduite à tenir, elle sentit qu'Henri lui arrachait sa chemise. La brise fraîche de la nuit fit frissonner sa peau nue. Elle réalisa qu'elle était en tenue d'Eve et en conçut une immense honte quand Henri la renversa dans l'herbe grasse. Elle ressentit une petite douleur fulgurante. Elle comprit alors que sa vie avait basculé. Désormais, elle n'était plus mariable ayant offert sur l'autel de son ambition sa virginité. À cet instant, elle était la maîtresse du futur roi et il fallait à tout prix le garder. Or le duc était particulièrement volage. Son cœur battit la chamade. Emportée par un tourbillon de plaisir mêlé d'une extrême anxiété sur son avenir de femme, elle cogita. Je vais l'ensorceler se promit-elle. Jamais, il ne trouvera en Angleterre plus belle créature que moi. Il n'y a qu'une exception, Aliénor, mais elle a déjà plus de trente ans. L'usure du temps joue contre elle.

Ils se relevèrent puis se fondirent discrètement au milieu des danseurs qui avaient formé une procession solennelle, deux par deux.

Henri plongea sa tête dans l'abreuvoir aux chevaux et la releva aussitôt. Il se secoua et s'étrilla à l'aide d'un carré de toile de lin quand un messager surgit en trombe dans la cour castrale.

— Un pli pour le duc de Normandie, tonna le chevaucheur en se jetant à bas de son cheval avant de mettre un genou à terre devant Henri, torse nu, ruisselant d'eau.

— Monseigneur, le comte de Boulogne est mort.

— Par la dent de Dieu ! s'exclama Henri tout guilleret, Eustache mort le 18 août 1153. Aliénor ne devrait pas tarder à accoucher. Les planètes sont alignées. Tout concorde. Messire Dieu est avec moi. Que s'est-il passé pour que mon cousin trépasse si soudainement ?

— Le comte de Boulogne venait de dévaster l'abbaye de Bury Saint-Edmund. Il a festoyé plus que de raison. La malédiction s'est abattue sur lui. Ses boyaux se sont enflammés. Saint Edmund est apparu. Il l'a convoqué en Enfer. Il est mort dans d'atroces tourments.

— Il est mort d'une intoxication alimentaire, pensa Henri pour lui-même. Il n'était pas très crédule même s'il avait la foi.

— Messire Dieu a châtié mon cousin pour ses crimes de sang, lança Henri d'une voix forte pour que tout le monde l'entende. Désormais, je suis le seul héritier légitime de la couronne d'Angleterre.

Il reprit voix basse :

— Étienne va devoir changer ses plans. Nous allons bientôt conclure nos tractations avec mon oncle le roi Étienne.

Quelques jours plus tard alors que les plénipotentiaires des deux partis négociaient d'arrache-pied pour trouver une issue satisfaisante pour tous à ce conflit de quinze années, un chevaucheur arriva d'Anjou.

— Aliénor d'Aquitaine a mis au monde un petit Guillaume, s'exclama Henri d'une voix triomphante. Il est en pleine santé.

Le soir, alors qu'ils chopinaient gaiement, Rosamonde à ses côtés sous l'œil perplexe de son père,

Gautier FitzRichard de Clifford, son cousin Reginald de Dunstanville comte de Cornouaille se pencha vers lui et lui murmura à l'oreille :

— Henri, sois prudent et ne gâche pas tout. Garde la belle pour toi mais dans l'intimité. Si Aliénor apprend que tu t'affiches avec la damoiselle, alors elle obtiendra une annulation pour consanguinité. Vous êtes toi et elle au même niveau de parenté qu'elle et Louis VII. Prends garde.

Henri se renfrogna. Sa main glissa sur la cuisse de Rosamonde dont il releva la robe. Personne ne s'aperçut de rien, la table avait été recouverte d'une nappe qui descendait jusqu'à terre. Il opina du menton tout en s'occupant de la damoiselle qui avait de plus en plus de mal à rester imperturbable sous l'assaut des caresses.

Elle murmura en se penchant vers Henri :

— Monseigneur, vous me chatouillez. Mon père à l'autre bout de la table nous jette des regards noirs.

— Je parlerai demain à ton père, promit Henri qui cessa son manège.

L'archevêque de Canterbury enveloppa le couple d'un regard noir qui en disait long sur ce qu'il pensait des mœurs lubriques d'Henri mais la paix avait un prix.

— Reginald, tu as raison. Je vais suivre tes conseils. J'ai trop besoin d'Aliénor. Elle sera ma reine.

À Angers, Aliénor se morfondait dans sa solitude. Elle venait de recevoir un message d'Henri. L'été s'éloignait. Le temps des vendanges approchait. Hier, un messager d'Angleterre lui avait donné quelques nouvelles. Son ex beau-père, Eustache de Boulogne, était passé de vie à trépas, emporté par les excès de la chair et la colère de Dieu. Le vieux roi Étienne négociait âprement avec son époux. La paix s'installait. Les belligérants avaient renoncé aux combats. On n'avait plus de nouvelles de Foulques de Fons-Almoy. Il avait disparu dans une échauffourée.

— Quand donc monseigneur Henri rentrera-t-il sur le continent ? s'inquiéta Aliénor auprès du messager. Celui-ci répondit qu'il n'en savait rien et que le duc devait d'abord trouver un accord avec le roi et s'assurer de la fidélité durable de ses partisans.

— Neuf mois de solitude. Il n'est pas pressé de connaître son fils ? gémit Aliénor.

Marie de France tenta de la rassurer, Bernard de Ventadour se montrait de plus en plus entreprenant. La cour bruissait de toutes sortes de rumeurs les plus folles. Aliénor commençait à s'inquiéter de cette trop longue absence et se préoccupait des médisances qui se répandaient à son sujet.

— Avant j'avais épousé un moinillon, aujourd'hui c'est un fantôme. Le résultat est le même.

— Aliénor, vous exagérez, protesta Marie. Il vous a fait un enfant et puis vous étiez enceinte.

— L'heure de mes relevailles approche et je n'ai point fait vœu de chasteté, ajouta Aliénor d'un air dépité.

— Il sera de retour avant, affirma Marie de France sans trop y croire.

Un soir, Raoul de Faye surgit à l'improviste. Il venait faire son rapport sur sa gouvernance du duché d'Aquitaine.

C'était un bel homme d'une quarantaine d'années, coiffé d'une chevelure brune striée de quelques mèches grises qui flottait sur de larges épaules. Il ressemblait à sa sœur Aénor et pour cette raison Aliénor y était particulièrement attachée. Cet oncle, c'était un peu comme un père de substitution. Rasé de près, les traits fins, le menton volontaire, le regard clair et assuré, c'était un chevalier courageux et intelligent. En bon capitaine et bon administrateur, il assurait l'intérim avec sagesse. Jeune, il avait épousé l'héritière d'un fief tombé en quenouille ce qui assurait son avenir de cadet de la maison de Châtellerault. Élisabeth de Faye était une bonne épouse et son fief prospère.

Il prit place sur la bancelle de pierre aménagée dans la fenêtre, en face d'Aliénor qui berçait son fils.

— Toutes mes félicitations ma nièce, la complimenta Raoul.

— Très laconique et peu loquace, se moqua aimablement Aliénor.

— Je viens rendre compte de ce qui se passe en Aquitaine.

— Que se passe-t-il ?

— Pas grand-chose. Comtes, vicomtes et barons sont calmes. Quelques intrigues de-ci de-là mais rien de bien grave.

— Le calme avant la tempête ? demanda Aliénor en souriant.

— L'Aquitaine a donné beaucoup de subsides à Henri Plantagenêt.

— La conquête d'un royaume a un prix et l'Aquitaine est riche.

— L'Angleterre est exsangue après quinze ans de guerre civile. Les Aquitains redoutent qu'Henri, insatiable dans l'accomplissement de ses ambitions pillent nos trésors pour assouvir ses désirs de conquête.

— Après l'Angleterre, il n'y a rien à conquérir, objecta Aliénor.

— L'Écosse.

— Henri a été soutenu par son oncle David d'Écosse.

— Le Pays de Galles, l'Irlande, la Bretagne, la France… que sais-je encore.

— Oncle Raoul ne soyez pas pessimiste. Une fois roi d'Angleterre, nous attaquerons Toulouse.

— Toulouse, Toulouse encore Toulouse, c'est une obsession. Aliénor, renonce à ce projet insensé. Ton grand-père, ton père et ton ex-époux s'y sont cassé les dents.

— C'est l'héritage de ma grand-mère Philippa. Elle s'est fait ravir le comté par un de ses cousins. Toujours la même histoire. J'y tiens. De surcroît c'est l'oncle Raymond de Poitiers qui aurait dû être comte de Toulouse. Si cela avait été le cas, il ne serait pas devenu prince d'Antioche pour finir la tête tranchée, empalée au bout d'une pique à l'entrée de Bagdad. Je ne suis pas près de l'oublier.

— Aliénor, cultive la paix. Prie pour les morts. Ne sème pas les vents de la discorde.

— Oui mon oncle, répondit-elle en affichant un sourire désarmant. Tu incarnes la sagesse personnifiée.

Avant de quitter Angers pour rentrer à Poitiers, Raoul de Faye vint s'entretenir avec Marie de France dans le plus grand secret.

— Gente damoiselle, en votre qualité de demi-sœur d'Henri Plantagenêt, je voudrais vous faire part de quelques inquiétudes qui me tourmentent.

— Messire, je suis toute ouïe, répondit la damoiselle d'un air embarrassé.

— Une rumeur court outre-Manche qu'Henri aurait pris une jouvencelle normande pour maîtresse. Elle ne le quitterait plus. Je suis l'oncle d'Aliénor, le frère de sa mère, Aénor, son homme de confiance, je veille sur elle comme sur la prunelle de mes yeux.

— Messire, je ferai tout ce qui est en mon pouvoir pour faire cesser cette rumeur. J'espère qu'elle est infondée. Vous pouvez compter sur mon dévouement.

— Vous n'en êtes point sûre.

— Henri s'émoustille dès qu'une femme apparaît dans son champ de vision, qu'elle ait douze ou cinquante ans peu importe. C'est un charnel qui ne sait pas résister à la tentation. Je veillerai à ce qu'aucune femme ne prenne possession de son cœur et n'envahisse ses pensées. Pour le reste, je suis impuissante.

Raoul de Faye, aussitôt rentré au palais de Poitiers, manda un scribe et lui dicta un courrier du secret destiné au chevalier de Pessac. Il le cacheta de son sceau et réquisitionna un chevaucheur en qui il avait toute confiance.

Le 6 novembre 1153, toutes les cloches d'Angleterre carillonnèrent. La paix était conclue. Le roi Étienne et le duc Henri venaient de signer à Wallingford un traité de paix. Henri et Étienne devaient se revoir à Winchester fin novembre en tenant un plaid avec les barons et les prélats d'Angleterre. Étienne restait roi d'Angleterre et désignait Henri comme son unique successeur. Les Flamands levèrent le siège de Wallingford. L'on échangea des prisonniers. Et chaque parti entreprit de rechercher dans les prieurés et abbayes du secteur, les blessés soignés par les moines. À la mi-novembre, à quelques lieues de Wallingford, Ithier de Feytiat retrouva dans une modeste hostellerie d'un prieuré plusieurs fois ravagé par la guerre, un Foulques de Fons-Almoy méconnaissable. Il était alité, le regard absent, le visage morne.

— Ses plaies cicatrisent mais son esprit est absent, expliqua le moine herboriste qui soignait une quinzaine de patients.

Ithier essaya de lui parler, de le secouer, de le brusquer. Il évoqua Marie de France, sa fille Radegonde, son fils Huon. Rien n'y fit, le chevalier divaguait. Las et désemparé, Ithier embarqua trois jours plus tard pour la Normandie.

Il arriva à Angers fin novembre. Il sollicita un entretien avec Marie de France et la supplia de se rendre au chevet de Foulques.

— Vous seule pouvez le soigner. Vous seule pouvez le sauver. Changez le destin. Changez le cours de votre vie, changez le cours de sa vie.

Profondément bouleversée, Marie de France prit la route d'Angleterre en compagnie d'Ithier de Feytiat et de quelques chevaliers angevins et poitevins diligentés par Aliénor. Elle voulait savoir ce qui se tramait et précipiter le retour d'Henri. Cet éloignement qui durait trop longtemps la perturbait et l'inquiétait.

Marie de France et Ithier de Feytiat débarquèrent à Southampton puis filèrent au galop vers Walingford. Henri Plantagenêt s'était rendu à Winchester à l'invitation de l'évêque Henri de Blois et de son frère le roi Étienne. Guillaume d'Ypres avait retiré ses compagnies de mercenaires flamands. La campagne était calme et ils retrouvèrent rapidement ce pauvre Foulques de Fons-Almoy qui avait sombré dans une profonde dépression. Il était alité sur une modeste paillasse qui exhalait une puanteur de fumier. Sa chaisne de lin était déchirée par endroits et maculée de taches de sang et de terre. Il était sale, crasseux et sa tignasse était mangée de vermines. Un vieux moine chenu lui donnait quelques soins par intermittence. Il était considéré comme perdu puis c'était un étranger et en cela il n'intéressait personne. Marie de France prit les choses en main. Elle lui arracha sa vieille chemise en lambeaux et avec l'aide d'Ithier le plongea dans un baquet d'eau tiède. Elle le décrassa avec précaution en faisant attention à ne pas rouvrir ses plaies. Elle prit soin de lui avec une attention toute maternelle. Le regard terne, Foulques se laissa faire comme un enfançon. Ithier était très inquiet. Son ami aurait-il perdu la raison? Un herboriste leur donna des plantes, des infusions et les invita à prier le Seigneur tout-puissant car à ses yeux mille démons avaient pris possession de son esprit.

— Ils vont l'entraîner dans les enfers, avait marmonné dans un latin guttural le vieux moine saxon qui les enveloppait d'un regard suspicieux.

— Nous allons brûler un cierge, répondit Ithier.

Le moine saxon qui ne comprenait pas la langue d'oc s'éloigna d'un pas pesant. Il y avait tant de moribonds à arracher aux griffes des démons.

Ils louèrent les services d'un marchand de draps et prirent la route de Londres, où Henri Plantagenêt et le roi Étienne étaient attendus, une fois le traité de Winchester ratifié.

— Ça suffit! Réveillez-vous messire. Il n'est point digne d'un noble chevalier de s'appesantir sur sa mauvaise fortune, s'exaspéra Marie en élevant le ton.

Ils étaient tous les deux allongés dans le même chariot. Foulques reposait sur un coussin de velours. Marie lui avait fait confectionner une nouvelle chaisne et un bliaud de velours ainsi qu'un manteau doublé de peau de renard.

— Que dites-vous? grogna-t-il à moitié d'un air absent.

Elle le secoua sans ménagement. Il dodelina de la tête. Soudain, elle eut une intuition. Elle se lova contre lui et lui susurra à l'oreille une proposition:

— Messire, si vous revenez à vous, je me donne à vous et je réécris pour vous le lai de Milon. Et cessez la comédie ou je vous abandonne au milieu de la lande. Vous serez la proie des loups.

Foulques souleva une paupière. Une lueur fulgura dans son regard morne.

— J'attends une réponse, insista Marie. Je vous aime. Et comme pour donner plus de poids à ses propos, elle l'enlaça et avec une infinie tendresse prit sa tête contre sa gorge. Un parfum de violette enveloppa

Foulques. Ses lèvres s'agitèrent. Elle l'embrassa. Il murmura :

— Ma mie, si vous dites vrai, je vais revenir à la vie.

— Mon amour, murmura alors Marie. Des larmes tièdes jaillirent de ses paupières et glissèrent sur ses joues en feu.

Ithier de Feytiat chevauchait en tête du convoi et ne se doutait pas un instant de la métamorphose de son ami.

Le soir, arrivé à l'auberge, Foulque se leva et d'un pas claudiquant marcha du chariot jusqu'à la salle commune. Ils soupèrent en silence.

Le lendemain, dans le chariot, Marie de France lut sa nouvelle version du lai de Milon.

Foulques fronça les sourcils :

— Est-ce à dire, ma mie, que notre amour sera secret ?

— Je ne puis vous aimer sans l'autorisation de mon demi-frère Henri Plantagenêt. C'est lui qui décidera qui j'épouserai et tu le sais pertinemment. Je suis prête à me donner à toi en échange de ta promesse, celle de tenir secrète notre idylle jusqu'au jour où j'arracherai l'accord de celui qui sera notre roi.

— Et s'il refuse ?

— Alors notre amour sera clandestin. Mais sache une chose, jamais je n'accepterai d'autre époux que toi.

— En auras-tu le droit ? Si tu refuses d'épouser celui qu'il t'a choisi, il te fera enfermer dans une abbaye. Tu finiras nonne à l'instar d'Héloïse.

Marie de France éclata de rire.

— Nous communiquerons par l'intermédiaire d'un cygne qui sera le porteur de nos messages.

— Un cygne, répéta Foulques, pensif.

— J'ai oublié, le plus important. La duchesse d'Aquitaine appuiera notre désir d'union auprès d'Henri.

Foulques secoua la tête d'un air sceptique. Il répondit d'un ton égal comme s'il semblait détaché de la réalité.

— Je ne crois pas qu'Aliénor puisse influencer Henri quand il a pris une décision. Le Plantagenêt quand il s'arcboute sur une position, il la tient.

Chaque jour, Foulques descendait du chariot pour marcher quelques lieues à pied. Sa robuste constitution physique lui permit rapidement de recouvrer ses forces. Arrivé à Londres, il se remit en selle. Ils entrèrent dans une hostellerie tenue par un bourgeois saxon qui leur attribua une chambre.

À peine la porte se referma-t-elle sur les deux amants qu'ils se jetèrent dans les bras l'un de l'autre.

— Mon amour, je suis votre homme lige, déclara Foulques en tombant à genoux devant Marie.

À l'aube, lorsqu'au chant du coq, Foulques souleva une paupière ensommeillée, il découvrit, contre son flanc, le corps de la belle damoiselle. Il ressentit un profond sentiment de plénitude. Pour la première fois de sa vie, il était profondément amoureux et ne pouvait concevoir de vivre un autre jour sans la présence de Marie à ses côtés.

Dehors, la rue bruissait de mille sons. Les artisans abaissaient leurs étals. Les commerçants ambulants : marchands d'eau, marchands d'oublies, rémouleurs, éleveurs de porcs, volaillers, maraîchers et également toute une population de miséreux, borgnes, coquillards, boiteux, scrofuleux, culs-de-jattes et leur cortège de larrons et larronesses envahissaient les ruelles étroites.

— Marie, je vous aime, je vous adore, je vous idolâtre murmura-t-il à la damoiselle qui dormait comme une bienheureuse.

À son tour, elle souleva une paupière, s'étira comme une chatte et murmura alors :

— Foulques, aujourd'hui, je vais me rendre au palais de Westminster, solliciter une audience auprès de mon demi-frère. Il est temps que je lui parle.

Les rois normands qui avaient conquis l'Angleterre en 1066 après la bataille d'Hastings n'habitaient pas Londres. Sans doute craignaient-ils la population saxonne, peu fiable à leurs yeux. Le vainqueur d'Hastings, Guillaume le Conquérant, fit construire sur la rive nord de la Tamise, au coin sud-est des remparts romains de la ville, une formidable forteresse où il installa son palais: la Tour de Londres. La tour surplombait le Londres saxon et contrôlait le trafic sur la Tamise. Les rois normands en avaient fait dès l'an mil, le palais le plus accompli de la chrétienté. C'était un donjon carré flanqué de quatre tours d'angle, protégé par une enceinte de remparts qui allaient jusqu'à la Tamise. Dans la cour intérieure des bâtiments en bois pouvait loger outre les chevaux et les valets, une nombreuse garnison.

À l'ouest de Londres, avait été aménagés par les rois saxons le palais royal de Westminster puis au XIe siècle l'abbaye du même nom. Très rapidement, Guillaume le Conquérant préféra ce palais plus confortable et moins austère que son fils, le roi Guillaume le Roux, réaménagea.

Le vieux roi Étienne de Blois était rentré à Londres avec son neveu et désormais héritier, Henri Plantagenêt. Ils avaient traversé la Cité en caracolant au botte à botte sous les ovations du peuple saxon. L'enthousiasme était à son comble. Quinze ans de guerre civile effacée où les barons normands s'affrontaient tandis que le peuple saxon exsangue payait un lourd tribut en termes d'impôts, de villages mis à sac, de massacres et de destructions sans compter la ruine du commerce. Toute l'Angleterre était à reconstruire.

Puis le roi d'Angleterre et le duc de Normandie s'étaient retirés au palais de Westminster pour préparer d'un commun accord les festivités de Noël et la signature du traité final prévue à l'abbaye de Westminster.

Marie de France, escortée d'Ithier de Feytiat se rendit au palais de Westminster. Au poste de gardes, elle apprit qu'Henri Plantagenêt était parti pour Canterbury, invité par l'archevêque Thibaut de Bec.

Marie de France, le cœur lourd, morte d'inquiétude à l'idée de revoir son demi-frère, reprit la route. En entrant dans la cité archiépiscopale quelle ne fut pas sa surprise de tomber nez à nez avec le troubadour Bernard de Ventadour.

— Quelle surprise ! s'exclama Ithier en tombant dans les bras de son compatriote. Les deux hommes s'exprimaient en limousin, une variante de la langue d'oc et Marie de France éprouva un violent pincement au cœur. Elle avait laissé Foulques en convalescence, seul dans cette ville de Londres qu'il ne connaissait pas et dont il ignorait la langue.

Bernard de Ventadour se rengorgea et répondit avec beaucoup de fatuité :

— Monseigneur Henri Plantagenêt m'a fait quérir pour me rendre à ses côtés. J'ai pour mission le soin de composer une chanson à la gloire du duc de Normandie. Désormais, je suis le troubadour attitré du duc. J'avoue que je regrette la cour d'Angers, mais enfin, je suis le tout dévoué serviteur de monseigneur.

— Nous sommes venus solliciter une audience auprès de monseigneur le duc de Normandie. Peux-tu nous arranger ça ? Marie de France souhaite s'entretenir auprès de son demi-frère sur un sujet délicat.

Bernard de Ventadour partit d'un petit rire grinçant. Il hocha la tête et salua gravement Marie en l'enveloppant d'un regard glacial. Il n'aimait pas ces poétesses de langue d'oïl qui voulaient s'incruster à la cour d'Aliénor. Il répondit :

— J'ai eu l'occasion de rencontrer Marie à la cour de la duchesse d'Aquitaine à Angers. Notre duchesse m'a fait part des sentiments qui unissent notre poétesse, disciple d'Ésope, à un chevalier troubadour poitevin. Il chercha ses mots et continua : j'ai oublié son nom. Peut-être serais-tu en mesure de me rafraîchir la mémoire ?

— Menteur, songea Marie de France. Tu le haïs et le jalouse.

— Aurais-tu oublié messire Foulques de Fons-Almoy ? Vous vous êtes croisés à plusieurs reprises, à Paris, à Poitiers et ailleurs ? répondit Ithier pensif.

— Attendez-moi ici, je reviens vous chercher, répondit le troubadour avec hauteur.

Ils patientèrent plusieurs heures. Ce n'est que tard, à none, que Bernard de Ventadour réapparut. Il arborait un visage satisfait et semblait très sûr de lui. Il les invita à le suivre. Henri Plantagenêt avait fait planter sa tente à l'extérieur de la cité. Il avait refusé de s'enfermer dans la cité ecclésiastique qui réunissait le palais épiscopal, la cathédrale et l'abbaye protégées par sa propre enceinte au cœur de la ville. Ils durent rebrousser chemin et s'introduire dans le camp du duc de Normandie. Seule Marie fut invitée à entrer sous la tente ducale. Ithier de Feytiat et Bernard de Ventadour furent priés d'aller se promener un peu plus loin. Henri ne voulait pas que les deux hommes saisissent ne serait-ce qu'un seul mot des échanges que Marie aurait avec le duc.

— Ma chère petite sœur, quel bon vent t'amène en Angleterre ?

— Le troubadour attitré de la duchesse d'Aquitaine ne t'a pas donné quelques informations sur l'objet de ma visite ?

— Tu vas me parler d'un chevalier poitevin dont tu es éprise, répondit Henri en souriant.

Il marchait comme un fauve en cage en se tripotant les mains avec nervosité. Il ne tenait pas en place et semblait très préoccupé.

— J'ai également un message de la duchesse d'Aquitaine.

— Ah oui. Parlons-en.

— Elle est très inquiète de te savoir si loin, si longtemps.

— Inquiétude partagée.

— À Angers des rumeurs ont circulé. L'on prétend qu'une certaine Rosamonde Clifford occuperait tes pensées et serait même ta maîtresse attitrée.

— En Angleterre, des rumeurs circulent également. Un chevaucheur venu d'Anjou m'a rapporté que la dévorante passion de Bernard de Ventadour trouverait un écho favorable aux oreilles d'Aliénor qui commencerait à avoir pour ce paltoquet des familiarités et des attentions suspectes que je ne saurais tolérer.

Son visage s'était contracté sous l'empire de la colère. Il prit un hanap qu'il remplit de vin épicé. Il le tendit à Marie avant de se servir. Il ajouta :

— Je suis désormais père d'un fils, d'un héritier. Je ne saurais accepter qu'Aliénor ait un comportement équivoque qui laisse planer le doute sur la paternité de ses enfants.

— Comment peux-tu dire ça ? s'indigna Marie.

— J'ai une confidence à te faire. Jure sur les saints Évangiles de ne la répéter à personne.

— Je le jure, répondit spontanément Marie, mue par une irrépressible curiosité.

— Mon père a couché avec Aliénor au palais de Poitiers avant la croisade.

— Je ne te crois pas.

— C'est la vérité.

Marie était atterrée. Une telle chose lui paraissait impensable, inconcevable.

— Alors ton union avec Aliénor est incestueuse.

Henri haussa les épaules et ajouta :

— J'ai fait venir Bernard de Ventadour en Angleterre pour l'éloigner d'Aliénor. Je ne tiens pas à ce que les rumeurs se propagent. Ici, je l'ai à l'œil. Il versifie pour ma gloire. Henri se mit à ricaner d'un air sarcastique, content du bon tour qu'il jouait à Bernard de Ventadour.

— Il faut que tu éloignes Rosamonde, dit alors Marie de France. Si Aliénor apprend que tu as une maîtresse attitrée, elle en prendra ombrage et tu sais de quoi elle est capable.

— J'ai compris la leçon soupira Henri. Tu vas regagner Angers avec une escorte. Tu rassureras la duchesse d'Aquitaine sur mon comportement. Certes, j'ai au cours de ces derniers mois chevauché nombre de pucelles, baronnes, servantes, ribaudes mais aucune n'occupe mon âme hormis Aliénor. Elle est mon épouse devant Dieu et je l'aime de tout mon cœur, martela-t-il avec conviction.

— Tu aimes sa fortune, sa puissance et sa gloire, songea Marie de France sans répondre. Elle avait perçu dans le regard gris de son demi-frère une lueur qui démentait ses affirmations.

Elle soupira et répondit :

— Il en sera fait selon ta volonté. Mais j'ai une requête en ce qui me concerne. J'aime.

Elle n'eut pas le temps de terminer sa phrase qu'Henri l'interrompit d'un ton sec qui ne souffrait pas la contradiction.

— Je te destine à un bien meilleur parti que ce troubadour poitevin sans avenir. J'ai quelques idées sur le nom de ton futur époux.

Marie de France secoua la tête négativement. Elle était au bord des larmes. Henri projeta son hanap au sol et se mit à hurler de fureur :

— Tu m'obéiras ! Compris ! Tu épouseras qui je veux ! Et tu n'as pas ton mot à dire. Tu es à moi. Tu m'appartiens. Tu es une bâtarde de mon père et je dispose de toi à ma guise.

— Non, répondit froidement Marie.

Henri arracha la nappe qui recouvrait sa table, renversa son faudesteuil de campagne et se roula au sol en vociférant. Il se leva d'un bond et appela un écuyer :

— Raccompagne Marie de France jusqu'à Angers. C'est un ordre. Selle ton cheval sur-le-champ et prends une escorte de trente hommes.

Marie fondit en larmes. L'écuyer la prit par le bras et l'emmena.

Le 25 décembre 1153, à l'abbaye de Westminster, en présence de onze comtes et quatorze évêques, Étienne de Blois adopta Henri Plantagenêt selon les termes du traité rédigé par l'archevêque de Canterbury. Il l'associa au pouvoir et le reconnut comme son seul héritier légitime. En échange de quoi, Henri prêta hommage au vieux roi son oncle.

Pendant ce temps, Foulques de Fons-Almoy se morfondait dans sa solitude. Rétabli, il retrouva Ithier de Feytiat et rejoignit l'ost des Gascons qui s'apprêtait à rembarquer. Il avait appris le départ précipité de Marie de France pour le continent. Ithier avait été incapable de lui donner la moindre explication. Il sut juste lui dire comment s'était passée sa rencontre avec Bernard de Ventadour et son étrange disparition.

— Je ne l'aime pas, lui confia Foulques.

Rivalité de poètes, pensa Ithier d'un air perplexe.

Chapitre 10

Sur ordre d'Henri Plantagenêt, Marie de France se rendit à la cour d'Angers pour rassurer Aliénor. Le temps était exécrable. La traversée de la Manche avait été houleuse et Marie avait été malade. Arrivée à Barfleur, elle emprunta la route de Caen puis celle d'Alençon. Il neigeait dru et le ciel de plomb était bas. Marie dut interrompre son voyage à plusieurs reprises et demander l'hospitalité tantôt à des petits manoirs sur sa route ou à des hostelleries relevant d'abbayes. En Normandie, les rumeurs couraient bon train. Nombre de chevaliers se préparaient à embarquer pour l'Angleterre dans l'espoir de récupérer leurs fiefs confisqués par le roi Étienne de Blois, ces fameux fiefs que leur grand-père avait arrachés à des seigneurs saxons après la bataille de Hastings. Dans le Maine et l'Anjou, les barons étaient dans l'expectative.

Elle n'était plus qu'à quelques lieues d'Angers. Une brise légère dispersait les nuages de plomb pour céder la place à un ciel bleu métallique dont la luminosité faisait mal aux yeux. Le soleil faisait étinceler le tapis de neige où les chevaux s'enfonçaient jusqu'aux ergots. Des branches d'arbres, les flocons qui ourlaient le bois d'une dentelle d'une blancheur éclatante commençaient à fondre, formant çà et là des stalactites éphémères. Enfin, la ville se détacha du paysage, formidable masse minérale rehaussée de ses toits pentus dont les ardoises aux reflets métalliques se débarrassaient de leurs manteaux de neige. Elle longea les remparts et entra par la porte Saint-Aubin puis gagna le château. Elle se rendit directement dans le palais comtal érigé sur l'ancienne terrasse antique, à l'Ouest de la forteresse et qui dominait le Maine.

Marie de France enveloppée dans son manteau de petit gris que lui avait offert Henri pour lui faire oublier son exil en France, entra dans la Grande Salle du palais en frissonnant de froid. Le feu dans la cheminée était incapable de réchauffer l'atmosphère. Le chancelier de la duchesse d'Aquitaine se porta à la rencontre de Marie.

— La duchesse est aux étuves.

— Puis-je la rejoindre ?

Le chancelier fit quérir par un page une des suivantes de la duchesse, Béatrice de Montsoreau qui conduisit la jeune femme aux étuves.

Lorsque la porte s'ouvrit, un brouillard chaud et humide enveloppa Marie. Elle se débarrassa de son manteau de fourrure. Les étuves du château avaient été aménagées à la fin de l'empire carolingien. Elles étaient de grandes dimensions, alimentées par des fours et des canalisations qui amenaient l'eau chaude dans des petits bassins de pierre. Aliénor, en compagnie d'Aloïs de Rochefort, se prélassait dans une eau chaude. Marie se débarrassa de son bliaud et de sa chaisne pour les rejoindre. En voyant la silhouette gracile émerger d'un halo de brume parfumée d'aromates, Aliénor eut un petit cri de surprise.

— Marie ! Quel plaisir de te revoir si vite. Je m'ennuyais depuis que mon époux m'a volé mon troubadour favori.

La damoiselle se glissa dans l'eau chaude en s'exclamant :

— J'ai cru mourir mille fois dans cette froidure hivernale. J'ai bravé la tempête pour gagner le continent, traversé des forêts peuplées de loups et de brigands, dormi dans des manoirs dépourvus de tout confort ou dans des hostelleries monastiques rustiques.

— Ici, j'ai l'impression de retrouver les fastes de Byzance avec ses hammams et ses piscines chauffées, répondit Aliénor d'un air faussement détendu. L'arrivée de Marie réveillait en elle toutes ses inquiétudes, toutes ses frustrations et ses angoisses. Allons, Marie viens auprès de moi. Cette eau chaude va te revigorer et après nous dînerons. J'ai commandé quelques pâtisseries que nous accompagnerons d'un vin grec épicé.

C'est alors que Marie fondit en larmes. Aliénor passa son bras autour de son cou pour la réconforter.

— Henri a été très méchant. Il m'a exilée auprès de vous afin que jamais je ne puisse revoir messire de Fons-Almoy.

— Je lui parlerai, promit Aliénor. Elle se tut puis d'une voix mal affermie demanda à Marie : mais pourquoi Henri ne rentre-t-il pas ? Il a obtenu ce qu'il voulait. Je suis morte d'inquiétude.

— Henri a besoin de s'assurer de la loyauté des barons anglo-normands, répondit Marie d'une petite voix brisée.

— Il a fêté Noël sans moi.

— Il a passé Noël à l'abbaye de Westminster pour ratifier le traité qui le désigne comme héritier du trône d'Angleterre, répondit Marie sans conviction.

— Et cette Rosamonde ! Qui est-ce ? Ça y est, elle avait jeté le nom qui lui brûlait les entrailles, qui la tourmentait nuit et jour.

— Rosamonde, répéta Marie, c'est rien. Rien qu'une donzelle insignifiante qui écarte les cuisses quand on lui demande. Elle n'a pas été conviée à l'abbaye de Westminster.

— Comment peux-tu en être sûre ? Tu étais déjà sur la route du retour, observa Aliénor en la fixant d'un regard pénétrant.

— Vous vous inquiétez pour cette Rosamonde mais vous oubliez qu'Henri s'inquiète de la présence de Bernard de Ventadour. Il a écouté quelques canso qu'il vous a dédiés en vous affublant d'un sobriquet pour détourner l'attention.

— Un sobriquet ! s'étonna Aliénor.

— Aziman, cela ne vous dit rien ?

Aliénor pouffa de rire et répondit en haussant les épaules.

— Aziman ! Oui et non, je suis parfaitement au courant que Bernard de Ventadour dissimule l'identité de sa Dame de Cœur sous ce prête-nom. Quoi qu'il en soit, il ne s'agit pas de moi.

— En fait, c'est bien vous, affirma Marie de France.

— Et alors ! Bernard est un sot transi d'amour qui se couvre de ridicule. Son seul atout est la qualité de sa poésie.

— Ce n'est pas l'avis d'Henri.

— Mais c'est un jeu galant, s'étonna Aliénor. Ce rimailleur versifie en mon honneur. Aujourd'hui, il est en Angleterre pour chanter la gloire d'Henri. Chacun son tour.

— Henri a éloigné Bernard de Ventadour d'Angers. Il craint pour sa réputation.

— Et moi pour la mienne, rétorqua Aliénor.

Marie savait très bien qu'Henri avait Rosamonde dans la peau et qu'il voulait la garder pour lui tout seul, mais pouvait-elle dire la vérité ?

— Elle se pencha alors sur Aliénor et lui murmura au creux de l'oreille : Il m'a confié un secret, la confession de son père. Geoffroy le Bel aurait couché avec vous.

Aliénor éprouva un choc comme si elle venait de recevoir un coup de poignard. Ses yeux se noyèrent de larmes. Elle murmura :

— Le monstre ! Que le diable l'emporte !

— C'est déjà fait, répondit Marie d'une voix sépulcrale.

Foulques de Fons-Almoy s'apprêtait à seller son cheval quand un sergent angevin entra dans l'écurie de l'auberge.

— Messire de Fons-Almoy, le duc de Normandie vous mande dans son escorte. Il va effectuer un voyage à travers l'Angleterre et a besoin de quelques preux chevaliers à ses côtés.

— Mais je prends la route de Southampton pour m'embarquer pour le continent.

— C'est un ordre messire. Vous devez m'accompagner.

C'est ainsi que Foulques de Fons-Almoy et Ithier de Feytiat prolongèrent leur séjour en Angleterre.

Fin février 1154, Foulques reçut un parchemin fermé par un sceau étrange, un cygne. Il comprit aussitôt que Marie ne l'avait point oublié. Il décacheta le parchemin d'une main fébrile.

Une dame qui se targue de haut mérite
Doit placer son amitié
Dans un chevalier hardi et preux
Et, une fois sa valeur reconnue,
Devra l'aimer ouvertement ;
Car Celui que j'ai choisi est vaillant et valeureux
Et par lui Mérite s'améliore et s'embellit.
Il est généreux, adroit, cultivé,
Plein de bon sens et de connaissance.
Je le supplie d'avoir confiance en moi.

Il poursuivit sa lecture : le Lai de Milon revu et corrigé à la lumière des derniers événements. Le cœur battant, il le lut d'une traite. La gorge nouée par une indicible émotion, il se tourna vers son fidèle compagnon :

— Ithier, elle m'aime. Elle est enceinte. Elle me demande de l'attendre jusqu'à vingt ans s'il le faut car Henri persiste à vouloir la marier avec le bougre de son choix. Alors malheur et bonheur. Il me faut la revoir. Sinon, je me meurs.

— Foulques, je le tiens du comte de Cornouailles. Henri fêtera Pâques à Rouen. Nous serons du voyage.

— Si tel n'est pas le cas, je ferai comme Bernard de Ventadour. Le rimailleur est rentré secrètement à Angers sans l'accord d'Henri.

— Il est fou, conclut Ithier de Feytiat. Il va mal finir.

Henri débarqua à Barfleur où il reçut un accueil triomphal. Il envoya aussitôt un chevaucheur pour Angers, ordonnant à la duchesse d'Aquitaine, son épouse, de le rejoindre à Rouen. Sa première visite serait pour sa mère, l'impératrice Mathilde.

— Sa mère passe avant moi ! s'exclama Aliénor hors d'elle.

— Il a toujours été très proche de sa mère, observa son oncle Raoul de Faye. C'est encore un enfant. Il n'a pas encore vingt et un an.

— Un enfant ! explosa Aliénor. Un enfant. Tu plaisantes. Henri est un dominateur qui veut tout régenter. Il vient d'imposer à son oncle Étienne de Blois ses conditions. Et maintenant, il va s'entretenir avec sa mère pour obtenir sa bénédiction et recevoir les dernières recommandations qui s'imposent. Aliénor était désemparée. Elle n'avait pas vu le coup arriver. Henri venait d'abord rendre compte à sa mère qui lui dictait ses instructions si on en croyait les racontars des troubadours et jongleurs de passage.

Henri Plantagenêt s'installa dans le palais construit par son grand-père Henri Beauclerc à proximité de l'église Notre-Dame-des-Prés, hors les murs de la ville de Rouen. Ses deux frères, Geoffroy d'Anjou et Guillaume FitzEmperesse lui firent bon accueil. Quant à Mathilde même si elle avait un faible pour Guillaume, elle adorait son fils aîné qu'elle considérait comme son héritier dans tous les sens du terme. Foulques de Fons-Almoy fut stupéfait par la beauté glaciale de celle que l'on appelait l'impératrice Mathilde en souvenir de son premier mariage avec un empereur du Saint-Empire germanique. Lorsque son regard inquisiteur se posa sur lui, il en fut profondément intimidé. Elle avait l'art de jauger ses interlocuteurs, de les sonder comme une louve scrute votre âme avant de vous dévorer. Érudite, pieuse, elle était dure comme de l'acier, ambitieuse et tenace et ne cédait jamais face à l'adversité. Certes, elle n'avait jamais aimé feu son mari Geoffroy Plantagenêt mais elle en avait fait son associé, son complice. C'est elle qui inspirait à Henri ses décisions, ses actes, ses tentatives d'invasion. Elle décidait du quand et du comment. Elle gouvernait la Normandie d'une main de fer même si le feu couvait. Par la grâce de Dieu, le retour triomphal d'Henri à Rouen mit un terme à toute velléité de rébellion. Les barons anglo-normands avaient trouvé leur maître.

Elle étreignit d'une manière protocolaire son fils. Elle ne se laissait pas aller à un débordement de sentiments en public. En elle, l'on retrouvait les traits de caractère d'Adèle de Blois qui fut à la fois la fille de Guillaume le Conquérant et la mère d'Étienne de Blois. La même piété, la même érudition, le même penchant pour les arts et la culture et l'irrépressible détermination à vaincre. Elle fit le tour des compagnons du jeune duc et s'arrêta devant Foulques. Un léger sourire flotta sur ses lèvres. Elle lui dit à mi-voix :

— Ainsi, c'est vous le petit chevalier troubadour, né le même jour que ma belle-fille et élevé à la cour de Poitiers. Ainsi va la vie. Votre fidélité à la duchesse d'Aquitaine vous honore. Elle ajouta après un temps d'hésitation une phrase sibylline que seul Foulques pouvait comprendre : hélas, le destin, la naissance font que l'on ne peut aimer celui ou celle qui vit dans votre cœur. Ce sont les drames de la vie. Celui qui m'a aimée et que j'ai aimé m'a trahie mais je lui ai pardonné maintenant qu'il a baissé pavillon. Ce que j'apprécie chez vous, c'est votre fidélité à toute épreuve. Continuez jeune chevalier. La fidélité et la loyauté n'ont pas de prix.

Foulques fut tout esbaudi et comprit que l'impératrice Mathilde aimait toujours Étienne de Blois.

Quelques jours plus tard, arriva l'escorte d'Aliénor d'Aquitaine. Henri Plantagenêt ne tenait plus en place. Enfin, il allait faire connaissance avec son fils, Guillaume. Et parmi l'entourage d'Aliénor, Marie de France et Bernard de Ventadour tenaient une place de choix. Foulques en les voyant entrer dans la Grande Salle du palais éprouva un choc. Il était subjugué par la beauté des deux femmes.

Aliénor portait une cape bleu marine semée de léopards d'or sur un bliaud écarlate. Une couronne d'or retenait le voile blanc qui recouvrait ses épaules. Quant à Marie, son bliaud de soie blanche était recouvert d'un manteau vert retenu par une agrafe d'émaux champlevés sur lequel dégoulinaient en cascade ses longues boucles de blé mûr.

Dans le verger, à l'abri des regards, derrière un buisson d'hortensias, Marie et Foulques se retrouvèrent en tête à tête. Ce n'était que de brefs moments d'intimité volés à la surveillance tatillonne de Guillaume FitzEmperesse qui les pistait sur ordre de son frère aîné.

— Ma mie, à la lecture de la dernière version du lai de Milon, je vous croyais enceinte.

— Hélas, beau chevalier, je fis une fausse couche.

— J'en suis navré, répondit Foulques d'un air songeur. Peut-être est-il temps que je passe à l'action et que je vous enlève ?

— Et où iriez-vous donc? s'inquiéta Marie en le dévorant de ses grands bleus pleins de candeur.

— En Aquitaine.

— J'ai ouï dire que des barons aquitains se targuent de vouloir recouvrer leur indépendance et qu'Henri prépare une expédition militaire pour les mettre à la raison. Jamais nous n'échapperons à notre destin.

— Vous êtes bien trop pessimiste.

— Hélas non. Je suis réaliste, dit-elle enveloppant le chevalier d'un regard douloureux.

À la nuit tombée, Foulques de Fons-Almoy rallia quelques compagnons qui avaient escorté Aliénor d'Angers à Rouen. Outre le fidèle Ithier de Feytiat et son écuyer Guy de Sichard, il convainquit ses beaux-frères, Hugues de Beaulieu et Herbert d'Anché, ainsi que leur compagnon, Robert la Millière, de l'aider à enlever Marie de France et de filer ensuite plein sud rejoindre les rebelles d'Aquitaine.

— Nous sommes avec toi, avaient répondu à l'unisson les trois chevaliers. Ils avaient pris en grippe Henri Plantagenêt comme nombre de leurs pairs. Depuis l'affaire de Limoges, nombreux étaient en Aquitaine ceux qui exécraient le jeune duc et lui reprochaient son autoritarisme. Depuis, les appels à l'insurrection se multipliaient.

Marie de France ne voulut rien entendre quand Foulques lui annonça ses intentions.

— Beau chevalier, c'est une pure folie. Jamais, je ne pourrai désobéir à mon frère. Il n'y a que la duchesse qui peut sauver notre idylle. Sinon, oubliez-moi. Les héritières de jolis fiefs tombés en quenouille par les hasards de la guerre sont légion tant en Angleterre que sur le continent.

— Marie, c'est vous que j'aime.

— Pure folie ! Beau chevalier, vous déraisonnez. Mon cœur et mon âme vous appartiennent. Mon destin est enchaîné au bon vouloir d'Henri Plantagenêt, notre maître à tous.

— Je ne suis pas son vassal, rétorqua Foulques et de surcroît c'est un tyran.

Foulques ne tint pas compte des protestations de Marie. Marie dormait dans une chambre qu'elle partageait avec une douzaine de suivantes. Profitant de la nuit, il attendit que les dernières lumières s'éteignent pour passer à l'action.

Le palais ducal de Rouen était ni plus ni moins le modèle architectural de la Tour de Londres. L'on racontait que le petit-fils de Rollon, le chef viking qui se fit octroyer par le roi Charles le Simple la Normandie, aurait fait bâtir un des premiers donjons de pierre du royaume des Francs. Cette tour était située à l'angle sud-est de la ville au confluent de la Robec et de la Seine. Elle était protégée par une épaisse muraille renforcée de tours flanquantes qui en faisaient une place imprenable. À l'intérieur, la cour abritait des servitudes pour les chevaux, la meute, la volière des faucons, et les domestiques du palais. Foulques et ses compagnons, en leur qualité de chevaliers aquitains de la maison d'Aliénor d'Aquitaine, n'eurent aucun mal à se glisser à l'intérieur de l'enceinte. Ils passèrent une bonne partie de la nuit à prier dans la chapelle Saint-Romain. N'y avait-il pas meilleur endroit pour des conspirateurs que de se mettre à l'abri des regards indiscrets.

Henri Plantagenêt et l'impératrice Mathilde reçurent leurs invités dans la Grande Salle qui occupait tout le premier étage. Le festin dura jusqu'à minuit, heure à laquelle l'impératrice se retira. Henri lui emboîta le pas, suivi d'Aliénor qui sentait confusément que le rôle de la première dame lui échappait. La grande chambre subdivisée en quatre chambres était située au deuxième étage, au-dessus la salle des gardes. Aliénor se rendit dans la chambre ducale, escortée de trois de ses suivantes qui l'aidèrent à se dévêtir, à se toiletter et à se coucher dans le grand lit qui allait recevoir l'héritier de la couronne anglaise. L'impératrice entra dans sa chambre suivie de son fils. D'un geste, elle intima l'ordre à ses suivantes de l'attendre dans leur chambre. Enfin la quatrième chambre était réservée aux dames et damoiselles au service d'Aliénor, parmi lesquelles se trouvait Marie de France. Elles se couchèrent toutes, une douzaine, dans le même lit. Marie était entourée de deux damoiselles, Aloïs de Rochefort et Alix de Châtellerault. Elles bavassèrent durant un quart d'heure avant d'être rappelées à l'ordre par la vieille matrone qui les gardaient, une veuve dont le mari avait été sauvagement occis par ses vassaux. C'est que la soirée avait été riche en rebondissements. Tout d'abord, Bernard de Ventadour s'était montré particulièrement insolent à l'égard du duc de Normandie qui n'en avait rien laissé paraître. Ensuite, nombre de chevaliers, troubadours et jongleurs avaient rivalisé d'imagination pour séduire et conquérir leurs dames. L'impératrice Mathilde, de marbre, n'avait fait aucun commentaire, absorbée dans ses réflexions géopolitiques.

Henri n'avait pas encore rejoint Aliénor qui se morfondait seule, enveloppée dans son drap. Il était bien trop occupé à écouter les conseils avisés de sa mère qui le chapitrait sur l'attitude à tenir envers son cousin Étienne de Blois.

— Il est épuisé, il est exsangue. Que sa félonie lui soit pardonnée. Bientôt il sera convoqué au Tribunal de Dieu et l'Angleterre, telle un fruit mûr tombera entre tes mains, affirma-t-elle. Quant à l'Irlande, patiente. Il sera toujours temps de conquérir cette île pour l'offrir à mon cadet Guillaume FitzEmperesse. D'abord, assure-toi de tes bonnes relations avec nos cousins d'Écosse et remets de l'ordre dans l'administration de l'Angleterre. Le pays a été ravagé par quinze ans de guerre civile. Il conviendra de réorganiser l'administration, contrôler les pouvoir des barons, remettre en selle les shérifs, réorganiser la Cour de l'Échiquier sur le modèle du duché de Normandie. Pour cela, il te faudra du temps et de l'énergie. Il serait d'ailleurs opportun de faire la paix avec le roi de France et de l'endormir par de belles paroles pour qu'il t'oublie. Quand il se réveillera, ce sera trop tard.

Henri écoutait avec beaucoup d'attention sa mère. Il n'avait que vingt et un ans. Malgré son impatience congénitale, il avait toute confiance dans l'expérience affûtée de sa mère qui gouvernait la Normandie depuis des années. Lorsque les ténèbres ensevelirent le palais ducal, il souffla sur la chandelle qui éclairait la chambre de sa mère, la laissa à son oraison, puis se retira pour rejoindre Aliénor. Point besoin de lumière pour mignoter la belle duchesse d'Aquitaine. Il était impatient de la retrouver sachant que sa dernière maternité lui avait apporté quelques jolies rondeurs qui aiguisaient son appétit et sa concupiscence. À pas de loup, il se glissa dans la chambre, se dévêtit en silence. Aliénor s'était endormie. Il plongea dans le lit comme une bête fauve. Aliénor, réveillée en sursaut, poussa un grand cri. Il la réduisit au silence en l'embrassant avec voracité puis la besogna comme un soudard.

Au même moment, Foulques et ses compagnons se glissèrent hors de la chapelle Saint-Romain, tels des pénitents, longèrent en silence les communs, se présentèrent devant la Grande Tour et gravirent l'escalier mobile qui menait à la Grande Salle. À l'intérieur, des gardes somnolaient en travers du passage. Une cruche de vin avait roulé sur le carrelage.

— J'ai soudoyé un saucier pour leur faire boire du vin parfumé d'herbes somnifères, murmura Ithier de Feytiat.

Ils les enjambèrent en silence. Partout dans la Grande Salle au milieu des jonchées de fleurs et de fougères, des chevaliers et des barons, certains enlacés avec des garces, servantes ou damoiselles peu regardantes, ronflaient comme des ivrognes ou des débauchés. La cour d'Henri avait déjà mauvaise réputation. Après chaque festin la ripaille tournait en orgie et finissait en lupanar. Ils se faufilèrent tous les six en silence, le cœur battant la chamade. Il ne fallait point qu'un des ces chevaliers belliqueux se réveillât pour donner l'alerte. Ils empruntèrent l'escalier à vis et montèrent jusqu'aux chambres. Foulques éprouva une violente secousse quand il entendit Aliénor gémir sous les assauts lubriques de son époux. Il reprit son sang-froid et se glissa dans la première chambre. C'était celle de l'impératrice. Elle marmottait une prière. Il battit retraite en prenant garde de ne faire aucun bruit.

— Elle ne dort pas, chuchota-t-il dans l'oreille de son beau-frère Beaulieu.

Il souleva une lourde tenture et se glissa dans une autre chambre. Il découvrit l'immense chaalit à gésir. Il s'approcha et se pencha. Elle était là entre deux damoiselles. Avec Guy de Sichard et Hugues de Beaulieu, ils entreprirent de la bâillonner en silence et la soulevèrent aussitôt. En se débattant et en poussant des borborygmes étouffés par son bâillon, Marie réveilla une damoiselle. Foulques se pencha sur elle et murmura à son oreille deux vers galants en ajoutant, je suis son chevalier. Dormez ma douce amie et priez pour le succès de notre quête amoureuse.

— Beau sire, je vous reconnais, répondit Aloïs, quant à Alix, elle les regarda faire sans rien dire. Quelles jolies damoiselles ne rêvaient-elles pas de se faire enlever par un preux chevalier ? Après avoir écouté tant de troubadours complimenter leurs dames de cœur, elles devenaient promptes à se laisser attendrir par l'audace d'un Foulques de Fons-Almoy venu ravir sa belle.

— Cesse de gigoter, souffla Foulques au creux de l'oreille de Marie.

Reconnaissant à sa voix et à son odeur le chevalier, elle se tut et acquiesça d'un bref signe de tête. Foulques lui ôta son bâillon. Elle était médusée et chuchota :

— Tu es fou.

Une fois dehors, ils se rendirent sur le chemin de ronde de la courtine, jetèrent des cordes qu'ils nouèrent à des anneaux de fer et se laissèrent glisser jusqu'au sol. À quelques toises, les écuyers de messire de la Millière et de Beaulieu, les attendaient avec les chevaux.

Ils filèrent à grand train en direction du royaume de France. Après voir galopé à vive allure sur une vingtaine de lieues, ils bivouaquèrent à l'abri du premier bosquet.

— Laissons les chevaux se reposer, proposa Ithier. Ils sont fourbus. L'alerte ne sera pas donnée avant demain. Une fois en France, nous serons en sécurité.

— Et en Aquitaine ? demanda Marie. Serons-nous en sécurité ?

— L'Aquitaine est loin de la Normandie, répondit Foulques. À chaque jour suffit sa peine.

— Nous repartirons dans deux heures. Nous nous guiderons avec les étoiles, déclara alors Ithier.

À l'aube, lorsqu'il apprit la disparition de Marie de France, Henri Plantagenêt entra dans une fureur noire. Il se roula par terre. Il hurla, tempêta et convoqua toutes les suivantes d'Aliénor pour une séance d'interrogatoires serrés. C'est en larmes qu'Aloïs de Rochefort, morte de peur, finit par avouer avoir reconnu le chevalier Foulques de Fons-Almoy.

— Je le ferai pendre, hurla Henri devant Aliénor, blême comme la mort.

Aloïs de Rochefort, pour ne pas avoir donné l'alerte fut condamnée à recevoir les verges dans la cour du palais puis fit un séjour au pain sec et à l'eau d'une dizaine de jours dans une cellule de la Grande Tour et ce en dépit des interventions d'Aliénor. Henri se montra inflexible.

Aliénor, harassée par cette semaine de retrouvailles, invita Henri à partager quelques moments d'intimité, seule à seule, dans un des vergers dépendants du palais ducal. Henri était intenable. Tous les jours en conférence avec ses barons, ses conseillers, sa mère, des chevaucheurs qui arrivaient de partout, d'Angleterre, de France, d'Anjou, de Bretagne et d'Aquitaine. Toutes les nuits, le même scénario se répétait. Henri avait vingt et un an et sa fougue semblait inaltérable. Aliénor, à trente-deux ans commençait à éprouver une certaine fatigue. Pourtant, cavalière émérite, elle aimait s'échapper avec son escorte pour de longues chevauchées dans la campagne normande, lâcher ses faucons ou ses autours, ou courir le cerf avec sa meute de lévriers ramenés d'Orient. Mais, ce jour-là, elle avait besoin de s'entretenir en tête à tête avec ce mari que finalement elle connaissait bien peu. En outre, elle voulait l'arracher à l'emprise de sa mère. Ce qu'elle avait réussi avec Louis VII en éloignant sa belle-mère, Adélaïde de Maurienne, ne semblait pas possible avec l'impératrice Mathilde. La mère d'Henri était faite d'un acier inoxydable qui la rendait incontournable et Aliénor l'avait bien compris. Toutefois, elle était bien décidée à amoindrir son influence.

Henri la rejoignit sous une treille. Son pas alerte, son sourire guilleret. Il déploya des trésors d'amabilité pour séduire la belle Aliénor comme il avait su le faire à Paris en 1151.

— Ma mie, que je suis bien aise de vous retrouver enfin. Il mit un genou à terre, prit délicatement sa main et la porta à ses lèvres.

Aliénor le gratifia de son sourire le plus charmeur. Enfin, un peu de tranquillité, songea-t-elle. Mais que va-t-il me dire ? Dois-je évoquer les rumeurs qui courent à la cour de Londres ? Vais-je faire allusion à cette Rosamonde Clifford. Son cœur se serra. Elle éprouva à cet instant une impression de faiblesse face à ce jeune duc que rien n'arrêtait. Et sa relation privilégiée avec sa mère, l'impératrice à la poigne de fer. Tout le monde l'appelait l'impératrice. En réalité, elle avait épousé dans sa prime jeunesse un empereur allemand qui fut incapable de lui donner un enfant et qui eut la bonne idée de mourir, lui rendant ainsi sa liberté. Son père la donna au comte d'Anjou de dix ans son cadet. Mais ce dernier malgré sa poigne, ne réussit jamais à dominer sa femme. Bien au contraire, il fut son lieutenant sur le continent tandis que son demi-frère, feu le comte de Gloucester guerroyait pour elle en Angleterre. Aujourd'hui, retirée en Normandie dont elle assurait le gouvernement, elle se consacrait aux œuvre pieuses pour préparer le salut de son âme tout en tirant les ficelles à distance. C'est ce qui importunait le plus la duchesse d'Aquitaine.

— Monseigneur et ami, je suis bien aise de vous retrouver au calme. Vous êtes toujours en mouvement, à chevaucher dans tous les sens, à vous agiter, à passer d'un conseil à une cour de justice, d'un festin à une chasse. Et quand vous n'êtes pas dans l'action, vous vous isolez pour lire des œuvres antiques. Prenez le temps de vivre, prenez le temps de savourer l'instant présent.

— Je travaille à l'accomplissement de notre œuvre. Bientôt, je déposerai une couronne à vos pieds. Bientôt, vous serez reine d'Angleterre.

Aliénor sourit :

— L'Angleterre. Il me tarde de connaître cette île, de voyager à travers ces contrées insolites comme le Pays de Galles ou l'Écosse et encore l'Irlande dont on m'a dit que vous convoitiez la possession.

— Chaque jour suffit sa peine. Ma mère y est opposée.

Il s'empourpra, conscient de sa bévue. Le visage d'Aliénor se durcit. Deux émeraudes flamboyèrent, traversées d'éclairs de colère. Mais, elle se contint.

— J'ai ouï dire bien des rumeurs, dit-elle d'une petite voix acidulée.

— Des rumeurs, répéta Henri Plantagenêt en se tordant les mains. La colère le gagnait. Lui aussi se maîtrisa. Il répondit calmement : Les cours foisonnent de rumeurs. L'on raconte bien des choses sur un troubadour du nom de Bernard de Ventadour.

— Vous l'appréciez. Vous l'avez fait quérir en Angleterre.

Henri soupira :

— Il serait bon pour faire taire les rumeurs qu'il s'éloigne de la cour. Je ne tiens pas à ce qu'il y ait le moindre doute sur la paternité de vos enfants.

— Henri ! Y pensez-vous donc ! Ce n'est que littérature courtoise. Bernard de Ventadour n'est qu'un poète qui me distrait par ses divagations sentimentales.

— Envoyez-le à la cour de vos cousins de Toulouse.

— Excellente idée, répondit Aliénor qui se jeta à l'eau. Et que dire d'une certaine Rosamonde Clifford.

Henri haussa les épaules et répondit d'un ton désabusé.

— Une ribaude qui s'est jetée dans ma paillasse. Vous n'avez rien à craindre ma mie. Vous êtes l'unique, vous êtes l'adorée.

Rassérénée, Aliénor indiqua à Henri le berceau.

— Admirez notre fils. La future couronne d'Angleterre a un héritier. Guillaume comme le Conquérant, Guillaume comme le Troubadour. Il symbolise l'union de nos deux lignages.

— Ma mie, vous m'en voyez ravi. À propos, l'on raconte que Louis VII chercherait une nouvelle épouse. Il traiterait avec le roi de Castille.

— La Castille, murmura Aliénor.

— J'ai un autre souci, continua Henri. Un chevalier de votre maison m'a gravement offensé. Je devrai le faire pendre.

— Quel crime a-t-il donc commis ?

— Il a enlevé ma demi-sœur, Marie de France que je destinais à un baron anglo-normand pour consolider mon emprise sur l'Angleterre.

— Vous me reparlez de messire Foulques de Fons-Almoy, s'étonna Aliénor. Je croyais l'affaire classée. Il s'est enfui en France. Que peut-on faire ?

— Le plus grave serait qu'il se joigne à un parti de barons rebelles à votre autorité.

Aliénor fronça les sourcils.

— Les Aquitains ont toujours été ingouvernables. Mon grand-père et mon père ont passé leur vie à mater des révoltes : tantôt les Taillefer d'Angoulême, tantôt les Châtellaillon ou encore les Parthenay.

— Cette fois-ci, il s'agit de Geoffroy de Thouars. Il s'est rapproché de mon frère cadet, Geoffroy d'Anjou. J'avais envoyé des messagers à Paris qui viennent de revenir. Ils ont croisé sur la route du retour Foulques de Fons-Almoy. Ce dernier leur a dit qu'il se rendait à Thouars. Nous devons les surveiller. Je crains qu'il ne complote contre ma personne. Enfin, nous verrons en temps utile.

— Mon cousin-germain, Geoffroy de Thouars oserait comploter contre nous ? soupira Aliénor. Je ne saurais le tolérer.

Les Thouars ont toujours été des proches des ducs d'Aquitaine. Elle continua en évoquant un souvenir d'enfance. Sa mère, Agnès la sœur de mon père, veuve du vicomte de Thouars, s'est remariée avec le roi Ramire d'Aragon. Je me souviens très bien de ce mariage.

— Pour revenir aux Thouars, répondit Henri, ils ont toujours été des ennemis des comtes d'Anjou et je suis comte d'Anjou.

Hugues de Beaulieu ne décolérait pas. Il pestait et ronchonnait depuis l'aube. Dans cette taverne, où ils avaient croisé des Normands, pourquoi Foulques s'était-il vanté de se rendre à Thouars. Il était bavard comme une pie. Certes, au cours des batailles et échauffourées avec les partisans du roi Étienne, il s'était lié d'amitié avec quelques chevaliers et barons anglo-normands. Mais enfin ! Les chevaliers d'Henri Plantagenêt n'étaient point nos amis. Loin s'en faut. Et là-bas, en Aquitaine, déjà la révolte grondait. Tous redoutaient la perte de leur sacro-sainte indépendance. La présence française leur avaient fait prendre en grippe les prévôts et chevaliers du roi Louis VII qui pourtant n'avait rien d'un tyran. Alors l'arrivée d'Henri Plantagenêt qui avait la réputation d'être un dominateur exigeant et impatient les inquiétait. Tous avaient été abasourdis par son incroyable coup de sang à l'encontre des Limougeauds et de sa décision surréaliste de faire abattre les remparts de la ville.

De son côté, Foulques affichait le visage des mauvais jours. Marie de France refusait de lui adresser la parole. Elle chevauchait en amazone sur une haquenée que Foulques avait dénichée à prix d'or à Vernon et restait obstinément murée. Arrivée en Poitou, Foulques évita d'entrer dans Châtellerault et Poitiers de crainte qu'Aliénor à la demande de son époux ne le fasse appréhender. Au fond de lui-même, il connaissait la grande indulgence dont Aliénor ferait montre à son égard, mais enfin, il se méfiait d'un serviteur trop zélé, qui pour complaire au nouveau maître de l'Aquitaine, pourrait bien lui tendre un piège. Il se rendit donc directement à Lusignan.

Ils franchirent la poterne de la ville et empruntèrent la Grand'Rue, se signèrent en passant devant l'église Notre-Dame, longèrent les halles puis arrivèrent devant la poterne du château. Le sergent qui surveillait les allées et venues les reconnut et les salua avec déférence.

Une grande animation régnait dans l'avant-cour. La forge était en pleine activité. Des chevaliers s'entraînaient au maniement de l'épée avec des écuyers sous l'œil admiratif de pages et de valets. Foulques reconnut son fils. Huon le vit et se précipita à sa rencontre. C'était un beau jouvenceau qui marchait sur ses onze ans. Blond aux yeux bleus, les traits fins, il ressemblait à sa mère, feu Marguerite de Saint-Brice.

— Père, je croyais que vous m'aviez oublié ! s'exclama le page.

— Par sainte Radegonde ! Jamais, je n'oublie les miens.

Marie de France poussa sa haquenée en avant et demanda :

— Qui est-ce ? Le ton était sec.

— Enfin, tu daignes m'adresser la parole, répondit Foulques avec tristesse. C'est mon fils. Huon.

— Bien, répondit-elle, puis elle se referma comme une huître, le visage barré, l'œil glacial.

Hugues VIII le Vieux et son épouse Dame Bourgogne les reçurent avec beaucoup d'amabilité. Il aimait bien ces chevaliers impavides qui comme Hugues de Beaulieu, Herbert d'Anché ou Robert de la Millière étaient de tous les coups. Il fit raccompagner Marie de France dans la cour par une servante.

— Je ne tiens pas à ce que la demi-sœur d'Henri Plantagenêt entende ce que nous avons à nous dire.

— Nous l'avons enlevée, expliqua Foulques.

— Alors cachez-la. Si Henri Plantagenêt la retrouve, il vous fera pendre.

— Il est loin, répondit Hugues de Beaulieu.

— Guillaume de Parthenay s'agite. Il brandit l'étendard de la révolte.

— Et nous ? demanda Robert de la Millière.

— Je vais convoquer le ban et l'arrière-ban. Nous soutiendrons notre voisin qui sera appuyé par Geoffroy de Thouars. Les Angevins pourraient être tentés de se rallier à nous. Ils préfèrent un Geoffroy d'Anjou, faible et pusillanime à un Henri tyrannique.

Foulques pensif garda le silence. Vaincre Henri Plantagenêt ne serait pas chose aisée. Il était partagé entre sa fidélité envers Aliénor et sa passion amoureuse envers Marie qui le contraignait à prendre le parti des rebelles. Il soupira et ajouta :

— Nous aurions besoin du concours des Limougeauds et des Angoumois.

— J'en suis conscient, admit Hugues VIII de Lusignan. Nous avons envoyé des messagers à Limoges. Nous attendons le retour de l'entourage du jeune vicomte Aymar qui n'a pas encore la majorité et qui reste sous tutelle.

Foulques et Marie furent logés dans le grenier au-dessus des écuries. Ils s'abritèrent derrière une botte de foin pour trouver un brin d'intimité.

— Ce château est en effervescence, observa Marie. Il se trame quelque chose.

— Tu ne vas pas t'enfuir pour prévenir Henri, demanda Foulques d'un ton ironique.

— Cesse de dire des bêtises et aide-moi à étendre la toile de lin.

Foulques obtempéra et aida Marie. Puis ils se dévêtirent ne gardant sur eux que leur chaisne. Ils s'étendirent côte à côte en se calant contre les selles. Foulques dans ce tohu-bohu n'avait pas voulu laisser leurs harnois près des chevaux.

— Enfin, ma douce amie, c'est bien la première fois depuis notre fuite d'Angleterre que nous nous retrouvons seuls, en tête à tête.

Elle le fixa de ses grands yeux bleus. Elle était pensive. Ni agressivité, ni tristesse mais une sorte de résignation l'habitait. Il prit sa main et la porta à ses lèvres. Elle se tut.

— Je t'aime ma Mie.

— Tu aurais dû m'aimer comme un chevalier servant adule et vénère sa Dame qui elle doit rester inaccessible.

— Tu t'es déjà donnée à moi.

— Je le regrette et Dieu m'a punie en me faisant faire une fausse couche.

— Tu le regrettes vraiment ?

Elle soutint son regard. Ses prunelles plongèrent dans les siennes et comme aveu, elle répondit :

— Non.

— Serait-ce une invitation au plaisir ? demanda Foulques.

— Désormais, nous sommes proscrits comme Tristan et Iseult.

— À la différence qu'Iseult était la femme légitime du roi Marc. Toi, tu n'es la femme de personne. Tu es libre comme l'air, libre comme le vent.

Elle secoua la tête négativement.

— Tu sais très bien que j'appartiens à mon suzerain qui est également le tien. C'est lui qui dispose de moi. Il a l'intention de me donner à un baron anglo-normand.

Foulques l'attira contre son épaule. Elle se laissa faire, fondit en larmes. Il l'enlaça et s'efforça et la consola.

La vie reprit son cours normal. Foulques accompagné de Marie désormais résignée à son sort de fugitive se rendit à Fons-Almoy. C'est alors que Guillaume de Parthenay-Larchevêque brandit l'étendard de la révolte en faisant jeter au cachot un prévôt nommé par Henri Plantagenêt. La riposte ne se fit pas attendre. Alors qu'ils roucoulaient tendrement, un chevaucheur vint les arracher à leur quiétude. Henri à la tête d'une puissante armée de chevaliers anglo-normands descendait vers l'Aquitaine au rythme endiablé d'une chevauchée fantastique.

— Il ne dispose pas de matériel. Il ne sera pas en mesure d'assiéger Parthenay ni Lusignan et encore moins Thouars, expliqua Foulques à Marie pour la rassurer.

C'est alors que les nouvelles se précipitèrent. Raoul de Faye à la demande d'Aliénor d'Aquitaine convoquait le ban et l'arrière-ban pour prêter main-forte à son époux.

Foulques de Fons-Almoy et ses beaux-frères prirent la route de Lusignan. Marie de France fut du voyage. Foulques craignait qu'un raid foudroyant diligenté par Henri Plantagenêt ne s'empare de son manoir et lui arrache définitivement sa belle. Il ne supporterait pas de la perdre. Au fil des quelques semaines de vie commune, ils avaient appris à se connaître et partageaient ensemble leur passion pour la littérature antique et la matière de Bretagne dont ils s'inspiraient pour composer canso, lais et tensons. Ils étaient devenus inséparables et vivaient dans une communion littéraire et passionnelle que rien n'aurait su altérer.

Alors qu'ils arrivaient à Lusignan, Foulques croisa un chevalier de Guyenne qui lui remit une lettre de la part de sa fille Radegonde. Elle avait intégré l'école cathédrale de Bordeaux et suivait les enseignements du brillant archevêque Geoffroy de Lauroux. Ce dernier, fin politique et brillant orateur commençait à changer sa vision du monde. Auparavant, il ne reconnaissait comme maître de l'Aquitaine que la duchesse Aliénor. Mais aujourd'hui le monde changeait et l'archevêque qui composait avec les puissants rappelait de plus en plus fréquemment que le maître était désormais Henri duc d'Aquitaine du chef de sa femme.

Début juin, Henri se présenta devant les portes de Parthenay à la tête de cinq cents chevaliers. Sur les remparts, la foule se pressait avec inquiétude. Guillaume Larchevêque joua les matamores. Quand deux jours plus tard, le sénéchal du Poitou, Raoul de Faye, et son frère le vicomte de Châtellerault se présentèrent à leur tour devant les remparts de Parthenay. En deux jours, quatre tours mobiles furent montées et une vingtaine de balistes, pierrières et mangonneaux sans compter les chats et les sapeurs qui se mirent à l'ouvrage.

Point de renforts en provenance du Limousin ni de Thouars. Seuls les Lusignan et quelques chevaliers saintongeais avaient répondu présent. Foulques éprouva un profond désarroi quand il comprit que le sire de Parthenay allait baisser pavillon et ouvrir ses portes au duc Henri. Mieux que cela. Lorsque le pont-levis s'abaissa, Geoffroy de Parthenay-Larchevêque s'avança à la rencontre d'Henri, à pied, vêtu d'un simple bliaud. Il tomba à genoux et demanda publiquement pardon.

Henri Plantagenêt était pressé de regagner Rouen car une tâche importante l'attendait. Il devait à tout prix se réconcilier avec Louis VII et récupérer en gage de paix Vernon que ce dernier lui avait enlevé peu après son mariage avec Aliénor. Il se montra alors magnanime et d'une extrême courtoisie.

Le soir, dans la grande salle du donjon de Parthenay, Henri tout sourire, tout miel s'adressa à Hugues de Lusignan en présence de Guillaume L'archevêque :

— Beau sire, n'auriez-vous pas croisé ma demi-sœur, Marie de France ? L'on raconte qu'elle serait hébergée chez un de vos vassaux.

Hugues de Lusignan s'empourpra. Le regard gris d'Henri le scrutait avec attention et étudiait la moindre de ses réactions.

— Monseigneur, nous ne pouvons rien vous cacher que vous ne sachiez déjà. J'ai bien rencontré la charmante poétesse, Marie de France qui nous a par ailleurs égayés de ses talents en nous lisant un lai de sa composition.

— Et savez-vous cher Hugues où je puis rencontrer ma demi-sœur ?

— Ha, Monseigneur, coupa Guillaume de Parthenay-Larchevêque, désireux de faire oublier sa rébellion, elle est ici dans le château avec son chevalier servant, messire de Fons-Almoy.

— Par la dent de Dieu ! Que l'on aille me la quérir ainsi que ce chevalier qui a osé l'enlever dans mon propre palais de Rouen.

Robert de la Millière qui était présent dans la Grande Salle du donjon se retira subrepticement et se précipita dans les communs où étaient hébergés nombre de chevaliers et leurs commensaux. Il retrouva Foulques et Marie dans une annexe des cuisines. Foulques pliait les bagages et réfléchissait avec son écuyer au moyen de sortir du château et de la ville sans tomber sur les Normands et les hommes de Raoul de Faye.

— Filez tout de suite, sans rien. Prenez des guenilles et faites vous passer pour des paysans venus ravitailler le château. Guillaume IV de Parthenay-Larchevêque est parti vous quérir à la demande du duc de Normandie. Personne ne fera rien pour vous, annonça Robert de la Millière.

Marie se blottit contre Foulques et murmura :

— Fuyons. J'irai là où tu m'emmèneras.

Ils abandonnèrent leurs bagages et filèrent dans le cellier. Ils ramassèrent deux manteaux de grosse toile et se coiffèrent de bonnets. Ils troquèrent leurs chausses contre des sabots, se grimèrent et sortirent dans la cour imitant une démarche claudicante en s'appuyant sur des bâtons de fortune. Robert de la Millière soudoya un maraîcher qui prit Marie à ses côtés en la faisant passer pour sa commère. Quant à Foulques, il marcha devant les bœufs de l'attelage en les tenant par la longe.

Un piquet de gardes les dévisagèrent mais les laissèrent passer. Un chevalier du nom d'Enguerrand de Ferrière, escorté par deux chevaliers normands, Gilbert de Reuville et Mathieu de Valognes, qui avaient connu Foulques en Angleterre, entraient au même moment dans les cuisines. Un saucier leur indiqua que Foulques et Marie venaient de voler des manteaux de gros draps gris.

— Vite, bloquons les accès la ville, tonna Gilbert de Reuville.

Le chevalier de Ferrière les entraîna vers la petite poterne. Il avait deviné que Foulques et Marie grimés en paysans se faufileraient par la grande porte pour passer inaperçus au milieu du va-et-vient. Ainsi les poursuivants perdirent les précieuses minutes qui permirent à Foulques et Marie de sortir du château. Ils avaient à peine franchi le pont-levis qu'ils entendirent les Normands reconnaissables à leur accent, qui donnaient des ordres pour bloquer les accès et qui interrogeaient les gardes. Marie glissa hors du chariot et donnant la main à Foulques, ils s'engouffrèrent dans le dédale de ruelles de la ville et se réfugièrent dans une chapelle. Le desservant les cacha dans sa cellule puis se rendit dans le château où il se présenta devant Robert de la Millière. Ils attendirent la nuit tombée pour sortir de leur cachette et se glisser dans la ville assoupie. Au péril de sa vie, le desservant les guida jusqu'au chemin de ronde. À l'aide de grandes cordes que le chevalier de La Millière avait apportées au desservant, ils glissèrent en bas des remparts et se faufilèrent dans les roseaux où les attendait un passeur qui leur fit traverser le Thouet. Sur l'autre berge, Robert de la Millière les attendait avec deux chevaux et le harnois de Foulques qu'il avait discrètement récupéré.

— Tes beaux-frères sont sous étroite surveillance. C'est la raison pour laquelle, je suis venu seul. Maintenant, file vers le sud et surtout ne rentre pas chez toi, confia-t-il à Foulques à voix basse. Tu risquerais de tomber face à face sur un comité d'accueil déplaisant.

Ils chevauchèrent jusqu'à l'épuisement des chevaux. Alors, ils durent se résoudre à séjourner dans l'hostellerie d'un prieuré puis prirent la route de Bordeaux.

— Si je tombe dans les mains d'Henri, il me fera enfermer dans une abbaye, déclara Marie.

— N'aie aucune inquiétude. Les Normands sont loin de la Guyenne. Et si nous devons nous réfugier en Castille, et bien nous irons. J'ai déjà été en terre hispanique lors du pèlerinage du père d'Aliénor, pèlerinage qui lui a été funeste.

— C'est pure folie mon ami. Nous ne pourrons fuir éternellement.

— J'ai connu l'empereur des Espagnes, Alphonse VII de Castille, lors de la mort du duc d'Aquitaine, Guillaume X le Toulousain, à quelques lieues de Saint-Jacques de Compostelle. J'avais alors quinze ans.

— Il t'a oublié.

— Il a bien recueilli Marcabru, chassé de Paris par Louis VII qui ne supportait pas les troubadours d'Aliénor.

L'empereur des Espagnes nous offrira non seulement l'hospitalité mais nous attribuera de généreux émoluments si nous égayons sa cour par nos talents de poètes.

Les deux fugitifs franchirent la Garonne en louant les services d'un nautonier et firent leur entrée à Bordeaux par la Porte Cailhau. Ils évitèrent de se rendre au palais de l'Ombrière et se rendirent directement dans le quartier Saint-André.

Ils traversèrent un immense chantier. L'archevêque s'était lancé dans la reconstruction de la cathédrale. Impressionné lors de l'inauguration du chœur de l'abbaye Saint-Denis, il avait recruté un architecte français pour construire un chœur gothique.

Avisant un clerc, Foulques lui demanda s'il ne connaissait point une étudiante du nom de Radegonde de Fons-Almoy.

— Je peux vous indiquer le logis de maître Anselme qui enseigne la grammaire aux damoiselles de l'école. Il sera à même de vous renseigner.

Et c'est ainsi qu'ils frappèrent à la porte d'un chanoine de la cathédrale du nom d'Étienne de Cadillac. Ce dernier hébergeait quatre damoiselles venues de Poitiers, Angoulême et Limoges pour étudier le Trivium et le Quadrivium. Radegonde, Béatrice Taillefer de la maison d'Angoulême, et les sœurs Olive et Eschive de Lastours.

Une dame âgée entrebâilla la porte et leur demanda sèchement l'objet de leur visite. Foulques se présenta.

— Attendez !

La porte se referma puis quelques instants plus tard, elle s'entrouvrit. La dame les invita à la suivre. Elle les introduisit auprès du chanoine qui se tenait dans son oratoire, assis sur un escabeau face à son pupitre.

— Ainsi, vous êtes le père de Radegonde. Mais qui est donc cette damoiselle qui vous accompagne.

— Ma nièce, répondit Foulques.

Le chanoine hocha la tête avec gravité et posa sa plume dans un encrier.

— Je peux loger votre nièce moyennant quelques oboles. Mais vous comprendrez qu'il n'est pas question que j'héberge un beau chevalier de votre âge. Vous savez, le qu'en-dira-t-on. Je tiens à la réputation des quatre pucelles dont j'ai la charge.

— Puis-je m'entretenir avec ma fille ?

— Dans le jardin, en présence de votre nièce.

Radegonde, apprenant la venue de son père, quitta le scriptorium, descendit l'escalier en colimaçon quatre à quatre et se jeta dans les bras de son père.

— Père, quel bonheur de vous retrouver.

Il la contempla avec une vive émotion. C'était à présent une belle damoiselle de quinze ans. Ses longues boucles châtains se répandaient sur ses épaules et ses yeux noisette pétillaient de malice.

— Presque deux ans. Puis parlant à voix basse, il ajouta : je te présente Marie de France, officiellement ma nièce, la fille de ma sœur Bertrade.

— Une sœur Bertrade, éclata de rire Radegonde. Père, tu as de l'imagination. Cette belle damoiselle serait donc ta dernière conquête.

Il ajouta :

— C'est la demi-sœur d'Henri Plantagenêt et je l'ai enlevée. Nous avons dû fuir le Poitou.

— Enlevée ! Mais tu as perdu la tête. Enlever la sœur d'un comte d'Anjou et duc de Normandie. Quand on connaît leur réputation. Tu ne pourras pas rester à Bordeaux longtemps. Tu devras bientôt repartir.

Foulques soupira et dit :

— Nous allons rester sur Bordeaux en attendant que la situation se calme. Marie restera avec toi. Elle t'enseignera la poésie d'oïl. Elle a traduit et adapté des fables d'Ésope et écrit des lais romanesques où le merveilleux côtoie le féérique. Loin de nos codes courtois, elle nous entraîne dans le rêve amoureux. Tout chez elle dans sa poésie est émotion et mélancolie, tendresse et amour.

— Je suis sûre que nous allons nous entendre, promit Radegonde par politesse. Elle se tourna vers Marie et lui adressa un sourire convenu. Marie s'approcha et lui prit ses mains dans les siennes.

— Je suis ravie de te rencontrer.

— Soyez prudent, continua Radegonde. L'archevêque de Bordeaux, Geoffroy Babion dit de Lauroux ne vous protégera pas contre le courroux du duc. Enfin le chanoine Étienne de Cadillac fait partie de ceux qui se sont largement opposés à l'introduction de la réforme grégorienne au sein du chapitre. Ils avaient même réussi à exiler un temps monseigneur Geoffroy Babion de Lauroux.

— Pourquoi certains chanoines se sont-il opposés à la réforme grégorienne ? demanda Foulques interrogatif.

— Père ! Vous n'y êtes pas. Mon chanoine entretenait une concubine. Or la réforme impose le célibat des prêtres, expliqua Radegonde.

— Ha.

— Seuls les chevaliers comme toi peuvent se targuer d'être polygames, ironisa-t-elle. Estevance, Marie, et la petite Sichard…

Foulques haussa les épaules.

— Qui est la petite Sichard ? demanda Marie.

— Rien. Une donzelle qui rougit dès qu'elle me voit. La sœur de mon écuyer qui n'arrête pas de zieuter ma fille. Oublie.

Au cours de l'été, Foulques et Marie en profitèrent pour faire quelques escapades sur la côte. À la mi-août, lors d'un retour d'une de ses excursions, le chanoine les convoqua dans son oratoire. Le visage barré, les sourcils froncés, Étienne de Cadillac semblait préoccupé.

— J'ai de mauvaises nouvelles à vous communiquer. Louis VII et Henri Plantagenêt sont les meilleurs amis du monde. Louis a rendu Vernon à Henri. Pensez-vous ! Henri vient de prêter hommage à Louis pour le duché d'Aquitaine. En conséquence de quoi, Geoffroy Babion, avec qui je ne me suis jamais entendu, considère que désormais le maître de l'Aquitaine n'est plus Aliénor mais Henri Plantagenêt, désormais duc d'Aquitaine légitime.

Foulques allait prendre la parole quand le chanoine l'arrêta d'un signe de la main. Il continua :

— Henri va nommer un nouveau prévôt. Or, j'ai appris par le père abbé de Fontaine-le-Comte venu rendre visite à Monseigneur l'archevêque, son protecteur, qu'un certain Foulques de Fons-Almoy aurait enlevé Marie de France, la demi-sœur du duc. Et il se tourna vers la damoiselle en ajoutant : vous n'êtes donc pas la nièce de messire Foulques, ce que par ailleurs je n'ai jamais cru, mais sa concubine. Il continua à voix basse, le chapitre a introduit sous la contrainte les réformes grégoriennes imposées par le Babion. C'est à cette époque que j'ai dû renoncer à ma douce que j'aimais tendrement. Eh oui, j'ai dû faire vœu de chasteté. Enfin, vu mon grand âge… c'est ainsi. Alors, quittez Bordeaux avant que le nouveau prévôt n'arrive ou que le Babion ne vous fasse arrêter. Partez pour la Castille. Tenez, j'ai des courriers pour les abbés de plusieurs abbayes sur votre route. Vous pourrez vous arrêter. Mes enfants, que Dieu vous bénisse, conclut-il en faisant un large signe de croix. Vous avez une heure pour quitter Bordeaux. Un convoi de jacquets est sur le départ. Mélangez-vous à ces pèlerins. Le bourdon et la besace vous iront très bien.

Chapitre 11

Tandis qu'Henri guerroyait dans le Vexin aux côtés du roi de France pour mater la rébellion de quelques seigneurs indisciplinés, un messager arriva d'Angleterre et demanda aussitôt à être reçu par la duchesse d'Aquitaine. L'homme harassé par une longue chevauchée tomba à genoux. Il balbutia d'une voix blanche :

— Le roi Étienne est mort le 25 octobre.

À ces mots, Aliénor éprouva un profond sentiment de plénitude. Enfin, son destin s'accomplissait. Elle caressa son ventre arrondi. Dans quatre mois, elle accouchera. Ce sera un garçon avait-elle promis à Henri. Oubliées les humiliations à la cour de France quand en quinze années de vie conjugale elle ne mit au monde que deux filles au grand dam des conseillers de son ex-époux, Louis le Pieux, septième du nom. Elle soupira et fit quérir son secrétaire. Il fallait faire parvenir la bonne nouvelle à Henri au plus vite.

— Il va exploser de joie! s'écria-t-elle en s'étirant comme une chatte.

Henri et Aliénor, ainsi que le petit Guillaume quittèrent Rouen sous bonne escorte pour se rendre au port de Barfleur. Il y avait parmi eux les frères d'Henri, Geoffroy d'Anjou et Guillaume FitzEmperesss ainsi que les évêques de Normandie et les principaux barons du duché. La mer était démontée, la tempête interminable. Les vents rugissaient et balayaient la côte sans relâche. L'attente devint vite insupportable. Henri ne pouvait décemment laisser son royaume sans roi. Alors de nouveau, il défia le destin. Au soir de la Saint-Nicolas, il donna l'ordre de l'embarquement. Les visages étaient résignés. Tous avaient en mémoire le désastre de la Blanche Nef qui en 1120 sombra, entraînant à la noyade l'héritier du trône d'Angleterre et provoquant par là même une guerre civile de quinze ans qui ravagea le royaume.

— Nous allons tous y passer, grommela Geoffroy d'Anjou en glissant un regard torve sur son frère. Henri, sur le quai, les cheveux en bataille, contemplait d'un air résolu le port. Les navires amarrés aux anneaux de fer étaient fortement chahutés et les marins affichaient des visages lugubres. Si nous disparaissons tous, qu'adviendra-t-il de l'Angleterre, de l'Anjou, de la Normandie et de l'Aquitaine ? La moitié du royaume de France n'aura plus de maître et Louis le Pieux fera la meilleure affaire de sa vie. Comment peut-on jouer son destin sur un coup de tête ?

Son cadet, Guillaume FitzEmperesse répondit calmement :

— Dieu est avec nous. C'est pourquoi il a rappelé à lui en quelques mois, le roi d'Angleterre et son fils pour céder la place à notre frère aîné.

— Et à moi de récupérer l'Anjou, grommela Geoffroy, comme notre père en a décidé par testament sur son lit de mort.

Guillaume FitzEmperesse ne répondit pas. Pensif, il se demanda comment réagirait Henri si Geoffroy persistait dans ses revendications.

Aliénor, sereine et impavide, partageait la détermination de son époux. Le destin les avait choisis. Messire Dieu comme aimait à dire son grand-père le Troubadour, ne les abandonnerait pas. Emmailloté dans une couverture, Guillaume suçait son pouce. Aliénor le couva d'un regard maternel.

Henri jeta un regard sévère sur Geoffroy d'Anjou et d'une voix forte lança :

— Par saint Nicolas, patron des mariniers, nous traverserons la Manche sans encombre. Cela n'est que vaguelettes pour intimider les couards et les bellâtres de cour.

La traversée dura vingt-quatre heures. Les navires disparaissaient dans les creux puis réapparaissaient tandis que le brouillard s'épaississait. La nature semblait déchaînée mais l'expérience des meilleurs marins de Normandie triompha des éléments. Certes, la flotte se dispersa. Toutefois, les navires gagnèrent les différents ports de la côte sud de l'Angleterre sains et saufs.

Henri et Aliénor gagnèrent au plus vite Winchester pour mettre la main sur le trésor royal. L'archevêque de Canterbury, Thibaud du Bec, avait déjà convoqué les barons. Ces derniers, impressionnés par le courage surhumain d'Henri qui avait défié la nature pour traverser la Manche prêtèrent hommage sans difficulté. L'arrivée de leur nouveau roi, en pleine tempête, avait encore une fois sidéré les habitants du royaume. Partout, c'était une foule en liesse qui accueillit le couple royal. Dans chaque village, dans chaque ville, ce n'était que des ovations : « Longue vie au roi. Vive Henri au Court Mantel ! » L'accession d'Henri au trône signifiait l'avènement de la paix. Le palais de

Westminster ayant été saccagé par les derniers partisans d'Étienne, le couple royal s'installa sur l'autre rive de la Tamise, dans l'antique palais saxon de Bermondsey en face de la tour de Londres. L'archevêque de Canterbury, Thibaud du Bec, précipita la cérémonie du couronnement. Ainsi, le 19 décembre Henri et Aliénor ceignaient dans l'abbaye de Westminster la couronne tant convoitée.

C'était la couronne commandée aux meilleurs orfèvres de l'époque par Guillaume le Conquérant qui s'était inspiré de la couronne impériale de Charlemagne.

Le clergé officiant portait des vêtements sacerdotaux en soie encore jamais vus en Angleterre. Les barons étaient vêtus de soieries, de brocarts et de gazes. Henri et Aliénor portaient chacun un manteau d'écarlate, le tissu le plus précieux qui était fabriqué en Angleterre. Chacun de leur manteau, bordé d'hermine, était brodé au fil d'or de deux lions, le lion d'Aquitaine et le lion d'Anjou.

Sur le parvis de l'abbaye de Westminster, le primat d'Angleterre, l'archevêque de Canterbury, Thibaut du Bec les accueillit et les bénit. Le peuple de Londres débordait d'enthousiasme. Les barons qui avaient soutenu envers et contre tous le parti angevin affichaient des sourires triomphants. Les opportunistes qui avaient largement profité de l'anarchie et de la faiblesse du pouvoir royal sous le règne d'Étienne pour accroître leurs possessions et s'émanciper, arboraient des visages fermés, inquiets. Quelle allait être la réaction d'Henri à leur égard ? Certains s'étaient ralliés avec pour unique objectif de récupérer leurs fiefs en Normandie, confisqués par l'impératrice Mathilde. D'autres étaient restés fidèles à Étienne de Blois par souci de leur indépendance. La plupart étaient dans l'expectative. Nombreux étaient ceux qui avaient construit des châteaux sans autorisation royale et qui avaient mis la main sur les recettes fiscales de la couronne.

Henri offrit son poing à Aliénor. Elle posa sa main gantée dessus. Ils entrèrent dans l'abbaye. Les moines entonnèrent le vexilas regis. Henri, ému, savourait son triomphe.

Aliénor éprouva un pincement au cœur quand elle s'agenouilla sur le coussin face à l'autel. Elle n'était plus la petite fille ballottée au gré des décisions et tractations entre l'abbé Suger et l'archevêque de Bordeaux Geoffroy Babion de Lauroux. Elle était devenue une femme accomplie, déterminée et sûre d'avoir fait le bon choix. Oubliés le moinillon et son ridicule royaume. Aujourd'hui, elle allait coiffer une couronne qui, associée à leurs états continentaux faisait d'eux le couple royal le plus puissant de la chrétienté. Elle n'en doutait pas, bientôt, Henri débarquerait en Irlande pour pacifier ces contrées barbares et obtiendrait des Gallois et des Écossais leur allégeance. Il lui restait à régler définitivement le problème de Toulouse en attendant de cueillir par ses filles l'héritage de France.

— Tu seras reine ma fille! s'était exclamée une vieille miresse, le jour de ma naissance, murmura Aliénor alors que l'archevêque la couronnait. Henri sourit. Quelques larmes glissèrent sur ses joues glabres constellées de taches de rousseur.

La réputation d'un roi juste et débonnaire envers les petites gens avait précédé Henri. Lorsque la procession traversa Londres, la foule saxonne déborda d'enthousiasme.

Lors des cérémonies d'hommage puis du sacre, Thibaud du Bec présenta à Henri, Thomas Becket qu'il avait fait nommer prévôt de Berverley. Henri tomba sous le charme de ce brillant juriste formé à l'école cathédrale de Canterbury puis de Bologne.

Arrivés à Saint-Jacques de Compostelle, Foulques de Fons-Almoy et Marie de France, apprirent que le roi

Louis VII les avait précédés. Ils se rendirent à la cour d'Alphonse VII. Louis VII qui venait d'épouser Constance de Castille, avait repris la route d'Aragon avant de gagner Toulouse. Foulques comprit que le roi de France cherchait de nouvelles alliances au sud des possessions continentales d'Henri et d'Aliénor. Des renversements d'alliance allaient s'opérer. Les rois de Castille et d'Aragon étaient traditionnellement les alliés des ducs d'Aquitaine avec qui ils avaient forgé de nombreuses alliances matrimoniales et militaires.

Aliénor prit possession du vieux palais des rois saxons à Bermondsey qui jouxtait l'abbaye du même nom qui venait de sortir de terre. L'endroit était humide, le salpêtre rongeait les murs. Seule la grande salle disposait d'une cheminée et Aliénor fit rapidement installer une cheminée dans sa chambre en remplacement des braséros qui diffusaient dans les pièces une fumée âcre et épaisse. Le mobilier était antique et datait de l'an mil. Les tapisseries, mangées aux mites, tombaient en lambeaux. Les courtines et les tentures avaient disparu. Les corridors étaient la proie des courants d'air. Dans sa grande générosité, Henri avait distribué des prébendes à ses fidèles et la plus gâtée d'entre eux fut Aliénor. Elle reçut un douaire pour assurer ses dépenses en Angleterre ce qui lui permit de passer commande aux meilleurs artisans de Londres.

Noël fut l'occasion de grandes festivités au cours desquelles Henri put asseoir son pouvoir. Il fit appel à Thomas Becket dont il s'était entiché. Excellent administrateur, ce normand d'extraction bourgeoise aimait le faste et le luxe et les œuvres de prestige. Henri désormais deuxième du nom, fit également appel à son fidèle soutien, Robert de Beaumont comte de Leicester qu'il nomma co-justicier du royaume. Il nomma également co-justicier un fidèle partisan de son prédécesseur le roi Étienne, Richard de Luci réputé pour sa probité et qui gardait au nom du roi la Tour de Londres et le château de Windsor. Luci était avant tout un serviteur de la couronne. Sa connaissance des arcanes du gouvernement de l'Angleterre et sa grande loyauté joua en sa faveur. Le justicier du royaume exerçait le pouvoir politique et judiciaire au nom du roi et assurait la vice-royauté en cas d'absence. En outre, il présidait la Cour de l'Échiquier qui contrôlait les finances royales. Henri s'appuyait sur les comtes, qui depuis son grand-père étaient tous des Normands, les comtes saxons ayant été systématiquement évincés. Les comtés étaient divisés en cantons régis par des shérifs qui représentaient le roi, appliquaient la justice, et faisaient rentrer les impôts.

D'emblée, Henri II Plantagenêt se présenta comme le digne héritier de son grand-père, Henri Beauclerc. Non seulement, il rétablissait l'ordre mais également il effaçait les dix-neuf années de règne du roi Étienne de Blois.

Aliénor poussa un grand cri. Les matrones, occupées à faire bouillir du linge et des langes, sursautèrent. Une main nerveuse poussa la porte qui grinça sur ses gonds. Apparut le visage inquiet d'une suivante d'Aliénor, Mabel de Clare. Arriva ensuite, Aveline de Luci. C'était des damoiselles normandes issues des grands lignages d'Angleterre.

— Vite, vite, jeta Mabel de Clare, le travail commence.

Les matrones, Émeline et Willemine, réagirent promptement. Un page et deux valets prirent les baquets d'eau chaude. La chaise obstétricale avait déjà été installée dans la chambre de la reine.

Son visage était déformé par la douleur. À son chevet, Aloïs de Rochefort, et Almodis de Faye, une nièce de l'oncle Raoul.

— Il faut prévenir Henri, murmura Aliénor, les traits tirés. Elle était blanche. Un valet attisa le feu dans la cheminée. Deux braséros distillaient une fumée âcre, parfumée d'encens. Il fallait à tout prix assécher l'atmosphère et chasser la froidure pour accueillir le deuxième enfant de la reine d'Angleterre.

Henri II fit dresser les tentes dans une vallée verdoyante à quelques lieues au sud de York. La tente royale était reconnaissable à son étendard brodé de deux lions d'or. Ce soir-là, il prit un dîner frugal après avoir lu les premières traductions de l'histoire des rois de Bretagne du Gallois Geoffroy de Monmouth par le Normand Robert Wace. Henri appréciait cet auteur qui commença son œuvre en dressant un panégyrique de la reine Aliénor et cela n'était pas pour lui déplaire. Elle commençait à lui manquer et il lui tardait de la revoir. Mais dans son état, il fallait encore patienter, le temps de l'accouchement puis celui des relevailles. Après, il sera toujours temps de batifoler avec la reine et de l'ensemencer une nouvelle fois. Comment ce pauvre diable de Louis avait-il été incapable d'obtenir du plus beau parti de la chrétienté un fils ? Cette malédiction qui frappait la Maison de France était inexplicable. Sans doute était-il condamné à n'avoir jamais d'héritier mâle, songea-t-il en se frottant les mains. D'un moment à l'autre un chevaucher allait surgir pour lui apporter bonne nouvelle et ce serait inévitablement un fils. Comment pouvait-il en être autrement ? La veille, il avait revu la bonne Ykenai. La garce était opulente et avait la cuisse hospitalière. Depuis combien d'années lui donnait-elle le plaisir escompté ? Il avait dû la prendre pour la première fois lors d'une de ses escapades en Angleterre lorsqu'il tenta d'envahir l'Angleterre avec une bande de mercenaires. Il n'était alors âgé que de quatorze ans ou alors était-ce quand, âgé de seize ans, appuyé par

Ranulf de Chester et son grand-oncle le roi d'Écosse, il tenta derechef d'arracher le trône à son oncle Étienne de Blois.

Ikenai était une experte dans l'art d'aimer et elle savait comment satisfaire les fantasmes les plus osés du jeune roi. Henri l'aimait comme on aime une garce qui vous offre le plaisir. Pour la remercier de ses bons offices, il lui avait promis de reconnaître le fruit de leurs débauches, ce petit Geoffroy, né en 1152. Il en ferait un évêque et l'élèverait avec ses fils légitimes. Ykenai était une femme de petite extraction et de petite vertu. Elle était née en Angleterre dans une famille proche de Robert de Gloucester. Après les déboires des partisans de l'impératrice Mathilde, elle avait débarqué en Normandie en qualité de maîtresse d'un baron puis, elle avait tenu un bordelage à Rouen où Henri avait séjourné à maintes reprises. Elle était rentrée en Angleterre au moment du débarquement d'Henri. Elle s'était réinstallée à Gloucester mais n'hésitait pas à voyager dans la suite du jeune roi quand il la faisait quérir. Elle songeait à rouvrir un bordelage à Londres sauf si Henri reconnaissait leurs fils. L'enfant, à trois ans, promettait d'être déluré et il plaisait à Henri. Alors sa décision était prise. Mieux valait qu'Ikenai ne finisse pas en tenancière de bordelage. En outre ses petits services d'entremetteuse étaient toujours utiles. Auparavant, il lui faudrait en parler à Aliénor. Certes, elle n'avait pas son mot à dire. Toutefois, ses conseillers lui avaient rappelé discrètement qu'il ne fallait en aucun cas froisser la susceptibilité de la reine. Aliénor était l'unique, l'inaccessible, la Dame par excellence que nombre de chevaliers servaient avec une dévotion toute platonique. Il l'aimait comme on aime la mère de ses enfants, comme on aime sa reine. Mais la seule qu'il aimait passionnément était Rosamonde. Rosamonde Clifford lui manquait. Belle comme un cœur, douce et angélique, fragile et légère, elle incarnait la sylphide aérienne, évanescente qui, telle une fée des sylves, vous apporte tous les bienfaits de l'humanité. Ce soir, il quitterait discrètement le camp et se rendrait dans un de ces manoirs qu'il venait de prendre. Il y avait bouté le feu à l'exception d'un bâtiment qui ce soir encore allait abriter leur idylle. Ils avaient correspondu secrètement et Rosamonde avait promis d'être au rendez-vous. Son père, sir Gautier était dans la confidence. Il avait bien compris quel parti, il pourrait un jour tirer de cette liaison à condition de taire sa langue et de se faire le complice de son suzerain. Aliénor devait ignorer ces rendez-vous secrets car elle comprendrait que son époux aimait une autre femme. Ça, elle ne le pardonnerait pas. Quant à Ikenai, Aliénor connaissait son existence depuis fort longtemps et s'en accommodait. Henri jouait avec la garce des jeux interdits, des jeux prohibés mais de ces rencontres fondées uniquement sur le plaisir et la complicité, il n'y avait pas là de passion amoureuse. Ykenai n'était qu'une ribaude que l'on payait pour ses services.

Trois matrones, soulevèrent doucement Aliénor de son lit et l'aidèrent à prendre place sur la chaise obstétricale. Elle poussa un gémissement. Son ventre distendu se bosselait à mesure de l'impatience de l'enfant à naître qui avait grand hâte de sortir au grand jour.

Mabel de Clare enduisit les mains de la ventrière d'huile de noix parfumée de violette et de laurier. Elle s'agenouilla devant le fauteuil obstétrical. Aliénor qui grimaçait de douleur s'arcbouta, les épaules appuyées contre le dossier. La chaise était en forme de fer à cheval pour laisser assez d'espace pour que la mère puisse accoucher en laissant glisser l'enfant vers le bas, la tête la première pour que la ventrière puisse le recevoir dans ses mains.

— Détendez-vous ma tante, murmura d'une voix apaisante Almodis de Faye.

Aloïs de Rochefort lui tendit un hanap de vin épicé qu'Aliénor but cul sec.

La ventrière s'efforça de dilater le col de l'utérus et s'exclama quelques instants plus tard :

— Il vient. Il est coiffé. Le sac amniotique est intact.

— C'est signe de bonne fortune, commenta Aveline de Luci.

— C'est un garçon, dit alors la ventrière d'une voix vibrante d'émotion.

— Je le savais, répondit Aliénor. Nous le nommerons Henri comme son père, comme son arrière-grand-père, Henri Beauclerc, roi d'Angleterre.

La ventrière coupa le cordon ombilical à quatre doigts du nombril, quatre comme les quatre saisons, quatre comme les quatre âges de la vie.

La ventrière tendit le cordon à Aloïs de Rochefort en chuchotant de crainte d'être entendue :

— Damoiselle, allez le faire sécher. Nous en ferons de la poudre pour en faire des philtres d'amour. Puis, elle se tourna vers Aveline de Luci, damoiselle, allez enterrer le placenta au-delà du verger afin d'éloigner les démons.

Les matrones entreprirent de laver le nourrisson et de l'enduire d'un baume à base de roses pilées, de miel et de sel puis le langèrent.

Aliénor avait les jambes flageolantes. Elle était incapable de se lever. Almodis de Faye l'aida à se relever. Elles firent quelques pas. Les matrones soulevèrent Aliénor et l'aidèrent à s'étendre sur son lit. La ventrière déposa alors Henri contre son sein.

Henri II mit pied à terre. Il n'était escorté que de son écuyer, le jeune Bertrand de Tancarville. Il lui tendit les rênes de sa monture en disant :

— Occupe-toi des chevaux.

La cour du manoir n'était qu'un tas de ruines fumantes. Au fond, une maison épargnée pour les plaisirs du roi. Henri s'avança d'un pas alerte. Il ouvrit la porte. Elle était là, assise dans une chaire, à moitié assoupie. Sur un coffre, une aiguière et deux hanaps. Dans la cheminée, le feu crépitait. En vis à vis de celle-ci, un grand lit fermé par des courtines. Sir Gautier de Clifford n'avait rien laissé au hasard. Il la contempla d'un air émerveillé. Elle portait un manteau de fourrure entrouvert qui laissait entrevoir un joli bliaud de soie verte. Ses longs cheveux blonds étaient dénoués et ruisselaient sur ses épaules. Il s'approcha à pas de loups. Lorsqu'il prit sa main fine et délicate dans sa paume rugueuse, elle s'éveilla en sursaut et réprima un petit cri :

— Sire, murmura-t-elle rouge de confusion.

Il prit ses deux mains et les porta à ses lèvres gourmandes. Puis, il les reposa et dit :

— Ma mie, je suis tout à vous.

Il prit l'aiguière, remplit les hanaps de cet hydromel suave et sucré et dit :

— Buvons à notre amour.

Ils conversèrent aimablement. Henri réprima son envie de l'emporter tel un faune et de la jeter sur le lit pour la prendre avec sa vigueur coutumière. Devant Rosamonde, le taureau furieux se métamorphosait en agneau. Il adulait cette petite fée et ne voulait pas l'effaroucher. Alors, il réprima ses instincts et prit le temps de l'apprivoiser avant de l'entraîner dans ce grand lit pour qu'elle se blottisse contre ses épaules.

Au petit matin, lorsque le plus naturellement du monde, il regagna le campement, un messager de la reine l'attendait.

Il chevaucha jusqu'à Londres entraînant ses compagnons dans un rythme infernal. Lorsqu'il fit irruption dans le palais de Bermondsey, il croisa l'évêque de Londres, Richard de Belmeis qui lui apprit avoir baptisé deux jours plus tôt l'enfant prénommé Henri comme cela avait été convenu. Henri bondit de joie et se précipita dans la chambre de la reine. Il fit une entrée fracassante. Aliénor confortablement assise sur des coussins allaitait leur enfant. Elle tourna la tête dans la direction de son époux et sourit. Il tomba à genoux au pied du lit.

— Ma mie, ma mie que je vous adore, s'exclama-t-il en couvant son fils d'un regard extatique.

Aliénor jubilait, elle qui avait tant souffert à la cour de France de ne donner que des filles. À Londres dans l'antique palais de Bermondsey, elle donnait un deuxième fils au royaume d'Angleterre.

— Je lui donnerai l'Anjou, promit Henri II tout excité. Ma mie dépêchez-vous de lui donner le sein afin que je le prenne dans mes bras. Les yeux rivés sur la gorge de son épouse, Aliénor se demanda si c'était son fils ou son sein qu'il dévorait du regard.

— L'Anjou, dites-vous. Mais votre père n' a-t-il pas promis à votre frère cadet l'Anjou une fois que vous coifferez la couronne d'Angleterre ?

Henri se tordit les doigts. La mâchoire crispée, il répondit :

— Qu'il se contente de Loudun, Chinon et Mirebeau, c'est bien assez pour lui.

Elle opina du menton. Il baissa la tête comme un enfant pris en faute et se jeta à l'eau :

— Ma mie, vous n'êtes pas sans savoir que je vous adore mais parfois, il m'arrive d'avoir quelques faiblesses pour des ribaudes de passage.

— L'on m'a rapporté quelques historiettes sur vos prouesses, se dit Aliénor en fronçant les sourcils. Une sourde inquiétude l'envahit. Elle pensa à ce qu'elle avait entendu sur la fameuse Rosamonde. La petite était jeune et pouvait se montrer une concurrente redoutable.

— J'ai eu, confessa Henri quelques faiblesses pour une ribaude de basse extraction du nom d'Ykenai. Elle m'a donné un fils qui est né en 1152.

— Qu'importe, nous n'étions pas mariés.

— L'enfant est prometteur. Alors, je voudrais qu'il soit éduqué à la cour et le légitimer. Il a pour prénom Geoffroy. J'en ferai un évêque.

— Soit, soupira Aliénor. Mais en attendant promettez-moi de lancer des travaux de rénovation au palais de Westminster. Le confort de Bermondsey est plus que sommaire.

Henri balaya du regard les tapisseries qu'Aliénor avait fait accrocher aux murs, le somptueux lit en bois sculpté paré de ses courtines, ses coffres, ses faudesteuils et sa vaisselle d'or outre la cheminée qu'elle avait fait installer. Mais il s'abstint de tout commentaire et promit de donner des instructions au chancelier Thomas Becket.

L'empereur des Espagnes, Alphonse VII, convoqua ses meilleurs troubadours castillans, aragonais, provençaux, catalans, gascons, limousins et poitevins. Il entendait donner une grande fête pour la mi-carême. Foulques de Fons-Almoy et Marie de France se rendirent de bon cœur à cette invitation qui allait leur offrir l'occasion de se distinguer. Leurs ressources diminuaient et la misère les guettait. Ils avaient espéré obtenir les faveurs du monarque mais celui-ci, fort accaparé par sa charge, n'avait pas daigné les recevoir. Le royaume était compliqué, entre populations catholiques, musulmanes et juives. Le roi très catholique se voulait le protecteur de tous et notamment des musulmans de ses États, néanmoins la menace Almohade pesait sur la politique du royaume.

Foulques et Marie avaient rédigé un tenson où l'un et l'autre se donnait la répartie en argumentant chacun dans un sens différent.

— La reine nous départagera, affirma Marie qui défendait le point de vue suivant, qu'une damoiselle ne pouvait refuser d'épouser celui que sa famille lui destinait que si elle rentrait dans les ordres. En bon disciple de Guillaume le Troubadour, Foulques soutenait que l'amour ne souffrait aucune contrainte. Et Marie de lui répondre avais-tu déjà aimé avant de me rencontrer. À Foulques d'affirmer qu'il n'avait été que le chevalier servant d'une noble Dame inaccessible et que désormais son cœur appartenait à la damoiselle qu'il avait enlevée pour l'épouser. Et Marie répondait, je ne puis t'épouser sans le consentement de mon frère.

Ils ne rencontrèrent pas le succès escompté. La reine, Richezza de Pologne qui ne comprenait pas grand-chose aux arguties développées par un troubadour et une poétesse, bâilla à plusieurs reprises. Pour conclure, à la fin du banquet où nombre de troubadours avaient rivalisé d'imagination, Alphonse VII fixa Foulques d'un air pénétrant et lui annonça :

— Chevalier, Henri II Plantagenêt a embarqué pour l'Angleterre début décembre. J'ai ouï dire qu'il était fort occupé à pacifier son nouveau royaume. Le pape aurait mandaté Henri pour qu'il débarque en Irlande et remette de l'ordre. Bref, il me semble que pour vous l'heure de rentrer en Aquitaine a sonné. Peut-être pourriez-vous développer vos arguties en présence du roi et de la reine d'Angleterre. Je vous souhaite d'être plus convaincant. Mon connétable vous donnera deux montures pour vous défrayer de vos prestations de poètes. Ainsi vous pourrez franchir les Pyrénées à cheval. C'est plus agréable que de jouer les pénitents en mendiant sa pitance. Je vous souhaite un bon voyage. Si vous allez à Paris, ma fille Constance, désormais reine de France, daignera peut-être vous écouter mais je crains que votre qualité de disciple de feu le troubadour Marcabru ne vous joue des mauvais tours. Louis VII est rancunier d'autant plus qu'il voulait vous faire pendre lors de votre séjour à Jérusalem.

— Sire, vous êtes très bien informé, répondit Foulques en s'inclinant jusqu'à terre.

— On a tout gagné, explosa Marie en jetant son baluchon au visage de Foulques. Nous sommes bannis de Castille, indésirables au royaume de France et fugitifs en Aquitaine.

— Prenons la route de Lusignan. Nous éviterons Bordeaux.

— Tu ne veux pas revoir ta fille ? jeta Marie d'un ton acide.

— Je n'ai pas confiance dans l'archevêque.

Le lendemain, chevauchant des coursiers andalous, Foulques et Marie avec une maigre bourse en poche gagnèrent la côte atlantique. Puis, ils se joignirent à un groupe de jacquets qui, ayant accompli leur pèlerinage à Saint-Jacques de Compostelle, regagnait l'Aquitaine par la route littorale. À Bayonne, en marchant sur les quais du port, ils rencontrèrent un capitaine de navire basque en partance pour Londres. Moyennant finance, Foulques lui remit une lettre pour la reine d'Angleterre.

En avril 1155, Henri II et Aliénor se rendirent à Wallingford à un plaid où avaient été convoqués les barons et évêques d'Angleterre. Henri II leur ordonna de prêter allégeance à son fils Guillaume âgé seulement de trois ans. Henri le Jeune fut également présenté et les barons lui prêtèrent allégeance si Guillaume venait à rendre l'âme avant son frère.

Thomas Becket mandaté par le roi lança dès Pâques la rénovation du palais de Westminster. Il réalisa en cinquante jours ce que d'autres auraient réalisé en un an et Aliénor enchantée emménagea dans un palais somptueux, rénové selon ses goûts, avec cheminées et fenêtres à vitraux. Si l'amitié entre Thomas Becket et Henri l'indisposait et amenuisait considérablement son influence, elle reconnaissait que le chancelier faisait tout pour lui être agréable. En outre cette complicité entre les deux hommes réduisait l'influence de l'impératrice Mathilde sur son fils, ce qui comblait Aliénor. Tout le monde savait à la cour que l'impératrice ne pouvait pas souffrir Thomas Becket. Elle le jugeait arrogant, ostentatoire, ambitieux et politique.

Aliénor qui disposait de revenus importants de par son douaire entreprit de grands travaux sur la Tamise pour favoriser le commerce des navires aquitains avec l'Angleterre. Elle créa ni plus ni moins son dock, Queenhithe, afin que les bateaux en provenance des ports de Bayonne, Bordeaux et La Rochelle puissent mouiller dans de bonnes conditions et puissent remettre en état leurs coques et voiles si nécessaire.

En septembre, alors que le roi Henri était parti chasser dans la New Forest, Aliénor reçut un messager d'Aquitaine qui lui remit un second courrier rédigé par Foulques de Fons-Almoy. Aliénor n'avait pas trouvé le moment opportun d'évoquer le cas de Foulques auprès d'Henri. Il faut avouer que le roi ne tenait pas en place. Il chevauchait en permanence et sillonnait son royaume du sud au nord et d'est en ouest pour rétablir l'autorité royale, l'ordre, la justice et les finances. Il fit détruire plus de mille châteaux construits sans autorisation et expulsa les mercenaires flamands de feu le roi Étienne. Alors le cas du chevalier de Fons-Almoy ne semblait pas être sa préoccupation première.

Toutefois, Henri manquait souvent de tempérance. Il avait, après une chasse au cours de laquelle une trentaine de sangliers avaient été pris sans compter les daims et les chevreuils, organisé un festin qui tourna en orgie, une fois encore. Ykenai et nombre de ses comparses parasitaient la cour. Après quelques récitals de troubadours, l'on passa à une série de saynètes paillardes puis les musiciens jouèrent une musique polyphonique bien rythmée et c'est toute la cour qui carola autour des arbres d'un vaste verger dans des tenues légères pour ne pas dire indécentes. Henri avisa l'épouse d'un chevalier. L'affaire faillit mal tourner. Le chevalier eut la bonne idée de quitter la cour laissant son épouse subir les assauts d'Henri. Elle flirtait avec la quarantaine et n'offrit aucune résistance au jeune roi. Le lendemain, il sollicita la belle Rosamonde qui le bouda. Il entreprit alors de la reconquérir au grand dam du chancelier Thomas Becket et du co-justicier Robert de Luci très inquiet d'une éventuelle réaction de la reine s'il advenait qu'un esprit malicieux vienne l'en informer. Quant à Robert de Beaumont, comte de Leicester et co-justicier, il était furieux. Sa mère était la sœur de Raoul de Vermandois, le sénéchal de France qui avait par le passé épousé Pétronille d'Aquitaine, la propre sœur d'Aliénor. L'insoutenable légèreté d'Henri II l'indisposait au plus haut point.

Henri se réconcilia avec Rosamonde Clifford et prit la route de Winchester. Or Aliénor fit prévenir qu'elle arrivait. Évidemment, elle apprit que les agapes du roi avaient dégénéré en saturnales. Elle sut également qu'Henri, une fois encore, s'était distingué par son côté satyre où il déployait une lubricité sans limite.

La ville de Winchester renaissait de ses cendres. Détruite et brûlée pendant la guerre civile, elle s'était métamorphosée en un vaste chantier. Henri résidait dans le palais qui avait été réhabilité. Il appréciait tout particulièrement cette ville qui tenait un rôle important dans le commerce de la laine et qui bénéficiait d'une vie artistique florissante. À peine était-il arrivé qu'un héraut annonça l'escorte d'Aliénor. Il avait pris place dans son trône. Aliénor, entourée de ses suivantes, entra et s'avança d'un pas majestueux. Son bliaud amarante sous une cape bleu ciel bordée d'hermine mettait en valeur son teint de lait. Sa guimpe de gaze, retenue par une couronne fleuronnée semée de gemmes rutilantes, dissimulait ses nattes blondes. Henri baissa la tête, gêné de soutenir le regard inquisiteur d'Aliénor et fixa les pigaches de la reine à la pointe recourbée et au cuir semé de perles fines.

— Mon roi, quel bonheur de vous revoir en si bonne santé. Je craignais que vos excès n'altèrent votre santé.

Henri ne craignait ni Dieu ni diable, ni sa mère, ni sa femme, pourtant des maîtresses-femmes qui avaient fait trembler plus d'un baron et plus d'un roi. Toutefois, il ne voulait pas à l'instar de Louis VII perdre la main sur l'Aquitaine. Certes, ils avaient désormais deux fils mais Aliénor par la maison de Châtellerault disposait d'un puissant réseau dans cette contrée où les barons étaient plus indisciplinés les uns que les autres. Or les nouvelles étaient mauvaises. L'on disait que le cousin germain d'Aliénor, le vicomte de Thouars s'était rapproché de son frère cadet Geoffroy Plantagenêt. L'on rapportait également que Geoffroy Plantagenêt conspirait. Alors, il ne fallait surtout pas perdre l'estime d'Aliénor et continuer ardemment de l'ensemencer.

— Ma reine, je suis si heureux de vous revoir la mine épanouie. Venez prendre place à mes côtés. Je tiens à requérir votre avis sur une affaire qui me tient à cœur.

— La bonne affaire, moi aussi, répondit Aliénor, d'un air réjoui.

Outre la poésie courtoise, la politique était une des passions de la reine. Il fallait ajouter la chasse, la fauconnerie et les considérations géopolitiques. Alors Henri appuyait sur la corde sensible ce que n'avait pas su faire Louis.

— Je vais tenir conseil avec mes barons. Notre saint pape, anglais par la grâce de Dieu, vient de me nommer suzerain de l'Irlande. Il me sollicite pour que je mette un terme à l'anarchie qui règne dans cette île où chaque chef de clan se croit roi et guerroie contre son voisin. Auparavant, je souhaite connaître votre avis. Votre connaissance de la matière celtique pourrait éclairer le conseil.

Aliénor prit place sur son trône et se pencha vers Henri.

— Auparavant, j'ai une toute petite affaire de rien du tout que je souhaite évoquer. J'ai reçu un courrier qui concerne une poétesse qui est à la pointe sur la maîtrise des légendes irlandaises et bretonnes.

— Ha, belle du jour, je vous vois venir.

— Le chevalier de Fons-Almoy sollicite votre pardon.

— Je m'étais promis de le pendre. Il a enlevé ma demi-sœur.

— Il est éperdument amoureux.

— S'il me rend Marie, je l'absous, déclara Henri.

— Il veut l'épouser.

— Je destine Marie à un baron anglo-normand pour consolider ma mainmise sur l'Angleterre. Vous conviendrez que c'est une sage décision.

— Si vous ne le pendez pas, j'obtiendrai qu'il vienne s'agenouiller devant vous. Marie plaidera elle-même sa cause.

— Excellente idée. Nous verrons ça après la conquête de l'Irlande. Il nous faudra bien rentrer sur le continent. J'ai ouï dire que mon frère cadet s'agitait.

— Peut-être avant d'envahir l'Irlande, devriez-vous régler votre différend avec votre frère. Ensuite, il sera toujours temps de s'emparer de cette île. Je vous rappelle également que vous devez faire valoir mes droits héréditaires sur le comté de Toulouse, tenu par un usurpateur.

Aliénor semblait satisfaite. Elle avait glané quelques informations sur Rosamonde Clifford par Mabel de Clare. Rien d'alarmant. La damoiselle apparemment ne serait qu'une émule d'Ykenai, une garce à la cuisse hospitalière qui s'offrait au premier venu en échange de quelques récompenses. Aliénor soupira. Certes, à trente-trois ans, elle était resplendissante de beauté. Et ses quatre maternités n'avaient absolument pas altéré sa silhouette de sylphide. Elle restait encore l'incarnation de la beauté par excellence dotée de surcroît d'un charme irrésistible. Aliénor connaissait la puissance de son sourire, la magie de son verbe et le magnétisme de son regard, sans compter son humour et la finesse de ses réparties qui éblouissaient ses interlocuteurs.

Henri II réunit son conseil pour la Saint-Michel. La décision d'envahir l'Irlande déchaîna l'enthousiasme des barons. Henri II dépêcha des chevaucheurs sur le continent pour lever des troupes, promettant à qui l'entendait, récompenses, fiefs, et filles bien dotées à marier. La réaction ne se fit pas attendre. Ce n'est pas une cohue de chevaliers assoiffés d'aventures qui débarqua en Angleterre mais l'impératrice Mathilde. Elle se rendit à Winchester, ignora sa belle-fille qui en prit ombrage et d'une voix sèche et autoritaire intima à son fils de renoncer à son projet insensé.

— Tu n'y penses pas. L'Irlande est un pays peuplé de barbares sanguinaires. La terre est stérile. Il n'y a que des moutons et des poneys. Laisse ces sauvages s'étriper entre eux. Tu n'as dans cette aventure que des coups à prendre.

— Mais je dois doter mon cadet, Guillaume FitzEmperesse, protesta Henri, agacé par cette irruption inopinée qui contrariait ses projets.

— Occupe-toi d'abord de surveiller ton frère Geoffroy. Il te jalouse depuis sa naissance. Il avait essayé de t'enlever Aliénor pour te couper l'herbe sous le pied. Tu lui as promis l'Anjou. Donne-lui.

— Jamais. Cette promesse m'a été arrachée sous la contrainte à mon corps défendant.

— Quelle contrainte? Mes fils vont se déchirer dans une guerre fratricide. Elle ajouta: Méfie-toi. C'est provoquer la colère de Dieu que ne de pas respecter les dernières volontés d'un mourant. Tu subiras le courroux céleste et les saints du Paradis se détourneront de toi. Rappelle-toi ton père qui avait blasphémé en présence du roi de France et de Bernard de Clairvaux. Il en est mort.

Henri plissa les lèvres. Les courriers du sénéchal Raoul de Faye allaient dans le même sens. Mathilde asséna le coup fatal:

— Tu viens de pacifier l'Angleterre. Retourne sur le continent avant que les Angevins et les Aquitains n'en prennent à leur aise.

Henri se mit à réfléchir. Sa mère n'avait pas tort. Le danger ne venait pas d'Irlande. Alors il fallait parachever la paix avec Louis et visiter ses États continentaux. L'Irlande attendra.

Quant à Aliénor, indignée par l'attitude de sa belle-mère, elle se retira dans sa chambre, escortée de ses suivantes. Elle manda son chapelain, son notaire et son scribe pour dicter des courriers à destination de l'Aquitaine. Tout d'abord, elle répondit à son chevalier servant, Foulques de Fons-Almoy. Elle tourna sa lettre en poème, un joli canso savamment ciselé selon les règles de l'art. C'est qu'elle l'aimait son petit chevalier, elle l'aimait comme on aime un proche parent, un serviteur dévoué, un ami fidèle. Elle lui fit part de la réponse d'Henri et lui demanda d'attendre son retour en Aquitaine. Puis, elle écrivit à son oncle Raoul de Faye, puis à la tante d'Henri et belle-sœur de l'impératrice Mathilde, l'abbesse de Fontevraud, à son connétable Saldebreuil et à l'évêque de Poitiers.

Foulques jouissait d'une félicité peu ordinaire. Marie était de nouveau enceinte, il venait de recevoir un message d'Aliénor qui répondait à ses sollicitations et quelques jours plus tard, un chevaucheur aux armes de Faye, porteur d'un message du sénéchal, fit irruption dans la cour de Lusignan.

— Messire chevalier, le roi d'Angleterre vous fera quérir lors de son retour en Aquitaine. Entretemps, aucune poursuite ne sera engagée contre vous.

Rassuré sur les intentions tant d'Henri II que d'Aliénor, Foulques quitta Lusignan où il se terrait dans une masure. Il avait pu au cours de ce séjour à Lusignan profiter de son fils et échanger quelques courriers avec Radegonde qui profitait des enseignements de l'école cathédrale de Bordeaux. Il était pressé de regagner enfin son manoir. Estevance Maingot qui était désormais une servante de condition serve au service de Dame Bourgogne de Lusignan avait tenté de le séduire à nouveau. Et, elle se montrait de plus en plus entreprenante. Le serf qu'elle avait été contrainte sur ordre d'épouser portait depuis longtemps des cornes. Le bougre aurait bien voulu se faire justice sur sa diablesse d'épouse mais, elle appartenait à Bourgogne de Lusignan. La frapper aurait signifié pour lui le cachot. Alors faisant contre mauvaise fortune bon cœur, l'homme fermait les yeux. La situation allait devenir intenable. Plusieurs fois, Estevance s'était introduite dans leur masure et Marie avait dû se fâcher. Elle avait même surpris une conversation inquiétante.

— Si, tu seras bien content de me reprendre, avait murmuré Estevance en s'approchant du chevalier, si par les hasards de la vie, Marie trépassait lors de l'accouchement. Une mauvaise fièvre, un saignement, que sais-je encore.

— Prophétesse de malheurs, va-t'en et ne réapparais jamais en ma présence, jeta Foulques en la chassant sans ménagement.

Depuis ce jour, Marie redoutait qu'Estevance ne cherche à se venger de Foulques sur elle. Elle avait une réputation sulfureuse et au contact d'une vieille miresse du faubourg de Lusignan, l'on racontait qu'elle avait été initiée à l'herboristerie. Rien n'était plus facile pour une femme maligne que de provoquer une fausse couche en versant dans une soupe une décoction à base d'herbes aux propriétés abortives.

L'accueil fut triomphal. Il y avait si longtemps que l'on avait vu le chevalier parmi les siens. Lorsque le pont-levis s'abaissa et que la herse se releva, Foulques découvrit dans la cour que toute la mesnie au complet l'attendait. Guérin son fidèle garde-chasse se porta à sa rencontre de son pas claudiquant.

— Messire, nous étions si inquiets. Nous sommes restés des mois sans nouvelle.

— Nous sommes en paix. Pourquoi le pont-levis était relevé ? demanda Foulques en fronçant les sourcils. En fait, il connaissait la réponse que lui apporta Guérin et qui lui fit froid dans le dos :

— Messire Raoul de Faye a par deux fois envoyé une troupe avec ordre de se saisir de votre personne.

— Raoul, le fils de Dangereuse de Châtellerault, répéta Foulques, désemparé. Dangereuse qui l'avait élevé dans sa prime enfance avant de le confier à Lusignan. Raoul l'aurait ainsi livré à la justice du roi d'Angleterre.

— Il faut vous estimer heureux, le capitaine de la troupe, Enguerrand de Beaumont, m'a fait savoir que le roi souhaitait que l'on boute le feu à votre manoir et qu'il n'en reste pas une pierre debout. Messire de Faye a fait la sourde oreille car il vous apprécie. En outre, Aliénor lui aurait demandé de faire preuve de mansuétude.

Foulques, profondément ému, aida Marie de France à descendre de sa monture.

— Qu'elle est belle ! s'écria Ricarda, la fille d'Alaïs.

Mahaut s'approcha de son pas lourd.

— Nous vous souhaitons la bienvenue, noble Dame.

Marie leur sourit à tous. Une dizaine d'enfants la dévorait du regard. Tant de choses avaient été dites sur la célèbre poétesse de la cour d'Henri Plantagenêt. Rainard, aidé de son fils, Étienne, prit les chevaux par le mors et les emmena à l'écurie. Eschive, son épouse monta dans la tour le maigre bagage de Foulques. C'est que cette longue escapade avait vidé leur bourse. Guérin n'avait pu les aider, car le fief avait enduré de mauvaises récoltes et tout le butin de Foulques avait été dépensé pour achever les défenses du manoir.

Foulques lut dans les pensées de ses vassaux une forme de reproche. Combien de femmes allaient-elles franchir le seuil du manoir ? Ils avaient adoré Hersende, leur châtelaine. Ils l'avaient pleurée. Marguerite était passée comme une étoile qui peu à peu s'enfonçait dans les brumes de l'oubli, puis Estevance Maingot, vulgaire et délurée. Désormais, c'était une poétesse, la demi-sœur du roi d'Angleterre que leur seigneur avait osé enlever. Ils savaient tous que cette histoire pouvait mal se terminer et qu'ils en seraient les premières victimes si, d'aventure, Henri II décidait d'anéantir le modeste fief.

— Ici, ce n'est pas la place d'une grande dame de la cour, grommela Eschive en portant les bagages de Marie dans le donjon.

Foulques confia Marie aux bons soins de Mahaut avant d'aller inspecter les dernières constructions diligentées par Guérin durant son absence. Désormais, outre le donjon, trois tours rondes flanquaient les remparts. L'on y accédait par le chemin de ronde. Au milieu de la courtine est, se dressait un châtelet avec une poterne, un pont-levis et une herse de bois renforcée de ferrures. Un fossé avait été creusé sur les flancs est et sud du manoir. L'escarpement défendait les accès ouest et nord.

— Il faudrait élargir les fossés et les inonder, commenta Foulques.

Guérin opina du chef. Il se mordilla les lèvres d'un air perplexe.

— L'eau coule sous le manoir, insista Foulques.

— Il faudra creuser profondément, observa Guérin d'un air dubitatif.

— Le sol est rocheux.

— À l'angle sud-ouest, l'eau doit sourdre à quelques coudées seulement. Fais creuser un puits et aménage une rigole pour noyer le fossé en cas d'attaque, répondit Foulques d'un air pensif.

Marie s'installa dans la chambre seigneuriale au deuxième étage du donjon. Elle demanda à Mahaut de leur faire monter des brocs d'eau chaude. Elle éprouvait le besoin de prendre un bain. Ricarda et Ozanne, les filles d'Alaïs, tapissèrent la cuve de bois d'un drap de lin blanc. Elles apportèrent une brosse et des serviettes. Puis ce fut une noria de brocs d'eau chaude. Quand Foulques monta la rejoindre après avoir inspecté son fief de fond en comble, il la découvrit, assise au fond de la cuve en train de s'enduire le corps d'une pâte onctueuse parfumée à la citronnelle. Pierrette, la fille d'Echive était en train de lui démêler les cheveux.

— Laisse, commanda Foulques, je vais terminer la toilette de ma Dame.

La porte se referma. Il se dévêtit et rejoignit Marie. Elle lui fit de la place et se lova contre lui. Il passa sa main contre son ventre.

— Quatre mois déjà, murmura Marie en se laissant aller.

Il l'embrassa dans le cou et ajouta :

— Tu verras. Tout se passera bien. Avec le temps, la colère d'Henri tombera. Viendra le moment où la raison primera.

Elle secoua la tête négativement et murmura :

— Pouvons-nous accéder à la bibliothèque du palais de Poitiers ? J'éprouve l'envie de lire les Classiques. Cette vie champêtre dans laquelle tu m'enfermes ne me convient pas.

— À Lusignan, tu as pu consulter un ouvrage relatant les aventures de Tristan et Iseult.

— Ce n'était que des extraits copiés par un moine dépourvu de culture. Il manque beaucoup d'anecdotes. En Angleterre, je pourrais accéder aux ouvrages irlandais et gallois.

— À Poitiers, nous avons les écrits du barde gallois Blédri. C'était un familier de la cour de Guillaume le Toulousain et de Guillaume le Troubadour.

Il l'enserra par la taille et la caressa. Ses paupières s'abaissèrent. Elle se laissa faire. Il lui murmura des mots doux. Elle soupira. Une onde de désir la submergea.

— J'aimerais continuer à traduire les fables d'Ésope.

— Ésope, répéta Foulques. Il ne s'attendait pas à ça. Il ajouta : nous ne sommes pas mieux ici que dans les étuves de la cité de Lusignan au milieu des marchands et des nobliaux du coin ?

— Tout juste beau sire. Mais j'aspire à autre chose. Cette année d'exil a été extrêmement éprouvante et la reine de Castille ne nous a pas offert une hospitalité digne de nos talents.

— Elle a dû s'entendre avec le Méchant.

— Le Méchant, répéta Marie, interloquée. Qui est le Méchant ?

— C'était le surnom que Marcabru a affublé au roi Louis VII lorsqu'il s'est réfugié à la cour de Castille.

— Parlons de nous. Quand Henri compte-t-il venir en Aquitaine ?

— Après une année passée en Angleterre, ça ne devrait pas tarder.

— Je ne crois pas à son pardon. Il est vindicatif et rancunier. C'est un Plantagenêt, affirma Marie d'un air songeur.

Les caresses de Foulques se firent plus pressantes. Il répondit d'un ton désinvolte :

— Henri a tout intérêt à nous oublier. La révolte gronde en Aquitaine et en Anjou. Il a besoin de chevaliers.

— Il y en a 7000 en Angleterre prêts à débarquer en Aquitaine pour se tailler des principautés. Les Normands sont des conquérants dans l'âme.

Foulques haussa les épaules. Il se contenta de l'embrasser.

La cour s'apprêtait à fêter Noël. Aliénor depuis trois semaines éprouvait de plus en plus souvent des nausées. Elle manda Estelle, une ventrière aragonaise dépêchée à Londres par sa cousine germaine, Pétronille d'Aragon. On lui avait vanté les talents des médecins andalous qui formaient chaque année des sages-femmes, ventrières et médecins aragonais et castillans. Après quatre grossesses, Aliénor s'inquiétait de savoir si sa santé lui permettait de donner la vie avec une telle générosité. Estelle parlait le catalan, une variante assez proche de la langue d'oc parlée en Aquitaine. C'était une grande brune, sèche et nerveuse, au nez aquilin, au menton volontaire et aux lèvres charnues. Ses traits acérés n'étaient pas dépourvus de charme et son teint olivâtre lui conférait ce petit air méditerranéen qui rappelait à Aliénor ses aventures outremer. Outremer, c'était sa complicité avec ce pauvre Foulques qui ne lui avait jamais fait défaut. Elle se massa le ventre et demanda à Estelle :

— Ausculte-moi. Je veux savoir.

La ventrière obtempéra. Aliénor se coucha sur son lit et l'aragonaise officia selon les règles de l'art.

— Vous êtes enceinte. Je gage que c'est une fille. Je vous recommande de ne pas voyager. Cela pourrait vous être fatal.

C'est alors qu'elle repensa à leur voyage en Aragon au moment où sa tante Agnès, veuve du vicomte de Thouars, épousa le roi Ramire d'Aragon. Elle se remémora ce séjour dans les détails et revit comme si c'était hier ses premiers émois de jouvencelle. Elle se rappela alors qu'elle prenait son bain dans l'hôtel d'un riche bourgeois quand une tête curieuse apparut par un fenestron. Elle avait reconnu le visage de Foulques, or elle était nue. Cette saynète l'avait marquée à vie. Au même moment Henri fit irruption dans sa chambre.

— Êtes-vous malade ?

— Mon cher époux, je suis enceinte.

— Par la dent de Dieu ! jura alors Henri en levant les bras au ciel. J'en suis fort aise. Encore un petit gaillard. J'en ferai un roi de France.

— Ce sera une reine, répondit Aliénor, comme sa mère.

— Que Dieu vous entende.

— Henri, je ne pourrai me rendre sur le continent.

Il soupira, marcha comme un beau diable dans la chambre. Il était pareil à lui-même, nerveux, agité. Aliénor sourit et dit : Je garderai le royaume pour vous. Elle se reprit et ajouta : Pour nous.

— Vous assurerez la régence associée au co-justicier Richard de Luci. Vous aurez comme soutien l'archevêque de Canterbury et Jean de Salisbury.

— Quand vous serez sur le continent, vous convoquerez le chevalier de Fons-Almoy et votre demi-sœur, Marie de France. Je compte sur votre mansuétude.

Henri sourit et se mit à rire.

— Par les boyaux de Dieu, je les convoquerai et Foulques me rendra Marie, vierge ou pas, peu me chaut. Je la marierai à qui bon me semble.

— Ne le pendez pas, ne rasez pas son manoir, ne le jetez pas dans une geôle.

— S'il se soumet, il n'a rien à craindre de ma colère pourtant légitime.

Le lendemain, après le festin où nombre de troubadours se produisirent, Aliénor manda Rigaud de Barbezieux.

— Rigaud, lui dit-elle, tu vas me rendre un service.

Le chevalier troubadour tomba à genoux. Aliénor était irrésistible et le moindre de ses désirs était un ordre auquel nul chevalier n'aurait su déroger. La main sur le cœur, il promit tout ce que voulut la reine. Elle lui narra lors par le détail sa conversation avec Henri. Elle ajouta :

— Préviens Foulques, que si Marie ne le quitte pas lorsqu'Henri le lui demandera, je ne pourrai plus rien pour lui.

Chapitre 12

L'Anjou et le Poitou étaient en effervescence. Geoffroy Plantagenêt, désigné par feu son père comme étant l'héritier du comté d'Anjou et du comté du Maine, comptait bien faire valoir ses droits. En Poitou, les ennemis héréditaires de l'Anjou, comme le vicomte de Thouars, considéraient que le danger était incarné par Henri II. Alors, ils se rapprochaient du cadet des Plantagenêts. Ce dernier était considéré comme un prince de peu d'envergure. Diviser les Plantagenêts semblait pour beaucoup la meilleure stratégie à adopter.

Le 10 janvier 1156, Henri II débarqua en Normandie et se rendit à Rouen. Il retrouva sa mère avec laquelle il put s'entretenir à plusieurs occasions. L'impératrice Mathilde était de bon conseil mais Henri semblait de plus en plus imperméable à toute influence féminine. Certes, pour la forme, il écoutait tantôt sa mère, tantôt sa femme mais en réalité c'était son chancelier Thomas Becket pour qui il nourrissait une amitié sincère qui avait son oreille. Avant de descendre sur Bordeaux et de mettre à la raison tous les récalcitrants qui oseraient contester sa toute puissance, il lui fallait d'abord neutraliser définitivement le roitelet des Francs. Le dimanche suivant, il rencontrait Louis VII à la frontière de Normandie.

Henri se montra charmeur et spirituel.

— Mon cher cousin, je suis bien aise de vous revoir en si bonne santé, lança Henri en lui donnant l'accolade.

Louis se montra quelque peu mal à l'aise devant ce débordement d'amitié et ces effusions qui le déstabilisaient. Henri s'en amusait. La guerre n'était pas à l'ordre du jour. Mieux valait un compromis bien négocié qu'une guerre soigneusement orchestrée.

— Mon cher Louis, continua Henri, je suis très heureux d'avoir appris que vous avez convolé en justes noces avec une charmante princesse castillane. Je suis sûr que Constance vous donnera toute satisfaction.

— Mon cher Henri, vous êtes trop aimable. Louis n'était pas dans son assiette. Il voulait la paix. Cependant, Henri ne lui inspirait pas confiance. C'était un conquérant. Il avait appris qu'il avait reculé pour l'Irlande mais c'était reculer pour mieux sauter. Rien n'arrêterait cet ambitieux insatiable. Ils avaient un seul grand point commun : leur sobriété, leur frugalité et la capacité à s'isoler pour lire, méditer et réfléchir. Certes, ils n'avaient point les mêmes lectures. Henri avait lu tous les stratèges de l'Antiquité : Scipion, Jules César, Xénophon et Végèce pour ne citer que les plus connus. Louis nourrissait une profonde délectation pour les lectures sanctifiantes. Côté sexe, tout les opposait, abstinence pour le roi de France, sexualité débridée pour le roi d'Angleterre. Côté parcimonie, sobriété et frugalité, ils se ressemblaient.

— Je gage que la reine Constance vous donnera de nombreux enfants et un héritier mâle qui coiffera la couronne. Il pensa pour lui-même, il faudra d'abord la mignoter et la satisfaire. Louis très digne se méprit sur son large sourire. Henri imaginait la jeune castillane dans ses ébats avec le moinillon de Paris.

Lors de cette rencontre, Henri renouvela ses hommages pour l'Aquitaine, la Normandie et l'Anjou, rassuré, voire rasséréné par les bonnes dispositions de son puissant voisin et vassal, Louis prit la route de Paris. Henri rentra à Rouen. Une petite surprise l'attendait mais il l'avait anticipée en renouvelant son hommage au roi de France pour l'Anjou.

Son frère cadet, Geoffroy d'Anjou, l'attendait de pied ferme. À peine était-il entré dans la chambre de sa mère, l'impératrice Mathilde, que Geoffroy les rejoignit. Henri le dévisagea des pieds à la tête. Il jeta d'un ton sec :

— J'ai à m'entretenir des affaires du duché avec notre mère. Je te verrai plus tard.

Geoffroy secoua la tête négativement. Henri se raidit. Ses prunelles s'injectèrent de sang. Comment ! Ce minable qui avait osé tenter d'enlever Aliénor pour lui ravir sa proie, osait lui tenir tête.

— Lors de la mort de notre père, vous avez prêté serment de respecter le testament qu'il nous a légué, glapit son frère d'une voix aigüe qui trahissait son manque d'assurance.

— Le testament, répéta Henri en regardant tour à tour son frère et sa mère. Mathilde opina du menton.

— Ne pas respecter les volontés d'un mort porte malheur, continua Geoffroy.

— Par la dent de Dieu ! s'exaspéra Henri, où veux-tu en venir ?

— Cesse de blasphémer ! coupa sa mère. Ton père s'est moqué des prophéties du saint Bernard de Clairvaux. Il en est mort. Dieu l'a puni pour sa mécréance.

— Notre père a testé ainsi, reprit Geoffroy d'une voix frémissante : dès qu'Henri coiffera la couronne d'Angleterre, l'Anjou et le Maine reviendront à Geoffroy.

Henri explosa de fureur. Il hurla :

— Jamais ! Jamais ! L'Anjou me revient de droit en tant qu'aîné de la Maison d'Anjou.

— Tu refuses de respecter les volontés de notre père, jeta Geoffroy d'une petite voix acidulée.

— Des intrigants ont convaincu mon père de rajouter dans son testament ces mesures iniques qui vont à l'encontre du bon droit, riposta Henri d'une voix pointue. Son visage était couleur de brique et ses yeux gris jetaient des flammes assassines.

Geoffroy fixa son frère d'un air impénétrable. L'impératrice Mathilde prit alors la parole :

— Mes fils, ne vous divisez pas. Vous feriez le bonheur de nos ennemis. Réconciliez-vous et trouvez un compromis acceptable pour tous.

Henri enveloppa sa mère d'un regard énigmatique et haussa les épaules. Geoffroy, blême comme la mort, pivota des talons et quitta la chambre de sa mère sans un mot.

La neige ensevelissait la campagne sous un manteau de neige. Marie voulut sortir dans la cour. Son ventre s'arrondissait et elle éprouvait le besoin de faire un peu d'exercice. Elle sortit de la chambre, descendit dans la grande salle, mit le nez dehors. Foulques était invisible. Sans doute était-il parti chasser alors qu'elle prenait son bain. Elle franchit la poterne du premier étage, franchit l'étroit pont-levis et descendit l'escalier de bois. Arrivée dans la cour, elle jeta un œil aux écuries. Le palefroi de Foulques était absent. Dépitée, elle sortit du manoir par le châtelet et prit le sentier qui descendait dans la vallée du

Clain. C'était un passage étroit qui sinuait sur une pente escarpée. Marie marchait prudemment en s'appuyant sur un bâton. Arrivée au pied du coteau, elle se dirigea vers la fontaine et suivit le ruisseau qui traversait le pré Guimauve. Le ruisseau glougloutait sur un lit de cailloux au milieu d'un parterre de menthe et de myosotis bordé côté nord d'une épaisse roselière. L'eau était si claire que l'on pouvait voir des écrevisses et, avec un peu de dextérité, les attraper à la main. Le ruisseau se jetait dans un bras du Clain. Elle le franchit par une passerelle de bois et se dirigea vers le pont de pierre. Sur sa dextre, une forêt de buis et de coudriers escaladait le ravin, paradis des blaireaux et des renards. Soudain, elle crut voir à travers l'épaisseur du taillis, une ombre suspecte, puis une deuxième et une troisième. Son pouls s'accéléra. Elle était seule, sans chien et n'avait pas prévenu qu'elle partait en direction du prieuré des Retz. Elle voulait s'entretenir avec le père Radulphus pour lui demander conseil. Elle leva les yeux au ciel. Il était gris. Il allait bientôt neiger. Elle rebroussa chemin d'un pas précipité. Soudain, là-haut près du vieux chêne aux ramures impressionnantes qui bordaient le sentier de crête, un loup hurla à la mort. Elle frissonna et en eut la chair de poule. Dans les roseaux, un animal prit la fuite dans un vacarme impressionnant. Sanglier ou chevreuil, pensa-t-elle. La neige commença à tomber, une neige drue, poisseuse, qui en quelques instants noya le paysage sous un voile blanc gris. Elle accéléra le pas. La froidure piquante traversait son peliçon de martre. Elle avait froid. La peur ancestrale des loups la submergeait. Elle se retourna. Elle crut percevoir des ombres qui se mouvaient rapidement dans sa direction. Une peur panique s'empara de tout son être. Elle voulut courir. Sa grossesse l'handicapait. Elle trottina jusqu'au pied de l'escarpement et gravit à pas précipités le petit routin lorsqu'elle glissa sur une plaque de verglas. Elle roula dans le précipice et se retrouva allongée de tout son corps quatre mètre plus bas. Elle se releva péniblement en prenant appui sur son coude et en se redressant à la force du poignet. Une douleur aiguë lui déchira les entrailles. Elle poussa un cri. En se retournant, elle vit des ombres menaçantes qui s'approchaient à pas feutrés. Elle en était sûre, des fauves, appâtés par l'odeur de la chair fraîche se dirigeaient sur elle pour la dévorer. Elle était terrifiée. Elle parvint à se relever, lorsqu'une silhouette apparut. C'était le maréchal-ferrant que Foulques venait de recruter. Un homme carré d'épaules, à la puissante musculature qui dépassait les gars de la mesnie d'une bonne tête. Il tenait à la main un épieu et portait à la ceinture un long coutelas. Il lui tendit la main sans un mot et l'aida à grimper le sentier. À mi-pente, la douleur était telle qu'elle se mit à sangloter et à gémir. L'homme, silencieux, la prit dans ses bras et l'emporta jusqu'au châtelet. Guérin les attendait d'un air inquiet.

— Je l'ai trouvée à quelques toises de la fontaine, expliqua le maréchal-ferrant.

— Bien, Robert. Dépose-la dans la chambre du donjon.

Foulques, surpris par la tempête de neige, s'était arrêté à Sichard où dame Elvire lui avait fait un accueil mitigé. Elle espérait que son fils Guy serait armé chevalier pour les fêtes de la Pentecôte et serait en mesure de prêter hommage pour le fief à leur suzerain, Boson de Château-Larcher. Mais personne ne se bousculait pour adouber son fils qui n'avait pas les moyens de financer son harnois. Elle ne supportait plus la tutelle de ce chevalier fugitif, qui défrayait les chroniques de la cour. Quant aux filles, Olive et Mathilde, elles restèrent silencieuses. Olive cultivait en secret sa passion pour le seigneur de Fons-Almoy mais l'irruption de Marie de France dans le pays ruinait toutes ses espérances. Alors, elle nourrissait désormais une profonde rancœur envers le chevalier. Elle s'était rencognée près de l'âtre, filant la laine ou travaillant à son ouvrage de tapisserie. Alerté par Étienne, le fils de Rainard, que lui dépêcha Guérin, Foulques rentra précipitamment dès le soleil levé.

— Elle souffre beaucoup, murmura Mahaut.

La vieille cuisinière connaissait les plantes qui soignent. Mais Guérin avait pris les devants. Il avait confié à Robert le Forgeron :

— Elle ne doit pas mourir. Sinon, la fureur du roi d'Angleterre s'abattra sur nous. Le fief sera démantelé et nous serons tous passés au fil de l'épée. Tu comprends, c'est la demi-sœur du roi que notre seigneur a enlevé dans le palais des ducs de Normandie à Rouen.

— Il est insensé, commenta Robert le Forgeron.

Robert se rendit à Moisais où il convainquit la miresse notoirement connue de se rendre à Fons-Almoy contre espèces sonnantes et trébuchantes. Puis, il continua son chemin jusqu'à l'abbaye des Moreaux située en amont du Clain. Il alla quérir le moine herboriste.

Marie fit une fausse couche dans d'atroces tourments. Alitée, en proie à de fortes fièvres, elle délira durant plus d'une semaine. Elle était entre la vie et la mort. Le père Radulphus demeura de longues heures à son chevet. Foulques, nuit et jour, veillait sur sa bien-aimée. Hanté par le désespoir, il ne dormait plus. L'appétit coupé, il ne mangeait plus. Puis, peu à peu, les plantes médicinales de l'herboriste de l'abbaye des Moreaux firent leur effet. La fièvre reflua. Marie recouvra ses sens.

Marie se redressa sur le coude. Foulques l'aida à boire une tisane.

— J'ai perdu beaucoup de sang, murmura-t-elle. Je me sens terriblement affaiblie.

— Tu es jeune, robuste, de bonne constitution. Tu t'en sortiras, affirma Foulques, d'une voix qu'il voulut calme et sereine. Il était profondément troublé. La miresse de Moisais lui avait affirmé que désormais, plus jamais, Marie ne pourrait enfanter. Cette nouvelle lui pesait et lui faisait mal. Il savait ô combien, sa bien aimée, sa reine de cœur, voulait donner la vie à un petit prince qui serait leur enfant à tous deux, le gage de leur amour, le fruit de leur passion. En outre la naissance d'un enfant aurait légitimé aux yeux de tous leur union. Et Marie aurait fini par accepter de l'épouser à la chapelle Saint-Fiacre, ce qu'elle refusait obstinément tant qu'elle n'aurait pas donné la vie. Elle redoutait bien trop le courroux d'Henri. Si tu m'épouses disait-elle alors que nous n'avons pas d'enfant, Henri n'aura d'autre solution que de te faire pendre pour rompre notre mariage. Si nous ne sommes pas mariés, il pourra se montrer clément. Et Foulques de lui reprocher son défaitisme et son pessimisme. Ce pessimisme constituait l'épine dorsale de l'œuvre de Marie. C'était inscrit dans sa nature. Elle venait d'écrire un nouveau lai. Un chevalier avait enlevé la sœur de son seigneur. Leur amour ne donna aucun fruit. Un soir, le seigneur vint à la tête d'une forte troupe reprendre sa sœur. Il fit enfermer le pauvre chevalier dans une geôle. Pour recouvrer un semblant de liberté, ce dernier se métamorphosa en rossignol. La nuit, il se posait sur la fenêtre de la belle, mariée depuis peu à un puissant baron. Il chantait pour la consoler de leur infortune. Un jour, un page, à qui la belle s'était confiée, dénonça le subterfuge au baron. Fou de rage, il attrapa le rossignol avec de la glu et le livra à son chat qui le mit en pièces. De désespoir, la belle mourut d'une maladie de langueur.

— Comment puis-je avoir le moral après avoir lu une telle histoire ? se plaignit Foulques auprès de Marie.

— C'est ainsi. Mon corps souffre de mille maux et mon âme s'étiole devant la menace qui plane sur nos têtes.

— Pense à ta guérison.

— Je suis jeune, répondit Marie. Je vais guérir grâce aux soins que tu me prodigues. Mais sache que Dieu nous a punis. Notre amour est illégitime. Bientôt Henri II sera de retour et viendra réclamer son dû. Je lui appartiens et il disposera de moi comme il l'entend.

Foulques réprima un frisson. Ces mots le blessaient cruellement.

— Je n'ai cure d'Henri. Nous sommes libres.

Marie secoua la tête négativement.

— Que peut un pauvre chevalier contre le roi d'Angleterre ?

— Un roi discourtois est indigne de son rang. Une telle attitude est contraire aux principes même de la fine amor, affirma Foulques avec force.

— Mais nous, objecta Marie, nous avons succombé aux délices de la false amor.

Quinze jours plus tard, Rigaud de Barbezieux se présentait devant la poterne de Fons-Almoy. La surprise était de taille. Les deux troubadours avaient rivalisé de nombreuses années dans le dessein de servir Aliénor en qualité de chevalier servant. Et Aliénor, dans sa jeunesse, avait pris plaisir à jouer avec les sentiments de ses vassaux.

C'était un bel homme, bon chevalier, troubadour talentueux, bien né, cadet d'une famille saintongeaise reconnue. Il entra dans la cour escorté de son écuyer et d'un compagnon qui chevauchait une mule. Il mit pied à terre, jeta les rênes à son écuyer et d'un pas alerte traversa la cour. Foulques descendit l'escalier de bois quatre à quatre et se précipita à sa rencontre. Les deux hommes s'étreignirent avec émotion. Foulques n'ignorait pas que

Rigaud de Barbezieux avait accompagné Aliénor à Londres et comptait parmi les gens de sa Maison.

— Quelles sont les nouvelles? demanda-t-il d'une voix précipitée.

— La reine se porte à merveille. Elle est de nouveau enceinte. Henri II est à Rouen. Je gage qu'il sera bientôt à Poitiers.

Un pli soucieux barra le front de Foulques. Rigaud le prit par le bras et lui dit :

— Montons. J'ai à te parler en tête à tête.

Foulques s'installa dans sa chaire, Rigaud prit place dans un faudesteuil garni de coussins. Mahaut qui était remontée de la cuisine, située au rez-de-chaussée, leur apporta une bouteille d'hypocras. Elle les servit dans des gobelets de terre cuite vernissée.

— À nos amours! lança Foulques en levant son gobelet.

— À nos amours! Je ne suis guère chanceux. La femme que j'aime, Jaufre de Tonnay, ne sembla pas sensible à mes saluts d'amours ni à mes cansos.

— Elle vit à Londres.

Rigaud opina du menton. Il soupira et dit :

— Nul ne doit savoir que je suis venu te voir. Mon écuyer et Colin, mon jongleur sont muets comme des carpes. Ne dévoile surtout pas à ta mesnie mon nom et mes qualités. C'est notre divine suzeraine qui m'envoie dans le plus grand secret.

— Aliénor ?

— En personne. Il hocha du menton, un sourire aux lèvres. Puis, il ajouta d'un ton grave : Elle te tient en haute estime. Elle m'a demandé de t'avertir de la chose suivante : bientôt Henri Plantagenêt viendra reprendre Marie. Si tu t'y opposes, elle ne pourra rien pour toi. Si tu consens à la laisser repartir à la cour de Rouen, alors Henri t'oubliera.

— Si je refuse ?

— Tu seras seul et Henri se déchaînera. Il ne restera pas une pierre sur une pierre de ce manoir. Tout sera brûlé, rasé, détruit et tes vassaux seront massacrés.

— Mais jamais je ne renoncerai à la femme que j'aime, protesta Foulques d'un ton déterminé.

— Je perçois le souffle de la guerre qui peu à peu s'élève sur les terres d'Anjou et d'Aquitaine. J'ai entendu beaucoup de propos, de rumeurs, de colportages. Les Thouars, les Lusignan, les Parthenay seraient prêts à brandir l'étendard de la révolte.

— Je l'ignore, mentit Foulques. Les yeux rivés sur le plancher, il réfléchissait.

— Sois prudent. Henri II est un redoutable manœuvrier. Tu es bien placé pour le savoir. Il écrasera les rebelles. Sois-en certain.

— Tu peux dormir ici, proposa Foulques.

— Je partirai au lever du jour, répondit Rigaud de Barbezieux.

— Je ne renoncerai pas à Marie.

— Ma mission était de te prévenir en toute amitié. Mesure les risques.

Le vicomte de Thouars convoqua le ban et l'arrière-ban. Des troupes venues de Bressuire, Tiffauges, Thénezay, Airvault, Argenton, convergèrent vers Chinon. Les Lusignan et les Parthenay fourbissaient leurs armes. Foulques n'hésita pas un instant. Il demanda à Hugues de Lusignan, la permission de rallier au plus vite l'ost du vicomte de Thouars. Il était pressé d'en découdre. Il n'y avait qu'une issue, défaire Henri II. De son côté Geoffroy d'Anjou ralliait les Angevins et les Manceaux las de l'autoritarisme d'Henri Plantagenêt.

Montreuil-Bellay. La citadelle avait fière allure. Bellay de Montreuil avait épousé une cousine germaine d'Aliénor, la fille d'Agnès d'Aquitaine et d'Aimery de Thouars. Il soutenait fermement le bon droit d'Henri II. Son beau-frère, le vicomte Geoffroy IV de Thouars nourrissait quant à lui une haine viscérale à l'encontre d'Henri Plantagenêt. Il était bien décidé à mettre tout son poids dans la balance pour faire triompher Geoffroy d'Anjou. Il entraîna alors dans sa révolte Hugues VIII de Lusignan dont il avait épousé la sœur, Almodis, et mit le siège devant Montreuil.

Foulques et ses beaux-frères, Hugues de Beaulieu et Herbert d'Anché, firent le tour de la prodigieuse forteresse. Le père d'Henri, Geoffroy Plantagenêt dit le Bel, s'en était emparé il y a quelques années. Bellay IV avait depuis lors effacé toutes traces des déprédations commises par le comte d'Anjou d'alors. Seul le donjon était encore inachevé. Le siège commença quand les belligérants apprirent que contre toute attente Henri II à la tête d'une puissante armée tenait sa cour à Bourgueil.

— Il n'est plus qu'à quelques lieues de Chinon et de Montreuil, s'étonna le vicomte de Thouars. Mais comment a-t-il donc fait pour aller aussi vite ?

Geoffroy d'Anjou, pris de panique, envoya des chevaucheurs à tous ses alliés. Le vicomte de Thouars tint alors conseil sous sa tente.

— Je connais très bien cette citadelle pour m'y être rendu lors du précédent siège. Geoffroy le Bel disposait du temps nécessaire pour la faire tomber. Or nous sommes dans l'urgence, le temps joue contre nous. Henri va fondre sur nous d'un moment à l'autre, expliqua Foulques de Fons-Almoy.

— Que proposes-tu ? demanda le vicomte de Thouars qui arborait le visage des mauvais jours. Et que fait mon beau-frère Lusignan ? Il conte fleurette à Dame Bourgogne ?

— Henri II est arrivé le dimanche des Rameaux. Nous sommes Lundi saint. Toute la semaine vit au rythme de la Semaine sainte. La Paix de Dieu s'impose à tous et nul n'osera la rompre de crainte de s'attirer les foudres de Dieu. Henri ne fera rien avant Pâques. Nous avons cinq jours pour gagner Chinon, observa Helbert d'Anché.

— Pourquoi pas Loudun ? demanda le sire de Saint-Mesmin.

— Henri attaquera la plus puissante des forteresses de son frère. Pour moi, c'est Chinon. Il faut à tout prix qu'Henri se brise les dents sur les remparts de Chinon. Sinon, Loudun et Mirebeau tomberont à leur tour sans coup férir, répondit Foulques.

Jeudi saint, le vicomte de Thouars et son ost entrèrent à l'intérieur de Chinon. La ville était protégée par la Vienne et une ceinture de remparts. Elle s'adossait au promontoire rocheux sur lequel les comtes de Blois de l'an mil avaient bâti une formidable forteresse. Celle-ci se terminait à l'ouest par le château du Coudray et épousait le relief accidenté du plateau.

Geoffroy d'Anjou réunit son conseil. Parmi ses alliés, le plus puissant d'entre eux était le vicomte de Thouars. Un allié de choix qui contrôlait la majeure partie du Bas-Poitou. Allié aux puissantes familles d'Anjou et du Poitou, il était également le demi-frère de la reine Pétronille d'Aragon.

— Chinon est une forteresse inexpugnable, affirma le vicomte de Thouars. Jamais, Henri ne pourra s'en emparer par la force.

— Nombreux sont les habitants de Chinon qui pourraient être tentés de lui ouvrir les clefs de la ville, annonça alors Geoffroy d'Anjou qui semblait avoir perdu sa pugnacité. Il était évident que la réponse fulgurante d'Henri aux velléités d'indépendance de Geoffroy avait pris tout le monde de court. Parmi les alliés potentiels des rebelles beaucoup n'avaient pas encore levé leurs troupes. La coalition semblait brisée dans l'œuf.

— Si la ville tombe, peu importe. La forteresse et le château du Coudray sont imprenables, rétorqua le vicomte de Thouars agacé.

Foulques de Fons-Almoy qui avait été invité au conseil, prit à son tour la parole.

— Messeigneurs, le roi d'Angleterre dispose de troupes nombreuses, aguerries et d'ingeneors en nombre suffisant pour construire quelques puissants mangonneaux, trébuchets et balistes. En revanche, les beffrois ne pourront pas accoster les remparts de Chinon et les chats seront inefficients contre un promontoire rocheux. Les sapeurs ne pourront ouvrir aucune brèche et les échelles seront faciles à repousser. J'imagine mal malgré leur courage et leur témérité, des hordes de chevaliers normands accepter de grimper sur des échelles à partir desquelles nous les précipiterons systématiquement dans le vide. Nous avons des vivres et les puits du château ne peuvent pas être empoisonnés de l'extérieur. Le donjon du château du Coudray est inaccessible de l'extérieur. Le siège peut durer une année. Cela nous laisse le temps de mobiliser nos alliés, d'user le Plantagenêt et de tisser de nouvelles alliances.

— À quelles alliances fais-tu allusion? demanda Geoffroy qui détestait Foulques qui l'avait humilié dans sa tentative avortée d'enlever Aliénor au Port-de-Piles. Il avait dû consentir à l'inviter au conseil à la demande expresse du vicomte de Thouars qui lui avait dit: Foulques a combattu auprès d'Henri II. Il connaît ses raisonnements, sa façon de mener les attaques, il a lu les mêmes livres des grands capitaines de guerre de l'Antiquité et notamment Végèce, une des lectures favorites d'Henri.

— Je pense que la sœur du vicomte de Thouars, je voulais dire la reine d'Aragon, pourrait tenter une diversion au sud du duché en poussant à la révolte, les Comminges, les Béarn, les Tartas, les d'Albret. Le roi de Castille est désormais l'allié du roi de France qui pourrait également en cas de propagation de la révolte nous soutenir. Prenons Henri II entre plusieurs feux, ici en Anjou, à l'extrême sud du duché, côté Pyrénées, un troisième feu s'illuminera dans la foulée : le Limousin, la Marche, le Poitou, l'Angoumois et la Saintonge. Le roi Louis sera contraint de convoquer son ost pour marcher avec nous et d'en finir une fois pour toutes.

— Bien parlé, répondit le vicomte de Thouars. Si Aliénor t'entendait, elle te jetterait dans un cachot, enchaîné comme une bête sauvage ?

Foulques soupira et ajouta :

— Nous devons vaincre. Nous n'avons pas le choix. J'ai vu comment Henri II traite ses vassaux en Angleterre. Il les réduit un par un à la servilité. Il rase leurs manoirs ; abaisse leurs prérogatives et pour les plus récalcitrants confisque leur châteaux et fiefs. Repoussons-le en Angleterre. Conservons notre indépendance et reconnaissons comme seule duchesse, Aliénor d'Aquitaine et comme seul comte d'Anjou, Geoffroy Plantagenêt.

Geoffroy d'Anjou se mordit les lèvres. Il était séduit par ces discours qui fleurissaient dans son entourage. Foulques venait de dire tout haut, ce que pensaient tout bas, les barons du Maine, d'Anjou, du Poitou et probablement de toute l'Aquitaine. Toutefois, une sorte de peur viscérale lui tordait les entrailles.

— Demain, nous aviserons, conclut-il, la bouche sèche. D'une main impatiente, il attrapa une aiguière et se servit à boire du vin de Bourgueil.

À l'aube, le guetteur qui veillait du haut du donjon du château de Coudray, donna l'alarme. D'innombrables bateaux remontaient le cours de la Vienne et accostaient sur la rive opposée de la ville de Chinon.

Henri II donna instruction à ses ingeneors de disposer une ligne de balistes pour bombarder les remparts de la ville. Pendant une heure des boulets de pierres fracassèrent les murailles et les quais de la cité. Les habitants terrorisés refluaient en désordre vers le château. Geoffroy d'Anjou avait abandonné la cité avant même le début des hostilités pour concentrer sa défense à l'intérieur de la forteresse. Il avait levé le pont-levis et abaissé la herse, laissant les habitants de Chinon à la merci du roi d'Angleterre. À none, une délégation de bourgeois traversait la Vienne et demandait à être reçu par Henri II.

Une douzaine de marchands et artisans roulant des yeux inquiets entrèrent sous la tente royale. Henri, vêtu sobrement les accueillit avec un grand sourire.

— Quel plaisir de vous recevoir mes amis, lança-t-il à la cantonnade.

Surpris, celui qui se présenta comme le meneur du groupe, un grand, maigre, chenu, aux traits aquilins, esquissa une courbette. Il était emprunté et avait l'air penaud.

— Sire, nous vous apportons la clef de la ville. Les soldats de monseigneur Geoffroy se sont retirés dans la forteresse et le château du Coudray. Nous venons implorer votre clémence.

— Trêve de balivernes! coupa Henri. Buvez un petit verre de votre vin. Cela vous ragaillardira. Nous allons entrer dans la ville. Il ne sera commis aucun pillage et nul ne sera molesté. Quiconque portera la main sur un habitant de Chinon encourra les foudres de ma justice.

Un échanson servit à boire aux bourgeois tout esbaudis par un tel accueil. Ils étaient persuadés que le roi les aurait fait pendre avant les vêpres.

Pendant ce temps, le connétable Richard du Hommet, l'angevin Briand de Martigné et l'anglo-normand Jean le Maréchal encerclaient le promontoire. La nasse se refermait et nul ne pouvait plus quitter la citadelle.

Du haut du donjon, Geoffroy contemplait l'ost de son frère qui se déployait aux quatre points cardinaux. Le point faible de la forteresse était le prolongement de l'escarpement côté est. Un large fossé protégeait la courtine flanquée de tours. Henri fit installer son artillerie de l'autre côté du fossé. Mangonneaux, balistes, trébuchets et beffrois furent montés dans la journée. Des claies mobiles avaient été disposées afin de protéger les charpentiers et les servants des machines. Geoffroy d'Anjou ne disposaient que de deux mangonneaux à l'intérieur de la cour. Henri II les avait pris de court. Il n'avait pas eu le temps de faire entreposer suffisamment de poutres pour construire balistes et trébuchets. Alors, il donna l'ordre à ses archers postés sur le chemin de ronde d'inonder les assaillants de flèches dont certaines étaient enflammées dans de la poix. Il donna ordre à son ingeneor d'actionner ces deux mangonneaux dont la cadence de tir était de deux boulets de deux cents livres à l'heure. L'on entendit des bruits de bois brisés et des hurlements d'hommes aux membres broyés.

Henri II riposta sur-le-champ. Il donna l'ordre à ses archers d'inonder à leur tour le ciel de flèches de telle sorte qu'il soit impossible pour la défense de s'organiser. Les archers de Chinon durent s'abriter derrière les merlons et sous des boucliers. Les vingt-quatre servants des mangonneaux subirent de lourdes pertes et furent aussitôt remplacés.

Le vicomte de Thouars rejoignit Geoffroy d'Anjou au sommet du donjon qui protégeait le flanc sud du château de Coudray à l'extrême sud de la citadelle. Il est à noter que le château de Coudray était séparé du reste de la forteresse qui s'étirait sur deux cents toises, par un large fossé et que celui-ci était déjà investi par des sapeurs, des mineurs et des mercenaires. Seul un pont-levis reliait le château du Coudray au reste de la citadelle.

— Geoffroy, dit le vicomte de Thouars. Il faut réagir. Le point faible est la courtine côté est. Henri II fait monter son artillerie. Dès la nuit tombée, il n'aura de cesse de nous pilonner et ce n'est pas nos deux mangonneaux qui vont retarder l'échéance.

— Que pouvons-nous faire ? glapit alors Geoffroy d'Anjou qui avait perdu tout espoir face à ce frère déterminé qui allait mettre tous les moyens en son pouvoir pour s'emparer de Chinon. Richard du Hommet, Briand de Martigné et Jean Le Maréchal ont pris position au nord. La ville a été investie. Les bourgeois nous ont trahis.

— Nous avons des vivres et des réserves de flèches et de carreaux d'arbalètes en grand nombre. Le mieux est d'organiser une sortie cette nuit pour détruire les beffrois et les machines de guerre. Les Normands sont en train de combler le fossé côté est. Dans trois jours voire quatre leurs beffrois accosteront sur ce flanc. Nous devons à tout prix les détruire.

— Une sortie ! Mais le fossé nous empêche de lancer une charge à cheval.

— Une centaine d'hommes déterminés suffiront. Ils sortiront par la petite poterne qui s'ouvre sur la façade est des remparts. Ils longeront le précipice, descendront dans le fossé puis remonteront. Ils agiront en silence, trois heures avant l'aube et attaqueront par surprise. Dès que les Normands auront réalisé qu'ils sont attaqués, nous les inonderons de flèches enflammées pour semer la confusion. Nos chevaliers seront équipés de jarres de grès remplies d'huile pour inonder les beffrois et les pièces maîtresses des balistes. Nos flèches incendiaires feront le reste.

— Et s'ils échouent ? s'inquiéta Geoffroy d'Anjou.

— Alors nous devrons nous battre pour repousser l'ennemi.

— Qui mènera l'attaque nocturne ? demanda alors Geoffroy.

— Foulques de Fons-Almoy.

Geoffroy arbora un sourire satisfait. Il ne fit aucun commentaire et raccompagna le vicomte de Thouars pressé de retrouver ses Poitevins dans la forteresse.

— Ma place est face à l'ennemi, là où il porte ses efforts avait-il dit en descendant les escaliers. Il franchit la passerelle qui surplombait le fossé contrôlé par les assaillants, courbé en deux. Bien lui en prit, des archers gallois le prirent pour cible. Cette passerelle qui relie le Coudray au reste de la citadelle est également un point faible, confia-t-il au sire de Saint-Mesmin. Peux-tu veiller à ce que les mercenaires d'Henri ne tentent rien à cet endroit ?

Foulques embrassa longuement Marie. Elle fondit en larmes et se pressa de toutes ses forces contre son torse.

— J'ai une très mauvaise appréhension, murmura-t-elle.

— Marie, c'est une simple escarmouche. Nous allons semer la pagaille, bouter le feu aux machines de guerre et rentrer aussi discrètement que nous sommes arrivés.

— Les Normands ont laissé des sentinelles. À la moindre alerte, Henri lancera le gros de ses forces sur vous et vous serez anéantis. Je suis certaine qu'il a déjà anticipé cette action suicidaire.

Il sécha les larmes de Marie avec un mouchoir de soie et dit d'une voix pour la réconforter :

— Je serai de retour avant l'aube.

— Reviens-moi. Que deviendrai-je sans toi ?

— Si je meurs, Henri te pardonnera et te mariera à un baron anglo-normand, répondit Foulques d'un ton badin.

— On ne plaisante pas avec ces choses-là. Je ne suis plus mariable. Tu le sais très bien. Avec l'accident qui m'est arrivé, je ne peux plus enfanter. Je ne suis plus un parti intéressant. Je finirai mes jours dans une abbaye.

— Sois rassurée, j'ai bien l'intention de réussir cette mission et de revenir auréolé de gloire.

— Foulques, dit Marie en le fixant droit dans les yeux, je suis folle d'inquiétude. J'ai rêvé cette nuit que je te perdais à jamais.

— Tu m'as vu mort ?

— Non. Je t'ai vu partir loin de moi, couvert de chaînes.

Les chevaliers sortirent à la queue leu leu. Quelques coustillers et ribauds armés de larges coutelas les escortaient. Ils avaient pour mission de faire taire à jamais les sentinelles en les égorgeant sans bruit. Des valets portaient des jarres de grès. Des bûcherons équipés de lourdes haches les suivaient. Ils cheminèrent en silence sur l'étroit sentier qui longeait le rempart, le long du précipice. Foulques marchait en tête. La nuit était noire, l'air frais. Tout était silence hormis les chats-huants que l'on entendait hululer. Ils glissèrent à l'aide de cordes à l'intérieur du fossé. Foulques chuchota à l'oreille du chef des ribauds, un dénommé Martin.

— À vous de jouer.

Les coustillers et ribauds entreprirent d'escalader la paroi rocheuse. Arrivés sur le plateau, ils rampèrent jusqu'aux claies de bois tressé où s'abritaient les sentinelles.

Elles étaient quatre qui se réchauffaient par groupe de deux autour de braseros. Ils discutaient et chopinaient en attendant la relève. Visiblement, ils semblaient confiants. Ils n'eurent pas le temps de réaliser ce qui ce qui leur arriva. Des mains puissantes leur fermèrent la bouche tandis qu'une lame bien affûtée leur tranchait la gorge. Martin, son office achevé, poussa le cri de la chouette effraie. Foulques fit un signe. Les ribauds jetèrent des cordes et les chevaliers suivis des valets puis des bûcherons grimpèrent à leur tour.

— Robert de la Millière tu prends par la senestre, Evrard de la Ruffinière par la dextre, je prends le centre.

Les trois groupes s'enfoncèrent dans les ténèbres. Des groupes d'archers dormaient autour des feux de camp qui continuaient à brasiller. Avec une célérité inouïe les coustillers égorgèrent autant d'hommes qu'il leur était possible. Les chevaliers les relayèrent à l'épée. Surpris dans leur sommeil les archers n'offrirent aucune résistance. Quelques-uns réveillés en sursaut poussèrent des cris et tentèrent désespérément de prendre la fuite. Aussitôt rattrapés, aussitôt achevés. Ce fut un carnage. Les valets parvinrent au pied des machines de guerre qu'ils inondèrent d'huiles. Foulques et quelques chevaliers prirent des brandons enflammés et boutèrent le feu au matériel de guerre. Le feu se propagea. Les bûcherons entrèrent dans la danse avec pour mission de briser les pièces complexes et de sectionner les cordages. Un sergent se réveilla en sursaut et emboucha son olifant pour donner l'alerte.

Dans sa tente, Henri veillait. À la lumière d'une bougie, il tuait le temps en relisant les mémoires de Scipion l'Africain, le vainqueur d'Hannibal, le vainqueur de Carthage. Soudain, il entendit comme un cri. Le cri d'un lapin qu'on égorge. Il tendit l'oreille et sortit dehors. Il perçut le feu qui se propageait parmi les machines de guerre. Il sourit et murmura :

— Enfin, mon frère a pris quelques initiatives. Malheureusement pour lui, il est bien trop prévisible.

À côté de sa table de travail, Jean le Maréchal qui somnolait tout habillé s'était levé. Il fila dans la tente voisine et revint aussitôt.

— Les hommes sont près. Ils ont un peu dormi. Beaucoup ont joué aux dés.

C'est alors qu'ils entendirent l'olifant du sergent.

Le connétable Richard du Hommet suivi d'une centaine d'hommes se précipita dans l'enclos aux chevaux. Des destriers sellés et harnachés les attendaient. Les écuyers leur tendirent les lances.

Moins de dix minutes après que le sergent eut donné l'alerte, la terre trembla. Foulques fronça les sourcils et se retourna vers le chevalier d'Oiron.

— Ils chargent. À croire qu'ils nous attendaient. Nous devons terminer à tout prix notre mission.

C'est une centaine de chevaliers, lances à l'horizontale qui chevauchant de lourds destriers, chargeaient sur des hommes à pied, armés que d'épées ou de haches.

— Nous sommes perdus! s'époumona Evrard de la Ruffinière avant d'être transpercé par la pointe d'une lance.

Le combat était inégal. En une charge, Richard du Hommet balaya les Poitevins. Certains en se faufilant entre les machines et les claies parvinrent de justesse à sauter dans le fossé. La plupart tentèrent de vendre chèrement leur vie. Du haut des remparts, le vicomte de Thouars éberlué, donna l'ordre aux archers d'inonder le ciel de flèches enflammées. La lumière rougeoyante lui apporta un spectacle effrayant. Tous ses hommes étaient en train de se faire tailler en pièces. Il en fallait plus pour briser une charge de cavalerie qu'un nuage de flèches incendiaires. Foulques évita de justesse la lance qu'un chevalier ajustait dans sa direction. D'un bond, il évita le coup et d'un magistral coup de taille trancha net la cuisse de son assaillant et déchira l'épaule de son destrier qui hennissant de douleur se roula au sol.

Robert de la Millière, plongea sous un beffroi, se glissa à l'intérieur et l'épée au poing attendit qu'on vienne le déloger. Foulques avisa un chevalier normand qui brandissait son fléau et l'attaqua par surprise. Il lui brisa le poignet et d'un coup de revers sur le heaume l'étourdit. L'homme perdit l'équilibre. Foulques arrêta le destrier en le prenant au mors et malgré le poids de son haubert, d'un bond monta en selle. Il chargea à son tour, l'épée haute comme à Fons-Murez où il avait traversé les lignes ennemies dans une charge héroïque. Hélas, quatre chevaliers normands l'assaillirent. Il en désarçonna un quand il s'aperçut qu'une horde de fantassins se jetait dans la mêlée suivie de centaines de valets qui roulaient des barriques d'eau et de sable. Il comprit qu'Henri II les attendait. Il se demanda même si son frère Geoffroy ne l'avait pas prévenu pour obtenir son pardon et se débarrasser de Foulques. Il ferrailla avec énergie et tenta de rompre l'encerclement. Il allait y parvenir quand un guisarmier l'accrocha au col pour le désarçonner. Un chevalier l'épée haute éperonna. Son destrier heurta le sien. Il perdit l'équilibre et mordit la poussière. Il vit la pointe d'une épée se poser sur sa gorge.

— Messire, vous êtes mon prisonnier à moins que vous ne souhaitiez comparaître devant notre Créateur.

— À qui ai-je l'honneur? demanda Foulques en parler normand.

— Eudes de Reuville, pour vous servir.

— Bien messire, je suis Foulques de Fons-Almoy.

À l'aube, les quelques survivants, ruisselants de sang, entravés comme des bêtes malfaisantes, attendaient à genoux dans l'herbe humide que le roi d'Angleterre veuille bien statuer sur leur sort. Sur le chemin de ronde, le vicomte de Thouars observait les préparatifs des assaillants. Il était démoralisé. Les tonneaux d'eau et de sable avaient circonscrit le feu et en fin de compte, à part une baliste mise hors d'usage, la plupart des dégâts restaient superficiels. Du haut d'une des tours mobiles, le vicomte reconnut de loin les couleurs de Jean le Maréchal. Ce dernier, sur la plateforme où flottait son gonfanon, était en grande conversation avec deux ingeneors.

— Messire, je distingue clairement la position des deux mangonneaux installés dans la cour.

— Peut-on les atteindre ? questionna Jean le Maréchal en scrutant l'intérieur de la cour du château.

— Nous allons concentrer toute notre énergie pour les mettre hors de service, expliqua Wilhelm le Rouge. Pour commencer, nous allons approcher nos beffrois du fossé. Du haut des plateformes, nos archers et arbalétriers vont inonder la cour de nuages de sagettes rendant impossible aux servants d'officier. Ensuite nos six mangonneaux vont envoyer d'un seul jet six boulets de pierre sur les deux cibles, suivis d'un bombardement de pierres par les balistes puis les trébuchets. Une fois leurs mangonneaux hors de service, nous concentrerons le tir sur le milieu du rempart pendant que nos sapeurs continueront de combler le fossé.

— Le fossé n'est pas large, observa Jean le Maréchal. Nous devrions ajuster un pont et faire rouler nos beffrois dessus. Nous irions plus vite. Durant le bombardement du rempart et du chemin de ronde, les hommes du vicomte de Thouars seront dans l'incapacité de décocher leurs flèches sur nos menuisiers.

— Excellente idée, abonda Rémi Goscelin. J'ordonne à mes ouvriers de s'y atteler. Nous disposons de suffisamment de troncs d'arbres et de poutres disponibles. Ce soir le pont sera à disposition.

Un héraut annonça :

— Le roi d'Angleterre.

Foulques voulut tourner la tête. Un sergent le gifla.

Henri II balaya les captifs d'un regard satisfait. Une douzaine d'hommes dont six chevaliers, des bûcherons et des valets.

— Nous ne gardons prisonniers que les chevaliers, dit-il d'une voix calme et sereine. Libérez les autres. Il posa son regard sur la nuque de Foulques, s'approcha de lui et lui adressa la parole.

— Ça par exemple, messire Foulques de Fons-Almoy. Quelle surprise !

Le ton enjoué, voire guilleret du roi d'Angleterre interloqua Foulques qui de nouveau se retourna. Henri, les poings sur les hanches, un sourire goguenard aux lèvres, affichait une mine réjouie.

— Bien trop prévisible cette petite attaque nocturne.

Foulques soutint le regard du roi, un regard gris qui tranchait avec le timbre de sa voix.

— Parlons de choses sérieuses. Où caches-tu Marie ?

— Elle est installée dans le logis du château du Coudray, autant dire une forteresse inexpugnable.

— Aucune forteresse n'est inexpugnable. Je connais trop bien les forces et les faiblesses de Chinon. Demain, le château principal tombera et du haut de ses remparts nous rendrons la vie du Coudray intenable. Dans un mois, affamé, tétanisé, mon frère se traînera à mes pieds pour implorer mon pardon. Et toi, sollicite ma clémence, toi qui m'as volé ma demi-sœur.

— Je suis tombé entre vos mains. Je gage que mes jours sont comptés.

— Tu pourrais séjourner dans les geôles de Chinon jusqu'à ta mort, répondit Henri. J'ai promis à Aliénor de t'épargner.

— Je remercie la duchesse d'Aquitaine de sa générosité à mon égard.

— Je prendrai ma décision lorsque j'aurai libéré Marie.

Henri tourna le dos aux captifs et engagea la conversation avec messire de Reuville :

— Alors chevalier, à quel montant estimes-tu la rançon du chevalier de Fons-Almoy ?

Eudes de Reuville connaissait très bien les aventures de Foulques avec Marie qui avaient fait les gorges chaudes de la cour de Rouen. Alors il tenta sa chance et annonça un chiffre exorbitant pour un petit seigneur poitevin :

— Vingt livres tournois.

— Dents de Dieu ! s'exclama Henri en souriant. Tu y vas fort. Soit. Je vais te faire verser la somme. Je suis désormais le propriétaire de ce captif.

Puis, Henri se porta à la rencontre de Jean le Maréchal qui venait lui rendre compte de la situation.

Un quart d'heure plus tard un déluge de tonneaux d'huile s'écrasa dans la cour castrale suivi d'un nuage de flèches enflammées. Aussitôt des pièces de bois des mangonneaux prirent feu. Succéda un bombardement de boulets de pierres et autres projectiles. Un second nuage de flèches obscurcit le ciel suivi de clameurs et de cris de détresse. Le bois des mangonneaux touchés par les boulets de pierre craqua. Le feu s'embrasa. Les archers du chemin de ronde tentèrent de riposter. C'est alors que les boulets de deux cents livres fracassèrent les merlons qui abritaient le chemin de ronde. Quant aux archers normands et gallois situés sur les beffrois, ils abattaient systématiquement tous ceux qui s'offraient à eux.

À l'aube, le vicomte de Thouars découvrit avec stupéfaction le pont qui avait été assemblé dans la nuit.

Il vit avec horreur les beffrois qui succédaient aux chats en empruntant le pont de madriers sans que rien ne puisse les arrêter. Déjà, durant toute la nuit, les maçons et les artisans du château s'étaient relayés sans relâche pour colmater les fissures qui lézardaient les courtines suite au bombardement orchestré par les ingeneors du roi d'Angleterre. Au pied de celles-ci, deux chats avaient été positionnés peu avant le lever du jour. À l'intérieur, une équipe de mineurs sapaient à coups de pioches le fondement des remparts fortement endommagés. Des sergents lancèrent du haut du chemin de ronde des blocs de rochers sur les chats. Ceux-ci, véritables galeries de bois mobiles étaient couverts par un toit en madriers de chêne particulièrement épais. Toutefois, l'un des rochers brisa une planche provoquant des cris d'horreur. Des hommes, les membres écrasés, les os broyés, cruellement navrés, hurlaient de douleur. C'est alors que le vicomte de Thouars éprouva comme l'étrange sensation que le sol tremblait sous ses pieds. Soudain un pan de la courtine s'affaissa dans un vacarme assourdissant provoquant un nuage de poussière âcre. Le vicomte n'eut que le temps de bondir en arrière. Une immense brèche venait de voir le jour. Les ingeneors réglèrent les mangonneaux. Six boulets de deux cents livres sifflèrent et s'écrasèrent dans la cour, là où précisément le vicomte venait d'envoyer un contingent de chevaliers pour arrêter la déferlante normande qui se préparait. Au même instant, le premier beffroi accosta la courtine à son extrémité sud. De la plateforme, les archers semaient la confusion dans ce qui restait du chemin de ronde et dans la cour. Lorsque le sixième beffroi eut franchi le pont, Berlay de Montreuil qui avait un compte à régler avec le vicomte de Thouars, franchit le pont à la tête d'une centaine de chevaliers angevins fidèles à Henri II. Du haut des beffrois, les passerelles furent jetées sur le chemin de ronde. Les chevaliers et sergents se répandirent sur le haut des remparts sans rencontrer de vive résistance. Dans la cour, les boulets des mangonneaux avaient semé la mort et la confusion. La centaine de chevaliers angevins qui déboula à cheval acheva la déroute des défenseurs. Le vicomte de Thouars et quelques fidèles avaient déguerpi sur le chemin de ronde pour se réfugier au plus vite à l'abri du château du Coudray.

Marie se morfondait dans la plus noire solitude. Il y avait peu de femmes à Chinon. Elle n'avait personne à qui se confier. Seul Geoffroy d'Anjou son demi-frère se montrait aimable et venait la voir dans la chambre réservée aux dames du château pour prendre de ses nouvelles.

— Toujours aucune nouvelle de Foulques ? demanda-t-elle à Geoffroy qui venait d'entrer dans la pièce.

— Hélas non. Seul le vicomte de Thouars a vu les captifs. Une vingtaine de survivants. Mais il était impossible de les identifier. Ils étaient bandés, ensanglantés, à genoux et enchaînés.

— Tu me l'as déjà dit, répondit Marie en reniflant. Cette attente est insupportable. Il faut envoyer un message à Henri.

— Je ne sais pas quel sort me réserve Henri. Le vicomte de Thouars vient de se réfugier dans le Coudray. Le premier château est tombé.

— Je croyais la forteresse de Chinon imprenable et il n'aura pas fallu deux jours à Henri pour s'en emparer.

Geoffroy réprima un tremblement nerveux et ne répondit pas

— Je vais rejoindre le vicomte de Thouars.

— Nous devons tenir. Le temps joue pour nous, affirma le vicomte.

— Le roi d'Angleterre va disposer ses mangonneaux et balistes dans la cour castrale et bombarder le Coudray, observa Geoffroy d'Anjou.

— Le fossé qui sépare les deux forteresses est beaucoup plus profond. Nous ne le laisserons pas jeter un pont mobile. En outre, il n'y a pas d'espace pour que les beffrois accostent les murailles. Jeter des échelles pour monter à l'assaut reste une gageure. Les Normands subiraient de bien trop lourdes pertes.

Henri II envoya Patrice de Salisbury pour parlementer avec les assiégés. Les pourparlers durèrent une semaine sans succès. Geoffroy d'Anjou avait pris ses dispositions pour pourvoir le château en vivres et cherchait à gagner du temps. Les Poitevins allaient s'agiter. Il s'attendait à voir surgir de la plaine l'ost des Lusignan suivi du comte d'Angoulême, des vicomtes de Turenne, de Comborn, de Périgord, de Ségur et du comte de la Marche. Du côté de Mirebeau, les nouvelles étaient bonnes et la forteresse assiégée par Henri II qui désormais animait en personne les deux sièges, semblait elle aussi imprenable.

— Le roi d'Angleterre a le don d'ubiquité, railla Marie en fixant Geoffroy d'Anjou.

— Il ne tient pas en place et ma foi, ça l'excite d'être partout et nulle part, rétorqua Geoffroy d'Anjou.

— C'est un centaure, se moqua le vicomte de Thouars. Il a les jambes arquées à force de chevaucher sans relâche.

— Un faune, devrais-tu dire, ironisa Geoffroy d'Anjou.

Au cours des pourparlers, Marie demanda à rencontrer Patrice de Salisbury. Geoffroy désireux de revoir un sourire sur le visage de Marie qui arborait une mine d'enterrement accéda à sa demande. Or, Patrice de

Salisbury répondit de façon laconique en prétendant ne disposer d'aucune information.

— Messire, vous refusez de me répondre. Votre attitude est inhumaine. Je vous demande simplement si Foulques est vivant.

— Ma Dame, adressez-vous au roi d'Angleterre, finit par répondre le comte de Salisbury avec raideur.

Marie, une fois encore fondit en larmes et se mit à maudire ses frères qui se faisaient la guerre pour une question d'héritage.

— Henri a été parjure, se défendit Geoffroy d'Anjou.

Patrice de Salisbury conserva le silence. Devant la mine désemparée de la jeune femme, il eut tout de même un sentiment de pitié. Il lâcha à demi-mots :

— Si Foulques était mort, vous le sauriez déjà.

Tandis que les pourparlers s'éternisaient, Henri II durcissait les deux sièges. Mirebeau et le château du Coudray étaient coupés du monde. Les assiégés tentèrent des sorties pas les souterrains de Mirebeau et ceux du Coudray. La campagne mirebalaise offrait peu de refuges. De la plaine, des collines verdoyantes mais peu de forêts. Les troupes d'Henri tenaient le pays. Quant à Chinon, les habitants de la cité avaient pris fait et cause pour Henri II. Chaque tentative de fuite se solda par un échec, les bourgeois de Chinon livrant eux-mêmes au roi d'Angleterre les fuyards qui tombaient entre leurs mains.

Pour Mirebeau, la mauvaise surprise vint des proches environs. Raoul de Faye surgit devant la porte de la cité avec un contingent de cent chevaliers et une armée d'artisans, des poutres, des servants de machines et des ingeneors. En sa qualité de seigneur de Faye situé à quelques lieues de Mirebeau, il rassembla tous les chevaliers du voisinage qui livrèrent aux assiégeants vivres et ouvriers pour accélérer la construction des machines de guerre, si bien qu'à la mi-mai, la situation devint intenable pour les habitants de Mirebeau. Les blocs de pierres qui jaillissaient des balistes et trébuchets finirent par détruire la majeure partie des toitures de la ville et du château. Les murailles fracassées à longueur de journée par des boulets de pierres finirent par tomber en lambeaux. De nombreuses brèches virent le jour. Poitevins, Normands et Angevins livrèrent bataille avec acharnement sur chaque brèche. Les assiégés finissaient par repousser les chevaliers du roi d'Angleterre. Et la nuit, les ouvriers et les habitants de la ville colmataient tant bien que mal ces fameuses brèches. Un soir, le capitaine du château de Mirebeau, le chevalier Raoul de Guesnes, envoya des émissaires à Raoul de Faye. Les deux hommes se rencontrèrent devant une poterne de la ville.

— Messire de Guesnes que puis-je faire pour vous?

— Je voudrais négocier une reddition honorable.

— Qu'entendez-vous par reddition honorable ?

— Que la ville ne soit pas livrée au pillage, que mes chevaliers et moi-même qui avons servi notre suzerain avec loyauté ne soyons pas jetés dans des oubliettes comme de vils marauds.

— Chevalier de Guesnes, j'entends vos demandes. Je dois vous rappeler que vous n'êtes pas en position de force. Chaque échauffourée sur les brèches vous inflige des pertes sévères. Vous n'êtes pas en mesure de remplacer les morts. Les remparts sont fragilisés et les secours que vous attendez ne viendront pas. Le sang a beaucoup coulé. Vous n'avez pas forfait aux règles de l'honneur. Ce soir, le roi d'Angleterre sera parmi nous. En attendant, je vous accorde une trêve jusqu'à demain. Sans accord final, nous lancerons un assaut sur les quatre points cardinaux de la ville. Croyez-moi, vous ne résisterez pas longtemps et ceux qui se réfugieront dans le château finiront pas capituler sans condition.

Raoul de Guesnes opina du chef et remercia le sénéchal de l'avoir écouté.

Le lendemain à l'aube, le capitaine de Mirebeau rendait les clefs de la ville et du château à Henri II qui accorda son pardon à Raoul de Guesnes ainsi qu'aux chevaliers qui combattaient sous ses ordres. En contrepartie chacun d'entre eux prêta serment de fidélité au roi Henri en sa qualité de comte d'Anjou et de ne plus jamais prendre les armes contre lui.

Mirebeau tombée, Henri concentra tous ses efforts sur le château du Coudray. Piégés comme des rats, les assiégés commencèrent à désespérer. Une nuit sans lune, Geoffroy d'Anjou, le vicomte de Thouars et une vingtaine de chevaliers réussirent à quitter le château en jetant des cordes dans le vide. Arrivés au pied des remparts, ils glissèrent jusqu'au pied de l'éperon rocheux. Quelques fidèles qui avaient pu s'esquiver trois jours plus tôt les attendaient avec des chevaux. Ils gagnèrent d'une traite Loudun.

Le pont-levis s'abaissa. Un chevalier sans arme se présenta sous la porte et demanda à parler au roi d'Angleterre. L'heure de la reddition avait sonné. Une heure plus tard, Henri II pénétrait dans le Coudray. Marie le vit descendre de son destrier. Sur son haubert, il portait une cotte sale sur laquelle avaient été brodés deux lions d'or. Son pouls s'accéléra. Elle redoutait les terribles colères de son frère. Elle se sentait terriblement coupable d'avoir cédé à Foulques. Désormais la vie de son chevalier servant était en danger. Entêté comme il était, il serait capable de déchaîner l'ire du roi.

Elle l'observa par le fenestron. Il souriait et semblait détendu. Probablement, savourait-il son triomphe. En combien de temps avait-il fait tomber deux forteresses jugées imprenables? Hier, elle avait appris par les fuyards que Mirebeau avait été emportée comme un fétu de paille. Rien ne résistait à Henri. Alors à quoi bon s'obstiner ? Elle voulait à tout prix obtenir la grâce de Foulques et pour ça elle était prête à consentir bien des sacrifices. S'il fallait rentrer en Angleterre et renoncer à la passion dévorante qui tous deux les consumait, elle obtempérerait à la condition que cela puisse sauver Foulques. Henri II s'entretenait avec un groupe de chevaliers. Les rebelles qui avaient déposé les armes étaient entravés avant d'être conduits dans la grande cour de la première forteresse. Les visages défaits, les mines penaudes en disaient long sur leurs craintes. Soudain, Henri disparut de son champ de vision. Il était entré dans le logis. Elle entendait à son pas pesant qu'il montait les escaliers. Elle retint son souffle. Elle était au bord de la crise de nerfs. La porte s'ouvrit. Apparut dans l'embrasure cette tête ronde qui jaillissait d'un tronc épais. Elle le fixa de ses grands yeux de biche apeurée. Il l'enveloppa d'un regard bonhomme. Ni colère, ni rancune. Henri était enclin au pardon. Elle tomba à genoux. Il se pencha sur elle et la releva.

— Ma sœurette, il est temps de rentrer au bercail. Vous êtes une vilaine. Se sauver comme une criminelle en compagnie d'un mauvais chevalier, n'est-ce pas là une faute bien répréhensible ? Il lui parlait comme un père parle à une petite fille qui a fait une grosse bêtise. Elle fondit en sanglots et hoqueta dans ses bras.

— Pardon sire, pardon sire.

— Tu ne recommenceras plus.

Elle opina du menton.

Il prit un carré de soie et essuya les larmes qui perlaient sur ses joues défaites.

D'une petite voix brisée par l'émotion, elle s'enhardit et demanda :

— Henri, que vas-tu faire de Foulques ?

Les traits du roi se durcirent. Il se raidit et se concentra avant de répondre.

— Je l'ai jeté dans un cul-de-basse-fosse.

— Libère-le.

— Oublie-le.

— Je ferai ce que tu voudras à la condition que tu l'épargnes et que tu lui rendes sa liberté.

— Soit, dès que j'en aurai fini avec mon frère, je te marie à un baron anglo-normand.

Marie baissa la tête et détourna le regard en disant d'une voix honteuse :

— Hélas, j'ai fait une fausse couche. J'ai échappé à la mort de justesse. Messire Dieu m'a punie pour ma faute. C'est ma très grande faute. Désormais, je ne suis plus féconde. Je ne suis plus épousable. Je serai incapable de donner un fils à un noble lignage.

— Alors Foulques moisira dans les geôles de Chinon jusqu'à ce que ma colère s'apaise.

— Elle s'apaisera quand? demanda-t-elle d'une toute petite voix.

— Je l'ignore, peut-être dans un an, peut-être dans dix ans, peut-être jamais.

Livide, Marie recula de trois pas et tomba de nouveau à genoux en versant des torrents de larmes.

— Je l'aime à mourir.

— Oublie-le et il évitera la pendaison. C'est à toi d'en décider. Plus tu l'oublieras vite, plus je serai enclin au pardon.

Marie, la mort dans l'âme, chevauchant en amazone une haquenée grise gagna la ville d'Angers où Henri II tint sa cour.

Deux nouvelles d'Angleterre tombèrent successivement, l'une mauvaise, l'une bonne. L'on apprit que l'héritier de la couronne, Guillaume avait succombé à une forte fièvre. Il avait été enterré à Reading au pied de son bisaïeul Henri Beauclerc. Puis un chevaucheur informa le roi que la reine avait mis au monde à Windsor une petite fille prénommée Mathilde en souvenir de sa grand-mère l'impératrice. Aliénor, lui dit-on se portait à merveille. Enfin Geoffroy, enfermé dans sa ville de Loudun assiégée par les troupes d'Henri, accepta les propositions de son frère. Geoffroy gardait Loudun et Henri lui proposa une rente pour le dédommager. La paix fut signée en juillet. Le vicomte de Thouars se retira dans ses fiefs. Foulques tomba dans l'oubli.

Chapitre 13

Aliénor fredonnait une berceuse en allaitant Mathilde. Confortablement assise sur son lit, le dos calé contre un amoncellement de coussins, elle fixait l'horizon par la fenêtre géminée de sa chambre. À l'horizon, s'étendait la forêt de Windsor où elle avait eu l'occasion entre deux grossesses de chasser le daim avec Henri. C'était une des rares parties de plaisir qu'ils avaient partagée ensemble depuis leur accession au trône d'Angleterre. Henri était complètement accaparé par les devoirs de sa charge et Aliénor par ses maternités. Sa chambre avait été aménagée dans le donjon, une formidable tour de craie entourée d'une triple enceinte en bois qui dominait la Tamise. La mort du petit Guillaume la hantait. Mais pourquoi donc messire Dieu avait-il rappelé à lui ce petit bout ? La chair de sa chair. Un bambin de trois ans qui jouait innocemment avec son youpala et ses poupées de chiffons qui représentaient les chevaliers de la Table ronde. Ce décès la replongeait dans ses souvenirs d'enfance. Elle avait huit ans. À Talmont, une mauvaise fièvre avait emporté sa mère. Au moment, où la cour d'Aquitaine enterrait dans l'abbaye de Nieul-sur-l'Autize la tendre Aénor de Châtellerault duchesse d'Aquitaine, son petit frère, un Guillaume lui aussi, l'héritier du duché, le onzième du nom, rendait l'âme après avoir été frappé par un mal étrange. Son père de désespoir n'avait pas voulu se remarier et l'avait élevée alors comme l'héritière du duché. Elle avait passé son enfance avec sa sœur cadette, Pétronille, primesautière et inconséquente mais si charmante. Elle l'avait perdue, elle aussi. Dame mort fauchait et emportait les âmes au Ciel ou au Purgatoire. Elle frissonna en repensant aux sombres prédictions de Bernard de Clairvaux. Il n'avait pas été tendre pour Pétronille, pour elle non plus. Il l'avait morigénée comme une enfant, allant jusqu'à la faire pleurer. C'était à l'époque où son époux d'alors, le roitelet Louis VII, se montrait incapable de la mettre enceinte. Certes, depuis elle avait jeté son dévolu sur Henri qui la comblait. Après Guillaume, Henri puis Mathilde. Trois enfants coup sur coup. Elle fixa l'horizon. Le ciel était bleu clair semé de quelques nuages floconneux qui s'étiraient langoureusement au-dessus de la sylve. Bientôt, elle reprendrait la route et franchirait la Manche pour rejoindre son époux. Vainqueur, une fois encore, il lui tardait de le revoir. Elle avait appris que le fils de sa tante Agnès, le vicomte de Thouars avait pris le parti de la rébellion et ça, elle ne lui pardonnerait pas. Dans la maison d'Aquitaine la solidarité de la parentèle était de rigueur et qu'un cousin germain se soulève contre l'autorité ducale lui apparaissait comme une hérésie. Henri avait accordé son pardon aux rebelles mais elle n'était pas d'accord. Il fallait confisquer au vicomte Geoffroy sa ville de Thouars pour le châtier et le mettre à genoux. Dieu merci, en Poitou, elle pouvait compter sur le soutien indéfectible de l'oncle Raoul de Faye, le petit frère d'Aénor de Châtellerault. Elle avait écrit une longue lettre à sa cousine germaine Pétronille d'Aragon, la demi-sœur du vicomte de Thouars. Il fallait maintenir les liens sachant que son ex-mari, ce pauvre Louis VII venait de se rapprocher de la Castille en épousant Constance, une cousine éloignée de la Maison d'Aquitaine. Puis, elle aurait besoin du soutien de l'Aragon pour conquérir Toulouse.

Foulques de Fons-Almoy, miné par une profonde angoisse, tendit l'oreille. Il perçut le roucoulement des pigeons. Depuis plusieurs jours, la citadelle de Chinon avait sombré dans une profonde léthargie. Il avait tenté de questionner le geôlier qui venait chaque matin lui jeter un morceau de pain rassis et remplir d'eau une cuvette de pierre. L'homme, une force de la nature au visage mafflu et au nez camus, l'avait toisé d'un air goguenard sans daigner lui répondre. Il avait insisté. La brute avait alors ouvert la porte du cachot dans un grincement lugubre et l'avait frappé à plusieurs reprises. Des coups de pied dans le ventre et sur la tête. Affaibli par ses blessures et par le manque de nourriture, Foulques avait été dans l'incapacité de se défendre. Il était exsangue. Il avait compris qu'Henri après la chute de Chinon s'était retourné contre Mirebeau et Loudun. Il était dans l'ignorance totale du sort réservée à Marie ainsi qu'aux autres prisonniers. Il était de tradition chez les comtes d'Anjou tout comme chez les rois d'Angleterre de régler les différends familiaux par de sordides captivités suivies de mises à mort qui avaient tout l'air d'être des assassinats. Le grand-père maternel d'Henri II, Henri I Beauclerc, avait enfermé pendant vingt-huit ans jusqu'à ce que mort advienne son frère aîné Robert Courteheuse. Quant au père d'Henri II, Geoffroy Plantagenêt, il emprisonna son frère Hélie, héritier du Maine, dont il s'empara et le tint captif jusqu'à sa mort en 1151. Alors, qu'adviendrait-il de Geoffroy d'Anjou et de ses alliés? Une boule d'anxiété étreignait Foulques à la gorge. En outre, il dépérissait à vue d'œil. Le manque de nourriture, l'enfermement, l'inaction, la peur du lendemain le taraudaient. Nuit et jour, il pensait à Marie. Elle lui manquait terriblement. Il était moins inquiet pour son fils, Huon qu'il avait confié à Hugues de Lusignan. Quant à sa fille, étudiante à Bordeaux, il lui paraissait inconcevable qu'Aliénor ne veille pas sur elle. Il redoutait surtout qu'Henri n'enferme Marie dans un couvent austère où la règle claustrale s'appliquerait dans toute sa rigueur.

Aliénor ne se sentait pas encore capable de monter à cheval. Elle voyageait en litière au rythme lent et paisible des mules. Les rideaux tirés, elle contemplait les paysages qui défilaient bien trop lentement à son goût. La Normandie, le Maine puis enfin l'Anjou. Fin août, ils atteignirent les berges de la Loire et le 29 août, Aliénor fit enfin son entrée à Saumur.

Tout émoustillé par l'arrivée tant attendue de sa reine, Henri II se précipita à sa rencontre. Aliénor n'était pas encore descendue de sa litière, qu'Henri prit sa main dans la sienne, la porta à ses lèvres pour la couvrir de baisers.

— Ma mie, que je suis heureux de vous revoir après cette si longue séparation. Huit mois sans vous voir. J'ai grand hâte de vous étreindre. Cette abstinence m'a grandement éprouvé. J'ajoute que la perte de notre fils m'a cruellement affecté.

Hypocrite, songea Aliénor sans se départir de son sourire. Un regard, un sourire, un geste et les cœurs les plus endurcis fondaient comme beurre au soleil. Aliénor, à la trentaine épanouie, irradiait de beauté et de charme.

— Mon royal époux, je suis bien aise de me retrouver auprès de vous. Nous avons tant de choses à nous dire, tant de sujets à évoquer. En passant, je vous rappelle que si vous avez pardonné à votre frère, je ne pardonne pas à mon cousin germain. Thouars m'a gravement offensée. Il doit payer pour sa trahison. Enfin! Passons! J'ai hâte de reprendre le cours d'une vie normale. Monter à cheval, galoper sur les rivages de l'océan, chasser dans les dunes de Talmont, dans les Landes de Gascogne ou en forêt de Moulière… Écouter mes troubadours versifier en mon honneur et chanter mes vertus, caroler dans les vergers de nos châteaux avec mes chevaliers servants…

À ces mots, elle surprit une flamme danser dans ses prunelles. Elle ajouta avec un sourire malicieux:

— Que dis-je encore, revoir mes bonnes villes de Poitiers et de Bordeaux qui me manquent tant.

Henri, médusé, contempla sa fille.

— Elle vous ressemble, dit-il en guise de commentaire.

Il avait pris soin de vider le château de Saumur de toutes les ribaudes et autres courtisanes qui égayaient les soirées de ses compagnons.

Aliénor se sentit rassurée. Henri avait vraiment nettoyé les écuries d'Augias. Et elle-même, très discrètement, par l'entremise d'un troubadour poitevin, un certain André de Chaunay, avait fait espionner la famille Clifford et plus particulièrement surveiller la fameuse Rosamonde. D'après Chaunay, elle n'aurait pas quitté le comté de Hertfordshire, à la frontière du Pays de Galles.

Aliénor prit ses quartiers dans le donjon suivie de deux de ses suivantes, deux jeunes cadettes Ermengarde de Château-Larcher une cousine de Pascaline de Château-Larcher et une fille de Boson et Isabelle de Ruffec. Puis, toutes trois descendirent prendre le frais dans le verger alors que le crépuscule tombait. Aliénor s'entretint avec son chancelier Mathieu puis se promena au milieu des arbres fruitiers et des buissons de plantes aromatiques tandis que ses suivantes s'occupaient de ses enfants, Henri et Mathilde. Il lui tardait de retrouver pour la nuit son insatiable époux. C'est alors qu'elle tomba nez à nez avec Marie de France. Son cœur bondit en avant. La vue de Marie lui rappela Foulques et la renvoya dans les années noires de son voyage outre-mer. Persécutée par Thierry Galeran, mal aimée par son époux d'alors, Louis VII, Foulques de Fons-Almoy s'était alors montré un dévoué serviteur et un véritable chevalier servant. Il n'avait pas hésité à payer de sa personne. Louis VII l'avait fait enfermer dans les geôles de la Tour David puis banni de Jérusalem sous peine d'être exécuté.

— Marie ! s'exclama Aliénor d'un ton guilleret, Henri ne vous a donc pas fait enfermer dans un couvent.

— Pas encore, répondit Marie d'une voix triste. Mais mon bien-aimé, lui se morfond dans une oubliette à Chinon.

La réponse de Marie interpella Aliénor. Depuis la mort de Guillaume et la naissance de Mathilde, toutes ses pensées avaient été absorbées par son deuil et ses enfants. Elle revit comme si c'était hier leurs jeux d'enfants dans la grande bibliothèque du palais de Poitiers tandis que sa grand-mère Dangereuse de Châtellerault les surveillait. C'est d'une voix rauque, étranglée par une indicible émotion qu'elle demanda à Marie les circonstances de l'arrestation de Foulques. Marie lui raconta tout par le menu détail, de son enlèvement à leur fuite en Castille, leur retour en Poitou puis l'appel du vicomte de Thouars.

— Bien, conclut Aliénor d'un air pensif, je verrai Henri.

— Mais pourquoi s'est-il donc fourvoyé avec cette bande de félons, confia un peu plus tard Aliénor à Ermengarde de Château-Larcher. Tu le connais.

— La passion, la passion amoureuse, répondit la damoiselle d'un air inspiré. Un troubadour de bon lignage tournait autour d'elle depuis quelques semaines. Elle nourrissait des espérances de trouver un bon parti. Mais la cour d'Henri Plantagenêt avec ses mœurs de lupanar devenait chaque nuit un antre où les damoiselles courraient grand danger d'être violentées ou prises de force par des barons ou des chevaliers éméchés.

— Je devrais le châtier pour avoir suivi mon cousin Geoffroy de Thouars dans sa stupide rébellion mais pour Foulques mon cœur mollit. Je ne puis m'y résoudre.

Henri II était d'une énergie débordante et ne tenait toujours pas en place. Après avoir tenu compagnie à Aliénor pendant une heure, il était allé s'entretenir avec Geoffroy de Neubourg et le frère de celui-ci, Rotrou de Perche, puis, il avait reçu une délégation de chevaliers du pays de Nantes. Il avait dicté plusieurs courriers à ses scribes et lu les comptes rendus de son chancelier et ami Thomas Becket. Ce n'est que tard dans la soirée après avoir ingurgité une collation, qu'il rejoignit Aliénor dans la chambre du donjon. Il ouvrit la porte avec fracas. Il était partout chez lui. Les deux suivantes se baignaient en leur plus simple appareil dans la cuve de bois tandis qu'une servante les frictionnait avec une éponge et qu'une autre, armée d'un peigne, démêlait leur longue chevelure avant de les coiffer. Dans son lit, Aliénor allaitait Mathilde. Dans le berceau, Henri le Jeune vagissait. Il s'arrêta net. Le spectacle de ces deux nymphes au corps juvénile et à la poitrine bien ferme aiguisa son appétit. L'œil lubrique, il les enveloppa d'un regard gourmand qui n'échappa pas à Aliénor.

— Ce garçon est impossible, songea-t-elle. Il ne tient pas en place et ignore le mot abstinence.

Il réalisa que la reine l'observait d'un œil agacé. Alors il claqua des doigts et dit d'une voix autoritaire :

— Nobles damoiselles sortez et prenez avec vous mon fils et ma fille.

Ermengarde et Isabelle sortirent précipitamment de la baignoire de bois, emmitouflées à la hâte de draps par les deux servantes. Puis, sans demander leur reste, elles se retirèrent, l'une avec Henri le Jeune dans les bras, l'autre avec Mathilde.

— Enfin nous voilà seuls, s'exclama-t-il en se jetant sur le lit. Aliénor sourit. En deux temps et trois mouvements, Henri II s'était débarrassé de ses hardes de gros draps. Il aida Aliénor à retirer sa chemise et ne lui laissa pas le temps de reprendre son souffle.

— Henri, soyez raisonnable, l'heure de mes relevailles n'a pas encore sonné.

— Ma mie, cessez d'allaiter si vous voulez enfanter de nouveau.

— Au moment de mes relevailles, je prendrai une nourrice comme il se doit. Mais cessez de me mignoter. Je ne suis point une ribaude. Vous avez tout ce qu'il vous faut dans les cuisines. Je serai à vous au moment opportun.

À contrecœur, Henri respecta Aliénor et se contenta de quelques câlins qui lui semblèrent bien insuffisants.

— Patientez encore un mois et je saurai vous combler, promit Aliénor en ébouriffant les cheveux d'Henri. Elle aimait cette tignasse rouquine, cette bouille ronde, ces yeux gris.

— Ma mie, j'attendrai, répondit Henri en plissant les lèvres d'un air désappointé.

— Mon très cher époux, racontez-moi votre campagne angevine.

Et Henri raconta cette campagne qui lui permit en quelques mois de restaurer son autorité sur le continent.

— Je suis tout esbaudie de votre générosité envers votre frère que je ne porte pas dans mon cœur et vous savez pourquoi.

— Le malheureux a tenté de vous enlever mais il en a été incapable, se gaussa Henri.

— Sans le dévouement de mes meilleurs chevaliers, je ne serais pas ici dans vos bras.

— J'avoue que j'ai eu quelques scrupules. J'ai violé la parole d'un mort, celle de mon père qui a donné par testament l'Anjou à mon frère le jour où je deviendrai roi d'Angleterre. Alors, j'ai préféré lui pardonner. Certes, je conserve Mirebeau et Chinon mais il se passe des choses à Nantes. Les habitants de cette ville ne supportent plus leur seigneur, Hoël de Bretagne. J'y vois donc une opportunité pour dédommager mon frère. Je vais l'aider à devenir comte de Nantes et je me moque bien de ce que dira le roi de France.

Aliénor fixa son époux d'un air étrange. Elle ajouta :

— Dans la maison d'Aquitaine, nous ne supportons pas la trahison entre membres d'une même famille. Je réprouve votre générosité envers le vicomte de Thouars. En revanche, je vous demande de gracier Foulques qui à maintes reprises s'est dévoué à ma cause.

— Marie ne se remettra jamais de son enlèvement par votre chevalier. Elle est devenue stérile. Je voulais la donner à un fils du baron Gautier de Clifford qui veille sur la frontière galloise du haut de son donjon. Je dois renoncer à ce projet. Pourtant, je dois m'attacher la fidélité de certaines familles qui tiennent des positons stratégiques sur nos frontières. Il faudra bien un jour que je soumette les Gallois. Il ajouta, ce n'est pas logique de vouloir châtier son cousin germain et de vouloir gracier le fils naturel de son grand-père.

— Sans lui, je ne serais pas là, insista Aliénor en se mordillant la lèvre inférieure.

Henri n'était pas si facile que ça à manœuvrer. Sa mère, l'impératrice Mathilde, en avait fait l'expérience.

Désormais, c'était à son tour. Elle avait l'impression que nul ne pouvait influencer Henri. C'était lui qui manipulait les autres. Quand il suivait vos conseils, c'est tout simplement qu'il partageait avec vous une vision commune ou tout simplement il vous endormait en attendant d'agir à sa guise. Et cette famille de Clifford commençait sérieusement à l'agacer.

— Sans le courage et l'opiniâtreté de messire Foulques de Fons-Almoy vous seriez tombée entre les mains du comte de Blois ou de mon frère. Mais soyez certaine, je ne vous aurais pas abandonnée pour autant. Pour Foulques, nous aviserons le jour venu.

Après un mois de villégiature en Anjou, le couple royal se rendit à Poitiers. Évidemment, l'archevêque de Bordeaux, Geoffroy de Lauroux, qui souffrait d'être loin du centre du pouvoir, se rendit à Poitiers. Ne fut-il pas à un moment donné le mentor de Guillaume X d'Aquitaine et l'artisan du mariage d'Aliénor avec l'héritier de la couronne de France. Il se déplaça avec une véritable cour et s'installa chez l'évêque de Poitiers, Châlon. Parmi sa suite, se trouvaient des maîtres de l'école cathédrale de Bordeaux et quelques élèves au nombre desquelles, Radegonde de Fons-Almoy. Elle avait passé l'âge de seize ans et promettait d'être une femme ravissante. Il y avait en elle un je-ne-sais-quoi de Dangereuse de Châtellerault. Partout sur son passage les damoiseaux se retournaient.

Henri et Aliénor reçurent le prélat avec tous les honneurs dus à son rang. Lorsqu'il entra avec sa suite, Aliénor eut un haut le cœur. La jouvencelle châtain qui, vêtue d'un bliaud de lin écarlate, attira immédiatement son attention. Elle ne dit rien et écouta l'archevêque exprimer ses doléances. Cela concernait les immunités accordées par son père aux églises de Sablonceaux et de Fontaine-le-

Comte. Lorsque tout fut réglé, Aliénor d'une voix haute et claire interpella la jouvencelle :

— Damoiselle, il me semble vous avoir déjà vue.

Radegonde s'inclina avec grâce et s'empourpra, ce qui fit sourire Aliénor.

— Majesté, je suis venue à plusieurs reprises au palais de Poitiers avec mon père.

— Tu me rappelles ma grand-mère mais pas seulement. J'ai une impression de déjà-vu, comme si tu étais la réincarnation d'une personne que j'ai connue enfant.

— Ma grand-mère est issue de la maison de l'Isle Bouchard et ma mère s'appelle Hersende.

Elle n'eut pas le temps de terminer qu'Aliénor s'exclama d'une voix enjouée :

— Hersende d'Anché. Tu es la fille de Foulques et d'Hersende. Viens ma petite. Approche que je t'embrasse. Tu as bien changé. La vie à Bordeaux t'a métamorphosée. Je t'avais connue enfant et maintenant je rencontre une charmante damoiselle.

Hélas, l'archevêque Geoffroy de Lauroux n'eut pas le temps de s'éterniser et Radegonde dut prendre la route du retour. Elle n'avait pu s'entretenir avec Aliénor d'Aquitaine que deux brèves minutes. Elle aurait bien voulu la questionner sur le sort réservé à son père dont plus personne n'avait de nouvelles depuis la chute de Chinon. Elle ignorait encore que son père pourrissait dans une oubliette.

Henri II avait de la suite dans les idées. Il n'avait pas pardonné à l'abbé de Saint-Martial son accueil lors de son précédent séjour à Limoges, quatre ans plus tôt. Ce dernier avait refusé de lui livrer les vivres nécessaires à l'entretien de sa suite sous prétexte qu'Henri avait préféré séjourner sous sa tente et non pas dans l'hostellerie de l'abbaye. Pour laver l'affront du père abbé, il avait fait raser les fortifications de la ville du château. Hors les habitants de la ville du château qui étaient en conflit permanent avec la ville épiscopale avaient relevé sans autorisation leurs remparts. Il se rendit donc à Limoges pour faire valoir ses prérogatives de suzerain en qualité de duc d'Aquitaine du chef d'Aliénor. Il fit de nouveau raser les fortifications et exigea de l'abbé un tribut. Il en profita pour s'assurer la tutelle du jeune vicomte Aymar, son père ayant trouvé la mort lors de la croisade de Louis VII. En outre, il confia le gouvernement de la vicomté à deux barons anglo-normands, Geoffroy de Neubourg et Guillaume Pandolf. Ainsi, Henri II après avoir pacifié l'Angleterre puis l'Anjou, ouvrait une tournée en Aquitaine en donnant un exemple fort. Limoges passait sous contrôle direct de l'administration du roi d'Angleterre. Un vent de panique souffla parmi les grandes familles vicomtales et comtales du duché d'Aquitaine.

C'était vers fin avril que Foulques de Fons-Almoy avait conduit cette fameuse sortie pour tenter de détruire les machines de guerre d'Henri II, sortie qui avait tourné au désastre. Seuls quelques chevaliers étaient parvenus à prendre la fuite. Parmi eux, le chevalier de la Millière, un Poitevin qui tenait un manoir situé sur un plateau dominant le Clain à quelques lieues de Fons-Almoy. Blessé à la cuisse et au bras, il s'était dégagé à grands coups d'épée avant de plonger dans les douves dans un prodigieux roulé-boulé puis il avait détalé en courant en zigzag pour échapper au tir des archers normands. Des douves, il avait gagné le ravin qu'il avait dégringolé en bondissant comme un cabri au risque de se rompre le cou. Il avait longé les faubourgs puis avait gravi le coteau avant de se faufiler entre les buissons et de s'enfoncer dans la campagne, happé par les ténèbres. Il avait perdu beaucoup de sang et s'était traîné jusqu'à l'aube à l'orée d'un misérable bosquet. Les muscles tétanisés, il s'était affaissé à l'abri d'un roncier. Haletant, gémissant, il avait agonisé des heures durant, souffrant le martyre, avant de perdre connaissance. Alors que le crépuscule tombait, un ermite qui vagabondait à la recherche de plantes médicinales tomba sur le corps inerte qui baignait dans une mare de sang. Ingelbert, tel était son nom, était un homme de Dieu bon et miséricordieux qui consacrait sa vie à la prière et à la méditation. Vivant reclus dans une cabane au milieu des bois, il était bien connu des charbonniers et des bergers pour ses talents de rebouteux et de mire. Ingelbert avait longuement étudié la médecine en Espagne avant de rentrer dans les ordres et de devenir ermite. Il s'agenouilla au chevet du moribond et prit son pouls. Celui-ci battait faiblement. Il prit alors dans sa besace une pièce de tissu propre et pansa les plaies du chevalier. Puis, il alla quérir l'aide de deux charbonniers qui ne pouvaient rien lui refuser. Il avait soigné tant de personnes au sein de cette communauté qui vivait hors du monde en pleine forêt. C'étaient des hommes frustes, taiseux et courageux. Ils transportèrent le chevalier sur un brancard de fortune jusqu'à l'ermitage d'Ingelbert. Robert de la Millière lutta plusieurs semaines contre dame mort qui finalement refusa de cueillir son âme. Un matin, il souleva une paupière et l'ermite put lui adresser la parole.

— Messire de la Millière est ressuscité d'entre les limbes.

Étonné, le chevalier fixa l'ermite de ses grands yeux noirs. Il balbutia :

— Où suis-je ? Comment connaissez-vous mon nom ?

— Dans la forêt de Chinon. Quant à ton nom, chevalier, tu as tellement déliré au cours de ces cinq semaines que je sais tout de toi et de tes compagnons.

— Cinq semaines, répéta le chevalier en voulant se redresser.

— Pas d'effort. Tu es encore trop faible.

— Et le siège ?

— Chinon est tombée. Le roi d'Angleterre assiège Mirebeau et Loudun où s'est réfugié Geoffroy d'Anjou.

— Mes compagnons ?

— Ils pourrissent dans les geôles de Chinon. Ils n'étaient qu'une vingtaine de survivants. Les charbonniers et les bergers qui alimentent le marché de la ville m'ont rapporté que le roi aurait accordé son pardon aux assiégés à l'exception d'un seul chevalier. Les autres ont simplement à s'acquitter de leur rançon pour recouvrer leur liberté.

— Quel crime avait commis le chevalier exempt du pardon royal ?

— Il aurait enlevé une sœur naturelle du roi, une poétesse du nom de Marie de France.

— Il s'agit de Foulques de Fons-Almoy.

— C'est bien ce nom que j'ai entendu.

Les blessures cicatrisèrent lentement. Robert se nourrit de lapins braconnés par les charbonniers, de soupes de racines et de fruits des bois. À la fin juillet, alors que la paix était déjà signée, il reprit la route du Poitou. Il loua les services d'un marchand de vin qui remontait la Vienne en gabarre jusqu'à Châtellerault. Puis, il se joignit à des jacquets et arriva à Poitiers. Il ne se fit pas reconnaître. Il préféra se rendre directement chez son suzerain à Lusignan. Hugues le Vieux lui offrit l'hospitalité et lui prêta un cheval. Robert rencontra le jeune fils de Foulques, Huon, et lui apprit le sort réservé à son père. Puis, il se rendit à Fons-Almoy avec le cheval que lui avait prêté son suzerain. Il fut reçu par Guérin le Boiteux qui gardait le manoir en l'absence de son maître. Le vieux garde-chasse était escorté par une femme rousse qui portait dans ses bras un nourrisson.

— Ma femme, Héloïse, fit Guérin en faisant les présentations.

Robert de la Millière apprit que la fille de Foulques était étudiante à l'école cathédrale de Bordeaux. Alors, il décida d'aller la voir en personne. Guérin lui donna une bourse pour pourvoir aux besoins de Radegonde. Il fit le détour par son manoir et dut s'aliter. Une de ses blessures s'était rouverte. Ce n'est que fin août qu'il prit la route de Bordeaux. Il ignorait alors que Radegonde de Fons-Almoy arrivait à Poitiers avec l'archevêque de Bordeaux. Il prit son mal en patience, séjourna à l'abbaye de la Sauve et attendit le retour de l'archevêque. En octobre, enfin, il put rencontrer Radegonde à la sortie de l'école cathédrale. Il l'avait déjà rencontrée à maintes reprises lors des chasses en forêt des Coussières ou en forêt de Coulombiers lorsqu'elle accompagnait son père.

Radegonde sursauta quand une voix rauque l'appela par son nom.

— Radegonde. Radegonde.

Elle éprouva un sentiment d'inquiétude en voyant ce chevalier barbu, hirsute qui marchait d'un pas claudicant. La perte de son harnois lors du siège de Chinon et les mauvaises récoltes de l'été l'avaient ruiné.

— Tu ne me reconnais pas.

Radegonde qui était entourée de plusieurs condisciples nia de la tête. Elle dévisagea l'étrange personnage qui la fixait d'un regard triste.

— J'étais avec ton père à Chinon. Je suis Robert de la Millière.

La Millière, un nom connu, pensa aussitôt Radegonde qui n'avait pas reconnu le fringant chevalier dans ce vagabond hirsute et mal vêtu.

— Il est arrivé un malheur ?

— J'ai à te parler seul à seule et je voudrais voir ton logeur et le maître de l'école.

Une flamme inquiète fulgura dans les prunelles noisette de la jouvencelle. Elle fit un signe à ses amis et répondit :

— Rentrons dans l'école. Maître Anselme est encore là. Vous pourrez le voir.

Ils firent quelques pas ensemble. Robert de la Millière en profita pour expliquer à Radegonde le sort réservé à son père. Il a été enfermé dans un cachot. On ne sait rien de plus. Il a été mis au secret. Elle fondit en larmes. Il ajouta :

— Guérin m'a donné une bourse pour financer ton logement et tes études jusqu'à Noël.

— Après Noël, je rentrerai à Fons-Almoy. Je n'ai plus rien à faire à Bordeaux.

— Une brillante lettrée comme toi ne doit pas abandonner l'étude du Quadrivium et du Trivium. Regarde-moi, je ne sais même pas écrire mon nom. Je suis inculte. À part manier l'épée, jouter et chasser, je ne sais rien faire. Toi, à l'instar d'Héloïse et d'Hildegarde de Bingen, tu brilles par ton savoir et ton éloquence.

— Je ne serai jamais une savante mais une trobairitz. D'ailleurs, monseigneur Geoffroy Babion de Lauroux ne m'aime pas. Il a lu un de mes cansos et un tenson que j'ai écrit avec un damoiseau. Il a fait jeter nos écrits au feu en arguant que la fine amor était hérétique. Que la poésie des troubadours était une invitation à la débauche et à l'adultère. Il a conclu que si je devenais trobairitz, je finirais excommuniée et que les trobairitz étaient par nature des impies. Il a exigé que je renonce à la fine amor. Je lui ai tenu tête. Il a répondu qu'à la Saint-Sylvestre, je devrai regagner mon Poitou natal et que je n'avais plus rien à faire dans l'école cathédrale. Il a comparé mes écrits aux hérésies cathares qui se propagent dans le comté de Toulouse. Il m'a rappelé que nombre d'hérétiques risquaient de finir au bûcher s'ils ne renonçaient pas à leurs erreurs.

— Viens, je vais déjà payer ce que tu dois puis nous aviserons. Mais n'aie crainte. L'archevêque a voulu te faire peur. Tu as dû le mettre en colère. Je ne le vois pas condamner des gens au bûcher. Les troubadours ne sont pas des Cathares. Il a exagéré. Il est déçu que tu ne marches pas sur les pas d'Hildegarde de Bingen dont la réputation à la fois de sainteté et de savante n'est plus à faire. Nous allons attendre la venue du roi et de la reine. Ils ont projeté de se rendre à Bordeaux pour fêter Noël au palais de l'Ombrière.

Robert de la Millière offrit ses services au sénéchal de Guyenne et se fit solder comme un simple chevalier pour subvenir à ses besoins.

Le ciel était clair en cette matinée de décembre. Il ne faisait pas vraiment froid. L'air était humide. L'on attendait les frimas pour janvier. L'ost royal prit ses quartiers sur les hauteurs de Lormont. La suite royale traversa la Garonne dans de grandes barques pavoisées aux couleurs d'Aquitaine, d'Anjou, de Normandie et d'Angleterre. Henri et Aliénor firent leur entrée en grande pompe par la porte Cailhau. Aliénor éprouva une indicible émotion en franchissant la porte. Il y a si longtemps qu'elle n'était pas retournée à Bordeaux et son palais de l'Ombrière lui manquait. La foule, dense et compacte, débordait d'enthousiasme. Toutes les maisons étaient décorées en l'honneur du couple royal

À chaque fenêtre des familles entières l'acclamaient. Dans les rues, des enfants les approchaient avec des pâtisseries et des sucreries.

— Pour le prince Henri ! Pour la princesse Mathilde !

— Noël ! Noël !

L'archevêque Geoffroy de Lauroux, tout sourire, bénit le roi et la reine. Le sénéchal de Guyenne s'agenouilla, le prévôt de Bordeaux également. Puis ce fut au tour des représentants des principales corporations de présenter leurs hommages à leur duchesse. Aliénor ne s'était pas rendue compte lorsqu'elle séjournait en Angleterre à quel point elle jouissait d'une grande popularité en Guyenne et en particulier à Bordeaux. C'est qu'elle avait encouragé le commerce entre l'Aquitaine et l'Angleterre. Elle avait fait aménager au bord de la Tamise sur ses deniers personnels des quais et des bassins pour les navires de son duché. Avec la paix, la prospérité était revenue en Angleterre. Depuis lors un commerce actif reliait le royaume au duché. Le vin de Guyenne s'exportait massivement à Londres pour le plus grand bonheur non seulement des vignerons bordelais mais aussi des armateurs et des artisans gravitant autour de la vinification. La bourgeoisie bordelaise jouissait pleinement de cette expansion du trafic maritime et la richesse ruisselait sur la Guyenne profitant tout d'abord aux habitants de Bordeaux. Les suivantes d'Aliénor qui portaient dans leurs bras le prince Henri le Jeune et la princesse Mathilde furent tout particulièrement ovationnées. Puis ce fut au tour d'Henri II et sa suite, tout d'abord son confident et ami le sémillant chancelier d'Angleterre, Thomas Becket et son fidèle connétable Richard du Hommet sans oublier son frère, Geoffroy d'Anjou. Suivirent un grand nombre de barons, chevaliers et autres. Il y avait notamment le chancelier d'Aliénor, Mathieu, son sénéchal Raoul d'Hastings, son connétable Saldebreuil et le prévôt de Poitiers, Hervé le Panetier.

À l'intérieur du palais de l'Ombrière, une foultitude de valets s'affairait. Les uns accrochaient les tapisseries dans la chambre royale du donjon de l'Arbalesteyre, disposaient les coffres et la vaisselle, montaient le lit, dressaient la table… Aliénor et Henri prirent le temps d'admirer leur bonne ville de Bordeaux du haut de la terrasse.

— Il me tarde de retrouver un peu de quiétude, confia Aliénor en se blottissant contre son époux.

Henri avec beaucoup de douceur, la serra par la taille et l'embrassa tandis que la nuit tombait.

Une fois encore, Henri honora son épouse. Il l'abandonna, tôt le matin, la laissant emmitouflée sous ses fourrures et ses couvertures, dolente, harassée et comblée. Lorsqu'elle se réveilla, elle chercha de la main le corps chaud et musclé d'Henri. Elle réalisa alors qu'il était encore parti pour une nouvelle chevauchée à travers la Guyenne. Henri voulait tout savoir, tout voir. Il partait à la rencontre des barons et chevaliers du comté de Bordeaux mais aussi des bourgeois, des abbés et tous ceux, quel que soit leur statut, qui souhaitaient lui remettre des doléances, une supplique, une requête. ... Il était incorrigible.

La porte s'entrebâilla. Apparut le visage d'Ermengarde de Château Larcher puis celui d'Isabelle de Ruffec. Elles déposèrent un plateau avec un bol de lait fumant, une tranche de pain, du miel et des croquants.

— Je pense que vous mourez de faim, observa Ermengarde d'un ton espiègle en faisant un clin d'œil à l'intention d'Isabelle.

— Que sous-entends-tu ? demanda la reine.

— Nous avons tout entendu. Vous n'avez pas beaucoup dormi et nous non plus.

— Les murs sont épais, répondit Aliénor avec humeur.

— Pas suffisamment, répondit Isabelle de Ruffec.

— Henri était insatiable.

— Je sais, répondit Ermengarde sans réaliser ce qu'elle disait. Elle n'avait que dix-sept ans, dodue et ronde à souhait sans être grasse, elle était fort accorte et Henri à plusieurs reprises avait disposé d'elle sans qu'elle ne puisse rien dire. Aliénor n'était pas au courant. Elle fixa Ermengarde d'un œil inquisiteur. Elle devina. La damoiselle s'empourpra, consciente de sa maladresse. Aliénor ne laissa rien paraître. Elle dit alors d'un air songeur :

— Il va falloir penser à te marier,

— Il est l'heure du bain. Les valets sont prêts à monter les brocs d'eau chaude, annonça Isabelle de Ruffec pour détourner la conversation.

Pendant qu'Henri sillonnait l'Aquitaine, Aliénor vaquait à ses occupations. Elle se rendit à la cathédrale pour y entendre la messe. En sortant, elle décida de visiter l'école de l'archevêque.

Le hasard fit bien les choses. Radegonde, assise sur un banc un stylet à la main et une tablette de cire posée sur son pupitre, écoutait un maître qui leur donnait un cours de grammaire. Aliénor et ses suivantes, précédées du chanoine qui leur faisait la visite entra dans la salle de cours. Ermengarde de Château Larcher connaissait Radegonde pour l'avoir rencontrée à plusieurs reprises dans les Coussières et à Lusignan. Elle dit d'un ton ingénu en la montrant du doigt à Aliénor:

— C'est la fille de Foulques de Fons-Almoy, le félon qui vous a trahie et a enlevé Marie de France.

— Tais-toi, rétorqua Aliénor sèchement. Je te dispense de tes commentaires.

Au même moment, le maître s'interrompit et les étudiants tournèrent la tête en direction de la reine. Tous à l'unisson se levèrent. Aliénor leur sourit. Elle croisa le regard inquiet de Radegonde puis sortit. Elle se pencha vers le chanoine et lui demanda d'aller lui quérir la jouvencelle.

— Je veux la voir en tête à tête.

C'est le visage ruisselant de larmes que Radegonde entra dans le petit oratoire où l'attendait Aliénor.

— Ma fille, que t'arrive-t-il? demanda gentiment la reine à la jouvencelle éplorée.

— Mon père a disparu. Il serait enfermé dans les geôles de Chinon, dit-elle en tombant à genoux.

Aliénor prit son visage dans ses mains.

— Henri est parti visiter le comté. Pour la Noël, il recevra tous les grands, comtes, vicomtes et barons du duché. À cette occasion, tu pourras déposer ta requête. Bien entendu, je parlerai à Henri au préalable. Rien n'est perdu.

Henri II se rendit à l'abbaye de la Sauve Majeur pour confirmer les privilèges de l'abbaye puis descendit dans le sud mettre à la raison quelques barons d'Aquitaine qui se querellaient entre eux. Aliénor à son tour se rendit à la Sauve Majeure pour confirmer les privilèges et donations accordées par ses aïeux.

Enfin, arrivèrent les festivités de Noël. Henri II avait convoqué dans la grande salle du palais de l'Ombrière, la fine fleur de l'aristocratie pour s'assurer de leur loyauté. Les comtes de Comminges, d'Armagnac, de Fenezac, d'Astarac, d'Angoulême et de la Marche, les vicomtes de Labourd, de Dax, de Tartas, d'Albret, de Marsan, de Tursan, de Béarn, de Comborn, de Turenne, de Périgord, de Ségur et de Châtellerault se rendirent à Bordeaux, renouveler leur allégeance au roi Henri II duc d'Aquitaine, du chef de sa femme. Le vicomte de Thouars compta au rang des grands absents et ça Aliénor le nota publiquement.

Assis dans leur trône, sous un dais de pourpre semé de lions d'or, Henri et Aliénor reçurent leurs vassaux un par un. Puis ce fut au tour des porteurs de doléances, des abbés, des évêques, des bourgeois, des petits barons. Enfin, parmi les derniers et les plus modestes, arriva un chevalier qui donnait son poing à une ravissante damoiselle, Radegonde de Fons-Almoy.

— Nom et qualités, tonna le héraut du roi d'Angleterre sur la cotte duquel étaient brodés au fil d'or les deux lions d'Henri II Plantagenêt.

— Chevalier de la Millière, vassal du sire de Lusignan, articula Robert.

Henri II était dans de bonnes dispositions. Il était tout guilleret. Les barons d'Aquitaine dans l'ensemble semblaient matés. La plupart des vicomtes et comtes étaient rentrés dans le rang. Ils étaient là tout sourire. L'archevêque mangeait dans sa main, les abbés des principales abbayes le portaient aux nues. Et ma foi faire justice à des petits, bourgeois, paysans ou nobliaux n'était pas pour lui déplaire. Bien au contraire. Il excellait dans cet art de justicier, où redonner au faible ce que lui puissant lui avait arraché ne faisait que conforter sa popularité chez les humbles et les modestes et en particulier chez les bourgeois de Bordeaux, une place maîtresse dans ses États.

Radegonde tomba à genoux. Aliénor l'encouragea d'un sourire.

— Je viens en compagnie de damoiselle Radegonde de Fons-Almoy qui a une requête à exprimer, continua Robert de la Millière.

Henri grimaça. Il posa son regard sur les dames assises sur les bancs et fixa Marie de France d'un air songeur. Aliénor le harcelait avec ce Foulques qui ma foi ne manquait pas de panache, de courage et de folie. Enlever ma sœur. J'aurais dû le faire écarteler, pensa-t-il. Il est devenu rebelle et le sera toujours. Enfin, c'est mon jour de bonté. Nous allons rire.

— Que damoiselle Radegonde s'exprime, lança Henri d'un ton léger.

— Mon père est enfermé dans les geôles de Chinon.

— Je sais. Je l'ai condamné à moisir au pain sec et à l'eau pour expier ses crimes : félonie et rapt, répondit

Henri d'un air distrait tandis qu'Aliénor levait les yeux au ciel. Qu'allait-il encore inventer ?

— Je sollicite de sa majesté son pardon et la libération de mon père qui à maintes occasions n'a pas hésité à sacrifier sa vie pour la reine.

— Voilà qui est bien dit. Et que m'offres-tu en échange ? demanda le roi en se penchant d'un air curieux.

— Ma personne. Je vous offre ma personne.

— Très bien. Il se tourna vers un chevalier anglo-normand. Gautier de Clifford, approche.

À ce nom, la mâchoire d'Aliénor se contracta. Le père de Rosamonde.

— Tu as un fils du nom de Richard qui doit être armé chevalier pour Pâques. Je lui donne Radegonde de Fons-Almoy pour épouse. Il se tourna alors vers la jouvencelle et précisa : tu viendras en Angleterre avec ma suite. Puis, tu épouseras le cadet Richard de Clifford à qui je donnerai un fief lorsqu'il aura fait ses preuves. Tu vivras ainsi dans les Marches du Pays de Galles. Tu donneras à ton époux des fils courageux, impavides, téméraires et fous comme ton père. C'est ce dont nous avons besoin pour combattre les Gallois. Aucun roi d'Angleterre à ce jour n'est parvenu à bout de ce peuple indocile. Ce sont des Celtes, sauvages, cruels et barbares que nous devons soumettre et civiliser.

Radegonde, dont le visage ruisselait de larmes, acquiesça de la tête et répondit d'une petite voix brisée par l'émotion :

— Qu'il en soit fait selon votre volonté.

— Pour complaire aux exigences de la reine, Ermengarde de Château Larcher t'accompagnera dans le comté de Herefordshire à la frontière du Pays de Galles. Elle épousera un membre de la parentèle Clifford. Je choisirai pour elle.

La cour royale remonta vers la Normandie. La ville de Nantes venait de chasser son comte et fit officiellement appel à Geoffroy d'Anjou. Henri II très satisfait lui accorda une forte troupe pour qu'il puisse entrer en possession de la ville. Puis, Henri décida de faire une étape à Chinon.

Foulques tendit l'oreille. Des chiens aboyaient, des chevaux renâclaient, des ordres fusaient, le crissement des roues des chariots sur le sol poudreux de la cour attira son attention. Le château de Chinon avait été investi par un convoi de voitures bâchées et de cavaliers. Soudain la voix de stentor d'un héraut recouvrit le brouhaha :

— Le roi d'Angleterre, Henri II Plantagenêt, comte d'Anjou, duc d'Aquitaine et duc de Normandie.

Il a oublié le Maine pensa Foulques, la gorge sèche. Une terrible appréhension l'envahit. Henri II allait peut-être rendre justice et le faire décapiter. Une barre à la poitrine l'oppressa quand il entendit le pas de son geôlier et tortionnaire qui l'accablait jour et nuit de sarcasmes et d'insultes quand ce n'était pas de coups. Le cliquetis du verrou que l'on tire, le grincement des gonds de la porte qui s'ouvrit lui arrachèrent un frisson. Une silhouette bondit sur lui et l'enveloppa de ses bras puis l'embrassa. Il reconnut aussitôt Radegonde à son parfum de rose.

— Ma petite fillôte.

— Père, vous êtes libre. J'ai obtenu du roi Henri votre grâce.

Foulques n'en crut pas ses oreilles et lui demanda de répéter cette incroyable nouvelle.

— Et en échange que t'a-t-il demandé ? l'interrogea Foulques qui restait très dubitatif sur la générosité d'Henri. Il le savait rancunier et il n'était pas près d'oublier l'affaire Marie de France.

— Je vais épouser messire Richard de Clifford à Pâques dès qu'il sera armé chevalier. J'accompagne le roi et la reine en Angleterre.

Le geôlier toussota et déverrouilla les chaînes qui entravaient les pieds de Foulques. Il l'aida à se mettre debout. C'est appuyé sur son épaule que Foulques remonta l'escalier en colimaçon puis se retrouva dans la cour. La lumière du jour l'éblouit. Il battit des paupières et chancela. Radegonde le prit par la main. Aliénor entourée de ses proches l'attendait. Il tomba à genoux et posa ses lèvres sur les passementeries de son bliaud de soie.

— Relève-toi, Foulques de Fons-Almoy.

Il releva la tête et vit le roi Henri qui le fixait de ses yeux gris.

— Rentre chez toi et ne réapparais plus jamais à la cour.

Robert de la Millière s'approcha et l'aida à se relever. Debout, il croisa le regard de Marie de France. Elle l'enveloppa d'une œillade douloureuse puis détourna la tête. Il embrassa une dernière fois Radegonde et échangea un dernier regard de connivence avec Aliénor. Robert l'aida à se hisser sur un bidet et les deux hommes prirent la route du Poitou dans ce triste équipage. Foulques avait le cœur serré. Il retrouvait la liberté mais à quel prix. Les êtres les plus chers à son cœur, Aliénor, Radegonde, Marie partaient pour l'Angleterre. Il avait interdiction de les revoir. Il ne lui restait plus que son fils Huon.

Chapitre 14

Aliénor s'apprêtait à embarquer pour Southampton. La mer était agitée et sur le quai du port de Barfleur, elle avait le pied hésitant. Depuis quelques jours, elle éprouvait des nausées de plus en plus fréquentes. Elle prit appui sur le bras de Radegonde de Fons-Almoy et franchit la passerelle suivie de ses deux suivantes, Ermengarde de Château-Larcher qui donnait la main à Henri le Jeune et Isabelle de Ruffec qui portait dans ses bras Mathilde.

— Février, c'est l'hiver et nous partons regagner notre palais dans le fog londonien, observa Isabelle en faisant la moue.

— Chanceuse, tu retrouveras bientôt ton Poitou. Pense à moi qui vais me marier avec un chevalier anglo-normand qui réside à la frontière du Pays de Galles. Quoi de plus réjouissant. La froidure, la pluie et ces Celtes tous plus cruels les uns que les autres qui ne cessent de lancer des raids sanguinaires sur les Marches Galloises. On raconte sur eux tellement d'atrocités. Lorsqu'ils s'emparent d'un village ou d'un château, les prisonniers sont torturés et décapités, les enfants empalés et les femmes violées avant d'être égorgées ou mises en esclavage. Crois-tu que je rêvais d'une telle vie?

— Tu n'avais qu'à pas coucher avec le roi, chuchota Isabelle en étouffant un gloussement.

— Tu crois que j'ai eu le choix. Il m'a coincée dans un corridor au crépuscule tombant. Il m'a prise de force dans un recoin avant de me jeter sur une paillasse.

— Taisez-vous damoiselles, gronda Aliénor. Il n'y aura pas de mariage avant le retour du roi en Angleterre. Pour l'instant, vous allez bénéficier du confort de mes palais. Grâce au dévouement du chancelier Thomas Becket, nous avons désormais de vraies cheminées dans les principales pièces de mes demeures, que ce soit Westminster, Windsor, Woodstock ou Oxford. Nous n'aurons plus à suffoquer de la fumée que dégagent ces horribles braséros.

— Heureusement que nous avons des chaufferettes pour éviter de voir nos pauvres mains gercer sous les assauts de cette épouvantable froidure qui nous attend.

Marie de France, qui affichait un visage sombre, les écouta d'un air distrait. Ses pensées voguaient en Aquitaine et elle réfléchissait à la teneur du prochain lai qu'elle allait écrire à la lumière de sa dernière expérience. L'amour pur était ce qu'il y a de plus noble et de plus élevé. Elle enverrait à son chevalier servant des missives secrètes portées par des messagers irréels et composerait avec son amant de cœur qu'elle ne reverrait plus jamais de tendres poèmes chargés de désirs à jamais inassouvis.

Aliénor considéra Marie avec bienveillance et lui dit comme si elle lisait dans ses pensées:

— On a obtenu sa libération. Alors oublie-le. Fais-le pour lui, sinon la vindicte et la rancune d'Henri s'abattront sur lui et je ne pourrai plus rien. D'ailleurs, je devrais lui tenir rigueur d'avoir épousé la cause du vicomte de Thouars.

— Le défaut de mon frère est d'être, en dépit de sa générosité, extrêmement rancunier, confirma Marie d'un air songeur.

Henri poursuivit ses inlassables chevauchées jusqu'en avril. Rendre justice, réorganiser l'administration, remettre de l'ordre dans les finances, négocier un accord, enlever un château à un seigneur récalcitrant, le soumettre et réduire ses prérogatives, écouter les doléances des humbles et des modestes, constituaient son quotidien. Il épuisait ses compagnons par son activité débordante. Toujours sous la tente, jamais dans une hostellerie ou un château. Il ne descendait de cheval que pour juger, négocier, lire, dicter des courriers, avaler une modeste pitance et culbuter la première garce venue avant de s'endormir contre le giron de la dernière conquête. C'était sa manière à lui de lutter contre son embonpoint et de régner en maître sur ses États et ceux de son épouse.

Le 8 avril Henri II débarqua en Angleterre. Il avait hâte de retrouver la belle Aliénor et leurs enfants. Toutefois la tentation fut la plus forte. Il ne put s'en empêcher. Il fit donner rendez-vous dans un endroit retiré à Rosamonde en lui dépêchant un messager de toute confiance. C'était dans une taverne où il séjourna incognito. Il était de plus en plus épris. Et plus qu'Aliénor, c'était Rosamonde qui lui avait manqué pendant son séjour sur le continent. Aliénor lui apportait sa fortune pour satisfaire ses ambitions, son ventre pour lui donner des héritiers et flattait son orgueil car elle était la femme la plus adulée et la plus haïe de la chrétienté. Son intelligence, son rayonnement et sa culture en imposait à tous. Son charme et son éloquence troublaient les hommes. Henri était séduit mais parfois agacé. En fait, c'était la damoiselle de Clifford qui le comblait. Elle était belle, soumise, tendre et attentive à satisfaire tous ses désirs de maître et seigneur.

Arrivant à Westminster, il enlaça Aliénor et la complimenta sur sa bonne mine :

— Ma douce amie, je vois en vous quelques nouvelles rondeurs. M'auriez vous caché quelque chose ?

Aliénor sourit et lui chuchota à l'oreille :

— Je suis enceinte.

— Par les yeux de Dieu ! s'exclama Henri. Ce sera un garçon. Nous l'appellerons Richard en souvenir de mon aïeul duc de Normandie.

— Richard, pour un futur duc d'Aquitaine.

Henri éclata de rire. Il confia le soir même à son ami et compagnon le connétable Richard de Hommet :

— La reine est d'une nature généreuse. Elle me donne des héritiers. Heureusement que j'ai Rosamonde. Il ne faudrait pas qu'elle tombe enceinte avant que je quitte l'Angleterre. Elle a la peau si douce et sa tendresse me comble de joie et de plaisir. Mais avoir des enfants d'elle pourrait me créer des difficultés avec Aliénor si cela venait à se savoir.

— Peut-être devriez-vous l'oublier et la marier à un vassal peu regardant, suggéra le connétable.

— Non. Elle est à moi et elle le restera, répondit Henri d'un ton catégorique.

Les cloches carillonnaient dans toute l'Angleterre. Le roi et la reine s'apprêtaient à fêter Pâques en grande pompe après une dernière semaine de Carême marquée par un jeûne rigoureux. Henri II éprouvait l'impérieux besoin de se décrasser l'âme. Ses colères, ses rancunes, sa concupiscence légendaire, avaient appelé sur sa personne quelques critiques acerbes de la part de l'épiscopat. Son ami, le chancelier Thomas Becket, lui avait alors suggéré de faire pénitence publiquement, de s'amender par des mortifications purificatrices et de se montrer en public humble et pieux.

— Par la dent de Dieu ! s'était exclamé Henri en se massant la bedaine. Tu as raison Thomas. Je vais m'amender, prier et perdre quelques kilos si je ne veux pas perdre mon ascendant sur ma reine.

— Il serait d'ailleurs opportun sire que vous perdiez cette habitude de blasphémer.

— Par les tripes de Dieu ! Voudrais-tu faire de moi un moinillon.

— La reine est chagrine de vous voir jurer en permanence, elle si pieuse, si sainte.

— Aliénor, une sainte ! Henri éclata de rire et pensa pour lui-même, la garce, elle a bien pris du bon temps avec mon père. Elle a fait porter des cornes à Louis VII, que dis-je, elle l'a métamorphosé en dix cors jeunement. Et on voudrait me faire croire que sa piété confine à la sainteté alors qu'elle ne cesse de se faire conter fleurette par des troubadours obséquieux comme ce bellâtre insipide de Bernard de Ventadour.

Le jour de Pâques, l'archevêque de Canterbury bénit solennellement les épées d'une fournée de cent bacheliers. Le roi adouba personnellement une dizaine de fils de barons qu'il voulait personnellement honorer. Puis l'on assista au tournoi de Pâques pour fêter tant la Résurrection du Christ que la nouvelle fournée de chevaliers.

Sous le dais royal, Henri prit la main d'Aliénor et la porta à ses lèvres en murmurant :

— Ma douce amie, si d'aventure le jeune chevalier Richard de Clifford et Robert de Barville réchappent à cette mêlée furieuse, je les marie demain avec Radegonde de Fons-Almoy et Ermengarde de Château-Larcher. Et ensuite, j'entraîne tout ce beau monde dès juillet pour conquérir le Pays de Galles.

Aliénor sourit sans faire de commentaires. Elle avait fait un exemple parmi ses servantes en expédiant Ermengarde dans les marches du Pays de Galles. Les autres avaient grand intérêt à se montrer prudentes dans les sombres corridors de ses palais et de ne pas se laisser surprendre par son faune de mari.

Radegonde, seule dans un oratoire, séchait ses larmes. Elle avait croisé lors de la messe de Pâques celui que le roi Henri II lui avait destiné. Richard était un beau garçon, au visage bien fait, les traits réguliers, un nez fin et long, des sourcils bien arqués, un regard lumineux. Il ressemblait à sa sœur Rosamonde. Lorsque leurs prunelles s'accrochèrent, Radegonde n'éprouva rien. Quant à Richard, il parut indifférent.

Quant à Ermengarde, le roi changea d'avis. Il décida en fin de compte de la marier non pas avec le fils d'un seigneur normand mais à un Gallois, un neveu de son allié le prince de Powys, Madog gap Mareddud. Ce dernier appelé Madog le Jeune, était un colosse châtain. Lorsqu'il la vit, il la foudroya du regard et détourna la tête avec dédain. Certes, Ermengarde n'incarnait pas la dame de beauté telle que le chantaient les troubadours ou les bardes gallois. Toutefois, sa silhouette généreuse attirait bien des regards et le roi avait succombé à la tentation de cette proie facile. Mais le prince gallois avait une haute idée du mariage et se voir imposer par le Plantagenêt une épouse étrangère qui de surcroît n'était plus vierge le contrariait au plus haut point.

Le soir du tournoi, Aliénor, fatiguée par sa grossesse se retira dans sa chambre. Radegonde et Ermengarde, le cœur lourd, lui emboîtèrent le pas. C'était leur dernière soirée avec la reine.

— Ma Dame, est-il vrai que le roi compte envahir le Pays de Galles ? demanda Radegonde.

Aliénor sourit et répondit :

— Henri II est un grand roi. Il soumettra le Pays de Galles, l'Écosse et l'Irlande comme il a soumis l'Angleterre, le comté de Nantes, le Maine, l'Anjou, la Normandie, la Touraine et quelques rebelles d'Aquitaine.

— Je ne comprends pas. Pourquoi devrais-je épouser le neveu d'un prince ennemi ?

Aliénor soupira et lui donna quelques explications :

— Le Pays de Galles est divisé en trois ensembles, le nord qui constitue le royaume d'Owain Gwynedd, le centre avec la principauté de Powy et le sud vassal de la couronne dont les principaux barons sont Roger de Clare et Richard Strongbow de Pembroke. Henri s'est allié avec le prince de Powy qui a fait allégeance à la couronne. La cible est le royaume d'Owain Gwynedd. Ce roitelet menace le nord de l'Angleterre. Ce pauvre Ranulf de Chester a payé un lourd tribut aux attaques galloises. Vaincu à plusieurs reprises par les Gallois, il a dû leur céder plusieurs châteaux notamment celui de Ruddlan. Paix à son âme. Il a été empoisonné et son fils n'est qu'un enfant. Si Henri n'intervient pas, le roi Owain finira par s'emparer de Chester.

Le lendemain, Aliénor s'alita. Une douzaine de damoiselles d'Anjou, du Maine et du Poitou, épousait des chevaliers normands et l'une d'entre elles, un cadet du Pays de Galles. Lorsqu'elle monta à l'autel et s'agenouilla aux côtés de son promis, Radegonde éprouva un grand moment de solitude. Quant à Ermengarde, elle se mit à trembler de tout son être quand son fiancé l'effleura de la paume de sa main. Il murmura à son attention :

— Tu n'es que la ribaude du roi. Je t'épouse sur ordre de mon oncle. Mais, les garces de ta sorte ne valent pas plus cher qu'une truie dans une porcherie.

Tétanisée, Ermengarde hocha du menton sans répondre. Elle larmoyait et reniflait, ce qui eut le don d'exaspérer son fiancé.

Une fois mariés, Richard de Clifford et Madog le Jeune ainsi que des chevaliers fraîchement adoubés des Marches Galloises et du comté de Chester prirent la route trois jours plus tard. Ermengarde avait subi le martyre. Madog l'avait littéralement violée avant de l'humilier et de la battre. Quant à Radegonde, elle partagea la couche de son jeune époux. Il n'avait que quinze ans et se montra bien maladroit. Néanmoins, il accomplit son devoir conjugal. C'était un gentil garçon qui ne comprenait pas pourquoi le roi lui imposait si jeune une damoiselle à marier. Son père l'avait sommé d'obéir et Rosamonde avait ajouté d'un ton espiègle :

— Petit frère, j'obtiendrai pour toi de belles récompenses. Henri ne sait rien me refuser. Montre-toi preux et la bonne fortune s'offrira à toi.

Aliénor coula des jours heureux entre Pâques et juillet. Elle partageait son temps entre le palais de Westminster et le château de Windsor. Les troubadours d'Aquitaine, de Castille et d'Aragon affluaient. De nombreux bacheliers en quête d'aventures quittaient le continent pour aller offrir leurs services au roi et à la reine d'Angleterre.

Radegonde se retrouva en terre étrangère, dans une tour de bois érigée sur un tertre à la frontière du comté de Chester et du royaume d'Owen Gwynedd. C'était le cadeau de mariage du roi Henri II au frère cadet de la belle Rosamonde, un tertre pour faire face à la citadelle de Ruddlan. La garnison était constituée de cinq Saxons et d'un écuyer normand. Radegonde éprouva un terrible sentiment de solitude. Richard et son écuyer galopaient dans la lande du matin au soir. À la veillée, au coin du feu, il ne parlait guère. Il mastiquait bruyamment un morceau de viande et buvait sa soupe en silence. Le soir, il accomplissait son devoir. Parfois, il en était incapable et Radegonde devinait que le garçon avait couché dans les fougères une donzelle, probablement de force. Les Saxonnes et les Galloises, constituaient un gibier de choix pour un jeune seigneur normand. Il n'avait rien à dire à cette pucelle poitevine dont les manières raffinées lui semblaient superficielles. Il ne pensait qu'à chasser et à guerroyer. Radegonde lors des absences de son époux, ne quittait pas la chambre de la tour. Elle tremblait à l'idée de croiser les soudoyers saxons dont les mines patibulaires lui inspiraient dégoût et terreur.

Quant à Ermengarde, son époux lui fit vivre un enfer.

— Je te répudierai quand le roi t'aura oubliée, lui promit-il. Je te donnerai à mes soldats.

Elle imagina toute sorte de combinaisons pour s'enfuir. Mais le Pays de Galles lui semblait bien hostile. Elle ne comprenait pas la langue. Tout le monde à la cour du prince l'ignorait. Et le pays, une succession de collines, vallées, rivières, lacs, montagnes, lui semblait comme une immense prison.

À la fin juillet, Henri II sonna le boute-selle. Il était temps d'en finir avec ces Gallois qui ne cessaient de lancer des incursions sur le royaume, pillant et massacrant les habitants des villages et fiefs dont ils s'emparaient.

Henri offrit à Roger de Clare des fiefs à conquérir sur la principauté indépendante de Rhys ap Gruffydd. Il entra dans le Cardigan à la tête d'un puissant ost. Plus de cent chevaliers, des sergents, des compagnies d'archers et d'arbalétriers. De son côté, Henri réunit son ost à Chester avant de marcher sur le château de Ruddlan. Il chevauchait en tête de quatre cents chevaliers. À ses côtés, son connétable, le fidèle Richard de Hommet.

Derrière, suivaient la piétaille, les machines de guerre et les auxiliaires. Il était bien décidé à en finir avec la dynastie des rois de Gwynedd.

— Sire, je vous rappelle que les Gallois ignorent tout des lois de la chevalerie. Ce sont des barbares, sanguinaires et cruels, lui rappela le connétable de Hommet.

— Bientôt, nous mettrons le siège devant Ruddlan. Une fois la clef du Pays de Galles tombée, nous marcherons sur l'île d'Anglesey pour mettre un terme à ce minuscule royaume, décida Henri II

— Ranulf de Chester, qui était un vaillant chevalier, a été maintes fois étrillé par ce roitelet. Il a dû leur rétrocéder Ruddlan, observa le connétable.

— Ce soir nous dormirons à l'abbaye de Basingwerk, dernier lieu de civilisation avant la barbarie, répondit Henri II avec confiance.

Le connétable demeura songeur. Henri II était un des meilleurs capitaines de guerre de son temps. À vingt-quatre ans, il n'avait jamais connu d'échec. Mais il avait toujours combattu contre ses pairs. Avec les Gallois qui ne respectaient rien, il allait découvrir une autre façon de guerroyer.

Owain Gwynedd tenait fermement le château de Ruddhan. Mais contrairement aux habitudes féodales, il n'était pas homme à attendre que l'on vienne l'assiéger. Par ses espions, il suivait attentivement la route prise par le roi d'Angleterre. À cinquante-sept ans, il avait à la fois vaincu ses rivaux et les Normands. Il avait solidement structuré les bases de son royaume. Ses sujets, galvanisés par un sentiment anti-normand, lui faisaient une confiance aveugle.

Les troupes galloises s'enfoncèrent dans les terres du comté de Chester. Le brouillard tombait sur les hauteurs quand les espions du roi de Gwynedd vinrent l'informer que l'ost du roi d'Angleterre approchait de l'abbaye de Basingwerk. Il dépêcha ses compagnies d'archers réputés pour leur efficacité à la lisière d'un bois à quelques centaines de toises de l'abbaye. Puis, il galopa à vive allure jusqu'à un bois où il dissimula ses troupes à cheval. Il scinda ses guerriers en deux groupes. Il prit le commandement du premier groupe qui mit pied à terre tandis que son fils Iorwerth Drwyndwn prit la tête des guerriers à cheval chargés d'assaillir la piétaille du roi et ses auxiliaires.

Les Normands progressaient au pas en chantant gaiement à proximité du lieu où les archers gallois attendaient le signal. Tapis dans les genêts et les fougères, Owain Gwynedd observait, du haut de la colline, la troupe anglo-normande qui s'étirait comme un serpent déroulant ses anneaux aux reflets métalliques. Il fixa d'un regard scrutateur les cavaliers de tête et identifia Henri II. Il caressa le manche de sa hache et se promit d'estourbir ce jeune roi prétentieux. Le brouillard peu à peu descendait dans la vallée, noyant les paysages dans une poix épaisse et collante. Owain fit un signe. Le mugissement d'une corne de brume recouvrit les rires et les chants de la chevalerie normande. Henri II arrêta son destrier. Soudain, un homme hurla :

— Nuage de flèches sur la dextre.

Henri se tourna vers le connétable de Hommet tonna :

— Replions-nous sur la colline. Ils vont surgir de la forêt.

— De là-haut nous pourrons prendre le contrôle de la situation, répondit le connétable.

Tandis qu'un nuage de flèches s'abattit sur l'ost du roi d'Angleterre, les chevaliers normands poussèrent leurs destriers en avant pour gagner au plus vite les hauteurs. La pente était raide. Les chevaux progressaient au pas. Les flèches produisaient peu d'effet sur les chevaliers protégés par leurs hauberts, leurs heaumes et leurs boucliers en forme d'amande. En revanche les chevaux et la piétaille payaient un lourd tribut.

Alors que la chevalerie du roi Henri atteignait la mi-hauteur, une immense clameur sauvage monta des broussailles. Une multitude de guerriers surgit de partout et se jeta sur les chevaliers comme une tornade. Les lances éventraient les destriers. Les haches tournoyaient et broyaient les os, démantibulaient hommes et chevaux. Bientôt la confusion s'installa. Des chevaux, hennissant de douleur, roulèrent au sol entraînant leur cavalier dans leur chute. Des chevaliers, désarçonnés, mordirent la poussière. Peu se relevaient. Il y avait toujours un Gallois, armé d'une hache pour le décapiter. Dans la vallée les fantassins qui tentaient de grimper sur la colline furent rattrapés par les cavaliers d'Iorwerth Drwyndwn qui semaient la mort avec une fureur démoniaque.

Henri perdit son destrier et tomba dans les fougères. Il heurta une pierre. Commotionné, il demeura inconscient quelques instants tandis que trois ou quatre de ses compagnons roulaient sur lui. Son porte-étendard, occis, laissa choir les couleurs du roi dans la fange. Richard de Clifford tomba à terre. Il se releva et l'épée au poing fit face. Trois guerriers l'assaillirent. Il se battit comme un lion. Il avait perdu son écu et souffrait d'une entorse. Un géant barbu, couvert de peaux de loups, lui asséna un violent coup de masse qui le désarma. Il se baissa pour ramasser une hache. Une masse s'abattit sur son épaule. Il poussa un grand cri. Il reçut alors un coup de lance dans la cuisse. Il tomba à genoux. Un chevalier, crut-il, non un seigneur gallois, lui sourit en brandissant son épée et d'un magistral coup de taille le décolleta. Sa tête roula sur l'étendard royal. Ce fut le signal du massacre.

À la nuit tombée, Owain Gwynnedd qui avait perdu de vue son ennemi sonna la retraite. Le butin était considérable. Épées, hauberts, boucliers, chevaux, vivres…

Henri qui avait repris conscience, parvint à s'extraire d'un amoncellement de cadavres. Profitant de la nuit, il se faufila entre les rochers, les bouquets de genêts et les murets. Il parvint à gagner sain et sauf l'abbaye où il retrouva le connétable navré à la cuisse et au bras.

— Dieu soit loué, vous êtes vivant ! s'exclama le connétable.

— Par les yeux de Dieu ! Ces diables de Gallois ne respectent rien. Ils ignorent tout des lois de la chevalerie et ne font pas de quartier.

— Ils ont anéanti notre armée, se lamenta le connétable.

— Je n'ai pas dit mon dernier mot, tonna Henri en vidant une chopine de bière.

— Nous devrions les attaquer par la mer, suggéra le connétable, les traits défaits.

— Nous allons débarquer sur l'île d'Anglesey, décida Henri II, furieux et humilié à la fois d'avoir été défait par ce qu'il considérait comme une horde de sauvages.

Un messager quitta précipitamment l'abbaye pour Chester. À l'aube une cinquantaine de chevaliers retrouvèrent le roi et ce qui lui restait de ses compagnons. La déroute était totale.

Mais Henri, qui ne décolérait pas, était décidé à aller jusqu'au bout. Il manda des renforts et fit appareiller une flotte. Il débarqua quelques jours plus tard sur l'île d'Anglesey. Owain Gwynedd, encore une fois l'attendait. L'invincible guerrier gallois infligea une deuxième défaite au roi d'Angleterre.

De sa tour, Radegonde, vit l'écuyer de Richard de Clifford rentrer à pied, d'un pas claudicant. Elle apprit sans regret la mort de ce garçon avec qui elle avait partagé quelques mois de son existence. Une brève parenthèse qui serait vite oubliée. Elle demanda à l'écuyer de l'accompagner jusqu'à Chester puis de là elle gagnerait Londres pour retrouver Aliénor d'Aquitaine. Elle n'avait qu'une hâte, fuir cette tour gardée par deux sergents saxons qui ne cessaient de la mater de leurs regards obscènes. Les trois autres soudoyers avaient été occis par les Gallois.

Quand Madog le Jeune apprit la déroute du roi d'Angleterre, sa surprise fut totale. Puis, se ressaisissant, il haussa les épaules et se frotta les mains. Il fit enfermer sa femme dans un cachot et attendit la suite des évènements. Quand il fut informé des détails de la trêve signée entre les deux rois, il prit sa décision et se rendit chez un prêtre. Il fit aussitôt annuler son mariage pour vice de consentement. Il rejoignit ensuite Ermengarde dans sa cellule et lui enjoignit de le suivre.

— Dehors ! On part.

Une bouffée d'espoir gagna la jeune femme. Elle fut de courte durée. Dans la cour, il la fit entraver comme une bête.

— Où allons-nous ? demanda-t-elle au bord de la crise d'hystérie.

— Dans une auberge. La réponse avait claqué comme un coup de fouet dans une langue d'oïl à peine compréhensible.

L'aubergiste, un homme sec et dégingandé était secondé par une matrone mafflue et poissarde qui accueillit les visiteurs avec un sourire édenté.

— Cadeau, fit Madog. Cette garce est à vous.

La tenancière de la taverne examina attentivement Ermengarde et dit :

— Ta dette est effacée.

Ermengarde avait été vendue à un bordelage.

Henri II, après avoir séjourné à Malesbury, se rendit dans son pavillon de chasse de Woodstock où il avait donné rendez-vous à Rosamonde. Son grand-père, le roi Henri Beauclerc, aimait y séjourner. Dans le parc ceint d'un mur de plus de deux lieues et demie, il y avait acclimaté ses animaux préférés : des lions, des léopards mais aussi des dromadaires et des porcs-épics. Il y séjourna une petite semaine en compagnie d'amis triés sur le volet. Henri savait qu'il pouvait compter sur leur discrétion.

Parmi eux étaient son connétable avec qui il venait de partager son premier échec militaire, et son confident, le sémillant chancelier Thomas Becket. Le premier soir, ils dînèrent tous les trois avec Rosamonde. La belle était inconsolable. Blottie contre son amant, elle sanglotait. La mort de son frère l'affectait profondément. Les longues absences d'Henri sur le continent la rendaient neurasthénique. Pour lui remonter le moral, Henri lui offrit une bague et un bébé léopard.

— Tu peux lui donner le biberon, murmura-t-il avant de baisoter son cou.

— Et ma belle-sœur, que devient-elle ? demanda-t-elle en pleurnichant.

— Je lui trouverai un autre mari.

— Elle est restée dans sa tour perchée sur sa motte ?

— Que nenni. Je l'ai laissée à Chester. Elle doit prendre la route d'Oxford pour retrouver la reine. Aliénor séjourne dans le palais construit par mon grand-père peu avant ma naissance. C'est celui que l'on appelle la Maison du Roi. Elle est sur le point d'accoucher. Encore un fils. Je suis le plus heureux des hommes. J'ai une reine de prestige qui assure la continuité de mon lignage, que dis-je, de ma dynastie, et pour maîtresse la plus jolie donzelle du royaume. Il lui caressa le visage et essuya ses larmes à l'aide d'un carré de soie.

Il souriait. Son cœur endurci, son cynisme politique le rendaient insensible au chagrin de Rosamonde qui pleurait la mort de son frère. D'un air désinvolte, il reprit :

— Demain, nous chasserons le daim puis je te quitterai pour me rendre à Oxford où le devoir m'attend.

— Le devoir, toujours le devoir, murmura-t-elle d'une petite voix mouillée.

Henri la serra avec force.

Le château d'Oxford avait été érigé autour d'une motte sur laquelle avait été constuit un donjon, la tour Saint-Georges. Une ceinture de remparts flanqués de tours et de douves renforçaient le dispositif. Un verger avait été aménagé au pied des douves. Des buissons de plantes aromatiques avaient été plantés entre les treilles de vignes et de glycines. Des pommiers, cognassiers, poiriers et pruniers avaient été disposés en cercles concentriques autour d'une fontaine. Paons, lapins et daims folâtraient gaîment au milieu de ce petit paradis.

Aliénor, assise sous un dais de toile cramoisi semé de léopards d'or, se reposait dans un univers propice à l'évasion onirique. Elle était entourée de ses suivantes comme Isabelle de Ruffec, de veuves comme Radegonde de Fons-Almoy et de dames de la bonne noblesse anglo-normande. Parmi elles, il y avait la comtesse de Norfolk, Juliane de Vere épouse de Hugues Bigot, Ela de Talvas, comtesse de Salisbury et sa belle-sœur, Sybille dame de Marlborough et épouse de Jean le Maréchal, Maud de Gloucester, veuve du comte de Chester et cousine germaine d'Henri II, Maud de Saint-Hilary épouse de Roger de Clare qui, lui, s'était couvert de gloire dans les Galles du Sud en s'emparant du fief de Cardigan, Amicie de Montfort, comtesse de Leicester et Roysia épouse de Richard de Luci. Aliénor s'efforçait avec un certain succès de convertir l'aristocratie anglo-normande aux plaisirs oniriques de la fine amor. Toutes ces femmes, lasses d'être rudoyées par des époux nourris au petit lait des exploits épiques, rêvaient d'être servies par de beaux chevaliers troubadours qui n'auraient de cesse de les admirer. Pour cela, Aliénor avait invité plusieurs troubadours, jongleurs et danseuses qui, par leurs talents de poètes et de chanteurs, tentaient d'obtenir les faveurs de ces nobles Dames qui ne comprenaient pas les subtilités de la langue d'oc. Assise sur un coussin, une jouvencelle grattait avec un bec de plume les cordes de son psaltérion, un damoiseau caressait les cordes de son rubec avec son archet, un jongleur pinçait les cordes de sa guiterne tandis qu'un petit page blondinet jouait de la flûte. C'est alors qu'Henri fit irruption, escorté de ses inséparables, le connétable et le chancelier. Aussitôt, il applaudit et complimenta Aliénor sur sa bonne mine.

— Il fait chaud, répondit-elle.

— Moins qu'en Aquitaine. L'air d'Angleterre est plus frais, continua Henri d'un ton badin. Il fixa le ventre arrondi d'Aliénor et demanda : c'est pour bientôt ?

— Quelques jours de patience et la libération viendra, dit Aliénor en fixant son époux d'un regard perplexe. L'on me rapporte que vous avez séjourné à Woodstock pour chasser. Vous manquez d'empressement. Woodstock n'est qu'à quelques lieues d'ici.

— Je me remettais de mes blessures, se défendit Henri.

— Ce soir, vous resterez auprès de votre épouse.

Henri tomba à genoux et prit la main d'Aliénor dans la sienne.

— Ma mie, ma douce amie, je reste avec vous jusqu'au terme.

La Maison du Roi disposait de tout le confort. Henri, très ému, attendit avec impatience que la reine accouche. Et c'est un garçon qui vint au monde le 8 septembre 1157. Il fut aussitôt appelé Richard. Aliénor était aux anges.

— Richard est né dans la même chambre où je suis né, répétait Henri à qui voulait l'entendre. J'en ferai un duc d'Aquitaine et un comte de Poitiers.

Radegonde prit Richard dans ses bras et le berça en fredonnant une pastourelle tandis qu'Aliénor prenait un bain.

Isabelle de Ruffec savonnait la reine avec une éponge quand Henri entra.

— Ma mie, j'ai convoqué Robert de Leicester et Richard de Luci. Nous allons mettre à la raison les derniers barons du nord qui refusent de se soumettre.

— Qu'attendent-ils?

— Que je vienne en personne raser les châteaux qu'ils ont construits sans autorisation du roi.

— Je te rejoindrai après mes relevailles.

— Je t'attends avec impatience. En attendant, tu assures la régence.

Il ne tenait pas en place et fit trois fois le tour de la chambre. Isabelle de Ruffec en avait le tournis. Blême, Radegonde l'observait sans un mot. Elle avait le cœur battant et n'avait qu'une terreur, qu'Henri lui trouve un mari à la frontière écossaise. Henri, ne pouvait détacher son regard des épaules d'Aliénor. Elle nageait dans une mousse savonneuse qui dissimulait sa nudité, mais ses épaules, son cou, la naissance de sa gorge émoustillait le roi au point qu'il ne parvenait plus à se contenir. Il l'embrassa goulûment dans le cou. Aliénor étouffa un petit cri et gloussa:

— Mais Henri, je ne suis point une ribaude que l'on prend à sa guise.

— Je vous aime ma mie, je vous adore. Vous êtes la plus belle et il plongea ses mains dans l'eau savonneuse et la caressa sous l'œil réprobateur d'Isabelle de Ruffec.

— Henri, soyez sage, protesta Aliénor. À propos quand donc arrive la nourrice ? Je ne me sens pas d'attaque pour allaiter.

— Hodierne de Saint-Alban vient de mettre un monde, le même jour que vous, un petit garçon du nom d'Alexandre Nequam. Il sera élevé avec Richard tout comme mes petits bâtards.

Aliénor secoua la tête et soupira.

— Bon voyage, mon cher époux.

Hodierne de Saint-Alban entra dans la chambre de la reine. C'était une normande blonde aux yeux bleus à la silhouette généreuse. Tous les regards se portèrent sur sa poitrine. Elle s'empourpra jusqu'à la racine des cheveux. Aliénor la gratifia d'un grand sourire et lui fit signe de venir s'asseoir dans un faudesteuil garni de coussins. Isabelle vint prendre Alexandre Nequam dans ses bras. Radegonde prit Richard dans son berceau et le déposa contre le sein droit d'Hodierne. Le sein droit était réputé fournir un lait de meilleure qualité que le sein de gauche.

— L'aigle de l'alliance brisée se réjouira de la troisième couvée, murmura une damoiselle irlandaise, ainsi prophétisa Merlin.

— L'aigle, c'est moi, déclara Aliénor avec enthousiasme. L'alliance brisée, c'est la dissolution de mon mariage avec Louis, la troisième couvée, c'est Richard et je sais qu'un grand destin l'attend.

Aliénor était d'une robuste constitution. Elle trépignait et avait hâte de rejoindre Henri pour découvrir ces contrées du nord et cette Écosse dont les bardes gallois et irlandais de passage à la cour de Poitiers et de Bordeaux lui avaient tant parlé au cours de son enfance.

Aliénor retrouva Henri à la frontière écossaise.

— Ma grand-mère, Mathilde d'Écosse était la fille du roi Malcolm III et de sainte Marguerite, princesse saxonne de la maison de Wessex. Par ma grand-mère le sang écossais et le sang saxon coulent dans mes veines, ce qui fait de moi le véritable roi légitime de la Grande Bretagne, le successeur incontestable du roi Arthur. En moi s'accompliront les prophéties de Merlin l'Enchanteur.

Aliénor éclata de rire et lui bourra les côtes de coups de poing.

— Tu as raison. Notre royauté doit trouver ses racines dans la matière celtique. Arthur, Guenièvre, Lancelot du Lac, Perceval le Gallois, Vivianne, Morgan, Mordred…nous sommes leurs héritiers. Et cela a d'autant plus de poids quand on descend d'une sainte. Ça efface les origines obscures des comtes d'Anjou qui, dit-on, descendraient d'une vouivre, une créature démoniaque.

— As-tu lu les Prophétia Merlini et l'Historia regum Britannicae de l'évêque gallois Geoffroy de Monmouth? lui demanda Henri.

— Bien sûr! s'exclama Aliénor avec enthousiasme. Je suis une fervente lectrice. J'ajoute que j'ai également lu le Roman de Brut du poète normand Wace. La vie de Brutus, Troyen et premier duc de Bretagne n'a plus de secret pour moi. Près de quinze mille vers pour narrer les péripéties des Bretons des origines à la mort du roi Arthur. Un chef-d'œuvre. Désormais, j'attends avec impatience qu'il termine son ouvrage sur les ducs de Normandie.

— J'ai lu les premiers chapitres. Wace a cessé de me plaire. Il critique mes aïeux. Je vais cesser de lui octroyer des bourses gonflées de deniers d'argent, grommela Henri.

Malcolm IV roi d'Écosse n'avait que seize ans. Il avait hérité de la couronne de son grand-père, le roi David qui avait soutenu l'impératrice Mathilde et Henri II contre le roi Étienne de Blois. David avait largement profité de l'anarchie qui régnait en Angleterre. Il avait conforté son pouvoir et annexé quelques châteaux comme Carliste et Doncaster et occupé le Cumberland et une vaste partie du Northumberland Henri II avait pour objectif de récupérer les fiefs perdus. Malcolm, qui n'était pas en position de force, dut reconnaître la suzeraineté d'Henri et lui rendre les places fortes ainsi mal acquises.

— Son grand-père, le roi David, t'avait soutenu alors qu'à peine âgé de quatorze ans tu avais traversé la Manche avec une bande de mercenaires pour renverser Étienne. Sans David d'Écosse, le frère de ta grand-mère, et Robert de Gloucester, le frère de ta mère, tu aurais fini dans une geôle anglaise. Nous ne serions pas là aujourd'hui. Le roi David t'a même armé chevalier. Toi, pour remercier tes cousins d'Écosse de leur appui, tu humilies sans vergogne le petit-fils de David en le rabaissant plus bas que terre. Mieux, tu refuses de l'armer chevalier.

Henri partit d'un petit rire cynique et répondit :

— C'est un faible. Tu ne crois quand même pas que je vais armer chevalier ce morveux. Imberbe, incapable de séduire une garce, confit en dévotions. On devrait l'enfermer dans un cloître, il ajouta avec dédain : Il porte sur lui tous les attributs d'une fille.

— Tu le méprises.

Henri haussa les épaules :

— Mon oncle David par ses invasions du nord de l'Angleterre a marqué les esprits. Les hordes écossaises ne respectent rien. Ils tuent hommes, femmes et enfants et réduisent leurs captifs à l'esclavage. Les Normands, tout comme les Saxons, les ont toujours considérés comme des sauvages et des païens. Certes, ils ont soutenu le parti angevin mais je te rappelle que sans mon grand-père, Henri Beauclerc, jamais David n'aurait été roi d'Écosse.

Aujourd'hui mon devoir de roi est de reprendre ce que l'Écosse a indûment arraché à la couronne d'Angleterre.

Aliénor et Henri voyagèrent dans le nord de l'Angleterre jusqu'à la Noël. Aliénor était plus femme que mère et Henri en oublia Rosamonde. C'était d'incessantes chevauchées dans les landes, dans les collines et vallons verdoyants. Le voyage fut émaillé de quelques sièges de courtes durées et d'escarmouches où les rebelles étaient systématiquement défaits. Au cours de cette chevauchée de plusieurs milliers de kilomètres, Aliénor força l'admiration des barons. Les Justiciers du royaume, Robert de Leicester et Richard de Luci en étaient tout esbaudis. Quant au connétable, il finit par demander à la reine, pourquoi elle ne s'était pas fait armer chevalier. Cette endurance, ce panache valut à Aliénor l'émerveillement d'Henri, lui qui n'admirait personne hormis quelques morts comme son père ou ses grands-pères.

Pour Noël, Henri convoqua ses vassaux à Lincoln. Aliénor retrouva ses trois enfants, ses suivantes et sa maison constituée de son chapelain, de son chancelier, de son notaire et de ses secrétaires. Henri et Aliénor reprirent la route du nord puis redescendirent dans le Nottinghamshire, gagnèrent ensuite le Wiltshire et arrivèrent à Pâques à Worcester. Aliénor était de nouveau enceinte. Henri exultait de joie. Avec beaucoup d'humour, il se gaussait ouvertement du roi de France Louis VII et de son infortune.

— Aliénor, je te le dis, c'est la semence de l'homme qui détermine le sexe de l'enfant et non la femme. Le roi des Francs n'a rien compris.

Le pauvre Louis VII avait épousé Constance de Castille pour prendre à revers le duché d'Aquitaine. Or

Constance venait de mettre au monde une fille, prénommée Marguerite.

— Marguerite, Marguerite, chantait Henri tout guilleret dans les couloirs de ses châteaux. Il était infernal.

C'était Jeudi saint, il sortait de l'église quand il se pencha vers Aliénor :

— Ma mie, j'ai une idée. Une idée lumineuse.

— Quelle est cette idée, mon seigneur roi ? Aliénor était curieuse de savoir quelle était la nouvelle idée de son époux et son regard d'émeraude pétillait de malice.

— Nous allons marier Marguerite à Henri le Jeune. Ainsi nous annexerons le royaume des Francs. Tu penses bien que le dévot Louis n'aura que des filles.

— Qui va négocier avec Louis ?

— Thomas Becket, mon fidèle ami. Ses talents de diplomate surmonteront l'aversion que Louis nourrit à ton égard. Et sur ces mots, il éclata de rire en se frottant les mains. Un rire sardonique. Il était tellement comique qu'Aliénor en prit le fou rire. Un fou rire inextinguible, un fou rire contagieux. Sur leurs talons, dans les rues de Worcester, les suivantes et les barons se mirent à rire à leur tour sans savoir de quoi il en retournait. Et c'est complètement hilare que les courtisans gagnèrent le palais. L'archevêque de Canterbury faillit en avoir un malaise. Comment le roi et la reine pouvaient-ils rire un Jeudi saint ?

À Fons-Almoy, Foulques se morfondait d'ennui. Marie de France avait définitivement quitté le continent et vivait à la cour d'Angleterre. Radegonde avait quitté l'Aquitaine pour épouser un chevalier anglo-normand. Son fils Huon qui désormais était écuyer marchait sur ses quatorze ans. D'ici trois ou quatre ans, il serait armé chevalier. Le damoiseau ne lui adressait plus la parole. Il reprochait à son père d'avoir remplacé sa mère. Mais

Foulques avait-il réellement aimé sa mère ? Marguerite de Saint-Brice n'avait été qu'une concubine. Elle avait trouvé une mort tragique au cours de la deuxième croisade durant ce désastre militaire qu'avait été la bataille du Mont Cadmos. Qu'y pouvait-il ? Il se sentait impuissant et déprimait. Il s'interrogeait sur le sens à donner à sa vie. Il mourait d'envie de se rendre à la cour d'Aliénor. Mais, paraître à la cour constituerait une véritable condamnation à mort. Henri ne lui pardonnerait jamais d'avoir enlevé Marie. Le cœur boursoufflé d'amertume, il tuait le temps en allant chasser avec ses beaux-frères. Chasse au loup, chasse au sanglier, chasse au cerf. Il s'étourdissait en chevauchant comme un forcené dans les brandes et les bois des Coussières.

Dès son retour, il était allé présenter ses hommages à la dame de Sichard en sa qualité de gardien du fief jusqu'à la majorité de Guy. Il fut accueilli comme un chien dans un jeu de quilles. Dame Elvire lui opposa un regard glacial. Foulques qui s'était incliné avec grâce, se raidit. Guy de Sichard et ses deux sœurs se tenaient debout derrière la chaire de leur mère, qui dos à la cheminée, foudroyait du regard l'intrus. Son visage anguleux trahissait sa dureté. Mathilde qui était dotée d'une nature aimable, demeurait étrangement silencieuse, seule Olive enveloppait Foulques d'un regard bienveillant. Depuis les mésaventures de Foulques et de Marie, Olive nourrissait de nouvelles espérances. Elle rêvait de consoler Foulques mais elle ne savait pas comment s'y prendre pour attirer l'attention du chevalier.

— Ma Dame, je suis venu vous complimenter pour les prouesses de votre fils.

— Mon fils m'a déjà tout raconté.

Foulques mal à l'aise toussota.

— Après cette dure captivité, je suis rentré chez moi.

— Nous savons cela. Et nous savons que tu as été banni de la cour, jeta Elvire d'un ton sec. Alors, tu n'as plus rien à faire chez nous.

— Je ne suis pas banni de la cour de notre suzerain, le sire de Lusignan. En outre, j'ai la garde de votre fief.

— Belle garde. Tu étais captif. C'est mon fils qui a assuré la défense de notre tour.

— Guy sera bientôt armé chevalier et deviendra le titulaire légitime du fief de Sichard.

— Je suis bien aise d'apprendre que tu as compris que ce fief ne tomberait pas dans ton escarcelle. Tu as pourtant bien essayé en envoyant mon fils à la mort, en le dépêchant dans des missions périlleuses dans le sombre dessein qu'il se fasse occire.

— Comment osez-vous ?

— Et tu oses regarder ma fille aînée. Tu la convoites comme une génisse pour agrandir tes terres. Non tu ne l'auras jamais et Guy va bientôt prendre la place qui lui revient de droit.

Olive s'empourpra. Elle baissa la tête honteuse d'être l'objet de cette confrontation qu'elle jugeait ridicule. À bientôt vingt-deux ans, aucun parti ne s'était présenté à elle. Foulques la fixa d'un air songeur puis se défendit :

— Je n'ai jamais eu aucune arrière-pensée.

— Menteur !

Elvire était hors d'elle. Ses prunelles noires, injectées de sang, jetaient des flammes assassines.

Livide, Foulques balaya du regard la grande salle de la tour. Tout suintait la misère comme à la Mothe de Gannes. Dame Elvire avait vendu les tapisseries. Pendaient au mur une vieille épée rouillée et un écu cabossé. Il croisa alors le regard de biche d'Olive. Elle le fixait avec une douloureuse compassion. Foulques y perçut une marque d'intérêt mais il était encore aveuglé par sa passion pour Marie de France.

— Comment allez-vous armer chevalier Guy? Il faut débourser pour son harnois l'équivalent des revenus annuels de cent hectares de labours ou d'élevage. Or, vous n'avez pas une obole en poche.

Dame Elvire se retourna vers Olive.

— Approche. Elle fixa alors Foulques d'un air dédaigneux. Elle est de sang noble, d'un vieux sang immémorial attaché à cette terre depuis mille ans et plus encore. Ses aïeux combattaient avec Jules César. Toi, tu descends des Francs.

— Et vous des Wisigoths.

— Je vais marier ma fille à un bourgeois de Poitiers.

— Vous allez la vendre comme un maquignon à la foire pour financer l'harnois de Guy. C'est pitoyable.

— Je ne vais pas m'endetter auprès d'un prêteur lombard, un usurier devrais-je dire.

— Un usurier qui fera saisir votre fief pour non remboursement de la dette, observa Foulques.

Sur ces mots, il pivota des talons et quitta Sichard pour rentrer à Fons-Almoy. Il traversa les Grandes Jettes, longea la parcelle de vigne, entra dans le hameau et s'enferma dans sa tour pour méditer sur son sort. La vie lui semblait fade, loin de Marie, loin d'Aliénor, sans nouvelle de Radegonde et l'hostilité de son fils Huon lui faisait mal.

Une semaine plus tard, Foulques se rendit au prieuré des Retz. Le lendemain, le père Radulphus envoya un jeune novice à Sichard. Il était porteur d'une bourse remplie d'oboles.

Le jeune clerc du nom d'Alboin était un garçon affable, au visage rond et épanoui. Fraîchement tonsuré, il venait de finir son noviciat à l'abbaye des Moreaux et le père abbé l'avait envoyé au prieuré des Retz. Il se présenta devant la porte de l'enceinte de la tour de Sichard. Dame Elvire le reçut aussitôt. Le moine s'inclina. D'un geste théâtral, il tendit la bourse gonflée de pièces d'argent à la maîtresse des lieux tout en débitant d'un air détaché le message que lui avait transmis le père Radulphus.

— Dame Elvire, cette bourse nous a été remise par la commanderie du Temple de Civray. Votre défunt époux avait déposé son butin au Temple de Jérusalem à charge pour l'Ordre de transférer les fonds en Poitou et de vous les remettre si dans sept ans, il n'était point rentré chez lui. Si Dame Elvire avait pu embrasser le novice, elle l'aurait fait. Ses prières étaient exaucées. Depuis des mois, elle invoquait tous les saints du Paradis et brûlait moult chandelles dans son oratoire pour obtenir les grâces du Seigneur. Enfin, messire Dieu l'avait entendue. Elle allait pouvoir avec cet argent sauver l'honneur du lignage. D'une main tremblante, elle défit les cordons de la bourse qu'elle vida sur ses genoux. Elle compta les pièces. Une petite fortune. Cinquante deniers et autant d'oboles. Dissimulées au milieu des pièces d'argent, quatre livres tournois. Il y avait largement de quoi financer le harnois de Guy.

— Tu savais qu'il y avait des livres tournois ? demanda Elvire au novice.

Ce dernier, qui écarquillait des yeux grands comme des patènes, secoua la tête négativement.

À Pâques, Guy de Sichard fut armé chevalier et prêta pour son fief hommage à Boson de Château-Larcher. La jeune bachellerie jouta au pied de la citadelle de Lusignan, sur les prés qui bordent la Vonnne. Encore une fois, Foulques se couvrit de gloire. Il commandait l'équipe de Lusignan qui affrontait une équipe angoumoise et une équipe châtelleraudaise. Il sauva la mise à plusieurs reprises de Guy. Dans l'estrade, dames, jouvencelles et vieux seigneurs trop cabossés pour combattre acclamaient les combattants.

Foulques avait été marqué par la dureté de dame Elvire et la douloureuse tristesse de damoiselle Olive. Mal fagotée, vêtue de vieux tissus dont les passementeries avaient vieilli, elle n'était pas mise en valeur. Toutefois, malgré ce bliaud fané et ce manteau usé, l'on devinait une silhouette accorte. Son visage aux traits fins ne demandait qu'à s'illuminer. Foulques fort galamment s'était présenté devant elle, à la sortie de la messe de Pâques et lui avait demandé discrètement :

— Damoiselle, donnez-moi votre guimpe de lin, dénouez vos nattes et gardez les cheveux au vent. Il lui avait tendu un bouquet de marguerites et avait ajouté : piquez-les dans vos cheveux.

Damoiselle Olive en avait été tout embarrassée. Personne jusqu'à ce jour ne s'était intéressé à elle hormis un boucher de Poitiers qui voulait solliciter sa main. L'homme, habile commerçant, faisait fortune dans le négoce de bestiaux. Mais qu'un chevalier réputé à la cour d'Aquitaine, de France et d'Angleterre pour ses talents de tournoyeur et de troubadour, sollicite sa guimpe, elle en était toute tourneboulée. D'une main hésitante, elle l'avait retirée, libérant sa longue chevelure d'ébène et l'avait offert à Foulques comme un précieux talisman. Tout son être était en émoi :

— Chevalier, gardez-la en souvenir de moi.

— Je vous la rendrai, fit simplement le chevalier en la quittant.

C'est le cœur battant qu'Olive s'était rendue dans l'estrade. Sa mère n'avait rien vu. Elle avait assisté à l'adoubement de son frère parmi une vingtaine de jeunes bacheliers. Avait suivi le tournoi avec les commençailles et l'affrontement général en champ clos. Elle avait cru halluciner quand, un chevalier, le chef couvert de son heaume nasal, caracolant sur un destrier noir, ruisselant de transpiration, à la bouche écumante, s'était immobilisé à sa hauteur. La lance glissa jusqu'à elle, à sa pointe sa guimpe de lin maculée d'une petite tache de sang. D'une main tremblante, elle dénoua le foulard et le pressa contre son sein. La foule l'avait acclamée. Elle avait fondu en larmes. Le chevalier avait disparu comme un fantôme. Foulques était allé se réfugier dans une hostellerie. Il avait retrouvé Boson de Château-Larcher. Les deux compagnons burent tout leur saoul, désespérant de revoir un jour leurs filles. Ils avaient appris la déroute d'Henri II contre les Gallois et n'avaient aucune nouvelle ni de Radegonde ni d'Ermengarde. Quant à son ami Ithier de Feytiat, il avait disparu. Lors du festin, Olive de Sichard, avait été placée à la droite d'Hugues de Lusignan. La Dame de Lusignan, Bourgogne de Rancon, qui avait remarqué sa tenue plus que misérable, lui avait donné un bliaud de soie et un manteau de velours avec une belle agrafe émaillée pour que ce soir-là, elle soit à l'honneur.

— Mon enfant, vous voilà belle comme un ange. Toute la cour n'aura d'yeux que pour vous et je gage que des troubadours talentueux vont bientôt chanter vos vertus.

Olive en avait eu la tête qui tournait. Sa mère ne s'aperçut de rien. Elle ne se douta de rien. Elle n'avait d'yeux que pour son fils. Or, c'est à l'instant où Olive avait vu son frère parader qu'elle avait compris que la bourse du moine des Retz n'était qu'un subterfuge de Foulques pour l'arracher au sort que lui réservait sa mère. Mais pourquoi donc s'était-il évanoui dans la nature ?

Foulques de Fons-Almoy quitta Lusignan. Il n'avait pas revu Olive de Sichard. Il s'arrêta à une lieue de Celle L'Évescault. Il entra dans une taverne pour chopiner et noyer son chagrin. Il se laissa choir sur un banc entre deux ribauds de passage et en face d'un marchand de vin gras et replet. Une servante s'approcha. La stupéfaction s'imprima sur son visage. Il reconnut Estevance Maingot. Elle détourna le visage.

— Estevance, dit-il en l'appelant.

Elle se retourna. Elle alla quérir un pichet de cervoise et revint pour servir la table.

— Que fais-tu là ? insista Foulques.

— Mon époux m'a envoyé travailler à la taverne car nous avons perdu notre basse cour. Un renard a massacré nos poules. Alors, j'essaie de gagner quelques piécettes pour améliorer l'ordinaire.

— Serve et servante ?

Elle opina du menton.

— Je n'ai pas eu le choix.

Foulques regagna Fons-Almoy, pensif. Les vicissitudes de la vie apportaient leurs lots de surprises, bonnes ou mauvaises. Jamais, il n'aurait imaginé que la fille naturelle d'un grand baron d'Aquitaine puisse tomber si bas.

Les cloches de la cathédrale de Worcester carillonnaient. Dans le cloître, l'archevêque de Canterbury, l'évêque de Worcester et le chancelier Thomas Becket affinaient les détails de la cérémonie. Soudain, une immense clameur monta de la ville. Le peuple de Worcester ovationnait le roi et la reine. La foule était en liesse, jetant des fleurs au passage du cortège royal. Henri vêtu d'un manteau pourpre semé de léopards d'or, était tout sourire. Il rendait au peuple des gestes amicaux et jouissait de cette popularité que peu de rois avaient eue avant lui en Angleterre. Henri Plantagenêt était le restaurateur de la paix et du bon droit. Finies les spoliations du petit peuple par des seigneurs cupides et avides. Désormais, les justiciers du roi, et les shérifs dans les comtés veillaient à ce que les droits des uns et des autres soient respectés. Aliénor jouissait alors d'une grande popularité. Sa flotte d'Aquitaine nourrissait les flux commerciaux qui enrichissaient les bourgeois d'Angleterre. Laine contre vin, minerai contre blé... L'Angleterre avait retrouvé la prospérité. Et l'argent d'Aquitaine avait bien aidé leur nouveau roi dans l'accomplissement de cette implacable pacification qui avait apporté paix et sécurité aux petits du royaume qu'ils soient Normands, Saxons ou Celtes.

Ils entrèrent en procession, précédés par une théorie de moines, suivis par les barons. Dans le chœur, l'archevêque de Canterbury les attendait. À ses côtés, le chancelier du royaume et l'évêque de Worcester. Un chœur de moines entonna les Laudes regiae, l'hymne en l'honneur du roi qui commémore son élection par les grands du royaume et son acclamation.

Henri et Aliénor s'agenouillèrent devant l'archevêque qui solennellement les couronna. Puis la messe commença. À l'offertoire, coup de théâtre. Henri et Aliénor se levèrent et s'approchèrent de l'autel. Simultanément, ils retirèrent leurs couronnes et les déposèrent sur l'autel devant une assistance médusée. Puis, se tournant vers l'assistance, ils déclarèrent à l'unisson :

— Nous Henri et Aliénor, roi et reine d'Angleterre par la grâce Dieu, jurons de ne plus jamais la porter.

Le roi Malcolm d'Écosse avait rendu les places conquises pendant l'anarchie, le roi Owain de Gwynedd seul monarque encore indépendant dans le Pays de Galles avait rendu ses conquêtes arrachées au comté de Chester et les derniers barons anglo-normands du nord avaient fait leur soumission. Désormais, l'autorité d'Henri Plantagenêt sur les Iles Britanniques était incontestée. Savourant leur triomphe, le couple royal chemina après la messe le long de la Seven.

— Ma tendre épouse, nous voilà les monarques les plus puissants de la chrétienté. Il nous reste quelques Gallois à réduire avec cet Owain, les Irlandais à soumettre, à négocier les épousailles de notre fils Henri le Jeune avec la fille de ton ex-mari. Et le tour est joué.

— Tu oublies Toulouse, observa Aliénor avec un sourire malicieux. L'héritage de ma grand-mère Philippa de Toulouse me revient de droit. Il faut en finir avec ces pseudo-comtes de Toulouse qui ont volé mon héritage.

— Tu n'abandonnes jamais.

— Jamais mon amour, s'exclama Aliénor en levant sa main droite, jamais, je ne renonce à mes desseins ! Moi Aliénor, reine d'Angleterre, par la grâce de Dieu.

Anché, le 2 octobre 2019.

ANNEXES :

Résumé Tome 1 Aliénor d'Aquitaine : Tu seras reine ma fille !

Pour immortaliser leur passion, le duc d'Aquitaine, Guillaume le Troubadour et sa maîtresse Dangereuse de Châtellerault décident de marier leurs enfants. Un an plus tard, Aliénor d'Aquitaine naît au château de Belin à quelques lieues de Bordeaux. Orpheline de mère à huit ans, Aliénor passe sa jeunesse entre son père le duc Guillaume X et sa grand-mère Dangereuse. La cour d'Aquitaine vit au rythme des festivités, des chasses, des tournois, et des chevauchées militaires, séjournant tantôt dans le Palais de l'Ombrière à Bordeaux ou la tour Maubergeon de Poitiers et le château de Talmont, haut lieu de vénerie au bord de l'Océan.

Le duché d'Aquitaine est alors plus puissant que le royaume de France et s'étend du Poitou aux Pyrénées et de l'Atlantique jusqu'à l'Auvergne. Guillaume le Troubadour a laissé en héritage un art de vivre immortalisé par la poésie courtoise et les cours d'amour. Aliénor baigne dans cette atmosphère et reçoit une éducation lettrée et sportive. L'héritière du duché est une cavalière accomplie, lit et écrit le latin, l'oc et l'oïl. Foulques de Mirelune est né le même jour qu'Aliénor. Orphelin, Dangereuse le recueille et l'élève avec Aliénor. Page, écuyer et troubadour, il accompagne le dernier duc dans son pèlerinage à Saint-Jacques-de-Compostelle. Contre toute attente, celui-ci trouve la mort par empoisonnement. Aliénor a alors quinze ans

Son héritage suscite bien des convoitises. Par son lignage, sa personnalité et ses qualités, la jeune duchesse ne peut épouser qu'un roi.

Résumé Tome 2 : Aliénor d'Aquitaine : Reine de France.

Le duc d'Aquitaine est mort devant Saint-Jacques-de-Compostelle, laissant deux orphelines : Aliénor et Pétronille. Par testament, il les a confiées au roi de France. L'abbé Suger négocie le mariage du siècle. Le duché d'Aquitaine est alors plus puissant que le royaume des Francs et s'étend du Poitou aux Pyrénées et de l'Atlantique à l'Auvergne.

Le 25 juillet 1137, à Bordeaux, l'héritière du plus beau duché de France épouse Louis VII. Au premier regard, Louis tombe éperdument amoureux d'Aliénor. Elle est ravissante, élégante, raffinée, lettrée et sportive. Or Louis a été élevé dans un cloître à l'ombre des moines. Il est hanté par la peur de l'Enfer.

Or, Aliénor introduit à Paris un art de vivre immortalisé par la poésie courtoise. Les Aquitains à Paris, qu'ils soient troubadours, chevaliers ou dames de la reine, créent le scandale par leur liberté et leur frivolité. Fêtes, concours de poésie, chasses se succèdent. Aliénor dépense : tapisseries, bijoux, soieries… rien n'est assez beau. La reine mère Adélaïde de Maurienne, austère et rigoriste, se heurte à sa belle-fille. Louis VII est partagé. Aliénor n'est pas la jeune femme sage et docile que l'on attendait. Elle a du tempérament et se passionne pour la politique. Louis VII est subjugué par sa reine qui défait la nuit ce que le conseil décide le jour. Pour lui plaire, il part en guerre et brave les autorités ecclésiastiques. Le royaume est divisé.

Les années passent. Aliénor n'est toujours pas enceinte. Donnera-t-elle un héritier à la couronne? Louis, prisonnier de son éducation, saura-t-il aimer sa reine comme il se doit? Saura-t-il la combler ?

Résumé Tome 3 : Aliénor d'Aquitaine : À Jérusalem.

1146, Bernard de Clairvaux prêche la croisade à Vézelay. Les Turcs menacent Jérusalem. Aliénor d'Aquitaine, reine de France, telle une Amazone guerrière, vêtue de son haubert, l'épée au poing, harangue la foule. Elle ira à Jérusalem. Elle en a décidé ainsi. Rien ne saurait l'arrêter. Louis VII s'incline.

Un an plus tard, Louis et Aliénor à la tête de 100 000 hommes quittent Metz.

L'empereur d'Allemagne et son armée les précèdent. Aliénor d'Aquitaine emmène avec elle ses dames de compagnie, ses troubadours, ses atours, ses bijoux, ses robes. Croisade ou voyage d'agrément. Son chevalier servant, Foulques, et sa dame de cœur Marguerite de Saint Brice, sont du voyage.

Byzance. Le couple royal est émerveillé par le luxe inouï que recèle la nouvelle Rome. Le voyage a duré six mois, émaillé de rixes entre Francs et Germains, entre Croisés et Grecs. Le basileus leur offre un séjour inoubliable. Aliénor découvre un mode de vie ... piscine chauffée, hammam, chasse au léopard courant, et un basileus qui tente de la séduire.

Enfin, c'est la traversée du Bosphore. Six mois d'épreuves accablantes les attendent. Les Allemands les ont précédés. Les Grecs les ont conduits au centre de l'Anatolie pour les abandonner dans un défilé. Les Turcs les massacrent.

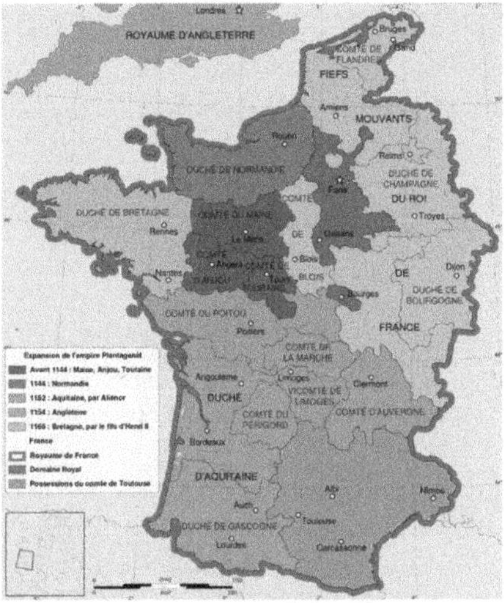

Pour éviter un tel désastre, le roi de France décide de longer la côte en voyageant à l'intérieur de l'empire byzantin. Hélas, les Grecs fomentent avec les Turcs de sanglantes embuscades. Le pèlerinage se transforme en cauchemar. Des dizaines de milliers de Croisés tombent. Louis VII échappe à la mort de justesse. Marguerite, criblée de flèches, perd la vie.

Épuisés, ils gagnent Antioche où les accueille l'oncle d'Aliénor, le sémillant Raymond de Poitiers. Les dissensions dans le couple royal se creusent. Aliénor va jusqu'à demander l'annulation de son mariage et décide de rester à Antioche. Louis en prend ombrage et enlève Aliénor. Le couple royal est au bord de la rupture. Les Francs gagnent Jérusalem pour mettre le siège devant Damas.

Personnages historiques

Adèle de Blois: (1067-1137) Fille de Guillaume le Conquérant, épouse Étienne Henri de Blois. Ses fils sont: Henri, évêque de Winchester, Thibault comte de Champagne, Étienne de Blois, roi d'Angleterre, et sa fille Éléonore épouse Raoul de Vermandois, sénéchal de France.

Aénor de Châtellerault: (1103-1130) Fille de Dangereuse de L'Isle Bouchard et du vicomte Aimeri de Châtellerault. Elle épouse Guillaume X le Toulousain duc d'Aquitaine. Elle meurt en 1130. Elle est enterrée à l'abbaye de Nieul sur l'Autise.

Aliénor d'Aquitaine: née en 1122 à Belin.

Alix, fille d'Aliénor: née en 1150, épouse Thibaud de Blois en 1164.

Baudouin de Reviers: (1095 1155) Premier comte de Devon, baron anglo-normand partisan indéfectible de l'impératrice Mathilde et d'Henri Plantagenêt.

Bernard de Clairvaux: (1090-1153) Bernard de Fontaine, Réformateur de l'Église et promoteur de l'ordre cistercien (Cîteaux), Fils de chevalier, le frère de sa mère, André de Montbard, est un des neuf fondateurs de l'ordre du

Temple. Il fonde l'abbaye de Clairvaux en 1115. Il contribue à la fondation de 68 abbayes dont 35 en France. Il participe à la rédaction des statuts de l'ordre des Templiers, statuts qu'il fait reconnaître lors du concile de Troyes en 1130. Il combat le schisme d'Anaclet. Il prêche la seconde croisade (1146). Il est canonisé en 1174 et est déclaré docteur de l'Église en 1830.

Bernard de Ventadour : (+ 1194) Fils d'une servante de Ventadour et peut-être enfant naturel du vicomte Ebles le Chanteur. Il séduisit Marguerite de Turenne épouse du vicomte Ebles III. Chassé, il se rendit à la cour d'Aliénor d'Aquitaine dont il s'éprit. Remercié, il se retira à la cour du comte de Toulouse. Il fut un des troubadours majeurs du XIIe siècle.

David d'Écosse : (1083-1153) Fils du roi Malcolm III d'Écosse et de sainte Marguerite, princesse anglo-saxonne de Wessex. La sœur de David, Mathilde d'Écosse épouse Henri I Beauclerc roi d'Angleterre. Henri I soutient David dans son accession au trône. David soutiendra sa nièce l'impératrice Mathilde et son fils Henri II Plantagenêt. Sainte Marguerite de Wessex est donc l'arrière-grand-mère « saxonne » d'Henri II Plantagenêt.

Dangereuse de l'Isle Bouchard, dite la Maubergeonne : (1079-1151), épouse le vicomte Aymeric I de Châtellerault, devient la maîtresse de Guillaume le Troubadour. Ses enfants : Hugues devient vicomte de Châtellerault, Raoul de Faye est proche d'Aliénor. Aénor est la mère d'Aliénor et Amable épouse Vulgrin d'Angoulême.

Étienne de Blois : (1096-1154). Fils d'Adèle de Blois et petit-fils de Guillaume le Conquérant duc de Normandie et roi d'Angleterre. Épouse Mathilde de Boulogne. En 1135, à la mort du frère de sa mère, le roi Henri Beauclerc, il se fait couronner roi d'Angleterre. Il perd la Normandie en 1144 au profit de Geoffroy Plantagenêt. Après la guerre civile de 1138 à 1153 et la mort de son fils, il traita avec

Mathilde et désigna comme héritier le fils de Mathilde et de Geoffroy Plantagenêt, le futur Henri II Plantagenêt qui avait mené contre lui trois campagnes de 1147 à 1153. Il est le frère de Thibault comte de Champagne et d'Éléonore, épouse du comte Raoul de Vermandois.

Eustache de Boulogne: (1129-1153) Fils d'Étienne de Blois et de Mathilde comtesse de Boulogne, épouse Constance, fille de Louis VI. Héritier de la couronne d'Angleterre.

Foulques d'Anjou: (1092-1143) Comte d'Anjou, comte du Maine, du chef de sa femme Erembourge du Maine, Élevé à la cour du roi de France Philippe I qui vivait avec sa mère Bertrade de Montfort. Sénéchal de Louis VI le Gros. Père de Geoffroy Plantagenêt qu'il marie à Mathilde fille du roi d'Angleterre. Veuf, il part Outre-mer et épouse en 1129 Mélissende fille du roi de Jérusalem, Baudouin II. Il fait venir Raymond de Poitiers pour épouser la nièce de Mélisende et petite-fille de Baudouin II, Constance d'Antioche.

Galéran de Meulan: (1104-116) Comte de Meulan et de Worcesteer, seigneur de Gournay et Beaumont, fils du premier comte de Leicester et d'Élisabeth de Vermandois. Partisan d'Étienne de Blois puis de Louis VII. Frère jumeau de Robert de Beaumont comte de Leicester.

Geoffroy de Rancon: (+ 1194) Seigneur de Taillebourg et de Gençay.

Geoffroy de Montmouth (1095-1155): Évêque et historien gallois, auteur des Prophéties de Merlin, l'Histoire du royaume de Bretagne et la Vie de Merlin.

Geoffroy de Mandeville, comte d'Essex: (+ 1166) soutien du parti angevin.

Geoffroy V Plantagenêt, comte d'Anjou: Geoffroy V d'Anjou, dit le Bel ou Plantagenêt est comte d'Anjou et du Maine (1129-1151), et, plus tard, duc de Normandie (1144-1150).

Il est surnommé Plantagenêt à cause du brin de genêt qu'il avait l'habitude de porter à son chapeau. Il est le fils de Foulque V († 1143), comte d'Anjou et roi de Jérusalem, issu d'une vieille famille franque, les Ingelgeriens, et d'Erembourge du Maine († 1126), héritière du Maine.

Le 17 juin 1128, à l'âge de 15 ans, il épouse Mathilde l'Emperesse, fille d'Henri Ier d'Angleterre dit Beauclerc, lui-même fils cadet de Guillaume le Conquérant, et veuve d'Henri V du Saint-Empire germanique. L'année qui suit son mariage, son père est pressenti pour épouser Mélisende de Jérusalem, fille du roi de Jérusalem Baudouin II. Il retourne donc en Terre sainte – dont il devient le roi –, laissant toutes ses possessions à Geoffroy.

Quand le roi Henri Ier d'Angleterre meurt en 1135, laissant son trône sans héritier mâle, le cousin de Mathilde, Étienne de Blois, s'empare du trône d'Angleterre et du même coup du duché de Normandie. Pendant que son épouse Mathilde, nommée par son père héritière légitime du trône, tourne son attention vers l'Angleterre, Geoffroy concentre la sienne sur la conquête de la Normandie. Après une vaine tentative en 1135, il entame à partir de 1136 une conquête systématique, qui dure onze ans.

Dans les dernières années de sa vie, il consolide son contrôle sur la Normandie en réformant l'administration du duché, et, en 1150, il associe Henri II Plantagenêt à son gouvernement.

Geoffroy VI Plantagenêt, dit d'Anjou, comte de Nantes : (1135-1151) Frère cadet d'Henri II Plantagenêt et fils de Geoffroy V. Il se révolte contre son frère pour obtenir le comté d'Anjou. Henri II le dédommage en l'aidant à devenir comte de Nantes.

Geoffroy vicomte de Thouars : (1125-1173) Fils d'Aimery de Thouars et d'Agnès d'Aquitaine, il épousa

Aénor de Lusignan. Prit parti pour Geoffroy d'Anjou contre Henri II Plantagenêt. Son château fut rasé et sa ville confisquée.

Gilbert de Gand, comte de Lincoln: (+ 1156) Connétable d'Étienne de Blois

Guillaume de Gloucester: (1112-1183) Fils de Robert de Gloucester. Épouse Hawise de Leicester. Proche d'Henri Plantagenêt lors de son accession au trône.

Guillaume IX le Troubadour, duc d'Aquitaine: (1071-1127). Premier poète connu en occitan. Fils de Guillaume VIII d'Aquitaine et d'Audéarde de Bourgogne, (fille du duc de Bourgogne Robert I, lui-même fils de Robert II le Pieux, roi de France.) il est brièvement marié à Ermengarde d'Anjou avant d'épouser Philippa de Toulouse en 1094. Il s'empare de Toulouse en 1098 pour le compte de sa femme, rejoint la première croisade où il est battu à deux reprises. En 1113, il s'empare des biens de l'Église pour financer sa campagne de Toulouse. Il est alors excommunié. Sa femme Philippa lui reproche son impiété. Il se tourne alors vers la vicomtesse de Châtellerault, Dangereuse, dite la Maubergeonne qui devient sa maîtresse. Il marie son fils Guillaume à la fille de sa maîtresse en 1121. Il combat avec le roi de Castille et de Léon et s'illustre le 18 mai 1120 à la victoire de Cutanda.

Sa demi-sœur Agnès (1052-1078) épouse Alphonse VI de Léon et sa sœur Agnès (+ 1097) épouse Pierre I roi d'Aragon et de Navarre.

Guillaume VI Taillefer, comte d'Angoulême: (+ 1179) Fils de Vulgrin Taillefer et de Ponce de Montgomery, fille du comte de la Marche, il est comte d'Angoulême de 1140 à 1179. Il enlève et épouse Emma de Cognac en premières noces alors qu'elle était mariée au duc d'Aquitaine. Épouse en secondes noces Marguerite de Turenne.

Guillaume d'Ypres: (1090-1164) Fils naturel de Philippe d'Ypres, petit-fils du comte Robert de Flandres, prétendant malheureux au comté de Flandres, il sert Étienne de Blois en qualité de capitaine des compagnies de mercenaires flamands. Il quitte l'Angleterre pour les Flandres en 1154.

Henri I de Champagne: (1127-1181) Fils du comte Thibaud II de Champagne et de Mathilde de Carinthie. Fiancé en 1147 à Marie de France fille de Louis VII et d'Aliénor d'Aquitaine, il l'épouse en 1164. Frère de Thibaud de Blois.

Henri I Beauclerc: (1068-1135) Duc de Normandie, roi d'Angleterre est le plus jeune fils de Guillaume le Conquérant. Il succède à son frère Guillaume II le Roux sur le trône d'Angleterre en 1100, et s'empare du duché de Normandie aux dépens de son frère Robert en 1106.

Hildegarde de Bingen: (1098-1179) Issue de la noblesse du Palatinat, abbesse en 1136, fonde sa maison monastique en 1150. Auteur, compositeur, linguiste, naturaliste et médecin. Canonisée et docteur de l'Église. Elle est considérée comme mystique, prophétesse et guérisseuse.

Hugues VIII de Lusignan: (1106-1164) Épouse avant 1140 Bourgogne de Rancon, dame de Fontenay, fille de Geoffroy de Rancon et de Falsifie de Moncontour.

Jean le Maréchal: (1105-1165) Maréchal de la maison royale d'Angleterre, choisit le camp de l'impératrice Mathilde. Épouse Sybille de Salisbury.

Louis VII roi de France: né en 1120, fils cadet de Louis VI le Gros et d'Adélaïde de Maurienne. Il est sacré roi de France à Reims en 1131 par le pape Innocent II à la suite de la mort de son frère aîné Philippe de France. Il succède à son père le 1er août 1137.

Maingot de Melle et de Surgères: Baron poitevin fidèle d'Aliénor d'Aquitaine.

Malcolm IV d'Écosse : (1141-1165) Surnommé The Maiden ou la Jeune fille. Succède en 1153 à son grand-père David. Rend hommage en 1157 à Henri II Plantagenêt.

Marie de France : Fille d'Aliénor et de Louis VII née en 1145 épouse en 1164 le comte Henri I de Champagne.

Marie de France : (?-1210) Demi-sœur d'Henri II Plantagenêt et poétesse.

Mathilde, impératrice : (1102-1167). Fille du roi Henri I Beauclerc, elle épouse en premières noces l'empereur Henri V, veuve, elle épouse en secondes noces Geoffroy Plantagenêt. À la mort de son père, elle brigue la couronne d'Angleterre qui lui est contestée par son cousin germain, Étienne de Blois.

Owen Gwynedd : (1100-1170) Règne sur le royaume gallois de Gwynedd. Vainqueur d'Henri II en 1157 puis 1163.

Patrick de Salisbury : (+1168) Soutien du parti angevin, premier comte de Salisbury tué dans une embuscade tendue par les Lusignan. Épouse Ela Talvas de Ponthieu. Sa sœur épouse Jean le Maréchal.

Raoul de Faye : (1112-1190) Frère d'Aénor de Châtellerault et fils de Dangereuse de Châtellerault. Fidèle soutien de sa nièce Aliénor d'Aquitaine. Grand sénéchal d'Aquitaine.

Ranulf de Chester : (1099-1153) Comte de Chester et vicomte d'Avranches. Change régulièrement de camp tantôt pro angevin, tantôt pro Étienne de Blois. À la mort de son beau-père Robert de Gloucester, demi-frère de l'impératrice Mathilde, il se rapproche du parti angevin et se rallie à Henri Plantagenêt le comte de Leicester.

Réginald de Dustanville, comte de Cornouailles : (1110-1175) Fils naturel de Henri I Beauclerc, soutien du parti angevin. Épouse Béatrice FitzRichard de Cornouailles. Part en Normandie chercher Henri Plantagenêt en 1152.

Participe à l'accession au trône d'Henri et devint un de ses proches conseillers.

Richard du Hommet :(+ 1179) Normand, connétable de Normandie puis connétable royal.

Rigaud de Barbezieux: Troubadour du XII, aurait été le chevalier servant de la fille de Jaufré Rudel de Blaye disparu au cours de la deuxième croisade.

Robert de Dreux: (1125-1188) Frère cadet de Louis VII. Il épouse Agnès de Garlande puis Harvise de Salisbury en 1145.

Robert de Gloucester: (1090-1147) Aîné des enfants naturels d'Henri Beauclerc, chef du parti angevin, il soutient sa demi-sœur l'impératrice Mathilde. Mécène de Geoffroy de Monmouth et Guillaume de Malmesbury. Épouse Mabel de Gloucester.

Robert de Beaumont, comte de Leicester: (1104-1168) Frère jumeau de Galéran de Meulan. Fils du Comte de Leicester et d'Élisabeth de Vermandois. Soutien d'Étienne de Blois, combat Geoffroy V Plantagenêt en Normandie, se retire en Angleterre, puis se rallie à Henri Plantagenêt. Nommé sénéchal de Normandie et co-justicier d'Angleterre.

Roger FitzMiles, comte de Hereford: (+ 1155) Capitaine du parti angevin pendant la guerre civile. Appelle Henri Plantagenêt à envahir l'Angleterre et le soutient jusqu'au traité de Wallingford.

Robert de Montbray: Comte de Northumbrie

Richard de Luci: (1100-1179) Soldat et administrateur d'une grande probité, sert loyalement la couronne sous Étienne de Blois puis Henri II. Co-justicier avec le comte de Leicester puis Justicier du royaume, assure la régence pendant les absences d'Henri sur le continent.

Rosamonde Clifford: (avant 1140-1176) Fille de Gautier de Clifford et de Marguerite de Tosny. La liaison devient publique vers 1166 et est reconnue par le roi en 1174, après la révolte de ses fils et l'arrestation de la reine Aliénor d'Aquitaine. Rosamonde devient alors la « maîtresse en titre».

Saldebreuil de Sanzay: Connétable d'Aquitaine.

Simon II de Senlis: (1103-1153) Fervent et inconditionnel supporter d'Étienne de Blois. Il décède en même temps qu'Eustache de Boulogne ce qui permet de débloquer le conflit entre Henri II et Étienne de Blois.

Thibault de Champagne: (1102-1152) Fils d'Adèle de Blois et petit-fils de Guillaume le Conquérant. Il fait de Troyes sa capitale. Tenant Blois, Sancerre et Troyes, il devient l'un des principaux vassaux du roi de France. Sa sœur Éléonore épouse Raoul de Vermandois et son frère Étienne devint roi d'Angleterre.

Thibaud de Blois: (1130-1191) Comte de Blois, de Châteaudun et de Chartres. Fils du comte Thibaud IV de Champagne et de Mathilde de Carinthie. Sénéchal de France en 1152, épouse Alix fille de Louis VII et Aliénor d'Aquitaine en 1164.

Thomas Becket: (1120-1170) Issu d'une famille de marchands normands. Il fait ses études à Canterbury et Bologne. Remarqué par l'archevêque de Canterbury, Thibaut du Bec, qui le recommanda à Henri II. Nommé chancelier le 11 janvier 1155 puis archevêque de Canterbury en mai 1162. Il servit alors non plus le roi mais l'Église. Il s'exila en France fin 1164, revint en Angleterre le 3 décembre 1170 pour être assassiné le 29 décembre 1170 Canonisé en 1173 par le pape Alexandre III.

Thibaut du Bec, archevêque de Canterbury: (1090-1161), Normand, abbé du Bec, nommé archevêque de Canterbury en 1139, refuse de couronner Eustache de Boulogne, en conflit avec l'évêque de Winchester, Henri de Blois, frère du roi Étienne. Protecteur de Thomas Becket qu'il présente à Henri II.

Personnages de fiction

Foulques de Fons-Almoy né le 1 mai 1122.
Radegonde de Fons-Almoy née en1140.
Huon de Fons-Almoy né en 1144.
Helbert d'Anché, beau-frère de Foulques.
Hugues de Beaulieu, beau-frère de Foulques.
Guillaume de Sichard mort à Damas, 1112-1149.
Olive de Sichard née en 1135, fille de Guillaume.
Guy né en 1138, fils de Guillaume.
Guérin : garde-chasse de Fons-Almoy.
Ansciau, haubergier à Paris, natif d'Anché.
Estevance Maingot, fille naturelle de Maingot de Melle.
Ithier de Feytiat, chevalier limousin.

Un personnage de fiction joue un rôle important dans ce texte et permet de donner de la couleur à cette fresque historique qui s'attache à plonger le lecteur dans le XIIe siècle. Il s'agit de Foulques de Fons-Almoy, né le même jour qu'Aliénor d'Aquitaine dont la date de naissance varie selon les auteurs entre 1122 et 1124. La date du 1er mai 1122 a été retenue.

Concernant Marie de France personnage important de ce roman, sa date de naissance est incertaine. Elle pourrait être une fille naturelle de Geoffroy Plantagenêt. Rien n'est prouvé. Elle a vécu à la cour d'Henri II Plantagenêt et fut une poétesse de tout premier plan de la littérature médiévale. L'auteur a ainsi imaginé la genèse d'un lai et une idylle romanesque. En fait, on sait très peu de choses sur sa vie hormis ses textes et le fait qu'elle fut abbesse de Shaftesbury.

Le commencement de la liaison entre Rosamonde Clifford et Henri Plantagenêt relève d'hypothèses. Les premiers rendez-vous clandestins entre les deux amants et les réactions de l'entourage d'Henri ont été imaginés. Cette liaison aurait été de notoriété publique après la naissance de Jean Sans Terre en 1166 et officielle après l'arrestation d'Aliénor en 1174.

Généalogie simplifiée des ducs d'Aquitaine

- Guillaume le Conquérant
  - Henri I roi d'Angleterre (+ 1135)
    - Mathilde (1102-1167) ép. Geoffroy Plantagenêt (1113-1151)
      - Henri II Plantagenêt (1133) ép. Aliénor d'Aquitaine
  - Adèle (1062-1138) ép. Étienne de Blois (+ 1102)
    - Étienne de Blois roi d'Angleterre (1097-1154) ép. Mathilde de Boulogne
      - Eustache de Boulogne (1127-1153) ép. Constance fille de Louis VI le Gros
    - Thibault de Champagne (1102-1152)
      - Henri I de Champagne ép. Marie de France
      - Thibaud de Blois ép. Alix de France
    - Éléonore ép. Raoul de Vermandois (1085-1152)

Généalogie simplifiée des comtes d'Anjou

- Foulques IV le Réchin (+ 1109) ép. Bertrade de Montfort
  - Foulques V d'Anjou (1090-1143) ép. Erembourg du Maine
    - Geoffroy le Bel Plantagenêt (1113-1151) ép. Mathilde d'Angleterre (1102-1167)
      - Henri II Plantagenêt (1133-1189) ép. Aliénor d'Aquitaine (1122-1204)
        - Guillaume (1153-1156)
        - Henri le Jeune (1155)
        - Mathilde (1156)
        - Richard (1157)
      - Geoffroy (1135-1151)
      - Guillaume (1136-1164)
  - ép. Mélisende de Jérusalem (1101-1161)
    - Baudouin III (1130-1163)
    - Amaury II

Généalogie simplifiée des rois de France

Guillaume VIII (+ 1086) ép.
Audéarde de Bourgogne

Guillaume IX le
Troubadour (1071-1026)
ép. Philippa de Toulouse
(+ 1118)

Guillaume X le
Toulousain
(1099-1137) ép
Aénor de
Châtellerault
(1103-1130)

Raymond de Poitiers
(1112-1149) ép.
Constance d'Antioche
(1127-1163)

Agnès ép.
Ramire
d'Aragon

Aliénor
(1122)

Pétronille
(1125-1152)
ép. Raoul de
Vermandois

Guillaume Aigret
(1126-1130)

Pétronille
d'Aragon
(1136-1173) ép
Raymond-Bérenger
de Barcelone

Généalogie simplifiée
Angleterre-Blois-Champagne

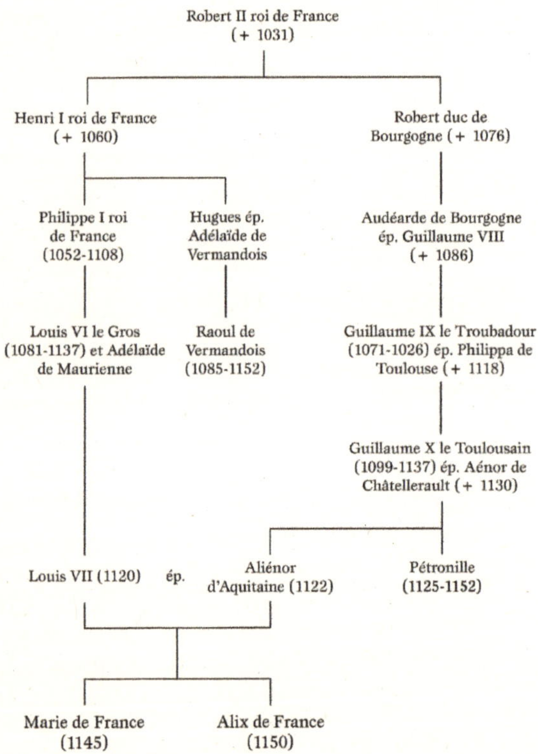

Bibliographie

Aliénor d'Aquitaine, Jean Flori, Éditions Payot et Rivages, 2004

Aliénor d'Aquitaine, Régine Pernoud, Éditions Stock, 1980.

Aliénor d'Aquitaine, Alison Weir, 1999.

Aliénor d'Aquitaine, 303 Arts, Recherche et créations, juin 2004.

Pour une image véridique d'Aliénor d'Aquitaine, E.R Labande, Bulletin de la Société des Antiquaires de l'Ouest et des Musées de Poitiers, 1952.

La noblesse en Occident, Martin Aurell, Armand Colin, 1996.

L'empire des Plantagenêt, Martin Aurell. Éditions Perrin, 2003.

Le chevalier lettré, Martin Aurell, Fayard, 2011.

Les loisirs au Moyen Âge, Jean Verdon, Éditions Taillandier, 1996.

La femme au temps des cathédrales, Régine Pernoud, Éditions Stock, 1980.

La Société chevaleresque, Georges Duby, Flammarion, 1988.

Dames du XIIe siècle, Georges Duby, Gallimard, 1995.

Histoire des comtes de Poitou (778-1204), Alfred Richard, Picard, 1903.

Anthologie des troubadours, par Pierre Bec, Union Générale d'Éditions, 1979.

Les comtes de Poitou, Ducs d'Aquitaine (778-1204), Michel Dillange, Geste Éditions, 1995.

La France médiévale, institutions et société, Jean-François Lemarigner, Librairie Armand Colin, 1970.

Encyclopédie médiévale, d'après Viollet le Duc, Inter Livres.

La Femme au Moyen Âge, Jean Verdon. Éditions Jean-Paul Gisserot, 1980.

Lexique général

Unités de mesures

Lieue : 4,444 km
Toise = 6 pieds = 1,949 m
Pied = 30, 4 cm
Coudée = 50 cm

Monnaies

Livre parisis = 240 deniers = 22 sols
Livre tournois = 240 deniers = 20 sous
Obole = ½ denier (argent)

Unités de Temps

Vigiles : Entre minuit et le lever du jour
Laudes : À l'aube
Prime : Au lever du soleil
Tierce (troisième heure après le levant) : À 9 heures ou avant la grande messe
Sexte (sixième heure après le levant) : À midi environ
None (neuvième heure après le levant) : À 15 heures environ
Vêpres : (l'après-midi ou au début de soirée) : Vers 17 heures
Complies : Le soir, avant ou après le coucher du soleil

Littérature et Études

Canso : Poème chanté par les troubadours
Tenson : Dialogue entre deux troubadours qui défendent chacun leur point de vue.
Planh : Complainte funèbre.
Quadrivium : Se compose de l'arithmétique, la musique, la géométrie, l'astronomie.
Sirventes : Poème de circonstances, satirique et violent.
Trivium : Se divise en grammaire, dialectique, rhétorique.

Bachelier : Jeune chevalier, célibataire et sans fief ni fortune.
Bliaud : Longue robe étroite, de laine ou de soie, portée par les hommes et les femmes appartenant à la noblesse ou à la chevalerie, serrée à la taille.
Boulite : Petite lucarne.
Boutloup : Fourche à deux dents pour repousser les attaques de loups.
Broigne : Justaucorps de grosse toile ou de cuir recouvert de plaques de fer.
Busine et busineors : Trompe de guerre, et sonneurs de trompe.
Carole, caroler : Danse médiévale.
Chaisne : Sous-vêtement en forme de chemise.
Chat : Galerie de bois recouverte de peaux de bêtes fraîchement écorchées avançant sur des rouleaux.
Commençailles : Phase préliminaire d'un tournoi.
Cottereaux : Mercenaires.
Ecu : Bouclier en forme d'amande.
Escoffle : Pèlerine utilisée pour la chasse, en cuir ou en fourrure.

Faudesteuil : Fauteuil pliant en bois ou en métal.
Fine amor : C'est l'amour parfait lorsqu'elle atteint son plus haut de gré de perfection. Il suppose dévouement absolu et le secret de la part de celui qui aime, sans la certitude d'une récompense que la dame est toujours libre de refuser.
False amor : Par opposition, c'est l'amour libertin.
Folle fille : Ribaude, ou fille de joie…
Fretel : Flûte de pan
Gambison : Étoffe épaisse rembourrée de filasse portée sous le haubert.
Goudale : Bière sans houblon.
Gonelle : Robe longue sans manches munie d'un capuchon.
Guisarmier : Homme de guerre armé d'une guisarme.
Guisarme : Tranchant long et recourbé assorti d'une pointe droite.
Guiterne : Instrument à cordes pincées.
Haubert : Tunique de mailles à capuchon doublé de soie.
Haubergier : Fabricant de haubert.
Haquenée : Cheval de dame qui va l'amble.
Harnois : Équipement d'un chevalier.
Houseaux : Jambières de cuir.
Infantulae : Petite fille confiée au maître d'école d'une abbaye.
Ingeneor : L'ancêtre de l'ingénieur qui conçoit, fait construire et fonctionner les machines de guerre.
Jacquet : Pèlerin de Saint-Jacques de Compostelle.
Nautonier : Personne qui conduit un bateau ou une barque.
Mesnie : Famille, lignée par le sang.
Oblat : Enfant confié par ses parents à un monastère pour servir Dieu avec obligation du monastère de prendre en charge son éducation.
Ost : Armée.

Palefroi : Cheval de parade.
Panetier : Chef de service de bouche de la cour.
Peliçon : Vêtement fait de peaux porté par les hommes ou les femmes.
Picaulx : Membres de l'Hôtel Dieu de Montmorillon.
Pierrière : Engin de guerre, mû par des ressorts, qui lance des pierres.
Pigaches : Chaussures à bout pointu et retroussé.
Plaid : Assemblée où un souverain, voire un duc ou un comte, prend conseil de ses vassaux sur les affaires de son état.
Pluvial : Manteau destiné à protéger de la pluie.
Psaltérion : Châssis avec cordes tendues que l'on fait vibrer avec un bec de plume.
Rebec : Instrument à trois cordes avec archet.
Roncin : Cheval de charge ou monture pour les valets et écuyers.
Rondache : Grand bouclier rond.
Saladines : Haubert en mailles légères fabriquées en Syrie.
Scriptional : Pupitre que l'on plaçait sur les genoux pour écrire.
Soudoyer : Verser la solde de l'homme d'armes.
Tranchoir : Tranche de pain qui sert d'assiette, partagée le plus souvent par deux convives.
Trobairitz : Femme troubadour.
Tymbre : Petite cymbale utilisée par des danseuses.
Soudoyer : Verser la solde de l'homme d'armes.
Tranchoir : Tranche de pain qui sert d'assiette, partagée le plus souvent par deux convives.
Trobairitz : Femme troubadour.
Tymbre : Petite cymbale utilisée par des danseuses.

LES **MOISSONS**

www.moissons-noires.com

Par ce logo, nous témoignons d'une volonté de réduire les impacts environnementaux liés aux activités de l'imprimerie. Nous choisissons un imprimeur impliqué dans la réduction des gaz à effet de serre. Le choix de nos papiers assure que la production a été faite à partir d'un produit à base de bois et a suivi le cahier des charges d'une gestion durable des forêts européennes.
Achevé d'imprimer chez CPI Firmin Didot (166487) en France en octobre 2021 pour le titre « Aliénor - La reine amoureuse ».

Suivi éditorial : Céline Garcia
Conception graphique : Guillaume Bertineau
Mise en pages : Irène Auburtin
Relecture : Julie Leboissetier

Dépôt légal : 2nd semestre 2021

Groupe La Geste
11, rue Norman-Borlaug
79260 La Crèche
contact@gesteditions.com